本书为湖南省哲学社会科学基金项目（11YBA135）成果

本书由湖南科技大学学术著作出版基金资助

本书由湖南科技大学博士学位授权立项建设支撑学科
"中国语言文学学科"建设经费资助

本书为湖南省普通高等学校哲学社会科学重点研究基地
"中国古代文学与社会文化研究基地"成果之一

中国新时期
翻译文学期刊研究
1978—2008

李卫华 著

中国社会科学出版社

图书在版编目（CIP）数据

中国新时期翻译文学期刊研究：1978—2008/李卫华著．
北京：中国社会科学出版社，2012.5
ISBN 978-7-5161-0542-9

I. ①中⋯ Ⅱ. ①李⋯ Ⅲ. ①文学翻译—期刊—研究—
中国—1978—2008 Ⅳ. ①I209.7

中国版本图书馆 CIP 数据核字（2012）第 021250 号

中国新时期翻译文学期刊研究：1978—2008　李卫华著

出 版 人　赵剑英

责任编辑　罗　莉
责任校对　石春梅
封面设计　大鹏设计
技术编辑　李　建

出版发行　中国社会科学出版社
社　　址　北京鼓楼西大街甲 158 号　　邮　编　100720
电　　话　010－64073831（编辑）　64058741（宣传）　64070619（网站）
　　　　　010－64030272（批发）　64046282（团购）　84029450（零售）
网　　址　http：//www.csspw.cn（中文域名：中国社科网）
经　　销　新华书店
印　　刷　北京市大兴区新魏印刷厂　装　订　廊坊市广阳区广增装订厂
版　　次　2012 年 5 月第 1 版　　　　印　次　2012 年 5 月第 1 次印刷
开　　本　710×1000　1/16
印　　张　18.75　　　　　　　　　　插　页　2
字　　数　314 千字
定　　价　55.00 元

目　录

新时期翻译文学期刊的轨迹(代序)

王晓路

　　近代中国的历史是一个持续受到外来文化影响和挑战的历史。中国在民族建制到国家建制的过程中虽步履艰难，但时至今日，已大致完成了从被迫面对世界、被动接受挑战到主动进入国际社会并试图对世界产生影响的历程。其间，五四以来的老话题"器物、制度、文化"三者，依然通过不同的话语呈现方式不断地进入学术界的论域之中。文化的自我成长与外来文化的影响所造成的文化迁移也一直伴随着中国文化现代性的历程。然而宏大原则总是人人皆知的，宏大叙事也是人们所熟悉的，但问题是需要从不同方面做深入细致的研究，需要多一份耐心，而非只是从某种狭隘的民族主义立场一味地喊口号。通过个案的深入思考，在新的语境和论证框架中详尽地讨论各个领域的问题，兴许可以从不同的角度见出背后的问题所在。

　　文学的社会功能和对个体的独善作用自远古延续至今，此点中外皆同。文学不同于思想的陈述，是每一个文化区域的人在不同的历史时段中，利用自身文化传统和语言特质所进行的独特的艺术编码，它形成某一民族在不同阶段中的精神探索的艺术样式，它源自作者外部的世界的影响和其内心的世界的冲动。然而这种编码形式和进入读者解码的过程却离不开一个时期文化产品的生产体制，其中也包括技术形式，离不开每一个时期的文本环境，离不开主流意识形态所"不经意"而形成的审美接受方式。因此，文学研究，除了对作者和时代以及同时期文学思潮、文类、审美，以及对文本的构成性因素进行考量之外，还必须对该文本的全过程进行不同角度的考察，如文学艺术的相关政策、文本流传方式、文学奖项、文学期刊、文学团体、翻译选择、媒体作用、文学改编以及出版编辑、读者接受和作家沙龙,等等。而这些文学整体过程的各个相关层面却一直是国内学界研究的薄弱环节,也是一些理论的盲点。我们过多地集中在现存的文本之中,过多地利用现存的,尤其是舶来的文学批评范畴、术语和观念群,把留存至今的文本当作理所当然的研究对象,而不过问用来观照这些研究文本的观念系统是否合法、这些范畴和术语是否存在着汉语化后具体指涉的错位、这些文本何以留存,而一些文本又何以被湮没,等等。固有的范式并没有遭遇理所当然的"范式的迁移"(paradigm shift)。

卫华君的论著是在他博士论文的基础上改写而成的,它是以中国三种影响较大、较广的翻译文学期刊为对象,即《世界文学》、《外国文艺》和《译林》为代表,对中国新时期翻译文学期刊所做的一项专门研究。论著以外国文学文本在中国的旅行过程为经线,借此涵盖文学影响与接受的两端,以及翻译、传播等中介系统;以这个过程中外国文学文本与本土的文学、文化现代性建构的关系为纬线,在多重辩证互动的历史"情境"中,对新时期翻译文学期刊进行的某种全方位观照,并通过这一轨迹,探索异域文化对中国新时期的影响以及与本土文化的互动方式。

众所周知,外国文学对中国文学现代性的影响很大程度上是通过翻译文学完成的。对大部分中国作家而言,世界文学语境实际上是根据中国文学文化的需要所做的选择、取舍和剪裁。翻译文学期刊以其"周期的快与相对的持续性、思想的新与阵容的相对集中性,以及信息的多并能容纳一定的学术深度",成为本土读者了解外国文学和世界文学的一个"窗口",也成为中国作家和学者获得对文学自身了解的本土社会条件之一。换言之,翻译文学期刊在一定程度上建构了本土视野中的世界文学景观,也积极地参与了本土文学与文化现代性的建构,形成中国特有的文学文化现象。因此,该论著不是通过泛论,而是通过对上述代表性期刊的具体考察来看到中国新时期的文学现代性问题,在方法论和研究角度上均可以说是十分有意义的事情。

作者是以外国文学文本在中国的旅行过程(也是翻译文学期刊的翻译、编辑及传播过程)为线索进行的。由于中国现代知识传统创始于对西学的翻译、误读与挪用,以及其他一些涉及语言之间关系的活动,对翻译活动的考察是不可或缺的。因而论著正文的第一章以"实践与理论:翻译文学期刊的翻译活动"为题展开。其中,翻译文学期刊的翻译活动成为首先要考察的问题。从创刊(或复刊)伊始,《世界文学》、《外国文艺》和《译林》不约而同地选择了以西方现当代文学作为译介的主要对象,并且在这种"翻译现代性"中采取了内容上"归化",形式上"异化"的策略,这种策略的采用,并不是刊物主旨的偶然,也不仅是翻译文学期刊的主动选择,而是具体的社会、文化语境使然。翻译文学期刊译者的身份可区分为诗学身份与政治身份,这需要在"学者—作者"、"读者—作者"的双重甚至多重关系,乃至"是"与"不是"的张力结构中进行考察。其次,该部分考察了翻译文学期刊的非文学翻译实践,即翻译文学期刊举办的文学翻译竞赛、翻译文学评奖等活动,还有翻译文学期刊所开辟的为翻译家、翻译理论家提供交流与探讨的有关翻译的栏目,以及翻译文学期刊所主办、协办的各种交流会、研讨会等,因为这些作为"副业"的活动从不同的层面与方面加强和推进着翻译文学期刊文学译介这个"主业"的发展。

作者紧接着在第二章着重考察中间环节,即外国文学经由翻译之后,必须经过编者的编辑加工才能形成翻译文学期刊文本。翻译文学期刊的编辑工作本身也是一种文化建构和文化积累,对文化生产、传播和积累有着积极的调节、导向与建构作用,从选题、组稿到审稿,以及后期的排版与装帧设计,这些编辑活动决定了翻译文学期刊文本的具体形成,并影响着本土文学对异域文学的借鉴乃至新时期本土文学与文化的现代性进程。

《世界文学》、《外国文艺》和《译林》这三家翻译文学期刊的栏目大体可分为四类:文学类、评论类、介绍和动态类、互动类。这些栏目共同体现了刊物的办刊方针与宗旨,并形成了刊物的风格与特色。翻译文学期刊的发行数量一定程度上反映了翻译文学文本对本土文学现代性建构的影响范围与广度,而发行数量的变化也见证着整个文学生态的变迁。对翻译文学期刊消费群体的考察则大体表明这种现代性的影响是由哪些人、通过怎样的途径而达到的。

在第三章中作者借用了一些社会学的统计方法,以"翻译文学期刊与中国视野中的世界文学景观"为题,进行相应的统计工作,以便看出翻译文学的选题及相关问题,与此同时避免了主观建构观点或推演概念以及泛泛而论的通病。因而第三章在整个论著中起着承上启下的作用,它既是前两章发展的结果,也是对后两章进行考察的前提条件。论著首先从国别以及纵向发展两个侧面对翻译文学景观进行了考察,期望从确实的统计数据中看出新时期翻译文学期刊以及隐藏在其中的翻译现代性的某些特点。翻译文学事实上规定着人们阅读的范围与阅读的方式,并营造了中国作家、中国读者视野中的外国文学与世界文学景观。翻译文学期刊可以说是这种事实上的世界文学景观中最为独特、最为优美的部分,也是蕴含最为丰富的部分。翻译文学来源于外国文学又在民族文学的语境中发挥作用,并同时具有两者的某些特点,但它并不属于外国文学或者民族文学,而是一个自主的场域。这种自主、开放的翻译文学场域的获得也是本论著接下来讨论翻译文学、翻译文学期刊与本土文学创作和本土文学研究互动影响的基础,一些问题放在自主场域的框架下探讨可能会有更清晰的认识。

第四章以"借鉴与创新:翻译文学期刊对新时期文学创作的影响"为题,论述新时期外国文学借以翻译文学对中国文学创作的影响,并由此给新时期作家带来了一种"影响的焦虑",但这并不意味着新时期中国作家在这种影响的焦虑下就无能为力,他们有意愿也有能力,以自身的自主性与独创性,通过自觉地、有选择地对外来文化艺术进行借鉴,开辟一条文学现代性的自主之路。《世界文学》中的"中国作家谈外国文学"栏目提供了中国新时期作家接受外国文学的第一手资料,这些栏目中的文章都涉及了哪些外国作家?又是哪些外国作家成为出现频率最高的名字呢?……对这些问题的统计大体可以看出新时期作家对外国文学接受的概貌,也可见出新时期文学现代性与翻译现代性之间互动关系的某些特征。例如1999年,《中华读书报》"国际文化"专刊就曾组织了一次读者调查活动,评选"我心目中的20世纪文学"。结果加西亚·马尔克斯的《百年孤独》仅位于鲁迅先生的《阿Q正传》之后,名列第二位,《百年孤独》对新时期中国文学的影响可见一斑。而以《百年孤独》为个案,考察其在新时期中国的译介、传播与影响,可以反映出我们文学现代性在接纳西方影响时,某些极具启发意义与象征意义的细微之处。

从文学创作到文学研究,第五章可以说是第四章在逻辑上的必然延伸与展开。由于翻译文学成为事实上的外国文学和世界文学景观,以及本土文学创作面临着它影响阴影的巨大焦虑,翻译文学向我们的文学研究提出了一系列的问题与空前的挑战,它要求我们的理论必须对此做出回应。而过去二三百年间中西方之间的复杂交往,不仅要求我们将文学创作,也要求我们将文学理论与文学研究本身放到一个更大的全球格局下,在彼此文化的互动关系中进行考察,以见出其复杂的历史面貌。本章通过对新时期中国现当代文学、比较文学与世界文学、文艺学等学科回应翻译文学影响的某种"学术行为"或"学科行为"的考察，检讨其在特定历史语境中的"历史作为"和"意识形态功能"。

　　总之，通过对新时期翻译文学期刊的考察，该论著的学理和研究方式的意义是显而易见的：其一，是对翻译文学期刊这样一种学界研究较少的对象的关注，学界迄今为止还没有一篇以翻译文学期刊为视角对外国文学在中国的译介、传播、误读与接受等情况进行系统探讨的论文；其二，是对整个影响与接受过程的关注，而不是只研究输出与接受的两端，论文将翻译文学期刊置于一个动态的旅行过程中，关注其翻译、编辑、形成与影响的整个过程；其三，关注翻译文学期刊背后的文学生态，在思想史的框架下考察翻译文学、翻译文学期刊对中国文化现代性和中国文学现代性的建构，并且通过考察认为，西方文学借以翻译文学对中国的文学现代性产生了深刻的影响，但并不能就此说明中国的文学现代性只是对西方刺激的回应，其自身完全具有自主发展的愿望与能力。

　　卫华君当年从中南民族大学毕业后，由华中师范大学的邹建军教授特别介绍前来四川大学报考我的博士生。我还记得他在面试中言语不多、颇为腼腆。卫华君本来的基础较好且勤勉，为人尤为低调，进校后也一直非常勤奋努力，尤其在外文上下了不少工夫。我一直要求学生，对学术要充满敬畏之心，小心求证的意义是毋庸讳言的。研习外国文学，语言能力和文学能力是必不可少的两种最基本的能力，研究外国文学是不能仅仅依靠中文翻译进行的。此外，他除了系统研读，也比较注意自己思辨能力的提升，最后在确定选题后进行了比较艰苦的努力。我曾把教研室的钥匙借给他，他有很长一段时间独自一人在里面整天翻检资料和写作，阅读那些翻译文学类的过刊。后来论文写作过程比较顺利，毕业答辩时也受到外地专家和答辩教授的一致好评。毕业后他如愿成为了一名高校教师，在自己喜爱的专业中传授和著文。我后来得知他在工作之余，对自己的论文又进行了大量的材料更新和比较全面的改写，这种认真的态度是我一直所看重的。学术水平可高可低，但学术研究的过程是万不能急功近利的。而对一名青年教师而言，在当前的学术环境中，要做到这一点也是极不容易的。我相信，注重专业的过程是肯定有回报的。看到学生的不断成长，自己甚感欣慰。现在，卫华君的论文即将出版并嘱我作序,但因自己杂事过多,近几年来在美国也常有一些教学和讲座一类的事情,耽误得比较多。现只能在此序中稍作介绍而已。希望这部论著成为卫华君学术上一个新的起点。

是为序。

2010 年 10 月

导　论

　　本书是在文本旅行与文化建构的互动场域中，对以《世界文学》、《外国文艺》和《译林》为代表的中国新时期翻译文学期刊的一项研究，并希望以翻译文学期刊作为切入点，考察和探讨外国文学文本在中国新时期的译介、误读与影响等情况，以及外国文学与本土的文学、文化现代性建构的互动关系。本书选题最直接的触发源于《世界文学》刊物上的一段话：

　　　　我们过去研究文学的影响与接受时，多是注重输出与接入的两端，而在关注影响发生的中介时，也仅仅是注重一般意义上的翻译。如果换一个视角，以某一刊物如《世界文学》为出发点，去探讨世界文学与中国文学的关系，本土文学的外来因子，中国作家看世界与外国作家看中国的视角，翻译的选择与意识形态的关系，文学接受与接受语境、社会变迁的双向互动，等等，倒是非常有趣的话题。如果研究者因此获得几个学位，拿到一些论文资助，也就算得上是《世界文学》造福苍生的额外贡献了。①

现当代中国文学受外国文学的影响是毋庸讳言的，"如果没有对外国文学的引进与借鉴，很难设想会有文学革命和由此开始的中国新文学史，即现在我们通称的中国现代文学史"。② 但这并不意味着中国现当代文学仅仅只是在对西方文学的接受、模仿并进行的创造性转化中获得其现代性的，

---

　　① 何云波：《换一种眼光看世界》，载《世界文学》2005 年第 3 期，第143 页。
　　② 贾植芳：《历史的背面——贾植芳自选集》，济南：山东教育出版社 1998 年版，第364 页。

这种外来刺激是在与本土现代性的萌生、发展过程相对抗或妥协等的复杂交往中，真正产生其影响。正如王德威在《被压抑的现代性——晚清小说新论》一书中所言："除非晚清时代的中国被视为完全静态的社会（这一观念早已经被证明是自我设限），否则识者便无法否认中国在回应并且对抗西方的影响时，有能力创造出自己的文学现代性。"①

我们还需注意到，外国文学对中国文学现代性的影响很大程度上是通过翻译文学完成的，也就是说，中国作家与读者主要是通过翻译文学了解外国文学、世界文学，并进而认识文学现代性的。无论是歌德、拜伦、雪莱，或是巴尔扎克、福楼拜、左拉，或是普希金、托尔斯泰、陀思妥耶夫斯基，亦或是卡夫卡、马尔克斯，等等，他们之所以能对中国文学产生巨大的影响，他们之所以能在广大中国读者的心目中占据重要的地位，主要的，而且在绝大多数情况下是由于他们作品的译本。正如当代作家孙甘露所言："无须讳言，包括我本人在内的许多人深受西方文学的影响，而这种影响主要是通过中文译本获得的。"② 也有学者因此指出："在 20 世纪大部分时间内，对大部分中国作家来说，世界文学语境实际上是根据中国的文学文化需要作了选择、剔除的一种自我选择的'中国化'的语境，即翻译文学营造的世界文学语境，它与自在状态的世界文学语境在广度上要狭小。"③

从刊载形式来看，翻译文学包括翻译文学著作与翻译文学期刊两部分，与翻译文学著作相比，翻译文学期刊具有篇幅短小、形式灵活、论述集中、涉及面广等特点，因而在对外国文学译介的时效性和综合性上具有显然的优势，比如说很多外国长篇作品都是以节译的形式先在翻译文学期刊上发表，然后再出版单行本的；而许多中、短篇作品也是先刊发在翻译文学期刊上，然后再结集出版。不少本土作家常年订阅《世界文学》或《外国文艺》，④ 翻译文学期刊于是成为本土作家了解外国文学和世界文学的一个"窗口"，成为文学现代性的某种影响来源，也成

---

① ［美］王德威：《被压抑的现代性——晚清小说新论》，宋伟杰译，北京：北京大学出版社 2005 年版，第 26 页。

② 孙甘露：《译与翻》，载上海译文出版社编《作家谈译文》，上海：上海译文出版社 1997 年版，第 66 页。

③ 查明建：《从互文性角度重新审视 20 世纪中外文学关系：兼论影响研究》，载《中国比较文学》2000 年第 2 期，第 33—49 页。

④ 参见叶辛《译文琐谈》，载上海译文出版社编《作家谈译文》，第 35 页。

为中国作家和学者获得对文学自身了解的本土社会条件之一。可见，翻译文学期刊也积极地参与了本土的文学与文化建构。也就是说，翻译文学期刊以其"周期的快与相对的持续性、思想的新与阵容的相对集中性，以及信息的多并能容纳一定的学术深度"，^① 在对世界文学景观的塑造及对本土文学和文化现代性的建构过程中发挥着重要作用。然而，正如何云波所言，我们事实上对这样一种重要的传播媒介关注不够，据笔者考察，学界迄今为止没有一篇以翻译文学期刊为视角对外国文学在中国的译介、传播、接受与误读等情况进行探讨的论文，更毋论从翻译文学期刊出发来探讨中国文学现代性的复杂建构的论文了。对本书来说，虽然以"翻译文学期刊研究"为题，但关注的焦点并不在"翻译"和"文学"的内部，而是在其外部，重点审视文学翻译（文本旅行）过程中其与本土文化、文学现代性建构的互动影响。这也意味着本书并不需要对新时期以来外国文学的译介作无一疏漏的清理，而只需做具有统计学层面的考察。因此，在选择切入点时，这个切入点中的研究对象是否具有足够的代表性？能否相对全面地反映新时期翻译现代性与文学现代性的互动关系？成为笔者必须思考的问题。本书选择新时期具有较大影响的《世界文学》、《外国文艺》和《译林》作为研究对象正是基于上述的思考，当然，这三家刊物并不是构成某种封闭系统的界限，新时期以来的其他翻译文学期刊，以及与本书相关的外国文学研究类刊物上的有关文章，也会在笔者的考察视野之内。

本书以外国文学文本在中国的旅行过程为经线，期望借此涵盖文学影响与接受的两端，以及翻译、传播等中介系统；而以这个过程中外国文学文本与本土文学、文化建构的关系为纬线，在这样一种多重辩证互动中，对新时期翻译文学期刊进行全方位的观照。"文本旅行"^② 的概念来源于赛义德（Edward W. Said）的"理论旅行"。在《理论旅行》（"Traveling Theory"）一文中，赛义德指出任何理论或观念的旅行过程都包含三或四

---

① 陈思和：《想起了〈外国文艺〉创刊号》，载上海译文出版社编《作家谈译文》，第157页。

② 由于"文本"的概念在今天已从最初的文字书写或文献意义上漂移，不同的人所讨论的"文本"已牵涉到传统写作、社会生活、商品生产甚至文明体制和自然景观等极为广泛的领域，因而"文本旅行"也并非一个极为严谨的概念。但在本书中，"文本"主要还是指"文学文本"，"文本旅行"也主要是指"文学文本"的"旅行"。

个阶段:

> 首先,有一个起点,或类似起点的发轫环境,使观念得以发生或进入话语。第二,有一段得以穿行的距离,一个穿越各种文本压力的通道,使观念从前面的时空点移向后面的时空点,重新凸显出来。第三,有一些条件,不妨称之为接纳条件或作为接纳所不可避免之一部分的抵制条件。正是这些条件才使被移植的理论或观念无论显得多么异样,也能得到引进或容忍。第四,完全(或部分)地被容纳(或吸收)的观念因其在新时空中的新位置和新用法而受到一定程度的改造。①

文学文本与理论观念是两种完全不同的形态,但赛义德的"理论旅行"给我们提供了这样一条思路,即关注整个移植、流通、转移和交换的动态过程,以及这个过程具体的、历史的文化语境,而不像我们过去一样,只研究文学影响输出与接受的两端,而将本身的复杂性、生动性、丰富性以及具体的针对性予以抹杀;或是在关注影响发生的中介时,仅仅注重语言层面的翻译,而对翻译实践背后的文化语境关注不够。于是"文本旅行"成为一种现象也是一个问题,它的旅行通道、它的中介方式、它的接纳条件与抵制条件,以及这些因素后面的文化语境与文化建构都成为值得探讨的问题。

文学文本是某一文化区域的人利用自身的语言和文化传统对其内心世界和外在世界的独特表述和艺术编码,每一文化区域中的历史时段都有其相对应的文本形态和文本内涵,其中也必然包含了文本环境、文本生产体制、文本传播以及文本接受等相关环节。外国文学文本是异域文化语境中的文学书写者的精神表述和艺术编码,牵涉到我们所不熟悉的语言指涉、文化传统和社会背景,即一种由多种力量综合而成的文化产品。因此,这种源自不同文化区域的文学文本总是内含着复杂的历史因素和与之相关的观念表征符码。当一个文本迁移、旅行到其他文化、民族时,除了表面的语言指涉、情节结构等借以翻译得到准确传达外,语言背后具有丰富历史

---

① [美]爱德华·W.赛义德:《赛义德自选集》,谢少波、韩刚译,北京:中国社会科学出版社1999年版,第138—139页。

内涵和文化意义的文化符码、观念体系，虽然有时涉及了作为人类整体的共同本质或者表现了人类所共同关心的一些问题，但大多不能进行表层的直接迁移，而是在与本土的观念体系进行深层次的碰撞后，借以文化误读的方式得以曲折呈现。因而，在对文学文本的旅行进行研究时，应当对源自异域文化的文本所内含的观念有所意识，透视出文本符码背后的观念系统，将这一观念系统对应于具体的历史境遇并看到问题所在。① 事实上我们不难看出，在旅行过程的每一阶段，赛义德强调的也都是"情景"（situation），所谓理论旅行"由此到彼"，最根本的变化是情景，它是时间、空间和历史文化诸因素在现实生活中的具体整合。当然，"情景"——在本书中，笔者更多使用的是"社会历史文化语境"这一术语——不是一个先定的解释框架，而是一种需要在具体的文本中加以检验的话语实践：一方面，对翻译文学文本的解释不能封闭在文本内部，而必须放置在宏阔、生动和丰富的"本土情境"中予以理解；另一方面，也要把"社会历史文化"的因素"读入"到具体文本中，仔细观察它们在文本中留下了怎样的痕迹，以及文本对它们产生了怎样的影响，它们又发挥了何种作用……在这种循环往复的解读过程中，意义的生产被充分发掘出来，从而有可能描绘出更复杂的历史图景。②

自巴斯内特（Susan Bassnett）和勒菲弗尔（André Lefevere）提出翻译的"文化转向"之后，翻译是一种"文化建构"的观念③已为大家所熟识并接受。当然，对于晚清以来本土的文学与文化建构而言，"现代性"是潜隐于其中的核心问题，新时期中国的翻译与翻译文学，事实上也推进了中国文化现代性和中国现代文学话语建构的进程。文化是建构的行为也是建构的结果的体现，文本旅行和文化建构之间存在非常复杂的互动关系，翻译是文本旅行过程中的一个重要环节，翻译文学场域对新时期的文学创作存在着事实的影响，当然翻译文学场域并不是一种既成的结构，而是与当代中国现实的文化语境不停地影响与反影响，两

---

① 王晓路：《事实·学理·洞察力：对外国文学传记式研究模式的质疑》，载《外国文学研究》2005 年第 3 期，第 157—162 页。

② 许纪霖、罗岗等：《启蒙的自我瓦解：1990 年代以来中国思想文化界重大论争研究》，长春：吉林出版集团 2007 年版，第 3 页。

③ 参见 Susan Bassnett and André Lefevere. *Constructing Cultures：Essays on Literary Translation.* 上海：上海外语教育出版社 2005 年版。

者在互动中相互建构。在另外一种意义上，我们也可以说，新时期的文学创作与文学研究是在中国的现实语境以及由翻译文学构成的世界文学语境之间展开的，然而文学创作与文学研究事实上也参与了中国现实语境的建构，在这样一种多重辩证互动中，文本旅行与文化建构处于这些问题的核心。由此，本书不是仅仅停留在"期刊"、"翻译"文学的描述上，而是通过对此的探讨，对其中的"翻译—模仿"、"刺激—反应"、"翻译—阐释"等相关模式作出应有的学理回应。本书不仅将翻译文学期刊置于一个动态的旅行过程中，而且关注整个的文学生态，更主要的是在"思想史"的框架下来考察翻译文学对中国现代文化和中国现代文学话语的建构和影响。

这里，需要厘清几个关键概念："新时期"、"翻译文学期刊"以及"文本旅行"与"20世纪中国文学中的世界性因素"及"变异学"两个命题的差异。

一是新时期的界定。"新时期"无疑是当代文学史书写中的一个重要时间概念，然而"新时期文学"作为一个历史周期究竟应该有多长？它的上限与下限何在？是指20世纪70年代末到80年代初，还是可以一直"延伸"下去？等等，这些问题学界至今没有定论。新时期文学到底起始于"天安门诗歌"的1976年，还是粉碎"四人帮"之后，亦或是党的十一届三中全会，学界对此并没有统一的意见。另外，在相关论述中，也出现了以"后新时期文学"概念来指称90年代商业社会时代的文学，甚至更加中性的"八十年代文学"、"九十年代文学"、"新世纪文学"的表述。但新时期文学"这一概念被用来概括上世纪七十年代末以来将近三十年间的'中国当代文学'，似乎已被大多数研究者所习惯、所接受"。① 本书正是在这种意义上来使用这一概念的，再考虑到三家翻译文学期刊本身的创（复）刊时间，且为了形成一个相对完整的时间段，本书"新时期"的具体时间界限是指从《世界文学》正式复刊以及《外国文艺》正式创办的1978年到2008年30余年的时间。

二是翻译文学期刊的界定。要论及翻译文学期刊的界定，首先要对翻译文学的归属问题进行一番探讨。长期以来，翻译文学都理所当然地被认

---

① 程光炜：《怎样对"新时期文学"做历史定位？——重返八十年代文学史之一》，载《当代作家评论》2005年第3期，第15—22页。

为是外国文学，并且通过进入社会文化体制而强化了人们的这种认识，如我们许多专门刊载翻译文学的刊物都以"外国文学"名之，翻译文学从"争取承认的文学"，到"民族文学或国别文学的一部分"，① 走过了一条漫长的道路。从学界现状来看，翻译文学的独立地位业已得到公认，但它的归属问题还存在着巨大的分歧。不可否认，谢天振在论述"既然翻译文学是文学作品的一种独立的存在形式，既然它不是外国文学，那么它应该是民族文学或国别文学的一部分，对我们来说，翻译文学就是中国文学的一个组成部分，这完全是顺理成章的事"② 时稍显武断，然而却为争取翻译文学的独立地位作出了巨大的贡献。刘耘华不同意将翻译文学归属为民族文学之中，并提出了四点理由：第一，译作本身所表现的思想内容、美学品格、价值取向、情感依归等均未被全然民族化；第二，这种观点无法妥善安顿原作者的位置；第三，不能妥善安顿翻译家的位置；第四，从理论上说，这种观点是对翻译文学的民族性的片面放大。③ 并且认为其"中介性"特征才是我们定位翻译文学的"基点"。本书倾向将翻译文学定位于外国文学和民族文学之间的某种中介，这是研究外国文学文本在中国的旅行以及 20 世纪中国文学中的世界性因素不可避免的中间环节，对它的考察和研究应该放在两种文化语境之中，探寻这三者之间在思想内蕴、美学品格、艺术形式等不同层面上的演变轨迹，并进一步发掘不同文化间互相关联赖以发生的内在机理机制。翻译文学既已成为一个独立的场域，再将这类期刊称之为"外国文学期刊"或"外国文学介绍类刊物"就并不恰当了，因而本书将这类专门译介外国文学的刊物统一称为"翻译文学期刊"。

中国最早的翻译文学期刊是由鲁迅和茅盾 1934 年 9 月在上海创办的《译文》，最初三期为鲁迅亲自编辑，后由黄源接编，1935 年 6 月出至第十三期停刊；1936 年 3 月复刊，1937 年 6 月出至新三卷第四期再次停刊。《译文》从创刊到停刊，总共近三年，共出 29 期，先后发表了一百多篇译作。《译文》以其不同于当时任何一个刊物的独到特色，受到文学界、思想界乃至广大读者的欢迎和热爱。《译文》的创办，不仅标志着翻译文学

---

① 参见谢天振《译介学》第五章"翻译文学——争取承认的文学"，谢天振：《译介学》，上海：上海外语教育出版社 2003 年版。
② 谢天振：《译介学》，第 239 页。
③ 刘耘华：《文化视域中的翻译文学研究》，载《外国语》1997 年第 2 期，第 45—50 页。

新的进展,也在介绍外国文学作品、传播外国进步文艺思潮、促进我国新文学运动的发展等方面起到了重要作用。1953 年 6 月为了纪念鲁迅先生,继承他 30 年代创办老《译文》杂志的传统,中华全国文学工作者协会(中国作家协会前身)重新创办《译文》,并由当时和鲁迅一起创办《译文》的茅盾担任首任主编。1959 年改名为《世界文学》,1966 年停刊,1978 年 10 月正式复刊。

新时期以来,中国内地的外国文学刊物大量涌现,截至 1980 年,全国各类外国文学刊物已达四十余种,[①] 剔除对外国文学进行研究的学术刊物,翻译文学期刊也从《世界文学》一家,迅速发展为十余家,[②] 陆续创办的有《外国文艺》、《外国文学》、《当代外国文学》、《译林》、《译海》、《外国小说》、《苏联文学》(《俄罗斯文艺》)、《日本文学》、《外国文学动态》等。在这些刊物中,《外国文学》、《当代外国文学》和《外国文学动态》虽也刊载外国文学译作,但学术色彩较为浓重,而《俄罗斯文艺》、《日本文学》只是关注某一国别的文学,真正具有代表性和影响性的应该是《世界文学》、《外国文艺》和《译林》三家,这三家刊物也分别折射出主流文化、精英文化和大众文化对外国文学的选择及态度。《世界文学》由中国社会科学院外文所主办,具有半官方的性质,自 1977 年起,经过一年的内部发行之后,于 1978 年 10 月正式复刊,为双月刊,复刊后历任主编为冯至、陈冰夷、叶水夫、高莽、李文俊、黄宝生等。除刊载当代外国优秀文学作品外,还有古典文学、外国文学评论、中国作家谈外国文学和世界文艺动态等栏目。《外国文艺》(双月刊)创刊于 1978 年,由上海译文出版社主办出版,主要介绍外国当代有代表性的文艺流派及作家的代表作,另外还有外国文艺动态、美术家与作品、中国学者论外国文学等栏目。历任主编有汤永宽、杨心慈、吴洪等。《译林》创刊于 1979 年,1997 年由季刊改为双月刊,先后由江苏人民出版社、译林出版社主办,2002 年 12 月起,改由新成立的《译林》杂志社独立经营。历任主编有李景端、竺祖慈等。该刊以"打开窗口,了解世界"为宗旨,坚持以最快的速度译介具有较强可读性和较高品位,思想内容深刻,反映当代社会现实的外国

---

① 叶水夫:《外国文学学会会务工作报告》,载《外国文学研究》1981 年第 1 期,第 13 页。

② 孟昭毅、李载道主编: 《中国翻译文学史》,北京: 北京大学出版社 2005 年版,第 420 页。

最新畅销佳作的办刊方针，每期除译载外国最新出版的长篇小说一部，还有诗歌、散文、中短篇小说、电影剧本、本期作品评介、外国作家谈创作、外国文学大奖点击、翻译漫谈、世界文学动态等栏目。

三是需要将"文本旅行"与"20世纪中国文学中的世界性因素"和"比较文学变异学"两个命题区别开来。"20世纪中国文学的世界性因素"命题是由陈思和首先提出的，《中国比较文学》杂志在2000年至2001年间相继刊发文章，将这一讨论引向深入。陈思和认为：在20世纪中外文学关系中，影响研究方法实际上是在证明无法证明的东西，它非但是不可靠的，简直是有害无益的，需要予以解构和颠覆。陈思和对影响研究的反思超越了单纯的事实联系和以西方为中心的研究思路，确立了中国文学在中外文学交流关系中的主体地位，对陈思和而言，中国文化在自身的社会运动（其中也包含了世界的影响）中，形成某些特有的审美意识，它们或许与世界文化的发展取得同步的姿态，并以自身的独特面貌，加入世界文学的行列，并丰富了世界文学的内容。① 事实上，在接受美学的刷新下，现在的影响研究已经不是比较文学法国学派原初意义上的影响研究了，它将影响与接受熔为一炉，并且对影响与接受的文化语境予以充分的重视，影响研究在当代中国不是应该抛弃，相反是做得远远不够，也正是在这种意义下，本书将关注的部分重点放在了文本旅行过程中翻译文学对当代文学创作及文学研究的影响上。

文学变异学是由曹顺庆最先在《比较文学学》② 一书中提出来的，该书第三章即为"文学变异学"，在《比较文学学科中的文学变异学研究》③ 一文中，曹顺庆对此做了较为深刻的论述，将文学文本变异学研究纳入文学变异学的研究范围之中，认为它不仅包括有实际交往的文学文本之间产生的文学接受，还包括以前平行研究中的主题学和文类学研究。吴兴明在《"理论旅行"与"变异学"：对一个研究领域的立场或视角的考察》④ 一

①　陈思和的观点参见他的两篇论文：《20世纪中外文学关系研究中的"世界性因素"的几点思考》，载《中国比较文学》2001年第1期，第8—39页；《我对20世纪中国文学的世界性因素的思考与探索》，载《中国比较文学》2006年第2期，第9—15页。

②　曹顺庆主编：《比较文学学》，成都：四川大学出版社2005年版。

③　曹顺庆、李卫涛：《比较文学学科中的文学变异学研究》，载《复旦学报》2006年第1期，第79—83页。

④　吴兴明：《"理论旅行"与"变异学"：对一个研究领域的立场或视角的考察》，载《江汉论坛》2006年第7期，第114—118页。

文中，认为"理论旅行"是将比较文学研究中的一个重要分支命名为"变异学"的重要根据，同时，如果将赛义德的"理论旅行"推延到跨国、跨文明的研究中，"变异学"是其必然的延伸。笔者认为，事实上两者最大的区别应该在于，"变异学"关注的依然还是影响与接受的两端，而"理论旅行"关注的则是整个过程本身。

对本书而言，研究难点主要有两点：一是现象本身的复杂性。外国文学文本在中国的旅行是一个极其复杂的过程，牵涉到了诸多的方面，对其任何的一种阶段划分都有缺陷，而且"要令人满意地充分解说这些阶段，显然是一项极其艰巨的任务"。[1] 并且本书的考察也并不仅是现象的罗列，而是透过现象，看到旅行过程不同环节所处的"情境"，以及在这种"情境"中文化、权力等的运作。二是资料收集整理的困难，三家翻译文学期刊出版发行有三十余年，要对其进行整体把握，所需的阅读量是巨大的；另外要做出相关的统计，也需要花费大量的时间与精力。

本书的展开，是以外国文学文本在中国的旅行过程（一定程度上也是翻译文学期刊的翻译、编辑及传播过程）为线索进行的。由于中国现代知识传统创始于对西学的翻译、误读与盗用，以及其他一些涉及语言之间关系的活动，对中西交往的研究不可避免地要以翻译活动为始点。对本书的文本旅行与文化建构而言，翻译都是一个思考的基点。翻译不可避免地在文学文本的异域旅行过程中处于一个起始的阶段，它带给我们交流的可能，也是我们误读的开始。而我们的文学现代性与文化现代性，很大程度上也是一种在翻译中生成的现代性。由此，翻译文学期刊的翻译活动成为本书首先要考察的问题，具体而言，可以分为以下三个方面：首先，是对翻译文学期刊译介对象与译介策略的考察。从创刊（或复刊）伊始，《世界文学》、《外国文艺》和《译林》不约而同地选择了以西方现当代文学作为译介的主要对象，并且在这种"翻译现代性"中采取了内容上"归化"，形式上"异化"的策略。这种策略的采用，一方面是翻译文学期刊的主动行为，另一方面也是具体的社会、文化语境制控的结果，具有一定的可行性与合理性，不仅使得翻译文学期刊能够在新时期初期文化思想还没有真正解冻的社会语境下生存下来，并且能够使其得到长足的发展。其次，是对翻译文学期刊的译者主体及其文

---

① ［美］爱德华·W. 赛义德：《赛义德自选集》，前引书，第139页。

化身份的探讨。由于翻译文学期刊大部分是由编辑确定选题，然后向译者组稿，译者的主体性主要在"怎么译"的问题上得以张扬。译者的主体性还与译者的文化身份密切相关，译者的文化身份可区分为诗学身份与政治身份。结合翻译文学期刊的具体翻译实践，笔者认为译者的诗学身份需要在"学者—作者"、"读者—作者"的双重甚至多重关系，乃至"是"与"不是"的张力结构中进行考察。同时，笔者以新时期翻译文学期刊对日本文学"美丽而单纯"与"黑暗而堕落"两种形象的翻译为例，认为某种固定形象的翻译在巩固、加强本土原有的文化身份（民族—国家身份）建构的同时，也排斥了构建本土主体的多种可能，对本土文化身份而言，事实上失去了使其改变文化视角和丰富发展其内涵的种种机会。最后，是对翻译文学期刊其他非文学翻译实践，诸如翻译文学评奖、文学翻译竞赛等的考察。翻译文学期刊最主要的翻译实践自然是将外国文学文本译成中文，并在翻译文学期刊上呈现出来的活动本身。但翻译文学期刊举办的文学翻译竞赛、翻译文学评奖等活动，还有翻译文学期刊所开辟的为翻译家、翻译理论家提供交流与探讨的有关翻译的栏目，以及翻译文学期刊所主办、协办的各种交流会、研讨会等，这些作为"副业"的活动从不同的层面与方面加强和推进着"主业"的发展。

外国文学经由翻译之后，必须经过编者的编辑加工才能形成翻译文学期刊文本。翻译文学期刊的编辑工作本身也是一种文化建构和文化积累，对文化生产、传播和积累有着积极的调节、导向与建构作用。随着编辑工作重心的前移，选题取代了以前的审稿成为整个过程的中心环节，从而对编辑劳动的全过程有着决定性的意义，翻译文学期刊的选题决定着一段时间内翻译文学期刊的基本面貌，进而决定着本土文学现代性的基本样态。组稿则是对选题所确定的编辑出版工作的方向和任务的具体实施，翻译文学期刊的组稿以编辑部的主动约稿居多，这种方式能够最大限度地使译文符合刊物的办刊宗旨和出版要求。审稿的任务是"把关"和"增值"，所谓"把关"，是对作者交来的书稿进行全面审读，作出基本评价，是对译稿的艺术质量、学术质量进行的鉴别，也是对其政治思想性作出的判断。所谓"增值"，则是对准备采用的书稿提出修改意见，使初稿最大限度地优化。因而，从选题、组稿到审稿，以及后期的排版与装帧设计，不仅决定了翻译文学期刊文本的生成，并通过这种生成也在一定程度上影响着本土文学对异域文学的借鉴乃至新时期本土文学与文化的现代性进程。栏目是办刊方针、宗旨的具体体现，栏目设置是确立编辑风格，塑造刊物特色的重要手段。《世界文学》、《外国文艺》和《译林》这三家翻译文学期刊的栏目大体可分为四类：作品类、评论类、介绍和动态类、互动类。作品类栏目是翻译文学期刊的主体，最大程度地承担着表征翻译文学期刊办刊宗旨、编辑意图的任务。评论类栏目以外国文学的"提高"为主要目的，让读者能够更好地理解与接受外国文学作品，并在外国文学知识上有所收获，有所积累。如果将翻译文学期刊的作品类栏目视为凸显在画面中心的前景，评论类栏目视为某种局部的特写，那么介绍和动态类栏目则可认为是画面的背景了。作为背景的画面不一定要分明，却也对整个画面起着某种渲染、说明的作用。对于翻译文学期刊而言，互动应该是原作者、译者、编者、译入语读者之间的多重互动，当然这种互动的核心是编者，不管是哪方面的交流，都需要经过编者这个中间环节。翻译文学期刊的发行与消费状况提供给了我们关注文本旅行过程中翻译文学期刊对当时文化建构影响的一个有力的侧面：期刊发行数量一定程度上反映了翻译文学文本对本土文学现代性建构的影响范围与广度，而发行数量的变化——翻译文学期刊的发行在80年代初期和中期达到了峰值，在90年代之后急剧萎缩的事实——也见证着整个文学生态的变迁。对翻译文学期刊消费群体的考察则大体表明这种现代性的影响是由哪些人、通过怎样的途径而达到的。翻译文学期刊消费群体的分化：相较而言，《世界文学》与《外国文艺》吸引了更多的专家学者的注意，而《译林》则雅俗共赏，更受普遍读者的欢迎，也反映了本土读者对文学现代性或翻译现代性的不同需求。

　　经由翻译、编辑工作之后，翻译文学期刊文本得以形成，这些期刊文本的总和构成了翻译文学期刊的翻译文学景观，也形成了中国学人获得对文学现代性深刻理解的某种本土社会条件。因而第三章在本书中起着承上启下的作用，它既是前两章发展的结果，也是对后两章进行考察的前提条件。本书首先从国别以及纵向发展两个角度对翻译文学景观进行了考察，以期见出新时期翻译文学期刊翻译文学景观以及隐藏在其中的翻译现代性的某些特点。国别考察是对1978年至2008年期间《世界文学》、《外国文艺》和《译林》译介作品主要来源国的分析，并通过这种分析认为影响翻译文学景观及翻译现代性形成的因素是多方面的，包括全球市场中语言霸权、本土的意识形态、诗学以及赞助人等因素，这些因素以不同的方式与本土的文学现代性诉求纠缠在一起，使得新时期的翻译现代性呈现出极为复杂的形态。纵向考察以 1989 年和 1999 年为两个分界点，将 1978 年至 2008 年的 31 年时间分为三段，力图历史地整理和透视新时期文化转型以来翻译文学期刊译介状况的变迁，并将其与具体的社会文化历史语境结合起来，探寻翻译文学期刊译介旨趣转换的内在原因。另外，中国作家与读者主要是通过翻译文学了解外国文学、世界文学的。在中国的现、当代文学史上，尤其是当代，外国文学的直接影响，诸如中外作家的直接交往，或是中国作家因出国或留学而受到外国文学的熏陶，甚至直接阅读原文的读者，都还是少数。绝大多数的外国作家之所以能对中国文学产生巨大的影响，之所以能在广大中国读者的心目中占据重要的地位，主要是通过他们作品的中文译本。也就是说翻译文学事实上规定着人们阅读的范围与阅读的方式，并营造了中国作家、中国读者视野中的外国文学与世界文学景观。而翻译文学期刊可以说是这种事实上的世界文学景观中最为独特、最为优美的部分，也是蕴含最为丰富的部分，就如一种微缩景观，我们不难窥见、想象原本的世界文学全貌。再者，翻译文学是一种相对独立的文学作品的存在形式。翻译文学虽然来源于外国文学又在民族文学的语境中发挥作用，并同时具有两者的某些特点，它既是外国文学也是民族文学，与外国文学、民族文学之间是一种"亦此亦彼"的关系或者说"双重国籍"的现象，但它并不属于外国文学或者民族文学，而是一个自主的场域。将翻译文学视为一个独立的场域意味着某种对翻译的更为宽泛、灵活乃至历史的理解：翻译并不是某种简单的语言层面的转化，而是一个开放、自主的领域，通过翻译创造出来的新的词汇、意义、论述和再现形式等，一方面塑造了中国的"现代性"，正是在翻译的过程中，人们才建立起了关于传统与现代、世界与中国、西方与东方等种种想象，并由此开启了现代性的大门；另一方面这一"翻译"和"创造"本身也是立足于本土经验的"现代性"之产物。这种自主、开放的翻译文学场域的获得也是本书接下来讨论翻译文学、翻译文学期刊与本土文学创作及研究相互影响的基础，一些问题放在自主场域的框架下探讨可能会有更清晰的认识。

　　新时期外国文学对中国文学创作的影响主要是借以翻译文学进行的，这种影响表现在新时期文学创作的各个层面上，不管是文学的语言层面、文体层面还是观念层面，等等，因而给新时期作家带来了一种"影响的焦虑"。对一个作家而言，读到一部喜欢的作品，并接受其影响，可能是偶然的，具有某种"因缘"或"机缘"，或者说具有某种"私密"的因素。

但若仔细思索，在这种偶然性之后也有其必然性。新时期中国作家的焦虑不仅是抵制外来影响的焦虑，更深层次而言是整个民族重新"走向世界"的焦虑。但这并不意味着新时期中国作家在这种影响的焦虑下就无能为力，他们有意愿也有能力，以自身的自主性与独创性，通过自觉地、有选择地对外来文化艺术进行借鉴，开辟一条文学现代性的自主之路。本土文学现代性的发生与发展在很大程度上得益于翻译现代性，但文学现代性并不等于翻译现代性，从翻译现代性到文学现代性还有一个非常复杂的转变，而本土作家是完成这种转变的关键，《世界文学》中的"中国作家谈外国文学"栏目提供了中国新时期作家接受外国文学的第一手资料，这些栏目中的文章都涉及了哪些外国作家？又是哪些外国作家成为出现频率最高的名字呢？……对这些问题的统计大体可以看出新时期作家对外国文学接受的概貌，也可见出新时期文学现代性具体受到了哪些外来作家的影响。从国家和地区来看，新时期中国作家对外国作家、外国文学接受的主要来源是俄苏文学、法国文学、美国文学、英国文学和拉美文学。这与新时期翻译文学期刊的译介大体一致。而日本文学在新时期的接受远远逊色于它的译介。从作家个体来看，新时期中国作家对外国文学的接受也呈现出以下一些特点：经典作家的影响依然强烈；对外国文学接受的某种现代性倾向愈发明显；新时期中国作家对西方现代文学、现代作家的接受通常是以流派的方式进行的；新时期翻译文学期刊对获得诺贝尔文学奖作家的作品译介较多，但新时期作家对其的接受并不如想象的那样深广，等等。在这些接受中，中国作家——翻译现代性的主要接受者、文学现代性最重要的实践者——的主体性都得到了张扬，正是这种主体性的张扬，说明了中国在回应并且对抗西方的影响时，完全有能力创造出自己的文学现代性。1999年，《中华读书报》"国际文化"专刊组织了一次读者调查活动，评选"我心目中的20世纪文学"，加西亚·马尔克斯的《百年孤独》仅居于鲁迅先生的《阿Q正传》之后，名列第二位，《百年孤独》对新时期中国文学的影响可见一斑。以《百年孤独》为个案，考察其在新时期中国的译介、传播与影响，可以反映出我们的翻译现代性与文学现代性中某些极具启发意义与象征意义的细微之处。

从文学创作到文学研究，本书第五章可以说是第四章在逻辑上的必然延伸与展开。由于翻译文学成为事实上的外国文学和世界文学景观，以及本土文学创作面临着它影响阴影的巨大焦虑，翻译文学向我们的文学研究提出了一系列的问题与空前的挑战，它要求我们的理论必须对此做出回应。而过去二三百年间中西方之间的复杂交往，不仅要求我们将文学创作，也要求我们将文学理论与文学研究本身放到一个更大的全球格局下，在彼此文化的互动关系中进行考察，以见出其复杂的历史面貌。本章通过对新时期中国现当代文学、比较文学与世界文学、文艺学等学科回应翻译文学影响的某种"学术行为"或"学科行为"的考察，检讨其在特定历史语境中的"历史作为"和"意识形态功能"。翻译文学、翻译文学期刊对外国文学研究最首要的影响是它提供了中国的外国文学学者赖以研究的材料，从而使其成为一种"二手研究"。并且翻译文学期刊还对外国文学研究有着某种"议程设置"的功能，通过刊物上刊登的翻译作品，"人为"地制造出某些"浪潮"，给外国文学研究提供或规定了某些可以讨论的话题。中国学者的研究与其他国家学者的研究应当是同一层面上的学理性研究，这就需要我们超越那种平面的译介层面，在面对异域的文学文本和文学理论的迁移、旅行时，以一种"问题性"看待材料、艺术手法、叙述策略、观念、传播、接受和翻译等相关过程和问题。另外，翻译文学也促使了"比较文学与世界文学"学科设置与教学改革的变革，在笔者看来，在原有外国文学史的教学框架下，如果能够有意识地加入外国文学文本在中国的译介情况以及其对中国文学的影响情况两部分的内容，将使教学获得更好的效果。在现当代文学研究中，由于本土创作深受外国文学、翻译文学的影响，如何在研究中体现、定位这种影响成为现当代文学研究的焦点之一，陈思和"二十世纪中国文学中的世界性因素"命题的提出，较为集中地反映了现当代文学研究对这一问题的尴尬态度。中外文学关系的研究也应置于跨语言、跨文化的框架中进行研究，从某种互文视角切入，将影响、非影响的独创性因素、传统因素、作家个人的气质与才能等因素都囊括其中，力求切合文学创作与发展的实际，在尽量发掘、辨识、梳理中外文学间发生关系的第一手材料基础上，把作品的比较与产生作品的文化传统、社会背景、时代心理和作家的个人心理等因素综合起来加以考虑。近代以来，在从传统走向现代的转变中，中国原有的文学样态发生了深刻的变化，作为对文学现象进行总结和解释的文学理论怎样应对这种变化呢？换句话说，中国现代文学理论的建构需要怎样进行呢？并且，对中国现代文论话语的建构而言，不仅它所研究的对象受到了西方的影响，而且其自身也受到了西方理论的影响，也就是说，西方知识借以翻译，以一种更为复杂的方式出现在中国现代文论的建构以及文艺学的学科建设之中。作为对西方知识影响的回应,"失语症"与"重建中国文论话语"是在新时期的文艺学学科中引起较大反响的两个命题,笔者并不想参与到这场讨论当中,而是通过对这场讨论本身的探讨,或者说对"失语症"的提出以及争论这样一种"学术行为"、"学科行为"的讨论,透视本土文艺学学者是如何回应西方文学与理论借以翻译而对本土理论建构的事实影响的,以及这种回应中的话语实践与文化立场。

总之,本书希望提请注意的是以下几点:其一,本书是对建构了本土视野中的世界文学景观,也积极地参与了本土的文学与文化现代性建构的翻译文学期刊这样一种学界研究较少对象的关注;其二,是对整个影响与接受过程的关注,而不是只研究输出与接入的两端,本书将翻译文学期刊置于一个动态的旅行过程中,关注其翻译、编辑、形成与影响的整个过程;其三,本书还将翻译文学期刊置于跨语言、跨文化的框架中进行研究,关注翻译文学期刊背后的文学生态,考察翻译文学、翻译文学期刊对中国文化现代性和中国文学现代性的影响与建构,并且通过考察认为,西方文学借以翻译文学对中国的文学现代性产生了深刻的影响,但并不能就此说明中国的文学现代性只是对西方刺激的回应,其自身完全具有自主发展的愿望与能力。

第一章

实践与理论:翻译文学
期刊的翻译活动

新批评理论家瑞恰兹（I. A. Richards）把语言划分为科学语言和文学语言，他认为，不论是自然科学语言，还是人文科学语言，都是为了证明命题的真或者假，正确或者错误，而文学语言则是为了表达情感。在《文学批评原理》（*Principles of Literary Criticism*）等著作中，瑞恰兹指出，科学语言尽可能地把自己限制在规定意义之内，努力避免含混不清的表达，以免产生歧义；而文学语言则具有多义性、复杂性、柔韧性与微妙性，其本质是模糊含混的，可以激起人们多方面的想象与联想。① 显然，文学文本主要是一种文学语言，而理论主要是一种科学语言，两者的区分主要在于修辞性与逻辑性的差别。在从源语言向目的语的转换过程中，"译者如何对待他所译语言的特殊性？每一种语言的修辞性都以某种方式颠覆其逻辑的系统性。如果我们强调逻辑而牺牲这些修辞干扰，我们就会安全无事。'安全'在此是一个适当的术语，因为我们在谈论翻译的中介所面对的危险和对它施加的暴力"。② 也就是说，文学文本旅行与理论旅行因为旅行主体的语言形态与语言特性的不同，而导致在跨语言的旅行过程中对翻译的不同态度与认识：在翻译过程中，理论被认为是可以较为"安全"、准确地从一种语言传达到另一种

---

① 参见［美］瑞恰兹《文学批评原理》，杨自伍译，南昌：百花洲文艺出版社1992年版，第13—18页。

② ［美］加亚特里·查克拉沃蒂·斯皮瓦克：《翻译的政治》，陈永国译，载陈永国主编《翻译与后现代性》，北京：中国人民大学出版社2005年版，第216页。

语言的,几乎不存在意义的失落与变形;而在传统译论看来,文学文本被认为是难以翻译的,最少也是一种"危险"的语言转换,译作向来被认为只是对原作拙劣的模仿。赛义德在关注"理论旅行"时,似乎也极为相信理论旅行中翻译的安全性,所以在《理论旅行》和《理论旅行再思考》("Traveling Theory Reconsidered")[①]两文中,并没有太多地涉及翻译的问题。

　　问题由此产生,"旅行理论的问题在于,它赋予理论(或者是赛义德此书上下文中的西方理论)以羽翼丰满、来去自由的主体性,这样就过分肯定了理论的首要性,并且它未能成功地解释何为翻译的工具。通过压抑翻译的工具,旅行成为一种抽象的思想,以至于理论在哪个方向旅行(从西方向东方,还是相反),出于什么目的(是文化交流,帝国主义,还是殖民化?)旅行,或者使用哪一种语言、为了哪些受众旅行,这些问题都变得无足轻重了"。[②]可以说,正是对翻译问题的忽视,使得旅行理论缺乏一种思想的严密性,也就难以实现其自身的适用性与完满性了。当然,并不能以此来说明赛义德本人甚少关注翻译的问题,实际上在他的《东方主义》以及后期的著作中,都触及了西方的东方主义文本传统里面关于文化差异的表述与翻译,而且赛义德本人也已经成为对西方殖民主义、我族中心主义等问题的最有影响的批评家。

　　正如刘禾在《语际书写——现代思想史写作批判纲要》一书中所言:"由于中国现代知识传统创始于对西学的翻译,采纳,盗用,及其它一些涉及语言之间关系的活动,对中西交往的研究不可避免地要以翻译活动为始点。"[③]本书因而将翻译视为文学文本在异域旅行的首要环节,或者说逻辑的起点,并以此区别于赛义德所认为的理论旅行四阶段中的第一阶段。显然,起点具有某种不可靠性与诱惑性,"我想很多人都有类似规避开端的欲望,以求从最初即在话语的另一边,这样便无需从外部考虑话语的奇特、可怖和邪恶之处。体制之于这一常有愿望的答复却是讽刺性的,

---

　　① Edward W. Said. "Traveling Theory Reconsidered", in *Reflections on Exile and Other Essays*. Cambridge: Harvard University press, 2000. pp. 436 – 452.

　　② [美]刘禾:《跨文化研究的语言问题》,宋伟杰译,载许宝强、袁伟选编《语言与翻译的政治》,北京:中央编译出版社 2001 年版,第 229 页。

　　③ [美]刘禾:《语际书写——现代思想史写作批判纲要》,上海:上海三联书店 1999 年版,第 35 页。

因为它将开端神圣化，用关注和静默将其围绕，并强加仪式化的形式于其上，似乎为了使其在远处亦能更为容易地辨认"。① 对本书的文本旅行与文化建构而言，翻译都是一个思考的基点。从事实而言，翻译不可避免地在文学文本的异域旅行过程中处于一个起始的阶段，它带给我们交流的可能，也是我们误读的开始。并且翻译是一种"创造性的叛逆"，译入语的社会、文化语境以及译者主体的性情、气质都在翻译活动有着重要的作用。从另一方面而言，翻译正是以这种"创造性叛逆"，构建了他者文化的形象，也参与到本土的文学、文化建构中来。翻译文学期刊的翻译活动由此成为本书首先要考察的问题，但值得注意的是，本书对翻译的研究重点并不是技术意义的翻译，而是翻译活动具体的文化语境、历史条件以及由不同语言间接触而引发的话语实践。更言之，本书对翻译研究的兴趣在翻译的外部而不是翻译的内部。具体而言，可以分为以下三个方面，首先是对翻译文学期刊译介对象与策略的考察，其次是对现代语境下翻译文学期刊的译者主体及其文化身份的探讨，最后是对翻译文学期刊其他非文学翻译实践——相比较翻译文学期刊的文学翻译而言，这些也可视为外部的——诸如文学翻译竞赛、翻译文学评奖等的考察。

第一节　翻译现代性②：翻译文学期刊的译介对象与译介策略

有论者将中国文学的现代性划分为三个阶段，晚清之际是"诸种现代性蓄势待发"的阶段，"五四"之后是某种"单一现代性"的阶段，而到了 20 世纪末，则是"多元现代性的再一次绽现"。③ 事实上，如果考虑到

---

① ［法］米歇尔·福柯：《话语的秩序》，肖涛译，载许宝强、袁伟选编《语言与翻译的政治》，第 2 页。

② "翻译现代性"在王德威和刘禾等人的书写中主要是指"在翻译中生成的现代性"或"被翻译的现代性"（参见［美］王德威《被压抑的现代性——晚清小说新论》；［美］王德威：《翻译现代性》，载王宏志编《翻译与创作——中国近代翻译小说论》，北京：北京大学出版社；及［美］刘禾：《跨语际实践——文学、民族文化与被译介的现代性（中国：1900—1937）》，宋伟杰等译，北京：三联书店 2002 年版；［美］刘禾《语际书写——现代思想史写作批判纲要》），本书中也用来指"文学翻译的对象是现代性作品"这样一层意义。

③ 参见［美］王德威《被压抑的现代性——晚清小说新论》，第 364 页。

中国现代知识传统很大程度上创始于对西学的翻译、采纳与运用，那么，从源头上来说，早在新时期之初的翻译文学期刊上，这种文学的多元现代性就已经初露端倪了。正如刘再复所认为的：新时期文学的发展，在经历了最初的阶段后，要求自身从"阶级斗争工具"论的观念束缚中解放出来，从单一的反映论模式中超越出来，因而对外国文学的接受具有多元的价值取向，而且侧重于一些具有"恒久文学价值"和具有"新的审美趋向"的作品。① 这种新的审美趋向即指外国现代派文学。从创刊（或复刊）伊始，《世界文学》、《外国文艺》和《译林》不约而同地选择了以外国现当代文学作为译介的主要对象。《世界文学》"以介绍和评论当代和现代的外国文学为主"；② 而《外国文艺》则声称"《外国文艺》以马列主义和毛泽东思想为指导，有选择有重点地介绍当代外国文艺（以文学为主，包括戏剧文学、电影文学，兼及音乐、美术）作品和理论，介绍外国当代有代表性的文艺流派及其作家的代表作，反映外国文艺思潮和动态，供有关部门和专业文艺工作者了解和研究"；③ 《译林》也声明"我们打算把《译林》的主要篇幅，用来译载当代世界各国具有一定进步倾向、艺术水平较高、为广大读者所欢迎的文学作品，也译载一些当前世界文学重要流派的代表作和一些古典的外国文学作品"。④ 显然，外国现代主义文学不全然等于外国现代文学，但无疑现代主义文学占了外国现代文学的绝大部分。⑤ 对中国文学的现代性而言，在可资借鉴或施加刺激的外因中，不论从文学自身的风格、流派来看，还是从文学外在的民族、国家来源等因素来看，在新时期都已经呈现出某种多元的态势。⑥

那么是什么原因导致三家刊物不约而同地作出了类似的选择呢？笔者认为，主要原因有三：首先，是对"文化大革命"期间"禁区"论的反拨。在"文化大革命"时期，由于极左思潮的影响，外国文学工作——不

---

① 刘再复：《笔谈外国文学对我国新时期文学的影响》，载《世界文学》1987年第6期，第287—295页。

② 《致读者》，载《世界文学》1978年第1期，第314—320页。

③ 《编后记》，载《外国文艺》1978年第1期，第318—320页。

④ 《打开"窗口"了解世界》，载《译林》1979年第1期，第1页。

⑤ 事实上，国内在论说现代主义文学时，也包括了不少后现代性质的东西，因此，这里也没有对现代主义和后现代主义文学进行严格的区分。另外，国内所谓的"外国"文学，很大程度上也主要是指西方国家的文学，因而在本书中，外国文学与西方文学这两个概念有时也交替使用，正是反映出某种中国文学现代性的复杂情景。

⑥ 关于这一部分的统计分析可参看本书第三章第一节。

管是翻译、阅读，还是教学、研究等——都遭到了极其严重的破坏，外国文学领域一时成为"禁区"，对西方现当代文学更是以"毒草"① 称之，认为它是资产阶级颓废、腐朽思想的反映。这种全盘否定、关门主义的做法直接导致了整整一代人与外国文学，尤其是同时期的西方文学的隔绝，在"文化大革命"结束后，翻译、介绍和评论当代及现代的外国文学就成为时代的迫切需要。更加宽泛而言，"不论从政治上、外交上，或是从文化交流、艺术借鉴上，搞好外国文学的翻译和研究，都是十分需要的"。② 其次，是中国现代文学发展的内在要求。"我们传统的写法是以讲故事为主，手法是白描的，叙述是单一的。"③ 似乎并不能很好地承担反映现代复杂生活的重任，因此有意识地学习西方现代文学的技巧成为我们发展本土文学，刷新传统手法的必由之路。可以说，西方现代派文学契合了新时期中国文学界要求突破单一观念与模式，进行艺术探索与创新的需要与渴望。④ 事实上，早在五四时期，鲁迅、郭沫若、郁达夫等一批作家就开始把艺术借鉴的目光投向了西方现代主义文学，他们同时也几乎都是翻译家。而后，施蛰存、穆时英、李金发等人的作品也带有浓厚的现代主义色彩。应该说正是对外国文学（包括西方现代派文学）的借鉴才使得五四时期的创作呈现百花齐放、异彩纷呈的局面，而这种局面在一定意义上也为新时期文学创作的多元化发展奠定了基础。在经过多年的隔绝后，人们在新时期"重新"发现了西方现代派文学，并迅速在翻译界、创作界和批评界产生了巨大的反响，引发了种种论争。当然，绝大多数的人还是主张读点现代派文学的，袁可嘉对此从四个方面加以说明，他认为不管是为了了解现代资本主义社会的问题和那里人们的心理、更好地理解现代文学的整体，还是为了了解欧美现代派文学对我国新文学的影响，或者是为了借鉴外国文学的艺术手法，发展我国的文学表现手段，我们都应该读点西方现代派作品。⑤ 而新时期对西方现代派文学的大量译介直接促使了新时期文学创作的繁荣，从这点而言，翻译文学期刊功不可没。最后，则是翻译文

---

① 《答读者：关于〈摘译〉的编译方针》，载《摘译》1976 年第 1 期，第 171—173 页。

② 陈嘉：《读点外国文学很有好处》，载《译林》1979 年第 1 期，第 3—4 页。

③ 宗璞：《广收博采，推陈出新》，载孔范今、施战军主编，路晓冰编选《中国新时期文学思潮研究资料》上卷，济南：山东文艺出版社 2006 年版，第 187 页。

④ 张永清主编：《新时期文学思潮》，北京：中国人民大学出版社 2003 年版，第 87 页。

⑤ 袁可嘉：《谈谈西方现代派文学作品》，载《译林》1979 年第 1 期，第 322—323 页。

学期刊本身的特殊要求。相比较图书而言,期刊周期更短,传播的信息更多也更及时,与作者、读者的交流渠道也更畅通,期刊上刊载的文学作品可以弥补图书发行的某些不足,在美国,且不说各类《文摘》,仅《星期六晚报》这一类杂志所发表的文学作品就在发生袖珍书革命之前满足了美国数百万读者的文学需要。① 而具体到中国新时期的翻译文学期刊而言,以其"周期的快与相对的持续性、思想的新与阵容的相对集中性,以及信息的多并能容纳一定的学术深度",② 在新时期的外国文学译介工作中发挥着重要的作用,也吸引了众多的读者。可以说,翻译文学期刊自身的这些特性也在一定意义上规定了期刊译介的主要对象只能是外国现当代文学作品。

　　三家翻译文学期刊虽然在创刊词或复刊词中表明了对文学"现代性"和"多元现代性"的追求,但那仅仅只是某种主观愿望。我们还注意到,在这些创刊词或复刊词中,对"现代性"的理解事实上还是比较笼统的,即使翻译文学期刊注意到了各种不同的文学流派,甚至做出了左、中、右的区别,但这些似乎也只是表明了某种对外来思潮兼容并包的开放气度,表明了新时期之初的人们对各种看起来互相矛盾的思想都有着浓厚的兴趣。事实上,在新时期初期,西方文学与思想以"现代"的名义,"被当做一个有机整体接受下来,尚未呈现出其内在的紧张性"。③ 并且西方的文学现代性并非某种单一的实体,它"自身已是诸种语言与文化的复杂交往",④ 而对这些复杂的交往乃至彼此冲突和矛盾的部分,新时期初期的人们缺乏明晰的认识和明确的界限。换言之,在现代化理论的传统/现代思维模式影响下,新时期知识分子将外来思潮都理解为与中国传统对应的西方现代话语,因此获得了某种模糊的共同思想预设,这种整体上的态度同一性,或者说这种兼容并包、照单全收的拿来主义引进方式,使得同一性背后所遮蔽的是"内在的、深刻得多的异质性内涵"。⑤

---

　　① 参见［法］罗贝尔·埃斯卡尔皮《文学社会学》,符锦勇译,上海:上海译文出版社1988年版,第22页。
　　② 陈思和:《想起了〈外国文艺〉创刊号》,第157页。
　　③ 许纪霖、罗岗等:《启蒙的自我瓦解:1990年代以来中国思想文化界重大论争研究》,第9页。
　　④ ［美］王德威:《被压抑的现代性——晚清小说新论》,第26页。
　　⑤ 许纪霖、罗岗等:《启蒙的自我瓦解:1990年代以来中国思想文化界重大论争研究》,第10页。

在"文化大革命"结束后的最初几年，文化思想上还没有真正解冻，文艺领域依然是以极左思潮为导向，某种单一现代性的思潮依然盛行，思想上的僵化模式在创作、批评等领域依然维持。另外，西方文学现代性所反映的思想内容、所采用的文学手法的确与才从"文化大革命"走过来的中国人的接受视野相差太远。要使文学现代性从"单一"走向"多元"，要使外国现当代文学译介在当时的文化语境中合法化，三家翻译文学期刊必然采取一定的策略避免与当时还比较僵化的政治思维方式发生冲突，使自身不至于招致政治上的祸患，同时也要使西方现当代文学能够让读者接受，而不因为审美经验或期待视野距离过大而导致阅读的受阻、搁浅。

刊物的创刊词（复刊词）一般都体现了刊物办刊的宗旨与方针，在这三家刊物以"致读者"、"编后记"等形式刊发的创刊词（或复刊词）左支右绌、曲折其意的惯常政治话语中，我们可以看到新时期初期翻译文学期刊将西方现当代文学译介合法化的相关策略。《世界文学》在《致读者》中有"从整体和本质来看，西方现代资产阶级文学是资本主义没落时期的产物，它的总的趋势是衰微、没落"和"西方现代文学中确实有着大量颓废、反动、诲盗诲淫、低级下流的东西"的论述，如果说这种论述是延续"文化大革命"思维对西方现当代文学的固有评价的话，下面的"但是也还有……还有些……就是那些……"则是编者为维护刊物译介的合法性的曲折申诉了。这种表述方式与《译林》的《打开"窗口"了解世界》中的"尽管……但有……即使"又是何其一致。在这种曲折其意的表述中，笔者认为，新时期翻译文学期刊的译介策略可以大体归纳如下：从内容与认识价值层面而言，翻译文学期刊力图避免源语作品的内容、思想与译入语文化的价值观念发生冲突，也就是说力求归化；从形式而言，翻译文学期刊接受源语文本在艺术手法、创作方式上与译入语文学的差异，强调对现代派技艺的借鉴，即对文学作品的艺术形式以异化为主。事实上，查明建在《现代派文学在新时期译介的文化语境与译介策略》一文中将这种策略归纳为三点：一是强调现代派文学对资本主义社会的批判认识价值，二是与现实主义相联系的策略，三是内容与技巧剥离的阐释策略。[①] 应该说这种归纳是比较贴切的，但若是更深入而言，以及考虑到事实的翻译过程与翻译效果来看，笔者的归纳可能更为明了。

---

① 查明建：《现代派文学在新时期译介的文化语境与译介策略》，第 155—173 页。

　　在内容层面上，翻译文学期刊为了使源语文学作品的内容符合当时的政治、文化语境，有意识地将西方现当代文学按其政治倾向进行了区别对待，并力图从中分别找到与当时的政治、文化语境相一致的要素。《世界文学》和《译林》事实上都将西方现当代文学进行了左、中、右的区分，第一类是西方资产阶级的"进步"文学，这类作品本身对资产阶级生活持批判态度，因此对读者是"有益"的；第二类是占多数的虽受颓废倾向和反动思潮的影响，但从总体上反映了资本主义社会的部分真实，读者可以"批判"地阅读的作品；第三类是"反动"作品，用以"认识西方世界资本主义没落的趋势和某些阶层的没落的心理状态和精神危机"，这类作品读者可以"适当"阅读。自然，前两者才是翻译文学期刊翻译的重点，对于第三类作品，虽说可以"适当"阅读，然而为了避免可能的不必要的政治上的风险，三家翻译文学期刊都尽量少地翻译此类作品。据《译林》编辑部对《译林》杂志1981年至1982年的统计表明："1981年以来，《译林》共发表各种体裁的外国文学作品110篇，根据读者的反映，以及编辑部进行的全面检查，其中内容健康、反映现实比较深刻、有一定文学水平的有104篇，占百分之九十四点六；内容较平淡，艺术性也一般，个别地方稍显消极的有4篇，占百分之三点六；虽然也反映了国外的某些现实，但格调不高，可以不刊登的只有2篇，占百分之一点八。"①

　　虽然按作品或作者的政治倾向来区别作品的内容与价值的方法本身就是"文化大革命"思维的延续，但对源语文学的内容、思想力求归化，使其符合译入语文化的价值观念的策略却在三家翻译文学期刊上得到了很好的执行。卡夫卡是西方现代派文学的奠基人物之一，三家翻译文学期刊在新时期初期都刊载了卡夫卡的作品：《世界文学》在1979年第1期上刊登了他的《变形记》，《译林》在1980年第4期上译介了他的《乡村医生》，《外国文艺》也在1980年第2期和1983年第4期上两次刊载了他的短篇小说。总体而言，三家刊物对卡夫卡作品思想内容的评介是较为一致的，认为其揭露、批判了资产阶级的丑恶面，如《变形记》的译者李文俊曾指出，《变形记》尖锐地接触到现代资本主义社会若干带本质性的问题：人的异化现象、灾难感、孤独感。② 在同期刊载的关于卡夫卡的评论文章

　　① 《本刊第二次扩大的编委会在苏州召开》，载《译林》1983年第3期，第270页。
　　② 李文俊：《变形记·译者前言》，载《世界文学》1979年第1期，第191—193页。

中，丁方、施文两人也指出卡夫卡的作品表现了资产阶级社会"孤独的人和陌生的世界"。① 孙坤荣在翻译《乡村医生》时也认为卡夫卡的小说"反映了资本主义发展到帝国主义阶段，西方社会中的一部分中、小资产阶级（许多是所谓的小人物）的悲惨遭遇和无可奈何、无能为力的失望情绪，对资本主义社会，特别是奥匈帝国的社会状况以及统治阶级进行了一定的揭露"。② 《外国文艺》在译介卡夫卡的短篇小说时也指出："卡夫卡擅于描写资本主义社会中人的本质的那种孤立的主题，描写现实的荒诞、非理性和人的自我存在的苦痛和窘困。"③

对翻译文学内容进行归化的一个主要方式就是将不符合意识形态的内容加以删节。林纾的译作中删节和增补的现象就大量存在。去除因篇幅原因而对原作进行的选译、删节，将不符合意识形态规范的内容进行删除也是翻译文学期刊惯用的手法之一，虽然有些是经过作者同意的，但绝大部分是对原作的一种损害，因为这无法保留原著的全貌了。《译林》1981 年在译载石川达三的《破碎的山河》时，曾将其中偷看女人洗澡的一段很具体的描写删掉了，译者曾为此致信石川达三，石川达三复信表示并不损害原作。④ 但如果设想一下，有读者从其他渠道读到了原文，他会做何观感呢？《世界文学》1982 年第 6 期译介《百年孤独》时也将男女情爱的段落删去了不少，而马尔克斯对苏联的《百年孤独》译本删去这样的段落就表示过不满。⑤ 时过境迁，必然会出现另外的全译本以满足读者的要求，比如说《百年孤独》虽在 1984 年 8 月和 9 月分别由上海译文出版社和北京十月文艺出版社出版了黄锦炎等（即原《世界文学》所翻译的版本）和高长荣的译本，但两个版本都有较多的删节，在 1993 年又由云南人民出版社出版了吴健恒翻译的全译本。

在形式层面，翻译文学期刊对西方现当代文学作品的艺术手法并没有像对作品的思想内容那样力图使其归化——使其符合本土的社会、历史、文化语境的规范——而是对明显相异于本土文学观念的西方现代派的艺术

① 丁方、施文:《卡夫卡和他的作品》，载《世界文学》1979 年第 1 期，第 242—255 页。
② 孙坤荣:《卡夫卡和他的〈乡村医生〉》，载《译林》1980 年第 4 期，第 234—236 页。
③ 《卡夫卡短篇小说两篇·编者前言》，载《外国文艺》1980 年第 2 期，第 256—257 页。
④ 参见《关于翻译能否删节的争论》，载《译林》1988 年第 2 期，第 215 页。
⑤ 参见吴健恒《我与〈百年孤独〉》，载郑鲁南编《一本书和一个世界》，北京:昆仑出版社 2005 年版，第 284 页。

手法表现了足够的宽容，强调其在技巧上对本土文学的借鉴意义，认为它能够丰富本土文学的创作方法，促使本土文学形式的发展及传统文学手法的更新。新时期初期对卡夫卡作品的翻译在艺术形式上也大体如此，丁方、施文两人就认为卡夫卡是一个具有独特艺术风格的作家，"他所写的荒诞背后是有灵魂的，这个灵魂就是象征性的比喻"。① 孙坤荣也认为："卡夫卡在《乡村医生》中，一方面运用想象、夸张、虚构的手法来描写社会现实；另一方面在某些情节上也写得十分隐蔽、含蓄，让读者自己去思考、回味。"② 《外国文艺》同样认为，卡夫卡"寓讽喻于象征、夸张，貌似荒诞不经而含有深意"。③ 虽然没有直接表明要对卡夫卡作品的艺术形式加以借鉴，在细致的剖析中，我们不难看出某种"拿来"为我所用的意图。当然也有人对这种形式与内容的"剥离"表示了怀疑：西方现代派文学作品的"新颖"，与其说是形式技巧的独特，还不如说更多地取决于它的思想观念；另外，西方现代派文学本身形式与思想的混合达到了前所未有的境地，形式已经不只是艺术表现的手段，很大程度上成了艺术本体的构成部分。④ 内容与形式完全"剥离"的确十分困难，但这却是可能的，而且是必需的。⑤ 在现实的政治、文化语境中，为了使对西方现代派技巧的借鉴以及整个西方现当代文学的译介能顺利进行，将西方现代派的作品内容与作品形式区分开来，强调对形式的借鉴意义的做法似乎成为翻译文学期刊有意识的策略。

　　翻译文学期刊对西方现代派文学采取的内容与形式相剥离，对内容以归化为主，对形式以异化为主的策略，一定程度上影响着研究者的批评方式、创作者的借鉴方式以及读者的阅读方式。从新时期初期的外国文学评论文章中，我们不难看出这种策略的影响，绝大多数的评论文章都坚持了这两点：强调现代派文学的思想内容对资本主义社会的批判认识价值；主张现代派文学的艺术形式对本土文学参考借鉴意义。这种批评方式坚持了"好处说好，坏处说坏"的辩证思维，因此总免不了在进行完相关的论述

① 丁方、施文：《卡夫卡和他的作品》，第 243 页。
② 孙坤荣：《卡夫卡和他的〈乡村医生〉》，第 236 页。
③ 《卡夫卡短篇小说两篇·编者前言》，第 256 页。
④ 夏仲翼：《谈现代派艺术形式和技巧的借鉴》，载《文艺报》1984 年第 6 期，第 58—61 页。
⑤ 李陀：《也谈"伪现代派"及其批评》，载孔范今、施战军主编《新时期文学思潮研究资料》上卷，济南：山东文艺出版社 2006 年版，第 354 页。

之后，来上一段"但是……"，如《世界文学》在译介《百年孤独》时，在当期也刊登了林一安的一篇评论文章《拉丁美洲的魔幻现实主义及其代表作〈百年孤独〉》，[①] 作者在仔细分析了魔幻现实主义手法的起源、原则等后，在篇末总结道："《百年孤独》是拉丁美洲魔幻现实主义的代表作品，由于作家的世界观以及阶级立场的局限，作品中也存在着缺陷、错误甚至糟粕，其中最严重的是宿命论的观点和悲观主义的情绪……"对作家而言，他们首先接受的便是作品形式的影响，莫言写道："我认为，《百年孤独》这部标志着拉美文学高峰的巨著，具有骇世惊俗的艺术力量和思想力量。它最初使我震惊的是那些颠倒时空秩序、交叉生命世界、极度渲染夸张的艺术手法。"[②] 王蒙也曾说："我喜爱契弗小说是因为他的迷人的叙述方式与叙述语言。"[③] 对他们的创作借鉴来说，艺术形式即使不是全部也是首要的。这自然导致了思想内容与表现形式易于分离的文学流派能被较早与较多译介及借鉴、模仿的原因。比如说意识流小说与魔幻现实主义小说，不仅在新时期的翻译文学期刊上得到了较多的译介，而且对新时期的文学创作影响深远，新时期最早具有现代派因素的创作即为王蒙、茹志鹃等人的"拟意识流"小说，而魔幻现实主义小说则在80年代形成了一股长盛不衰的热潮。另外，在三家翻译文学期刊众多的读者来信中，我们看到读者事实上已经接受了这样一种译介策略，"看了《译林》的作品，对于我们了解资本主义国家那种享乐至上，尔虞我诈的金钱关系是个极好的帮助。象《尼罗河上的惨案》和《吕蓓卡》，都从不同角度反映了资本主义社会的金钱关系，使我们了解了外国上层社会的虚伪和罪恶。通过这些，就能对比出还是社会主义国家好。……《吕蓓卡》的写作手法别具一格……这种写作手法值得我们学习……"[④] 如此方式的评论在读者群体中颇具代表性，而这无疑同翻译文学期刊的译介策略是相一致的。

翻译研究的归化与异化之争在某种意义上是原来的直译与意译之争的从语言层面到文化、诗学和政治层面探讨的升格与延续。[⑤] 新时期的译界

---

① 林一安:《拉丁美洲的魔幻现实主义及其代表作〈百年孤独〉》，载《世界文学》1982年第6期，第119—139页。
② 莫言:《两座灼热的高炉》，载《世界文学》1986年第3期，第298—299页。
③ 王蒙:《我为什么喜爱契弗》，载上海译文出版社编《作家谈译文》，第2页。
④ 《来信摘登》，载《译林》1980年第3期，第278—279页。
⑤ 王东风:《归化与异化:矛与盾的交锋?》，载《中国翻译》2002年第5期，第24—26页。

对归化与异化问题从多方面进行了探讨，最终达成了一些共识：正如没有全然的直译和意译一样，在翻译中也没有完全的归化与异化，翻译中的归化与异化不仅是不矛盾的，而且应该是相辅相成、互为补充的，也就是说翻译应该是两种语言、文学、文化之间的杂合。"至于在译文中必须保留哪些源语文化，怎样保留，哪些源语文化的因素又必须作出调整以适应目的语文化，都可以在对作者意图、翻译目的、文本类型和读者对象等因素分析的基础上，做出选择。对译者来说，重要的是在翻译的过程中要有深刻的文化意识，即意识到两种文化的异同。"① 勒菲弗尔在《翻译、改写以及对文学名声的制控》(*Translation*, *Rewriting and the Manupulation of Literary Fame*)② 一书中引入了一个重要的概念"改写"(rewriting)，认为翻译也是一种改写，而在不同的历史条件下，改写主要受到两方面的限制：意识形态与诗学形态。意识形态主要从政治、经济和社会地位方面来限制和引导翻译者的改写，而诗学形态则是翻译者进行翻译创作时所处的文化体系的重要组成部分。我们要考察新时期翻译文学期刊对源语文学文本的不同要素采用不同译介策略的原因，就有必要从当时具体的诗学形态和意识形态中来寻找，也就是说，采用这样的译介策略是因为当时的文学语境和文化语境制控的结果，是与本土的文学现代性相适应的结果。

　　"文化大革命"结束后，新时期外国文学研究领域的讨论主要集中在以下两个方面：一是对古典文学中人道主义和人性论的重新认识；二是如何看待西方现代主义文学。③ 这两大问题的讨论也逐步扩展并融入新时期文学、文艺乃至文化的深度展开之中，成为新时期文学发展和文化构建的一个重要组成部分。三家翻译文学期刊既然都以西方现当代文学为主要译介对象，如何看待西方现代主义文学的讨论就直接影响到了它们的译介策略，从另外一方面而言，它们也通过对西方现代文学的翻译参与到这场讨论当中来，并对讨论的走向及结论产生自己的影响。因《译林》杂志社在创刊号上刊载《尼罗河上的惨案》而引发的一场风波④可以说是一个很好

---

① 郭建中：《翻译中的文化因素：异化与归化》，载《外国语》1998 年第 2 期，第 12—19 页。

② André Lefevere, *Translation*, *Rewriting and the Manupulation of Literary Fame*. 上海：上海外语教育出版社 2004 年版。

③ 参见查明建《现代派文学在新时期译介的文化语境与译介策略》。

④ 参见孙会军、孙致礼《改革开放后我国外国文学翻译界的一场风波》，载《中国比较文学》2006 年第 2 期，第 163—173 页。

的例证，翻译文学期刊正是通过自身的译介工作参与到这场关于西方现代派的论争以及思想解放的洪流中来。正如任何事物的发展都有一定的过程，如何看待西方现代主义文学的讨论也经历了一个逐步深入的历程，从 1978 年到 1989 年的 12 年间，讨论的论题逐渐从"现代派是什么？""现代派应该怎么看？""我们要不要现代派？"扩展到"我们文学中的现代派好不好？""我们有没有真正的现代派？"从论争主题的变化可以看出学界对现代派认识程度不断加深，也可以看出学界对现代派态度的变化，如果说前期的论争更多的是一种政治色彩浓厚而学理思考不够的意气相争的话，后期的论争则从政治话语逐渐回复到了诗学本身，正如许子东所言，"开始是文艺政策和文化心理的调整，后来是借文学精神价值的讨论来关注当代青年文化心态，再后来才出现对新时期文学自身的质疑"。[①]

柳鸣九在 1978 年全国外国文学研究工作规划会议上做了《现当代资产阶级文学评价的几个问题》[②] 的长篇发言，这是"文化大革命"后第一篇对西方现当代文学作出中肯评价的学术论文，在当时引起了广泛的关注，也引发了如何看待西方现代主义文学的大讨论。全文共分五个部分：(1) 问题的提出；(2) 用一分为二的方法，看待和分析现当代资产阶级文学的状况；(3) 如何看待现当代资产阶级文学的思想基础；(4) 坚持历史唯物主义，掌握正确的评价标准对现当代资产阶级文学进行科学评价；(5) 如何看待现当代资产阶级文学的艺术特点。在思想内容与认识价值上，文章坚持了一分为二的辩证思想和历史唯物主义的方法，对外国作家作品还是从其政治倾向和阶级地位来判断，使其符合当时的意识形态规范。袁可嘉在《谈谈西方现代派文学作品》中也进行了类似的区分："象任何事物一样，现代派也可以一分为二，也有左中右之别。我们要善于区别对待。有些现代派作品不仅没有毒，还有益……有些现代派作品有一些消极因素如和平主义思想、虚无主义情绪等，但它们在总体上还是反映了资本主义社会的部分真实的。这类作品数量最大，可以说是现代派的主体，是可以批判地阅读的，无需害怕。还有一类现代派作品，例如宣扬殖

---

① 许子东：《现代主义与中国新时期文学》，载《文学评论》1989 年第 4 期，第 21—34 页。

② 柳鸣九：《现当代资产阶级文学评价的几个问题》，载《外国文学研究》1979 年第 1、2 期。

民主义、反对社会主义和贩卖色情的坏书。这些除了研究工作者要进行必要的研究以外，一般读者当然不必去看它。"① 这与《世界文学》和《译林》的划分是一致的。柳文在分析如何看待现当代资产阶级文学的艺术特点时，也坚持了一分为二的方法，并且指出"现代派的一部分创新是有价值的，应该得到我们的承认"。应该说在柳文中已经出现了将西方现代派的艺术手法与其思想内容相剥离的倾向，高行健在 1981 年出版了《现代小说技巧初探》② 一书，这是新时期我国第一本专论现代小说技巧的专著，从书名我们不难看出作者的主张：现代小说的技巧可以与内容剥离开来，从而拿来为我们所效法、借鉴。作家冯骥才、李陀、刘心武 1982 年在《上海文学》上发表了关于"现代派"的通信，③ 也强调了形式的"相对独立性"与"超阶级性"，认为形式与技巧对本土文学创作有重要的借鉴作用。《译林》杂志社更是在 1985 年 11 月与四川大学外语系联合主办了"当代外国小说创作技巧讨论会"。主办者认为："在外国文学的翻译和研究工作当中，应当对当代外国小说各种创作技巧的变化、特征、发展趋势等等给予更多注意。首先要了解它，研究它，然后根据我们的需要，有分析有选择地加以借鉴和参考，这对促进我国文艺作品艺术性的提高是会有帮助的。"④ 新时期初期的外国文学译介工作与当时的诗学形态或文学语境之间不仅是一种制控的关系，也存在着一种互动的关系，也就是说两者相互生成、相互影响，一起催生、助长、介入甚至直接构成了新时期文学创作中的现代主义倾向的发展。而对西方现当代文学的思想内容以归化为主，对其艺术形式则以异化为主的策略成为译介、批评和创作领域的共同特色。关于西方现代派的讨论后来也从文学领域扩展到了所有艺术领域，这样一种策略也在其他的艺术领域得到了不同程度的回响，比如在当时的美术界，也"实际上是主张吸收西方现代派的手法，而摈除其精神内容"。⑤

　　各种符号现象，也就是由符号主导的人类交际形式（例如文化、语

---

　　① 袁可嘉：《谈谈西方现代派文学作品》，第 322 页。

　　② 高行健：《现代小说技巧初探》，广州：花城出版社 1981 年版。

　　③ 冯骥才：《中国需要"现代派"》、李陀：《"现代小说"不等于"现代派"》、刘心武：《需要冷静地思考》，载《上海文学》1982 年第 8 期。

　　④ 《当代外国小说创作技巧概述·编者按》，载《译林》1986 年第 2 期，第 224—228 页。

　　⑤ 高名潞：《当代中国美术运动》，载甘阳主编《八十年代文化意识》，上海：上海人民出版社 2006 年版，第 44 页。

言、文学、社会等）应视为系统而非由各不相干的元素组成的混合体。
这些系统各有不同的行为，却又相互依存，并作为一个有组织的整体而
运作。任何多元系统，都是一个较大的多元系统，整体文化的组成部
分，同时它又可能与其他文化中的对应系统共同组成一个"大多元系
统"。① 也就是说，对于文学翻译过程中的各种现象，我们并不能孤立
地看待，而必须将其置于整体文化甚至是世界文化的多元系统中进行研
究。因此在具体分析翻译文学的译介策略时，佐哈尔指出，归化与异化
与其说是译者出于自觉的方法选择，还不如说由特定文化所处的特定状
态和地位所决定的，当翻译文学在一个民族的文学多元系统内居主要地
位时，译者大多偏向异化式翻译；居次要地位时，则多采用归化式翻
译。在他看来，翻译文学要在文学多元系统内占主要地位必须具备三个
社会条件：（1）当某一多元系统还没有形成，也就是说，文学还"年
轻"，或正处于创立阶段的时候；（2）当文学处于"边缘"或"弱势"
地位，或者既边缘又弱小的时候；（3）当出现转折点、危机或真空的时
候。② 王东风在分析我国近代以来的文学翻译时认为存在着异化与归化
共存于一个文学多元系统的现象，也就是说，在同一时期，文学翻译会
出现一部分人倾向于归化策略，而另一部分人倾向于异化策略的现象，
甚至于对同一部文学作品而言，如果有一个较为归化的译本，往往就会
有一个较为异化的重译本。而根据佐哈尔多元系统的观点，在某一文化
内，只有一种占主导地位的翻译策略取向，要么归化，要么异化。中国
译界两种取向并存的现象显然是一个例外。王东风认为这是佐哈尔没有
考虑到译者的文化态度而导致的缺陷。③ 事实上，不仅是在同一文化系
统内会出现两种不同翻译策略并存的现象，在对同一文学作品内的不同
因素也可能采取不同的译介策略，正如上文所分析的，在新时期初期，
翻译文学期刊就采取了对内容实行归化而对形式保持异化的策略。而且
佐哈尔的多元系统论明显地只是关注以色列或是西方的文化系统内的问

---

① ［以色列］伊塔马·埃文－佐哈尔：《多元系统论》，张南峰译，载《中国翻译》2002
年第 4 期，第 19—25 页。

② Itamar Evan-Zohar, "The Position of Translated Literature within the Literature Polysyste-
rm", in *Literature and Translation*. J. S. Holmes, J. Lambert and R. Van Den Broeck eds. Leuven:
ACCO, 1978. p. 121.

③ 王东风：《翻译文学的文化地位与译者的文化态度》，载《中国翻译》2000 年第 4 期，
第 2—8 页。

题，中国文化并没有在他的考虑之内，但王东风所认为这是没有考虑到译者文化态度的说法也并不全面。译者的文化态度还是要受到他所处的文化语境的影响，归根到底，两种译介策略共存于一个多元系统内的原因还是在于文化语境的复杂性。

1978 年 5 月，《实践是检验真理的唯一标准》一文的发表引发了一场关于真理标准问题的全国性的大讨论，虽然 1978 年 12 月 13 日邓小平在中共中央工作会议上做了《解放思想，实事求是，团结一致向前看》的讲话，并于随后召开的党的十一届三中全会上确立了改革开放的方针，但不可否认的是，在当时的文化语境中，文化思想还没有真正解冻，极左思想的影响还是较为严重的，思想上的僵化模式在社会的各个领域中依然盛行。1979 年 10 月，中国文学艺术工作者第四次代表大会召开，邓小平在"祝辞"中称"党对文艺工作的领导，不是发号施令，不是要求文学艺术从属于临时的、具体的、直接的政治任务，而是根据文学艺术的特征和发展规律，帮助文艺工作者获得条件来不断繁荣文学艺术事业，提高文学艺术水平"。[①] 直至此时，文学艺术才开始了真正的自主发展。为了避免政治动荡可能带给刊物的风险，对内容以归化、批判为主，对形式以异化、借鉴为主的翻译策略成为翻译文学期刊不得已的选择。虽然如此，在某种意义上，翻译文学期刊还是成为改革开放的"晴雨表"。香港《展望》杂志就曾称从《外国文艺》中看出国内是真正改革开放了。[②] 作家刘心武也回忆说："当时翻阅着这期新到手的刊物，真是由衷地感觉到：我们的国家真是走向改革开放了！我们的文化与外来文化，真是在进行良性的碰撞与交流了！"[③]

追寻近代以来中国现代化的足迹，我们无疑可以发现一个从器物到制度再到文化的艰辛的发展历程，[④] 应该说这样一个历程是国人探索了上百年的时间、经历了血与火的洗礼之后得出来的结果，过程中

---

① 邓小平：《在中国文学艺术工作者第四次代表大会上的祝辞》，载孔范今、施战军主编《中国新时期文学思潮研究资料》上卷，第 68 页。

② 参见汤永宽《闯进"文化黑洞"》一文，载《申江服务导报》1999 年 7 月 14 日。

③ 刘心武：《滴水可知海味》，载上海译文出版社编《作家谈译文》，第 60 页。

④ 参见庞朴《文化结构与近代中国》，载《中国社会科学》1986 年第 5 期，第 81—98 页。庞朴的文章从"最广义的文化冲突"出发，将中国近代的历史叙述为三个时期：器物层面改革的洋务运动、制度层面变革的戊戌变法和文化层面反思的"五四"启蒙运动，并将其理解为"文化结构的逻辑展开"。

充斥着国人的论争，有些观点虽然已被历史证明是不大正确的，但我们应该以一种"同情之理解"的态度辨析之。改革开放以来中国现代化的发展显示出了与近代探索的某种重复之处，但无疑这是更高层次上的一种回复。近代经历了上百年的时间才从器物层面走到文化层面，而新时期却是在 1985 年就出现了"文化热"，这在一定程度上反映了时人追求现代化的迫切愿望。显然，文学现代性的复归也是一种更高层次上的复归。翻译文学期刊对文本内容以批判为主，对艺术形式以借鉴为主的做法无疑让人想起 20 世纪二三十年代的"东方是精神文明，西方是物质文明"的说法，甚至更早的"中学为体，西学为用"的说法。的确，新时期初期翻译文学期刊的这种译介策略有其局限性，但我们应该看到这种译介策略在当时文化语境中不得已的处境，并且看到它所发挥的重要作用，这种译介策略不仅使翻译文学期刊得以生存，而且使其成为改革开放的象征，这些足以证明这种译介策略是在当时文化语境的制控下颇为成功的运作，具有一定的合理性。

随着现代性进程的发展，到了 20 世纪 90 年代，诗学形态与意识形态都发生了重大的变迁。文艺逐步从政治话语的干涉中脱离开来，复归到诗学本身，并以自身的规律向前发展着；而市场经济的发展逻辑也从不同的层面影响着社会、政治领域。在这样的文学、文化语境下，翻译文学期刊的译介内容、译介策略也必然发生变革。我们看到，翻译文学期刊对形式虽然还是以借鉴为主，对内容却不再要求以批判为主，而是以其审美价值为取向，以"经典性"为取向，"我们希望我们的选材能体现文学的'经典性'，也就是在各国文学史上能占据一定地位的作家和作品。注重现代文学和大国文学，也不忽视古典文学和小国文学。文学体裁也不局限于小说，要兼顾散文、诗歌和戏剧"。① 着力介绍世界各国最优秀的文学作品，把各国文学中真正在历史发展中站得住脚的好作品介绍过来，这可能才是翻译文学期刊所谓"经典性"的内在应有之意。自然，由于办刊方针的差异，三家翻译文学期刊在译介内容的选材上也各有自身的特色，比如以西方最新畅销小说为主要译介内容的《译林》就更关注作品的"可读性"，

---

① 黄宝生:《主编寄语》，载《世界文学》2000 年第 1 期，第 1—2 页。

"《译林》最本质、最重要的特色是可读性",认为"可读性"才是翻译文学期刊的"生命线"。① 在王德威将狎邪、侠义公案、丑怪谴责和科幻奇谭等通俗、畅销小说视为"被压抑的现代性"② 之后,"可读性"作为翻译现代性和中国文学现代性的一种诉求应该得到重视。因此,"经典性"与"可读性"在这里不仅代表了西方文学现代性自身内部的分化,也意味着中国文学现代性由于自身的紧张和冲突,不可避免地出现分化而产生的不同的翻译现代性的诉求,"经典性"更多的是"文人"集团和知识分子的要求,而"可读性"则更多的是大众的要求,这也体现在三家翻译文学期刊不同的读者群体之中,《世界文学》和《外国文艺》相对而言得到了更多的专业人士的喜爱,而《译林》更吸引普通的读者。

第二节　现代语境下翻译文学期刊的译者主体及其文化身份

"人,是译事活动的主体。"③ 它不仅是翻译过程的中心和焦点,也是翻译理论探讨的出发点和归宿。杨武能将文学翻译活动的全过程总结为一条长长的链状关系,即世界—作家—原著—译者—译著—读者。并认为"维系这链条的一个环节又一个环节之间的纽带以及这一关系的实质,如果要科学、精确而言简意赅地用一个词来表达的话,恐怕最莫过于'阐释'二字"。④ 不难看出,整个翻译过程中出现了三类主体:原作家、译者和读者。当然,无论是从译者所持有的翻译动机和翻译目的,他所采取的翻译立场,还是从他所制订的翻译方案,以及所使用的翻译方法来看,译者都是翻译中最为积极的因素。也就是说,译者处于一个中心的位置,他是联系源语文本与译语文本、原作家与目的语读者的桥梁,也是联系两

---

① 《可读性:期刊的生命线——写在〈译林〉百期之际》,载《译林》2002 年第 1 期,第 1—2 页。

② 参见 [美] 王德威《被压抑的现代性——晚清小说新论》。

③ 葛校琴:《后现代语境下的译者主体性研究》,上海:上海译文出版社 2006 年版,第 14 页。

④ 参见杨武能《翻译·解释·阐释——文学翻译断想》,载罗选民、屠国元主编《阐释与解构:翻译研究文集》,合肥:安徽文艺出版社 2003 年版,第 85—98 页。

种语言、两种文化的纽带。

　　且不论译界经历了由遮蔽译者主体作用，到肯定"译者的抉择"，再到强调"译者摆布文本"的研究历程，一般而言，"译者主体性是指作为翻译主体的译者在尊重翻译对象的前提下，为实现目的而在翻译活动中表现出的主观能动性，其基本特征是翻译主体自觉的文化意识、人文品格和文化、审美创造性"。① 译者主体性贯穿于翻译活动的全过程，不仅体现在译者对作品的理解、阐释和语言层面上的艺术再创造，也体现在对翻译文本的选择，翻译的文化目的，翻译策略和在译本序跋中对译作预期文化效应的操纵等方面。《译学辞典》也将译者的主观能动性阐释为四个方面：选择原文、解读原文、决定翻译方法、决定表达方式和应用翻译技巧。② 简言之，译者主体性在"译什么"和"怎么译"的问题上体现得最为明显。

　　对现代语境下翻译文学期刊的译者主体而言，由于大部分是由编者确定选题，然后向译者组稿，在"译什么"的问题上，译者并没有多少发言权，但在"怎么译"的问题上，译者的主体性得以张扬。无论是从大的翻译策略而言，译作是以直译为主还是意译为主、是以归化为主还是以异化为主，还是从小的某一个字词的选择而言，译者都有充分的能动性。萧乾、文洁若翻译《尤利西斯》是接受《译林》编辑部和译林出版社的委托，但在如何翻译的问题上，委托方并没有太多的要求，译者可以自行处理。在整体的翻译策略上，萧、文两人就强调吃透原作，以再现原作的原意为主，使作品具有可读性，而不至于佶屈聱牙难于理解，③ 这使得萧、文两人的译本与以直译为主的金隄译本④呈现出殊异的风貌。在特定字、词的翻译上，也可看出译者的主动选择，《尤利西斯》的原文中有这么一句："Bald head over the blind"，金隄根据字面意义直译为"秃子比瞎子强"，而萧、文两人据"over"的"在……以上"之意，并从上下文的理解中，取"blind"的"遮篷"之义，译为"遮篷上端露出个秃头来"。这种考虑到特定环境下与其相适应的特殊表达方式的做法，与钱锺书所强调

---

　　① 查明建、田雨：《论译者主体性：从译者文化地位的边缘化谈起》，载《中国翻译》2003年第1期，第19—24页。

　　② 方梦之主编：《译学辞典》，上海：上海外语教育出版社2004年版，第78页。

　　③ 萧乾、文洁若、许钧：《翻译这门学问或艺术创造是没有止境的》，载《译林》1999年第1期，第210—215页。

　　④ 《世界文学》1986年第1期曾刊译了金隄翻译的部分章节，后由人民文学出版社出版。

的译《尤利西斯》不能用通常所谓"翻译"来译是一致的。①

　　当然,主体的能动性发挥并不是没有任何限制的,主体的对象性活动作用于客体,必然要受到客体的制约和限制,同时能动性的发挥还受到客观环境及主体自身状况的制约。主体性同时还包含着受动性,受动性是能动性的内在基础,是主体之所以要发挥主观能动性的客观依据。也就是说能动性以受动性为前提,改造客体、影响客体以受客体的制约、尊重客观规律为前提。因此,译者的能动是诸多因素制约下的能动:源语文本、译者自身的能力(双语能力、理解能力、审美能力、读者意识等)、所处的社会文化背景。事实上,萧乾、文洁若在翻译《尤利西斯》时,他们的译者主体性同样也受到了这些因素的制约,《尤利西斯》源语文本采用了多种文体进行写作,相应的,萧、文两人的译本也以文言、半文半白的新闻体以及大白话加以区分;另外,萧乾本身就是著名作家,对中文的把握能力毋庸置疑,再加上在英国留学多年,对英语也是颇为精通,文洁若则从小就读于北平圣心学校,后毕业于清华大学英语系,也可以说是科班出身,两人对原文的理解及中文的表达都可以达到一个较好的水平,这也是发挥译者主体作用、保证译作水平的一个重要保障;再者,社会、文化语境也以隐蔽的方式规约着译者主体作用的发挥,译文的可读性问题与其说是萧、文两人的主动选择,还不如说是作为资助人的《译林》编辑部、译林出版社的某种要求,因为《译林》历来强调译作的"可读性",并认为可读性是《译林》的"生命线",② 也不如说是社会、文化语境要求、规范着这种"归化"的翻译策略。总之,在翻译过程中,译者应对这些制约因素有着清楚的认识和正确的处理,只有这样,才能最大限度地发挥其翻译主体的作用。

　　主体问题总与身份问题相关,讨论译者主体问题也难免涉及译者的文化身份问题。当然要研究翻译文学期刊译者的文化身份,必须先对翻译文学期刊的译介人员有个大体的了解。

表1—1　　　　　　　　1978—2008 年《世界文学》译者统计

翻译篇数	1篇	2—4 篇	5—9 篇	10 篇以上
译者	475	249	118	104

----

① 萧乾、文洁若、许钧:《翻译这门学问或艺术创造是没有止境的》,第 211 页。
② 《可读性:期刊的生命线——写在〈译林〉百期之际》。

　　以上是《世界文学》杂志从 1978 年到 2008 年参与文学作品翻译[①]的译者人数统计表。虽然长篇作品的篇幅与诗歌的篇幅相差殊异，但出于通行规则的考虑，本统计还是将作品的计量单位定为篇（首）；还有，由于人文科学的特殊性，译者的价值并不完全能够量化分析，萧乾翻译的作品虽然不多，但不能说他作为一个翻译家的价值比其他人低，也就是说本统计中虽然对译者的工作成果做了较为具体的量化分析，但并不是以此对译者做一个价值判断。本统计旨在说明译者与其翻译作品数量的分布情况以及这种分布背后的一些值得探讨的问题。

　　从以上的统计表中不难看出，《世界文学》的译者与其译作数量的分布呈现出一种大致的金字塔形状，构成塔基的是只翻译一篇作品的译者，这部分译者人数众多，达到了 475 人，占总人数（946 人）的一半以上，但翻译作品的数量（450 余篇）[②] 却只占到了总数（4800 余篇）的不足 10％。当然，如果将以上的时间段拆分为更短的时间间隔或是将其放在一个更长的时间变迁来看，译者也会有一个成长的过程，从一定时段内只翻译一篇作品到一定更长时段内翻译数篇作品的变迁历程。与举办文学翻译竞赛一样，通过帮助中青年译者发表译作，翻译文学期刊吸引了一批对文学翻译有兴趣的人员加入到文学翻译事业中来，正是在这个意义上，人数众多的只翻译一篇作品的译者成为文学翻译事业的重要后备力量。处于塔尖的是翻译了 10 篇作品以上的译者，这部分人员有 104 人，占总人数的 11％左右，翻译作品的数量却占总数的一半以上。剔除因诗歌篇幅短小而译作数量有所增加的译者，这部分译者主要有两类人员组成：一是已经成名的老一代翻译家，如戈宝权、袁可嘉、郑敏、吕同六、钱鸿嘉等人，他们的译作已经达到了某种炉火纯青的地步，因此数量较多不难理解；二是翻译文学期刊的编辑人员，如李文俊、高兴、余中先等人，由于译者地位的尴尬以及稿酬制度等的原因，国内一直缺少职业的翻译家，翻译文学期刊的编辑人员不仅负责文学翻译的选题、组稿、编辑等工作，自身也参与到翻译事业中来，因此勉强称得上职业翻译人员。由于自身工作的原因，他们能够翻译较多的

---

　　① 　本书的统计中，文论、报道、信件等的翻译未计入文学作品翻译中，因此参与这些翻译的译者也未计入本统计表。

　　② 　由于两人合译或三人合译的作品较多，因此译作数量少于译者人数。

篇章也情有可原。处于中间的是翻译 2—4 篇（首）和 5—9 篇（首）的译者，两者人数差别较大，前者为 249 人，后者为 118 人，差距有一半以上，可见翻译篇目的提升并不是一件容易的事，从另一个侧面也反映了翻译文学期刊对译作要求的严格。《外国文艺》与《译林》的译者分布大体与此类似。

　　以上只是对翻译文学期刊译者的大体了解，由于缺乏必要的数据，我们很难确切地把握翻译文学期刊译者的原有身份——这也是把握译者文化身份的一个有效途径，但从相关的资料还是可以看出，翻译文学期刊的译者以高校教师、学生居多，也就是以学者型翻译者为多，真正的职业翻译家或作家型翻译家虽不多见，却在翻译活动中发挥着重要作用。从翻译的诗学层面看来，这种"学者—作者"的关系对于译者的身份建构有着重要的意义，当然，从整个翻译过程来考量，译者首先是读者，然后是研究者，最后才是创作者，也就是说还要加上"读者—作者"这样一组关系在内，从而对译者的"诗学身份"进行完整的考察。然而，在杨武能一样强调"真正的文学翻译家必须同时既是作家又是学者"，[①] 即强调译者既是读者，又是研究者，还是创作者的同时，也应该关注译者与读者、研究者、创作者的身份差异，恰如余光中所认为的"译者其实是不写论文的学者，没有创作的作家"，[②] 或者是瓦尔特·本雅明（Walt Benjamin）在《译者的任务》（"The Task of the Translator"）中所坚持的"正如翻译是一种独立的形式，译者的任务也可以看做独特的、明显区别于诗人的任务"。[③] 也就是说译者的诗学身份不仅要在"学者—作者"、"读者—作者"的双重甚至多重关系中进行考察，也需要在"是"与"不是"的张力结构中进行考察。

　　接受美学认为文学作品不经阅读是没有任何意义的，正是读者的阅读理解赋予了作品无穷的意义。翻译一部作品，首先要通过阅读来了解它，阅读原作的过程，是理解的过程，也是翻译的重要准备阶段。因此，译者首先应是一名读者，当然也是一名非常特殊的读者。译者阅读的目的应是

---

　　① 杨武能:《翻译·解释·阐释——文学翻译断想》。

　　② 余光中:《作者·学者·译者:为"外国文学中译国际研讨会"而作》，载《外国文学研究》1995 年第 1 期，第 3—7 页。

　　③ 〔德〕瓦尔特·本雅明:《译者的任务》，陈永国译，载陈永国主编《翻译与后现代性》，第 8 页。

对源语文本的异语传达与再现，这就使得译者成为最"精心"的读者，而不同于其他群体的接受者——以欣赏为目的的普通读者群体和以研究为目的的学者群体（文学批评家或是语言学家、社会学家等）。普通读者往往只求对作品有个大致的了解和把握，在阅读的过程中完全可以一目十行，跳过自己不感兴趣的部分，相比较源语的读者而言，译者还具有另外一种语言能力，并且对两种语言都有较高的造诣；学者也可以从自己的研究出发，选取作品中有用的部分来进行解读，由于看问题的角度不同，理解也自然不同，正如鲁迅先生所言，一部《红楼梦》，经学家看见《易》，道学家看见淫，才子看见缠绵，革命家看见排满，流言家看见宫闱秘事……①这可以说是一种以偏概全的阅读方式。译者却不能如此，译者应尽量避免自己的观点、风格过于介入译作当中，译者必须字斟句酌整个作品，不仅要读懂作品语言层面的意义，而且还要读懂原作的艺术特征、文化内涵、时代背景等。这里事实上也牵涉到译者的素质与素养问题，傅雷曾言："译事虽近舌人，要以艺术修养为根本：无敏感之心灵，无烈热之同情，无适当之鉴赏能力，无相当之社会经验，无充分之常识（即所谓杂学），势难彻底理解原作，即或理解，亦未必能深切领悟。"②刘炳善将译者的这种不同于普通读者的素养归纳为三点："一位文学翻译工作者应当尽量丰富提高自己的中外语言修养、文学修养和一般文化修养"③，并强调要有高度的责任感，精益求精，向源语作者和译语读者双重负责。只有具备这些素养，作为读者的译者才能比普通读者在阅读时所获更多，才能更准确地传达原作的意义与风格。

关于译者应该是学者的观点，学界对此讨论较多，杨武能早在1987年就提出"真正的文学翻译家必须同时既是作家又是学者"的观点。智量也认为："如果不是一位你所译作品和该国文学的专门家，定会有从选题，到理解、到表达这整个过程中的某些缺点和失误。"④吕同六也指出："不妨说，译者应当是学者。一位学者型的译者，比较容易寻得两种文明的契

---

① 鲁迅：《〈绛洞花主〉小引》，载《鲁迅全集·第八卷》，北京：人民文学出版社 2005 年版，第 179 页。

② 傅雷：《论翻译书》，载《读书》1979 年第 3 期，第 119—123 页。

③ 刘炳善：《关键在于文化修养和责任感》，载《世界文学》1990 年第 1 期，第 291—295 页。

④ 智量：《翻译琐谈》，第 295 页。

合点，缩小出发语言与归宿语言之间的距离，比较容易找到自己翻译的风格，使自己的翻译靠近'化'的最高境界。"① 应该说翻译文学期刊的很多译者甚至翻译界的很多人都表达过类似的观点，这也事实上成了翻译文学期刊的某种要求，如《世界文学》对编辑的要求很严格，强调要在研究的基础上对外国文学进行翻译和介绍。② 译者虽也对作品的版本、原作者及其他相关作品以及作品的思想内容、艺术形式等进行研究，但是，译者的研究不同于学者的研究，学者也许更关注宏观的叙事结构、艺术特征等东西，需要有所创见，甚至力排众议，标新立异；译者的研究则是为了理解作品，以便更准确而传神地译出一部作品，也就是说译者的研究是为文本翻译服务的，"他的目的不在于分析一本书的来龙去脉、高下得失，为了要写论文或是书评。译者的目的，是把一本书，不，一位作家，带到另外一种语文里去"。③ 李文俊由此强调"学术研究需要的是思辨能力，对翻译来说，更重要的是一种'悟性'，是语言上的敏感"。④ 译者以翻译为目的的研究要花费大量的时间和精力，有鉴于此，纽马克（Peter Newmark）将翻译活动比作冰山，"浮在水面的顶端部分是翻译，是写在纸上看得见的，水面以下的冰山主体是翻译活动，是译者所做的所有准备工作，通常是十倍于真正用来翻译的时间，其中很多准备工作甚至根本用不上"。⑤ 总之，译者可以不落言诠，可以述而不作，却不能没有学问，当然他的学问已经内化在他的素养、他的译文里了。

当译者完成了对原文的阅读研究之后，在文学翻译的表达阶段，译者事实上扮演了创作者的角色，这种角色在今天已经是大家乐于接受、乐于承认的了。译者与作者一样，从事的都是一种创造性的活动，翻译是一种"创造性叛逆"的观点已经为大家所熟悉，埃斯卡尔皮指出：之所以说翻译是创造性的，是"因为它为作品提供了同更为广泛的读者进行新的文学交流的可能性，从而赋予作品以新的实际，还因为它使作品日益充实，使

① 吕同六、许钧：《尽可能多地保持原作的艺术风貌》，载《译林》1999 年第 6 期，第 206—210 页。

② 参见林一安、许钧《拉美文学的介绍与翻译》，载《译林》2000 年第 5 期，第 212—217 页。

③ 余光中：《作者·学者·译者：为"外国文学中译国际研讨会"而作》，第 4 页。

④ 李文俊、许钧：《译者应该有多种"套路"》，载《译林》2000 年第 2 期，第 200—206 页。

⑤ Peter Newmark，*Approachs to Translation*. Oxford：Pergamon Press，1981. p. 11.

作品不仅得以继续存在,而且有了第二次生命"。① 当然,这种创作是一种基于原作基础之上的再创作,罗新璋写过一篇《释"译作"》,对"译"与"作"的关系作了辩证的论述,提倡"译而作":美需要创造,译作之美需要翻译家去进行艺术创造。但他也指出:"不过,这是一种特殊的艺术创造。译者的创作,不同于作家的创作,是一种二度创作。不是拜倒在原作前,无所作为,也不是甩开原作,随意挥洒,而是在两种语言交汇的有限空间里自由驰骋。"② 再有,译者也与作者一样,需要深入体验生活,掌握人民群众丰富多彩的词汇,李文俊就把"文化大革命"期间下放到农村时学到的方言土语运用到了对福克纳笔下方言俚语的翻译中。③ 梅绍武在谈到戏剧翻译时也认为:"如果译者不广泛接触社会各阶层,不熟悉各行各业人士的特点和谈吐,译出来的台词往往不符合各个角色的身份,势必出现千面一腔的现象,甚至摆脱不掉'翻译腔'的弊病,从而也很难达到适合上演的要求。"④ 文学翻译还需要译者对原作者所体验的生活进行再体验才能进行再创作,译者对原作者的本人生平和创作风格,及其国家的地理历史、风俗习惯、文化传统等方面,甚至是原作者创作的心态了解得愈丰富,翻译起来也就愈能得心应手。许渊冲曾把创作和翻译都比作绘画,并认为"创作以现实为模特,翻译不能只以原作为模特,而要以原作所写的现实为模特。这就是翻译与创作的共性"。⑤

总之,身份从来就不是固定不变的,而是相关的,它并非某种超越地点、时间、历史和文化的固定已成之物,而既是一种"形成"物,又是一种"存在"物(a matter of "becoming" as well as "being")。⑥ 也就是说,身份是在表征之中,而不是之外的,永不终结的、无休无止的一种建构产物,它与鲜活的生存经验紧密相关,呈现为永无止境的未完成状态。正是在这样一种意义上,人们的文化身份不是一种天生的、自然的状态,

① 〔法〕罗贝尔·埃斯卡尔皮:《文学社会学》,第 136 页。

② 罗新璋:《释"译作"》,载《中国翻译》1995 年第 2 期,第 7—10 页。

③ 李文俊、许钧:《译者应该有多种"套路"》,第 204 页。

④ 梅绍武:《漫谈文学和戏剧翻译》,载《世界文学》1990 年第 5 期,第 288—295 页。

⑤ 许渊冲、许钧:《翻译:"美化之艺术"——新旧世纪交谈录》,载《译林》1998 年第 3 期,第 201—207 页。

⑥ Stuart Hall "Culture Identity and Diaspora", Cf. Williams, Partrick and Chrisman, Laura ed. *Colonial Discourse and Post-colonial Theory*:*A Reader*. New York:Columbia University Press. 1994. pp. 401–402.

而可以是自己的一种主观选择，可以是通过自己生活经验进行的一种有意识的建构。因此，译者的身份需要在读者、研究者、创作者的"是"与"不是"的张力结构中进行有意识的建构，也就是说译者在翻译过程中应当兼顾上述三种身份的不同作用，否则很可能导致翻译的失败。

在上述的讨论中，我们是以承认语言的透明性和翻译的透明性为前提的，也就是说我们预设并认同概念、范畴、理论等思想的东西，可以原封不动地以本来面目越界而进入另一种语言和文化，或另一种文化原先就有与之相对应的语词和意义，译者只不过起到了一个中介作用，把对应的意义找到并凸显出来，而以上所有的身份建构，只不过是为了使译者能够更准确、更形象地将对应的意义揭示并表征出来。但是，事实早已经证明，语言之间透明地互译是不可能的，文化以语言为媒介来进行透明的交流也是不可能的。正如刘禾所言："翻译已不是一种中性的，远离政治及意识形态斗争和利益冲突的行为。相反，它成了这类冲突的场所。"① 因此，译者的身份也不可能是"透明"和"中立"的，译者身份的塑造进程事实上"反复不断地立足于本土的意识形态与机构制度中"，② 或者是斯皮瓦克（G. C. Spivak）所论及的翻译的政治："翻译是由它与原文的差异来决定的，同时尽力达到同一性。对这种作为同一性的差异的处理就是翻译参与的各种政治"。③ 更简要而言，翻译的政治是指"翻译在两种不同文化碰撞与交融过程中显现或隐现的权力关系"，④ 这种权力关系一般包括国家的、民族的、性别的、阶级的（阶层的）等的权力运作，因此，译者的政治身份也自然包括了国家身份、民族身份、性别身份、阶级（阶层）身份等。对中国新时期的译者而言，某种民族—国家身份显得尤为重要，因而，下面以新时期中国翻译文学期刊对日本文学的翻译为例，来说明翻译与译者民族—国家身份建构之间的关系。

翻译能够制造出异国他乡的固定形象，新时期初期，翻译文学期刊将日本文学塑造为了两个截然相反的形象，一个是"美丽而单纯"的日本，

---

① ［美］刘禾：《语际书写——现代思想史写作批判纲要》，第 36 页。

② ［美］劳伦斯·韦努蒂：《翻译与文化身份的塑造》，查正贤译，载许宝强、袁伟选编《语言与翻译的政治》，北京：中央编译出版社 2000 年版，第 378 页。

③ ［美］加亚特里·查克拉沃蒂·斯皮瓦克：《关于翻译的问答：游移》，陈永国译，载陈永国主编《翻译与后现代性》，第 245 页。

④ 费小平：《翻译的政治——翻译研究与文化研究》，博士学位论文，四川大学，2004 年，第 2 页。

另一个是"黑暗而堕落"的日本。"美丽而单纯"的日本主要是通过散文来完成构形的,日本散文多称"随笔"或"随想",其历史之长,作者之众,数量之巨,特点之鲜明,堪与散文最发达的国家比肩。说日本未必是小说大国,但肯定是散文大国,恐怕并不为过。日本散文大多"敏感纤细,感性抒情,婉约柔美,简洁空灵",① 反映出某种唯美的倾向。比如说岛崎藤村的《落叶》(陈德文译,刊载于《译林》1981 年第 3 期),运用写生的手法,清新朴实,情真意切,富有浓厚的诗意。当然,这种唯美倾向最为明显的是川端康成,新时期初期,川端康成的作品在三家翻译文学期刊上得到了大量的译介,② 正是通过川端康成,许多中国读者才深深为那"清淡而纯真的日本文学之美"③ 而倾倒,例如,《美的存在与发现》(叶渭渠译,刊载于《世界文学》1986 年第 6 期)既是一篇日本古典文学的赏析文,也是一篇日本美学论文,同时又是一篇清淡而纯真的散文,在"译者前言"中译者是这样介绍的,"作家通过优雅、秀丽、流畅的文字,以及不时插入和歌、俳句,且叙且咏,自然而然地将读者带进一个'日本文学之美'的王国"。④ 显然,这种介绍,编者和译者是意在塑造日本文学"美丽而单纯"的形象。另外,一些小说与剧本也反映出这种唯美倾向,《雪女》(赖育芳译,刊载于《外国文艺》1983 年第 3 期)是日本当代小说家、文学理论家和田芳惠的一则短篇小说,小说 1978 年春获川端康成文学奖,译者在进行介绍时,选取了评选委员井上靖的评语:"作者毫不矫揉造作地塑造了一个小小的故事。故事虽小,读后却给人以一种沉静、清爽、感人的感觉……它以白描手法描写一位身体有缺陷的青年以朴实、朝前看的进取精神生活着,并描写了他刚刚处于萌芽状态的爱情。这部作品使人感到人活着是美好的。"⑤ 译者的这种选择,也是为了加强读者对日本文学"清爽"、"美好"的印象。

"黑暗而堕落"的日本则主要是通过小说来反映的。井上靖的成名作《斗牛》(李德纯译)刊载于《世界文学》1979 年第 3 期上,在"译

---

① 余言:《日本散文小辑·前言》,载《世界文学》1999 年第 5 期,第 189 页。
② 新时期初期,《世界文学》在 1979 年第 3 期、1986 年第 6 期,《外国文艺》在 1978 年第 1 期、1986 年第 3 期,《译林》在 1981 年第 2 期、1983 年第 1 期、1985 年第 4 期上译载有川端康成的作品。
③ 刘白羽:《樱海情思》,载《收获》1980 年第 5 期,第 137—144 页。
④ 叶渭渠:《美的存在与发现·译者前言》,载《世界文学》1986 年第 6 期,第 265 页。
⑤ 参见赖育芳《雪女·译者前言》,载《外国文艺》1983 年第 3 期,第 293—294 页。

者前言"中,李德纯是这样对内容进行介绍的:"日本战后初期,由于战败投降和美帝国主义实行殖民统治,经济衰落,通货膨胀,民不聊生。当时,日本统治集团滥肆盗窃国家资财,并与投机商人狼狈为奸,囤积居奇,营私舞弊,大发横财。《斗牛》就是以这个时期大阪新晚报社组织一次斗牛比赛的前前后后为情节线索,塑造了冈部弥太和三浦吉之辅两个新老投机商人,描写他们利用同社会上各种黑暗势力的千丝万缕联系,不断变换手法,施展阴谋诡计,对大阪新晚报社极尽敲诈勒索之能事,刻划了战后初期日本社会的丑恶的一面。"① 显然,译者的这种介绍具有强烈的导向作用,成功地将日本塑造为一个"黑暗而堕落"的形象。翻译文学期刊上其他的日本小说的译介也延续了这种形象,石川达三《破碎的山河》(金中译)刊载于《译林》1981 年第 2 期上,译者金中认为《破碎的山河》"展现了资本主义社会中那种大鱼吃小鱼,弱肉强食的触目惊心景象。作者围绕着有马胜平和香月信藏两大实业家的明争暗斗,把六十年代日本'经济高速成长'的各种矛盾,以及各阶层人物的精神面貌表现得淋漓尽致。"② 类似的论述大量见于翻译文学期刊上关于日本小说的介绍及评论当中,日本文学的这种"黑暗而堕落"的形象因而固定下来。

　　当然,这些定式最终反映的是本土的政治与文化价值,无论是"美丽而单纯"的日本还是"黑暗而堕落"的日本的形象,都与本土的意识形态密切相关。虽然说"黑暗而堕落"的日本形象也与新时期翻译文学期刊对外国现代小说内容上的整体批判相关,但这种形象的构建事实上传达着更重要的意识形态含义:将日本人民与日本统治阶级区分开来,并进而将两国之间那场残酷的战争解读为一小撮军国主义分子发动的,给两国人民都带来了巨大伤害的灾难。"美丽而单纯"的日本形象事实上也传达并强化了日本人民是善良、单纯的观感,这与战争期间日本好斗黩武的威胁性形象完全相反。这一再建的文化形象或文化身份并不完全客观,不能全面反映日本民族的特色,因而是中国式的,是中国塑造出来的日本的文化身份。这种塑造出来的文化身份是随着两国关系的正常化,符合主流话语对外交往需要的,或者说,由此成为主流话语对外交往的文化基础。因此,

---

① 李德纯:《斗牛·译者前言》,载《世界文学》1979 年第 3 期,第 106—107 页。

② 金中:《关于〈破碎的山河〉》,载《译林》1981 年第 2 期,第 166—167 页。

翻译成为"一个不可避免的归化过程,其间,异域文本被打上使本土特定群体易于理解的语言和文化价值的印记"。① 这一打上印记的过程,贯彻在翻译的生产、流通及接受的每一个环节,它首先体现在对翻译文本的选择上,通常就是选择与本土利益相符的作家或文本,而排斥与本土利益不符的其他作家或文本。新时期翻译文学期刊所翻译的日本文学主要是选择对中国比较友好的日本作家的作品:比如说曾任日中文化交流协会会长的井上靖,曾创作多篇以中国古代历史为题材的小说,一贯主张中日友好,数次来访我国,是"中国人民的老朋友"。② 另外,黑井千次、团伊久磨等人也是该协会的理事。山崎丰子曾坦承日本对中国的侵略,并对日本的"教科书事件"持批评态度。③ 再有,石川达三 1938 年 1 月曾作为特派记者来到中国采访,他以在中国的见闻,写了长篇报告文学《活着的士兵》,真实地揭示了日本侵略者对中国人民大屠杀的暴行,反映了中国人民反对日本帝国主义的英勇斗争。石川达三因此被判处禁闭四个月,缓期三年的处罚。④ 而长谷川照子曾辗转于广州、汉口、桂林、重庆等地,积极从事抗日反战宣传,长期同中国人民并肩战斗。⑤ 从这些作家的言行中,我们不难看出他们对中国人民的友好感情,而这也成为翻译文学期刊选择他们的作品进行译介的某种潜在缘由。

在上述事实中,翻译不仅构建着异域文学的本土再现,同时也参与了本土身份的塑造过程。正如劳伦斯·韦努蒂(Lawrence Venuti)在《翻译与文化身份的塑造》("Translation and the Formation of Cultural Identities")一文中所强调的:"翻译以巨大的力量构建着对异域文学、文化的本土再现,同时也构建着本土主体,这是一个可资理解的位置(a position of intelligibility),也是一种意识形态的立场。为特定本土社群的符码和典律以及利益和关怀所形塑。"⑥ 然则,这种"归化"的翻译不仅排

① 劳伦斯·韦努蒂:《翻译与文化身份的塑造》,第 359 页。
② 参见李德纯《现代作家小传·井上靖》,载《世界文学》1979 年第 3 期,第 164—165 页。
③ 参见莫邦富《"作家要有社会责任感"——再访日本女作家山崎丰子》,载《译林》1983 年第 1 期,第 263—264 页。
④ 参见金中《关于〈破碎的山河〉》,第 166 页。
⑤ 参见张和平《失去了的两个红苹果——在病床上·译者前言》,载《译林》1980 年第 3 期,第 150 页。
⑥ 〔美〕劳伦斯·韦努蒂:《翻译与文化身份的塑造》,第 360 页。

斥了对异域文化可能有的其他的再现，在巩固、加强本土原有的文化身份建构的同时，也排斥了构建本土主体的多种可能，对本土文化身份而言，事实上失去了使其改变文化视角和丰富发展其内涵的种种机会。韦努蒂由此强调一种非我族中心主义的、抵制的、异化的翻译，认为翻译必须考虑到异域文化所由产生的文化语境，尊重异域的文化身份，并且要面向本土内不同的文化群体，"一项严格的非我族中心主义的翻译实践，似乎对本土意识形态与制度具有高度的破坏性。它也会促成一种文化身份，但这种身份却同时是批判性的、有条件的，它不断地评估本土文化与异域他者之关系，也仅只依据不断变化的评估来发展翻译项目。这些项目，因在把本土意识形态非中心化上走得太远，故有不可解喻之虞；又因动摇本土体制之运作，而有被贬到文化边缘的危险。然而，既然非我族中心主义的翻译有可能对文化差异——不论是域外的还是本土的——更加开放，这种险还是值得一冒的"。①

韦努蒂对异化翻译的强调，为译者的文化身份及其归属感以及他者文化的差异性和翻译的政治等问题开辟了新的研究视角，但正如韦努蒂自己所认为的，这种异化会导致各种冒险，也"似乎简化了翻译的政治路线图"，② 不考虑目标语读者的反应和不加考量的异化是轻率的，不考虑文化多样性与文化独特性的归化也同样是不负责任的。由此，适时地引入"混杂性"的概念可以避免某些不足，在大家普遍接受翻译是一种文化杂合结果的时候，译者的身份相应地呈现出某种程度的多元性与杂合性也就不难理解了。不仅是译者的诗学身份之间、民族—国家身份或性别身份之间，在译者的诗学身份和政治身份之间也有某种杂合的可能，斯皮瓦克曾经生造过一个词"RAT"，就是"作为译者的读者"（reader-as-translator），事实上是借此"表明了后殖民读者是如何总是从外部阅读而把自身写入文本的"③，也就是说将"译者—读者"的身份关系放到更为广阔的文化语境中来探讨，因而广义的翻译，作为翻译的阅读，正是后殖民主义者之所为，后殖民的"外部/内部"成为当代译者的象征性比喻。在新时

---

① ［美］劳伦斯·韦努蒂：《翻译与文化身份的塑造》，第 379—380 页。

② 孙艺风：《翻译研究与文化身份》，欧阳之英译，载《广东外语外贸大学学报》2007 年第 2 期，第 22—27 页。

③ ［加拿大］谢莉·西蒙：《热尔曼娜·德·斯塔尔和加亚特里·斯皮瓦克：文化掮客》，陈永国译，载陈永国主编《翻译与后现代性》，第 284 页。

期翻译文学期刊的译者中，绝大部分具有学院背景，"作为译者的学者"不仅存在于译者的诗学身份中，考虑到大学在知识生产和知识传承过程中的重要作用，"作为译者的学者"以怎样的文化身份参与到翻译的生产、翻译文本的经典化过程中更值得关注。杂合化一般认为是开展跨文化交际的理想方式，但是杂合的方式、杂合的程度等问题也有政治方面的因素，这个概念同样"具有潜在的争议性和危险性"，① 如它与文化多样性之间的张力，异质文化间相互同化的可能性与杂合化的矛盾等。但无疑，杂合的概念在这里还是可以帮助我们避免某些过于绝对的论断。

　　以上在理论和实践层面对译者的身份问题以及归化、异化、杂合等概念进行探讨，有助于本书后面的论述与研究。事实上，对本书的研究而言，我们同样需要思考在新时期的文学、文化翻译中，我们构建了怎样的他者文学和文化身份，这种异域的文化身份又是怎样影响着自我民族—国家的身份——尤其是知识分子（译者自然包括在内）身份建构的；我们还需要思考在我们的翻译中，我们怎样避免西方的文化霸权与自我殖民，怎样在强调译者文化身份的民族性与不把他者文化模型化中找到平衡等问题。

第三节　翻译文学期刊的非文学翻译实践

　　翻译活动可以区分为翻译实践与翻译理论两个层面。翻译文学期刊最主要的翻译实践自然是将外国文学文本译成中文，并在翻译文学期刊上呈现出来的这样一个活动。本节所要讨论的主要是翻译文学期刊的其他非文学翻译实践活动：比如说翻译文学期刊举办的翻译文学评奖、文学翻译竞赛等活动，还有翻译文学期刊所开辟的为翻译家、翻译理论家提供交流与探讨的栏目，再有就是翻译文学期刊所主办、协办的各种交流会、研讨会等。以单独一节来探讨这些作为"副业"的非文学翻译实践，并非避重就轻，而是因为这些"副业"从不同的层面与方面加强和推进着"主业"的发展，并对整个文本旅行过程和文学现代性的建构有着重要的意义。

---

① 孙艺风：《翻译研究与文化身份》，第 26 页。

一　翻译文学期刊与翻译文学评奖

翻译文学评奖事实上代表着外国文学文本在异域的某种经典化途径，外国文学经典越出了其原初的文学、文化语境，通过翻译，旅行到他者文化之中，也就是说翻译把源语文学作品"放到了一个作品原先并不为之设计的参考系，即语言参考系中"进行观照，并"为作品提供了同更为广泛的读者进行新的文学交流的可能性，从而赋予作品以新的实际"，甚至"使作品日益充实，使作品不仅得以继续存在，而且有了第二次生命"，① 亦或是"来世的生命"。② 从遗传学的角度来看，译作与原作虽有血缘上的某些关联，但生命的形态、成长的轨迹却已完全不同。也就是说文本的意义与价值已经重新语境化了，文本的某些审美特质虽得以传承，但原有的支撑其成为经典的价值系统被完全抽空，它要面对的是一个完全陌生的他者文化，并接受这种文化中的文学观念、文化观念的重新考量以确定其能否成为异域时空中的经典。这种经典化途径又对本土的文学建构有着重要的影响，新时期外国文学文本在中国的经典化过程事实与本土的文学现代化进程以复杂的形态交织在一起。

文学翻译不同于翻译文学，文学翻译的最高目标就是成为翻译文学。③ 由此，文学翻译竞赛的评选标准不仅应该看译文对原文的理解程度，而且也要看译文是否具有文学性，而翻译文学评奖则是对业已作为文学作品刊载在图书、期刊上的译文进行的评价活动。新时期以来，随着我国文艺事业的蓬勃发展，许多文艺领域都建立了评奖机制，如"电影奖"、"戏剧奖"、"音乐奖"、"美术奖"……在文学领域，我们也有"长篇小说奖"、"中、短篇小说奖"、"诗歌奖"、"报告文学奖"……而翻译文学是否需要评奖似乎被有意无意地忽略了，最早对此发出倡议的自然是翻译文学期刊，《世界文学》1982 年第 3 期上刊发了一鸣的《文学翻译也应该评奖》④ 一文，引起了学界、译界等多方面对此问题的关注与探讨。

一鸣的文章虽然以文学翻译为题，谈的却是翻译文学的问题，事实

---

① ［法］罗贝尔·埃斯卡尔皮:《文学社会学》，第 136 页。

② ［德］瓦尔特·本雅明:《译者的任务》，陈永国译，载陈永国主编《翻译与后现代性》，第 4 页。

③ 许渊冲:《文学翻译与翻译文学》，载《世界文学》1990 年第 1 期，第 277—285 页。

④ 一鸣:《文学翻译也应该评奖》，载《世界文学》1982 年第 3 期，第 314—318 页。

上,在 20 世纪 80 年代,对文学翻译和翻译文学的区别并不是太严谨。文章从翻译文学的地位和意义谈起,申诉了五条翻译文学也应该评奖的理由:一是促进翻译文学事业的繁荣与发展,二是明确翻译文学的方向与目标,三是为翻译文学树立标准,四是发掘和培养新人,五是肯定翻译文学的地位与作用。虽然文章在一定程度上还是受到了当时的政治思维和政治话语的影响,在翻译文学方向的确立和翻译文学标准的树立中还有较为浓厚的政治色彩,但无疑还是提出了一个重要的问题,引起学界、译界等多方面的积极探讨,在 1983 年,由《译林》和《外国语》联合举办了文学翻译征文评奖时,也有不少人倡议就此组织全国性翻译文学评奖活动。

在多方的呼吁以及著名英籍华人作家韩素音的资助下,1986 年,中国作家协会中外文学交流委员会决定设立"彩虹翻译奖",首届评奖对译者和作品都做了一定的限制,要求译者必须出生于 1940 年 1 月 1 日以后,评奖对象也只限于 1985 年全国性外国文学专刊上发表的内容健康的短篇小说译作,并只限于英、法、德、俄四种语言。[①] 基本而言,这是一个针对期刊翻译文学的评奖,在历届评选中,《世界文学》、《外国文艺》和《译林》由于自身实力的突出,获得了大部分的奖项。1995 年,几经变迁后的"彩虹翻译奖"改为翻译家的终身成就奖,并设立荣誉奖。[②] 类似的对期刊翻译文学的评奖还有《译林》杂志社主持举办的"戈宝权文学翻译奖"首届俄语翻译评奖(1987),以及正式举办的第一届(1989)和第二届(1993)"戈宝权文学翻译奖"评选活动,这三次评奖活动的评奖对象、程序与"彩虹翻译奖"大体类似。然而,从 1998 年的第三届开始,戈宝权文学翻译奖改成了每三年一次的文学翻译竞赛,翻译文学评奖活动并没有坚持下来。

另外一种是杂志社举办的对自身刊物的评奖活动。如 1987 年《译林》杂志社举办的长中篇翻译作品评奖活动[③]和 2000 年《世界文学》杂志社在香港陈曾焘和陈许启明设立的"思源"基金会的热情赞助下,举办的"思源"《世界文学》翻译奖。应该说,不管是《译林》还是《世界文学》,

---

① 《中国作协决定设立"彩虹翻译奖"》,载《译林》1986 年第 3 期,第 239 页。

② 尚岩:《韩素音女士主持颁发翻译终身成就奖》,载《中国翻译》1995 年第 3 期,第 57 页。

③ 《本刊举办 1987 年长中篇翻译作品评奖启事》,载《译林》1987 年第 1 期,第 239 页。

由翻译文学期刊主办的对自身刊物的评奖有其不可避免的局限性,再加上其他种种原因,翻译文学评奖活动并没有形成传统与制度,从而坚持下来。

这里有必要提及一下"全国优秀外国文学图书奖"和"鲁迅文学奖全国优秀文学翻译奖"两个奖项,"全国优秀外国文学图书奖"由国家新闻出版总署主办,是"国家图书奖"的分支奖项之一,承担了外国文学类图书申报"国家图书奖"的初评任务,自1993年开始,每两年主办一次,虽然以外国文学命名,但事实上评奖涉及外语类学术著作和工具书等。"鲁迅文学奖全国优秀文学翻译奖"的前身是"全国优秀文学翻译彩虹奖",虽与其他鲁迅文学奖获奖作品一起颁奖,但却是由韩素音所资助举办的,从第三届开始,正式纳入鲁迅文学奖的评奖体系之中。两个奖项所针对的主要是翻译类图书,而非期刊翻译文学,当然也有先在翻译文学期刊上刊载,然后再以图书形式出版的译著获奖,如萧乾、文洁若翻译的《尤利西斯》等,翻译文学期刊与翻译文学奖项的关联不只如此,由于这两个评奖在全国的影响程度,翻译文学期刊肯定会受到评奖标准、规范的影响,从而对自己的译介方针进行调整。

进入新世纪后,对期刊翻译文学起到某种评奖作用的是"年度翻译文学"的编辑出版,这是由陈思和主持的"21世纪中国文学大系"中的一册分卷,由谢天振负责编辑。编选的范围是以当年正式发表在国内各公开出版发行的刊物上的外国文学译作为主,兼及在此期间有较大影响的单行本译作。从历年所选入的作品来看,原刊载在《世界文学》、《外国文艺》和《译林》的作品占了大部分。据编者所言,在这样的一个大系中特意推出"翻译文学"的分卷,"旨在强调翻译文学是中国文学的一个组成部分,重在突出文学翻译活动在中国当代文学创作生活中所占有的不容忽视的地位。与此相应,我们在选择译作时,也更注重译作与中国文学和中国文化语境的关系"。① 虽然编者强调不是评价某一年发表出版的文学翻译作品翻译质量的高低,而是在编一本与中国文学、中国文化息息相关,而且在某种意义上而言已经成为中国文学一个组成部分的翻译文学作品选,但由于出版时是以《2001年中国最佳翻

---

① 谢天振:《2001年翻译文学一瞥》,载《当代作家评论》2002年第2期,第92—96页。

译文学》为书名出版的，因为"最佳"两字的加入，使得这本翻译文学作品选带上了某种价值判断的意味，给人的感觉似乎是对 2001 年间发表出版的翻译文学作品质量的一个评判以及作品的遴选，从而使得编者屡屡受到类似为什么没有收入某某人、某某人的译作的质询，这些质询中甚至有译者本人在内。① 且不说编者对翻译文学的定位是否让学界众人接受，从社会的反应来看，这样一个选本事实上起到了某种评奖的效果，甚至于后来市场上出现了好几种不同版本的"年度翻译文学"选本。

关于文学经典的形成存在着两种意见:"第一，伟大的文学作品是十分明显的，有超阶级、性别和种族的美学标准，也就是说作家和作品优秀与否是个不争的事实，人们一看便知，自然会获得公认。第二，任何作品入典和成为经典的过程都难免有偏见，它受到决策集团的成员的社会地位及意识形态等因素的影响，并带有某些群体的功利目的。"② 在布鲁姆（Harold Bloom）等当事人看来，彼此之间是相互对立的。事实果真如此吗? 在经历了后现代思潮对整体和同一的口诛笔伐之后，我们不免要担心谋求这两种之间的某种更高意义上的和谐关系会堕入另一种陷阱之中。然而事实的真相却很简单，前者关注的是:一个经典文本会给我们带来多么强烈的艺术快乐? 这是一个关于审美特质的纯粹美学问题;后者假定站在这种理论的背后，它问:这种快乐是否是健康的? 当我们享受这种快乐时，我们的理智还应该注意些什么? 这实际上是一个社会学、伦理学或政治学的问题，也就是一个有关社会功能的问题。因此"它们不仅仅不相互冲突，而且实际上还可以构成相互补充的关系"。③ 也就是说一个是文学经典建构的内部因素，另一个是外部因素。④

翻译文学经典的形成需要在内部因素、外部因素以及作为经典发现者（或赞助者）的编者和一般阅读者等中介因素中进行考察。从内部来看，翻译文学的审美特质一方面来自源语文本有着某种作为原创性标志的"要

---

① 谢天振:《2001 年翻译文学一瞥》，载《当代作家评论》2002 年第 2 期，第 203—207 页。

② 刘意青:《经典》，载赵一凡等主编《西方文论关键词》，北京:外语教学与研究出版社 2006 年版，第 283 页。

③ 朱国华:《文学"经典化"的可能性》，载《文艺理论研究》2006 年第 6 期，第 44—51 页。

④ 童庆炳:《文学经典建构诸因素及其关系》，载《北京大学学报》2005 年第 5 期，第 71—78 页。

么不可能完全被我们同化，要么有可能成为一种既定的习性而使我们熟视无睹"①的陌生性，另一方面也来自译者的"创造性"劳动。面对同样的外国文学经典，一个粗制滥造的译本和一个精雕细琢的译本相比，命运肯定不同。《尤利西斯》能在中国迅速成为经典，与源语文本本身的艺术力量密切相关，也与译者萧乾、文洁若兢兢业业的态度、注重原作风格再现的艺术再创作密切相关。从外部因素来看，文学现代性的发展、文学理论与批评的观念、社会主流意识形态也对翻译文学经典的形成起到了相当重要的作用。学界对西方现代派的论争，开放的文化、社会语境都是《尤利西斯》20 世纪 90 年代在中国迅速经典化过程中需要考量的因素。另外，编辑的组稿虽受到社会环境的制约，却也有其个体的原因在内，它也影响了翻译文学经典的形成，当然，翻译文学能否成为经典还有待广大读者的主动阅读与欣赏。

二　翻译文学期刊举办的文学翻译竞赛

"为了繁荣文学翻译，提高翻译质量，发现和扶持翻译新生力量"，②翻译文学期刊举办了各种形式的文学翻译竞赛：1982 年至 1983 年间，由《译林》和《外国语》联合举办了译文征文评奖，这是新时期举办的第一次此种类型的活动，在当时引起了包括学术界、翻译界和外语教育界等在内的整个社会的强烈反响。活动以厄普代克（John Updike）的一篇短篇小说《儿子》（"Son"）作为翻译的原文，共收到了来自全国 29 个省、市、自治区的中青年译者的 4000 余份征文，还有部分来自美国、新加坡和香港等地的稿件。经过严格的初评与复评，最终评选出了二等奖 10 名、三等奖 10 名以及鼓励奖 40 名，一等奖因故空缺。与最初计划的评出一等奖 2 名，二等奖 10 名相比，最终增设了三等奖 10 名，以及鼓励奖 40 名，这一方面反映了此次活动参与的人数众多，评委会考虑到原作的难度本身较高，而且许多人都是第一次接触文学翻译，本着多肯定他们的成绩，多给他们以鼓励的原则，增加了奖项。而一等奖的空缺也反映出参与征文的中青年译者水平还有待提高，由于"文化大革命"期间外语教育、外国文

---

① ［美］哈罗德·布鲁姆：《西方正典：伟大作家和不朽作品》，江宁康译，南京：译林出版社 2005 年，第 3 页。

② 《〈外国语〉、〈译林〉联合举办译文征文评奖办法》，载《译林》1982 年第 3 期，第 268 页。

学翻译工作的全面停顿甚至空白,造成了新时期文学翻译界在迫切需要更新接班之际人才匮乏的局面,因此一等奖的空缺也是情有可原的。征文活动引起了各方面的强烈反响,这种反响似乎比征文活动本身更为重要。评奖活动组织了阵容强大的评委会,几乎囊括了当时国内英语学界、译界以及教育界所有重要人物,[①] 另外,中国社会科学院副院长钱锺书、中国翻译工作者协会会长姜椿芳、中国外语教学研究会会长季羡林等人也委托有关与会者转达他们对这次会议的热烈祝贺。新时期第一次翻译征文评奖活动能以如此高规格的面貌问世无疑凸显了各方面的热情与期望,评委会还以会议纪要的方式向组委会提出了编辑出版此次译文评奖资料汇编的建议,并呼吁中国作家协会或其他有关部门尽快筹备组织全国性的文学翻译评奖活动,不但可以搞外译汉的评奖,也可搞汉译外的评奖;在语种上,英语可以搞,其他语种也可以搞。[②] 这些反响并没有因为评奖会议的结束而终结,《译林》在 1983 年第 4 期上刊发了评委会成员叶君健、陈冰夷、方重、杨周翰、朔望、冯亦代等人的探讨文章,[③] 将问题的讨论再次推向深入,涉及了翻译的标准与要求、中青年翻译队伍的培养以及全国性翻译评奖活动的举行等论题。在社会层面,由于《光明日报》、《解放日报》、《新华日报》、《文学报》、《翻译通讯》等报刊及苏州电视台的报道,全社会都对此次活动予以了充分的关注。这样一次征文评奖活动可说是对整个社会的中青年英语(可以悟及其他各种语言)文学(可以广及文科)翻译(亦与外语教学相关)队伍的现状、潜力及问题的一次具有相当广度与深度的摸底。从获奖名单可以看出,从事英语文学翻译的中青年译者主要是高校教师、学生及一些专职翻译人员,另外还有相当一部分的干部、技术人员和工人。[④] 可见社会各个行业、各个阶层都有对外语学习、文学翻译有着强烈兴趣的人员,然而,在 4000 余名应征人员中,近一半是通过电

---

① 参见《〈外国语〉、〈译林〉联合举办译文征文评奖评委会名单》,载《译林》1983 年第 3 期,第 4 页。

② 《〈外国语〉、〈译林〉译文征文评奖委员会会议纪要》,载《译林》1983 年第 3 期,第 6—7 页。

③ 叶君健:《愿中青年翻译队伍茁壮成长》、陈冰夷:《促进文学翻译的一项有益活动》、方重:《翻译应以研究为基础》、杨周翰:《漫谈翻译和其他》、朔望:《因评课,心语寄三方》、冯亦代:《用纯洁的祖国语言译出原作的风格》,载《译林》1983 年第 4 期,第 217—224 页。

④ 参见《〈外国语〉、〈译林〉联合举办译文征文评奖获奖名单》,载《译林》1983 年第 3 期,第 5—6 页。

视、广播、夜校等途径业余学习英语的，这对新时期的外语教学工作提出了重大的挑战。另外，此次征文评奖活动还可视为一次有意义的社会性调查，"从这次四千多份应征译稿和大量的社会来信中可看出，党的三中全会所制订的路线、方针、政策深得人心，我们的对外开放政策受到群众的热烈拥护。学习外语，为'四化'多做贡献，已成为我们时代一个令人鼓舞的口号"。① 摒除上述言说中过于浓厚的政治色彩，此次征文活动在使整个社会对外国文学译介工作的重要性、艰苦性有着更为深刻的了解，以及为适应改革开放和现代化的需要而加强对外语的学习等方面有着重要的意义。

　　1986 年至 1987 年间，"为加强对日本近代著名作家岛崎藤村文学作品的了解和研究，提高日语翻译水平，促进中日文化交流"，②《译林》杂志在中国日本文学研究会、日本小诸市役所、小诸市教育委员会等单位的支持和协助下，举办了"岛崎藤村文学翻译与阅读奖"征文活动。岛崎藤村曾在小诸市担任过七年的教员工作，并在此地创作了许多著名的诗歌、散文。征文正是以岛崎藤村创作于小诸市的一篇散文作为译介对象，这也是我国第一次举办以外国作家命名的文学翻译评奖。活动共收到近一千份的应征来稿，最终评出一等奖 1 名，二等奖 2 名，三等奖 5 名，鼓励奖25 名。应该说，与第一次文学翻译竞赛相比，此次征文活动是在改革开放进一步发展的形势下举办的，活动不仅得到翻译作家原居住地的大力支持，也在境外引起了一定的反响，日本和香港等地的多家媒体都对此做了宣传报道；另外，从获奖名单来看，年龄最大者为 35 岁，年龄最小者为21 岁，"这个事实反映出，随着我国对外开放的进一步发展，学习日语和热心从事日语翻译的年轻人越来越多了，他们的翻译水平和研究水平也越来越高了。可以预料，随着这支队伍的日益壮大和提高，必将对促进中日文化交流和中日友好作出更大的贡献"。③ 当然，一些问题也随之暴露，除了一些译文理解上的准确性问题，还有一些胡译与歪译的现象出现，有的译文乍看很流畅，但偏离了原文，或是误译较多，或是添枝加叶，增加

---

　　① 《〈外国语〉、〈译林〉译文征文评奖委员会会议纪要》，第 6 页。

　　② 《本刊举办"岛崎藤村文学翻译与阅读奖"征文启事》，载《译林》1986 年第 3 期，第238 页。

　　③ 高斯：《在"岛崎藤村文学翻译与阅读奖"授奖大会上的讲话》，载《译林》1987 年第 3期，第 213 页。

原来没有的内容；还有少数译者，对作者的生平及日本千曲川一带的地理状况，对岛崎藤村与小诸地区的关系等背景知识缺乏了解，以致把散文中从哪里上车和经过车站的地名等都译错了。① 如果说理解的准确性只关乎水平问题的话，而后一种情况则完全是态度问题了，应该说第一次文学翻译竞赛的参与者都还是抱着崇高、严肃的态度来翻译的话，三年之后此次征文活动的部分译者由于社会不良习气的影响，在态度上远不如上一次的严谨，甚至可以说部分译者存在着一种不端正的译风，而这种不端正的译风最终损害的只是翻译自身，且不说译界对翻译质量下降的担心与讨论，人数日渐减少的文学翻译竞赛事实上也证明了翻译文学在整个社会多元系统中地位的下降。

从 1990 年到 1998 年，《世界文学》编辑部与德国歌德学院北京分院联合举办了八届德语文学翻译竞赛，竞赛分别选译了赫·黑塞（Hermann Hesse）、赫尔塔·米勒（Herta Müller）、博多·施特劳斯（Botho Strauss）、乌拉·贝尔凯维奇（Ulla Berkéwicz）、莫尼卡·马隆（Monika Maron）等德国现当代作家的作品。一方面是因为德语在中国学习的人并不是太多，另一方面也是因为竞赛本身宣传的原因，但更主要的是因为在市场经济大潮的涌动下，社会价值观念发生了重大的变迁，翻译文学乃至整个文学在社会体系中地位降低，导致这八届德语文学翻译竞赛参赛的参赛作品并不多，第八届的 85 篇已是最多的了，最少的则只有 20份（第四届）。对于翻译这样需要多年经验与学识积累的实践活动而言，年轻译者与老一辈翻译家的交流显得极为重要，而这几届翻译竞赛都有着一个较为重要的单元，就是参赛者（主要是获奖者）与德语文学专家和翻译家共同逐篇、逐段、逐句、逐字分析研讨每一篇用于竞赛的作品的最佳译法，这样一种方式使得年轻译者在相互探讨中得到学习与启发，一些靠自己摸索不能解决的问题也能求教于方家，这对于年轻译者的成长具有重要的意义。

2003 年，即杂志创刊 50 周年之际，《世界文学》杂志社举办了英、日、意等多语种的文学翻译竞赛，不仅供翻译用的外文原作由大江健三郎、托妮·莫里森（Toni Morrison）、苏珊·桑塔格（Susan Sontag）等

---

① 参见《"岛崎藤村文学翻译与阅读奖"来稿述评》，载《译林》1987 年第 2 期，第 234—235 页。

出席世界作家会议的作家本人自荐，并且作家本人和著名翻译家及外国文学专家共同组成了评选委员会。这是国内第一次大规模的多语种文学翻译竞赛，并且得到了原语作家的大力支持。但在新世纪真正具有较大反响，并形成了传统与制度的文学翻译竞赛还是由《译林》杂志组织的"戈宝权文学翻译奖"，从1998年第三届开始，"戈宝权文学翻译奖"由以往的对国内一定时段内公开出版的书刊上所刊载的翻译文学进行评奖，改成了每三年一次的文学翻译竞赛。第三届、第四届提供翻译的原文是两篇英文小说（Mary Gordon 的 "Intertextuality" 和 John Edgar Wideman 的 "Weight"），第五届则扩大到英语、俄语、德语、法语、日语和西班牙语六大语种中同时进行。在经历了20世纪90年代由于市场经济大潮及译界部分人员的不端正的译风造成的对文学翻译竞赛甚至是文学翻译事业的不良倾向的影响之后，可以说，2004年的第五届"戈宝权文学翻译奖"让人们重新看到了文学翻译事业走向健康发展和繁荣的可能。这主要表现在两个方面：首先，第五届"戈宝权文学翻译奖"同时举办六大语种的翻译竞赛，规模之大在国内、在世界都是空前的，并且得到了热烈的反响，包括香港、澳门特别行政区和台湾省在内的全国每一个省、市、自治区都有参赛译文寄来，有的参赛译文甚至寄自美国、俄罗斯、德国、法国、西班牙、比利时、瑞士、新西兰、日本等国。其次，获奖者及参赛者基本上都是接受过正规外语和文学翻译训练的副教授、讲师、助教及博士生、硕士生和本科生。参赛者中有的正在教授翻译课程，有的已经翻译出版过世界文学名著，有的发表过短篇小说、诗歌、散文译作或翻译方面的论文，有的获得过别的翻译奖，可以说，这一届参赛者的总体素养和译文质量都是空前之高的。当然，更为重要的还有一点，对译文"精益求精的认真态度"重新回到了译者的身上。[①]

　　新时期翻译文学期刊举办了各种形式的文学翻译竞赛，这为促进我国文学翻译事业的健康发展与繁荣，以及扩大对外开放、加深文化交流等方面作出了巨大的贡献。并且发现和扶持了一批翻译新生力量，比如在"第四届戈宝权文学翻译奖"的评选中获得一等奖的李克勤，就在2003年和2004年的《译林》上译介了两篇长篇小说。另外，在新时期这样一个广

---

① 祝平：《"第五届戈宝权文学翻译奖"受奖发言稿》，载《译林》2005年第1期，第207页。

大知识分子无不渴望得到西方现代知识奥秘的年代,译者角色极为重要,通过译者的翻译,几近天书的陌生奇怪的字词章句得以一一解码,西方的现代知识似乎由此豁然开朗。翻译文学期刊举办各种文学翻译竞赛,让更多的人投身到现代性之翻译中来,不仅仅是上述的原因,更多的似乎是在为翻译祛魅,并传达这样一种意识:翻译的过程,一如现代化的进程,远比想象的要复杂得多,人们并不能轻易、便捷地达到现代性。相信随着翻译文学期刊的文学翻译竞赛形成制度与传统,必将为我国日后的文学翻译事业以及翻译现代性作出更大的贡献。

三　翻译文学期刊上的相关“翻译”栏目

《世界文学》和《译林》设置了不少有关“翻译”的栏目:《译林》从1981年第3期开始,就开设了“翻译技巧探讨”的专栏,之后又有“翻译家谈翻译”、“翻译家漫话”、“翻译评论”、“翻译漫谈”等栏目;《世界文学》也开辟有“外国文学翻译出版漫笔”、“编译者序跋”及“文学翻译漫笔”等栏目。我们知道,“文学期刊从文学作品到文学栏目、栏目群等一系列构成要素,按照特殊的分布原则和归并原则,构成一个文本的统一体,这个文本的统一体便是独一无二的结构形态”。[1] 这种结构形态反映、体现了文学期刊的性质与风格,翻译文学期刊有关“翻译”的栏目或栏目群的开辟,正是体现了对自身不同于一般文学期刊的特色的自我认同。而从三家翻译文学期刊对“翻译”栏目的不同态度,也可以看出他们办刊宗旨的细微差异。当然,这里主要是将翻译文学期刊上的相关“翻译”栏目作为一个整体,在文本旅行和文化建构的总体框架下,考察其在推进翻译交流与翻译研究等方面的重要作用。

翻译文学期刊上的相关“翻译”栏目开启了一个翻译家、读者、编者、翻译理论家彼此之间的交流空间。《译林》1981年第3期上设置了“翻译技巧探讨”栏目,刊载了美国艾米莉·狄肯生(Emily Dickinson)一首诗歌的原文和两种翻译,分别由苏威震和朔望译出,[2] 许多读者对这种形式表示了欢迎,还有一些读者把自己对这首诗的不同译法也寄给刊

---

① 谭运长、刘宁、沈崇照:《作为大众传播媒介的文学期刊编辑论》,天津:百花文艺出版社1997年版,第137页。

② [美]艾米莉·狄肯生:《艾米莉·狄肯生诗一首》,苏威震原译,朔望别译,载《译林》1981年第3期,第275页。

物，足见读者对这一栏目的兴趣。① 这样一个栏目架设的是一座交流的桥梁，不仅让不同的翻译家能够相互交流翻译经验，也能让读者从中得以学习。《世界文学》1990 年至 1991 年间开设了"文学翻译漫笔"栏目，邀请我国翻译家"从不同角度，以不同方式就外国文学翻译问题谈谈独自的经验，见解或感想"，并特别强调"翻译家可以在这里各抒己见，发表的看法不一定都得为本刊编辑部所赞同"。② 栏目在两年间共刊载论文 27 篇，许渊冲、钱春绮、兴万生、吕同六、施咸荣、冯亦代、叶渭渠、杨武能等著名翻译家都应邀撰稿，发表了自己的看法。通过不同观点之间的交流、争鸣与探讨，编者与译者能够加深了解，共同促进外国文学的引进介绍工作或者说外国文学翻译事业的发展。1998 年至 2000 年，著名翻译理论家许钧在《译林》上主持"翻译漫谈"栏目，通过访谈的方式，与许多著名翻译家就翻译实践、翻译理论的各方面展开了对话。国内学界的翻译实践与翻译理论长期存在着隔阂，这样一个栏目无疑对双方的增进了解起到了重要的作用。另外，这样一批老翻译家在长期的文学翻译实践中，积累了丰富的经验，对文学翻译进行了多方面的思考，对翻译活动、文学翻译的特殊本质、文学与文化的关系提出过许多精辟的见解，这样一个栏目也意味着对他们译学精神的保存与传承。总体而言，以翻译文学期刊的翻译栏目群为中心组织起来的阅读、交流网络，使得翻译家、读者、编者、翻译理论家等都可以在其中方便地获取信息、表达自己的意见、就共同关注的问题展开讨论，从而形成了某种"公共空间"。同时这些栏目群作为某种对外国文学翻译工作的"共同"的声音进入更大的社会文化领域中，影响外国文学文本在中国的旅行方式、旅行历程，甚至对中外文化的交流及"现代"文化意识的建构发生作用。

除了进行经验交流以外，翻译文学期刊的相关"翻译"栏目也有不少对翻译问题进行探讨的文章，可以说这些栏目搭设了一座从实践到理论的桥梁，由此还可将这些栏目群视为一个颇具特色的研究空间。不难看出，翻译文学期刊的相关"翻译"栏目都是以翻译家为中心的，不论是"翻译家谈翻译"、"翻译家漫话"这些以翻译家为题名的栏目，还是许钧主持的与翻译家对话的"翻译漫谈"，即使"文学翻译漫笔"约稿的对象也是翻

---

① 《〈万叶集〉和歌四首·编者前言》，载《译林》1982 年第 1 期，第 263 页。

② 《文学翻译漫笔·编者前言》，载《世界文学》1990 年第 1 期，第 276 页。

译家。与翻译理论家相比，翻译家对翻译问题的思考存在着种种差异，正是这种差异形成了翻译文学期刊翻译研究的鲜明特色，并以此与相关学术期刊（如《中国翻译》、《外国语》等）的翻译研究区别开来。

从横向来看，翻译文学期刊的翻译研究涉及了国内译坛所关注的各个论域。郭建中在《中国翻译界十年（1987—1997）：回顾与展望》中，认为翻译界在此十年间争论比较激烈的主要有以下四个问题：（1）继承我国传统译论与引进外国译论之争；（2）翻译理论与翻译实践之争；（3）翻译是科学还是艺术之争，或翻译的语言学派与文艺学派之争；（4）翻译中文化因素的归化与异化之争，或作者中心论与读者中心论之争。① 应该说从1987 年 7 月，中国译协在青岛召开第一届全国翻译理论研讨会开始，这十年是中国翻译研究发展迅猛的十年，前承新时期以来对西方译学的大量引进与介绍，后启新世纪中国翻译研究的崭新局面，因此这十年主要研究的论题完全可追溯到新时期以来的发展状况，也一定会延续到新世纪的译学讨论中来。翻译文学期刊的翻译栏目对这些论题都有所涉及并有自己独特的见解，甚至而言，还代表了争论中的某一方的观点，如翻译实践与翻译理论之争中翻译家向来被认为是翻译实践的代表。但我们也应注意到，争论的双方并非不可通约的，而只是关注的重点不同罢了。正如智量所言，翻译是一个实践性很强的东西，"翻译学"或"翻译理论"如果谈得太空，脱离了实践，或是理论家本人并不曾有过大量切实的实践经验，这种理论往往可能在很大程度上是靠不住的。智量由此提议，"先别谈道理，先去做起来，译过一二十万字以后，许多道理你自然明白了，如果有兴趣系统地研究翻译理论或'翻译学'，也要在这个基础上进行"。② 总之，从横向来看，翻译文学期刊的翻译研究涉及了译界关心的所有问题，并在坚持自己看法的基础上，接纳、借鉴了其他的意见。

从纵向来看，翻译文学期刊的相关"翻译"栏目还可视为一部小型的、别致的新时期翻译研究史。新时期以来的翻译研究是在继承与引进、理论与实践、科学与艺术、归化与异化等对立观点的探讨中展开的。③ 考虑到翻译文学期刊翻译研究的特殊情况，我们还是可以看到一种从经验到

---

① 郭建中：《中国翻译界十年（1987—1997）：回顾与展望》，载《外国语》1999 年第 6 期，第 53—60 页。

② 智量：《翻译琐谈》，载《世界文学》1991 年第 2 期，第 291—296 页。

③ 郭建中：《中国翻译界十年（1987—1997）：回顾与展望》。

理论,从语言到文化的缓慢趋势。当然,这并不是说理论、文化已经取代经验、语言成为翻译家关注的中心,对翻译家而言,只是在经验、语言的基础上对理论、文化的关注有所增加,并将理论、文化糅合到原有的探讨中去。从前期的"翻译技巧探讨"、"翻译家谈翻译"等栏目来看,大体还是在语言层面从自身经验出发的对某些翻译问题的探讨。戈宝权在1983年第2期《译林》上的"翻译家谈翻译"栏目下发表了《漫谈译事难》一文,虽则回顾了严复"译事三难:信、达、雅"的理论,更主要还是在谈"细节与技术"上的困难:诸如避免误译难、翻译出典难、翻译人名难、翻译书名难、翻译事物名称难等具体的问题。① 1990年至1991年,《世界文学》"文学翻译漫笔"栏目中对翻译理论、翻译的文化层面的探讨有所深入,在许渊冲的《文学翻译和翻译文学》、罗新璋的《"似"与"等"》、郑永慧的《浅谈翻译中的"信"》、叶渭渠的《艺术的再创造》等文章②中就对翻译的性质、翻译的标准等理论问题进行了讨论,并且注意到了翻译中的文化因素,如许渊冲就曾说到"翻译是两种语言的竞赛,文学翻译更是两种文化的竞赛"。③ 到了1998年至2000年,许钧在《译林》上主持"翻译漫谈"栏目,通过与许多翻译家的对话,讨论的论域更加开放,问题也更加深入。总之,从纵向来看,翻译文学期刊上的翻译研究大体与新时期以来国内译界的发展是同步的,也大致经历了从经验到理论、从语言到文化等的发展历程。

综上所述,翻译文学期刊上的其他非文学翻译实践:翻译文学评奖、文学翻译竞赛和相关的"翻译"栏目等对文学翻译这个"主要"事业从不同的层面、不同的侧面起到了推进作用,同时,也对文本旅行的整个过程及本土的文学现代性的建构有着重要的意义与作用。

---

① 戈宝权:《漫谈译事难》,载《译林》1983年第2期,第216—220页。

② 许渊冲:《文学翻译和翻译文学》;罗新璋:《"似"与"等"》,载《世界文学》1990年第2期,第285—294页;郑永慧:《浅谈翻译中的"信"》,载《世界文学》1990年第3期,第290—299页;叶渭渠:《艺术的再创造》,载《世界文学》1991年第5期,第286—290页。

③ 许渊冲:《文学翻译和翻译文学》,第285页。

第二章

折射与辐射:翻译文学
期刊的编辑与发行

外国文学经由翻译之后,必须经过编辑加工才能形成翻译文学期刊文本,相比较以图书方式的出版,翻译文学期刊以其周期的快与相对的持续性、思想的新与阵容的相对集中性,以及信息的多并能容纳一定的学术深度,在"外国文学文本在中国的旅行"过程中发挥着独特的作用,并对新时期本土文学与文化的建构发生着重大的影响。

翻译文学期刊的编辑工作本身也是一种文化建构和文化积累,而从选题、组稿到审稿,以及后期的排版与装帧设计,不仅决定了翻译文学期刊文本的生成与呈现,并通过这种生成与呈现,在一定程度上影响着本土文学对异域文学的借鉴乃至新时期本土文学与文化的现代性进程。作为大众传播媒介的翻译文学期刊既然以"打开'窗口'了解世界"为宗旨,那么,这些刊物上开辟了怎样的窗口?为什么要开辟这样的窗口?通过这些窗口我们看到了怎样的世界?因而翻译文学期刊上的栏目设置就成为本书需要关注的问题,它们不仅体现了期刊的特色,也体现了编辑者的意图,更有某种权力话语的影响。如果说经由文化过滤机制之后翻译文学期刊文本可视为对异域文学的一种折射,那么翻译文学期刊进入发行渠道中的传播与消费则可视为一种辐射影响的过程。翻译文学期刊的发行与消费状况提供给了我们关注文本旅行过程中翻译文学对当时文化建构影响的一个有力侧面:期刊发行数量一定程度上反映了翻译文学文本对本土文学现代性建构的影响范围与广度,而发行数量的变化也见证着整个文学生态的变迁。对翻译文学期刊消费群体的考察则大体表明这种现代性的影响是由哪些人、通过怎样的途径而达到的。因此，本章主要探讨以下三个问题：翻译文学期刊的栏目设置；翻译文学期刊的编辑工作对翻译文学期刊文本的塑造及对新时期文学、文化的影响；翻译文学期刊的发行与消费。

第一节　作为"文化建构"的翻译文学期刊编辑活动

　　编辑工作是"新闻、出版、广播、影视等部门为出版或播映准备稿件的社会文化活动。它以规划、选择、加工工作为特征，包括设计、组织、审读、加工整理等工序，以及出版、播映前后的宣传推荐、了解读者（听众、观众）反应和围绕作者、读者所进行的工作"。① 期刊编辑活动作为出版事业的一部分，区别于其中的书籍编辑和报纸编辑，也区别于新闻、广播、影视等部门的编辑工作，而文学期刊编辑活动乃至翻译文学期刊编辑活动自然也都有着自身的特点。但毋庸置疑，编辑活动在上述所有的传播过程中都是一个极为重要的环节。甚至而言，"作为传播机构的文学期刊编辑部和隶属其中的作为传播者的文学期刊编辑，实质上是文学期刊文本（传播内容与传播媒介）的直接的创造者、生产者和操作者，对整个传播过程具有最多决定性的作用"。② 把编辑工作作为文学话语传播过程或者说文学活动的中心环节，原因还在于编辑活动联结着出版、印刷、发行等其他环节，编辑行为最充分地体现出文学话语的两面性质，它既是对原稿的审美欣赏、理解和阐释，又是对文本的再编码，甚至还规划着发行的策略和方法。毫无疑问，这既是一种审美活动，又是一种物质生产和社会活动。这里，对文学期刊编辑工作的定位事实上也牵涉到了对文学本身的定位问题，艾布拉姆斯（M. H. Abrams）在《镜与灯：浪漫主义文论及批评传统》（*The Mirror and Lamp*：*Romantic Theory and the Critical Tradition*）一书关于文学活动的论述中，③ 包括编辑工作在内的传播活动并没有考虑在内。我们既然把文学看成是大众传播媒介所负载和传播的内

① 边春光主编：《编辑实用百科全书》，北京：中国书籍出版社1994年版，第142页。
② 谭运长、刘宁、沈崇照：《作为大众传播媒介的文学期刊编辑论》，第2页。
③ ［美］M. H. 艾布拉姆斯：《镜与灯：浪漫主义文论及批评传统》，郦稚牛等译，北京：北京大学出版社2004年版，第4—6页。

容，那么文学的审美原则也需在传播规律的制约之下，与社会政治、经济原则整合在一起，形成作为大众传播媒介的文学期刊自身的轴心原则。①由此，翻译文学期刊编辑活动并非是翻译文学从生产到接受过程之中的一个简单的、可有可无的环节，而是对本土文学现代性的建构有着重要意义的中介。

　　整个编辑活动包括选题、组稿、审稿、加工、装帧设计等各个工作环节，随着编辑工作重心的前移，选题取代了以前的审稿成为整个过程的中心环节，②从而对编辑劳动的全过程有着决定性的意义，它决定着一段时间内一个编辑出版部门精神产品的基本面貌，也对文化生产、传播和积累有着积极的调节、导向与建构作用，尤其是宏观的、长远的选题计划，可以在一定程度上影响整个民族科学文化的发展。新时期翻译文学期刊的选题也一定程度上决定着文学现代性的具体面貌。那么何谓选题？选题是指出版机构为准备出版的书刊所拟订的题目及其有关内容，③因此也可称之为选材。而且，"一切选题的确定都是以一种理论上的读者大众和一种样板作家为前提的，并且是以这种读者的名义和利益而进行的，而样板作家则被认为反映了这种读者的需要"。④世界文学浩如烟海，对翻译文学期刊而言，选材的确有如"大海捞针"、"沙里淘金"，恰如《译林》编辑部所言："不能不看到，在外国当代文学中，要选出各方面的读者都感到满意的作品，确实是相当困难的。那些属于现代派作品当中晦涩难懂的，冗长的心理描写和平淡无奇的，还有完全商业化的，这些都排除在我们的选材之外，而这类作品恰恰在外国当代文学中占了很大的比重。为此，往往看了几十本书，还未必能选中一篇适合《译林》用的。"⑤但"一个真正的编辑绝不肯昧着良心胡编瞎凑，唯有广开稿源、开动脑筋去选材、去组稿方成。所以编辑是辛勤的脑力劳动者，要有广博的知识、文字的修养。作为外国文学的编辑，不但要有中文的功底，还要有外文的修养，其中甘苦是很难为外行人所体会

---

① 谭运长、刘宁、沈崇照：《作为大众传播媒介的文学期刊编辑论》，第 5 页。
② 向新阳：《编辑学概论》，武汉：武汉大学出版社 1995 年版，第 129 页。
③ 边春光主编：《编辑实用百科全书》，第 192 页。
④ ［法］罗贝尔·埃斯卡尔皮：《文学社会学》，第 80 页。
⑤ 《编后语》，载《译林》1984 年第 4 期，第 265 页。

的"。① 翻译文学期刊怎样才能在如此浩渺的外国文学中找到符合自身刊物办刊方针和宗旨,也适合读者需要的选题呢?这是翻译文学期刊编辑所面临的一个重要问题,当然,从结果来看,以《世界文学》、《外国文艺》和《译林》为代表的翻译文学期刊在新时期以来的选题都是具有一定代表意义的作家与作品,也得到了众多读者的认可。

　　新时期之初,翻译文学期刊在对外国文学调查研究的基础上,努力做好选材工作,不仅扩大文学体裁范围,而且在不降低文学水平的情况下,注意作品的可读性;不仅从长远着眼有重点地介绍国别文学,同时也考虑到读者当前的需要。② 西方现代派作品在新时期初期一直是翻译文学期刊选题内容的一个重要方面,对于这些选题,不仅知识界颇有争议,在普通读者中也见解殊异,《世界文学》1981 年第 5 期的"读者·译作者·编者"栏目中就刊登了两位读者对西方现代派作品截然不同的两种看法,一位认为刊物"在对待'现代派'作品方面,有保守思想",建议更多地更全面地译介西方现代派作品;另外一位读者则认为"对荒诞派、意识流等作品及《波嘉妮小姐》那样的雕塑之认识,尚宜从长讨论"。希望"多登一些纯正,健康,使人向上,使邪恶灭迹的东西"。并认为"这不是'左',这是为了我国的千秋万代"。为使期刊的选题计划得到更多读者的认同,《世界文学》编辑部认可读者来信中对西方现代文学,特别是现代派文学提出的意见都是严肃认真的,值得注意和考虑的,并对自身的办刊方针做了细致的阐释:"我刊方针的一个方面是:有计划、有重点地介绍西方当代和现代文学中各种有影响的流派,发表其有代表性的作品,以帮助我国文艺工作者和文艺爱好者扩大眼界,丰富知识,更多更全面地了解当代世界文学的概貌。我们长期以来闭目塞听………这是极不正常的……不管我们是否习惯和是否喜欢,了解它却是必要的。对它过分重视和评价过高是不应该的,对它视若无睹,简单地把它一笔抹煞,显然也是不科学的……"并指出"问题在于我们无论是介绍它还是了解它,必须采取分析批判的态度,而要分析批判,首先也应该如实地了解它,本刊适当地介绍一些西方有影响的文学流派及其作品,就是本着这样的考虑。"③ 经过多

---

　　① 凌山:《啊,三十五周年!》,载《世界文学》1988 年第 5 期,第 294—297 页。

　　② 《我们的心愿:记〈世界文学〉读者译者座谈会》,载《世界文学》1984 年第 6 期,第 314—316 页。

　　③ 《读者·译作者·编者》,载《世界文学》1981 年第 5 期,第 316—318 页。

方面的解释,读者也逐渐接受并喜欢上了这种选材,这可以从改革开放以来一直到 80 年代中期,翻译文学期刊发行量的逐年增加中见出些许。当然,这些选材的结构也体现着编辑的匠心独运,《世界文学》1986 年曾以体裁和题材为脉络,介绍现当代某些方面的重要作品。1987 年,《世界文学》又以 6 个重要外国作家为中心,通过他们的代表作品以及有关的评论与资料,帮助读者了解以他们为代表的外国文学较新成就。巴尔加斯·略萨(秘鲁)、沃兹涅先斯基(苏联)、卡尔维诺(意大利)、古利亚什基(保加利亚)、纳博科夫(美国)和格拉斯(德国),这些在 1987 年《世界文学》上重点介绍的作家现在我们已经耳熟能详了,也一度成为我国读书界特别感兴趣的人物,他们的作品也成为文艺界热烈讨论的对象。另外格拉斯成为 1999 年诺贝尔文学奖的得主,事实检验了翻译文学期刊在选材方面的水准与眼光。

　　20 世纪 80 年代末期,外国文学的译介工作处于了一个比较严峻的时期。这是因为改革开放后,纷繁复杂的外国文艺作品与信息通过多种渠道大量涌进我国,这一方面固然丰富活跃了曾一度沉寂的我国文艺市场,但一时间也难免泥沙俱下,鱼龙混杂,比如翻译界和出版界的某些人热衷并出版西方文学中以暴力和性为题材的畅销书。应该说《世界文学》、《外国文艺》和《译林》都是比较认真负责的,并没有参与到这种以经济利益驱动的、短视的行为中来,而是针锋相对地指出,在这种形势下,外国文学翻译工作的选材"要有更准确的判断力,要有更敏锐的眼光,要有更高的标准,要更忠实地传达原作,而不是给读者推销什么廉价的'文化幻觉'。我们认为,当前,在研究和译介外国文学作品时,应在'沉着'二字上多思,切忌'浮躁'"。①1989 年之后,出版界由于"近几年书报刊和音像市场问题严重,宣扬资产阶级自由化和有严重政治错误的书报刊和音像制品越来越多,淫秽色情、凶杀暴力、封建迷信的书报刊和音像制品严重泛滥,非法出版的书报刊和音像制品屡禁不绝"等现象,受到了清理整顿,1989 年 9 月 16 日,中共中央办公厅和国务院办公厅联合发出了《关于整顿、清理书报刊和音像市场严厉打击犯罪活动的通知》,要求加强选题管理,社长、总编辑(主编)要认真负起书稿把关、终审的责任,严格执行选题

---

①　《读者·译作者·编者》,载《世界文学》1988 年第 6 期,第 312—313 页。

报批制度。① 正是以此为契机，翻译文学期刊对前段时间以西方现代文学为主要选题内容和译介对象的做法做了深刻的反思，《世界文学》在1989年第6期上刊载了"外国文学工作笔谈"的专栏，参与笔谈者大多是从事外国文学研究和翻译的专家、学者，他们普遍认为，十年来，我国外国文学翻译和研究的热点是西方文学，我们文学现代性所指向的也主要是西方文学，这虽是现实社会的合理需求，却也有"矫枉过正"、"消化不良"现象的产生，并不约而同地提议在选材上要多注意东方文学，加强介绍东方文学及其借鉴西方文学而又创造性地完善自身传统的经验教训。事实上，"东方并不乏优秀的传统，也不乏优秀的作家和作品，问题是在'西方中心论'的影响下，在文化商品的冲击下，这个角落被忽视了，没有被发掘、被开发罢了"。② 也正如后任《世界文学》主编的黄宝生所言："从文学的比较和借鉴，从文学和文化理论的建设，东方文学都值得我们重视。……东方古代文学值得我们大力发掘，东方现代文学也值得我们积极借鉴。东方各国现代文学经历了大体相同的发展道路。传统和现代的冲突，西方和东方的碰撞，是东方各国现代文学共同面对的问题。现在我国不少文学批评家的视野主要限于中国现代文学和西方现代文学。如果能把视野扩大到东方现代文学，或许中国现代文学批评的气度会更恢宏一些，眼光更深邃一些，观点会更通达一些。"③ 这种观点一定程度上代表了对80年代整体上以西方民主政治、市场经济和个人主义为核心价值为主导的现代性的反思，甚至一定程度上也昭示着90年代启蒙现代性的分化。

进入90年代以后，由于市场经济大潮的影响，文学在社会系统中的地位下降，翻译文学期刊的发行量更是急剧萎缩，在这种形势下，翻译文学期刊强调"要在动荡中祛除'浮躁'，安下心来，踏踏实实地调查、研究、剖析、学习外国真正好的东西，拿来高层次的东西（包括优秀的通俗文学作品），使文学借鉴达到较高水平，为提高中华民族的整体文化素质

---

① 《关于整顿、清理书报刊和音像市场严厉打击犯罪活动的通知》（1989年9月16日），参见宋原放主编《中国出版史料·现代部分》（第三卷）上册，济南：山东教育出版社2000年版，第423—430页。

② 叶渭渠：《传统与现代》，载《世界文学》1989年第6期，第265—267页。

③ 黄宝生：《仍要重视东方文学》，载《世界文学》1989年第6期，第272—274页。

做文化积累工作".① 在动荡的社会建构中,真正静下心来认真地进行选材、脚踏实地做一些文化积累的工作,殊不容易。这也是《世界文学》等翻译文学期刊被读者称之为"风中之旗"② 的原因所在。就具体工作而言,编辑部做到每期有重点,向读者和文化界推出了一些有分量的外国文化精品,以1990年为例,就有德国作家瓦尔泽的中篇小说《惊马奔逃》,哥伦比亚作家加西亚·马尔克斯的长篇《迷宫中的将军》等,还选编了西班牙战后短篇小说专辑和日本作家大冈信、加拿大作家卡拉汉的作品专辑,这些作品的刊出在读者中受到了好评。

随着社会的发展,翻译文学在经历了爆炸式的繁荣以及浮躁中的艰难坚守之后,进入21世纪以来,似乎真正走上了一条理性发展的道路。"我饮我的清酒,他喝他的花茶",不同层面的文学与文化交流总要有人去做,"不妨再雅一点,不妨再加强一下其学术性,突出杂志背后的学术背景"成为某些编委对《世界文学》的建议。由此,新世纪的翻译文学期刊在选材上更加强调"经典性","我们希望我们的选材能体现文学的'经典性',也就是在各国文学史上能占据一定地位的作家和作品。注重现代文学和大国文学,也不忽视古典文学和小国文学。文学体裁也不局限于小说,要兼顾散文、诗歌和戏剧".③ 着力介绍世界各国最优秀的文学作品,把各国文学中真正在历史发展中站得住脚的好作品介绍过来,这可能才是翻译文学期刊所谓"经典性"的内在应有之意。自然,由于办刊方针的些许差异,三家翻译文学期刊在选材上也各有自身的特色,比如以西方最新畅销小说为主要选材领域的《译林》就更关注作品的"可读性"。这在前文已有所论述,不多赘言。

总体来说,翻译文学期刊的选材工作得到了广大读者的认可,较为广泛并有重点地介绍了各国优秀的文学作品。但严格来说,翻译文学期刊对外国文学的介绍远没有反映出外国文学纵向和横向两方面的全貌。这可以以80年代的"拉美文学热"为例,所谓"拉美文学热",是80年代初期通过对"拉美文学爆炸"作品的译介,我国一部分作家和读者对加西

---

① 邹海仑:《把刊物办得更好些——记〈世界文学〉编委会会议》,载《世界文学》1991年第1期,第297—299页。

② 程巍:《我看〈世界文学〉:风中之旗》,载《世界文学》1993年第5期,第298—300页。

③ 黄宝生:《主编寄语》,第2页。

亚·马尔克斯、巴尔加斯·略萨、博尔赫斯等人的作品产生的浓厚兴趣。显然，和拉美文学，特别是拉美当代文学的成就相比，"热"的对象未免过于狭窄了。而这与新时期的译介工作关联颇大。应该说，从 1979 年到 1989 年，十年间，"拉美文学爆炸"作品的译介在我国取得了令人瞩目的成绩，据粗略统计，这段时间，我国共出版了 40 余部"文学爆炸"名家的长篇小说或小说集，报纸杂志上发表了 100 多篇中短篇小说，刊载了 200 多篇评介文章和报道。① 在新时期初期，"拉美文学爆炸"的译介和研究工作还是一片荒芜的处女地，在"拓荒"的过程中，即使散乱地东挖一下，西刨两下，也会有相当的收获。然而仔细考究起来，也存在一些问题。最主要的问题就是选题面过窄，译介主要集中在两三位作家上，巴尔加斯·略萨、加西亚·马尔克斯的作品几乎全部有中译本，而其他作家——在国外文坛上同样享有盛名，只是国内介绍颇少——就受到冷落，例如阿根廷作家胡利奥·科塔萨尔（Julio Cortázar），乌拉圭作家胡安·卡洛斯·奥内蒂（Juan Carlos Onetti）、马里奥·贝内德蒂（Mario Bene-detti），委内瑞拉作家阿尔土洛·乌斯拉尔-彼德里（Arturo Uslar-Pi-etri），以及墨西哥作家富恩提斯（Carlos Fuentes），等等。可以说，选题事实上塑造了我们所见到的拉美文学景观，而这种景观与事实面貌相比，有不小的变形。面对这种情况，翻译文学期刊似乎应该更沉得住气，仔细阅读作品，在认真研究的基础上慎重选题，加强选题的科学性、系统性、计划性，使拉美文学、世界文学呈现在读者眼前的面貌约略成为实际情况的缩影。若从整体上反思新时期翻译文学期刊的选材工作，文学现代性的追求是其间一条隐约的主线，上述所有的现象都可纳入到此一解释中来，20 世纪 80 年代前期是对要不要引进文学现代性的论争，而后期则是引进怎样的文学现代性的思考，到了 90 年代以后，争议似乎少了很多，但却更深入到了现代性的内部反思之中，即便是拉美文学的引进热潮，也与本土的文学现代性的发展需求密切相关。

另外，翻译文学期刊的选材还受到了相关版权制度的约束，我国加入的《伯尔尼保护文学和艺术作品公约》和世界版权公约，已分别从 1992 年 10 月 15 日和 30 日起正式生效，并且在 1990 年至 1992 年间，我国先

---

① 参见刘习良《对"拉美文学热"的反思》，载《世界文学》1989 年第 6 期，第 279—282 页。

后制定了《中华人民共和国著作权法》、《中华人民共和国著作权法实施条例》和《实施国际著作权公约的规定》等相关法规。翻译出版权益受保护的外国作品须按照相关规定事先取得著作权人的授权，然则由于翻译文学期刊自身经费的不足，很大程度上可以说是自身"造血"功能的不足，很难通过自身经营所创造的利润去购买有价值的选材，并从而吸引读者的这样一种良性循环。应该说，在这一方面，《译林》相对而言做得不错，《译林》所译介的都是在欧美各国较为畅销的著作，并以此吸引了众多的读者，而且通过和出版社的紧密协作，以图书的方式出版了不少外国文学畅销书籍。

组稿和选题相衔接，选题确定了编辑出版工作的方向和任务，组稿则是实现这个任务的具体措施。只有做好组稿工作，选题计划才能贯彻落实，并在落实过程中进一步调整、补充和完善。如果说选题计划一定程度上体现了精神文化生产的社会化机制，体现了社会的意志与价值取向，是"势所逼、理所然、情所致"的结果，承担着"执历史之命，补时代之缺，育开新之才"①的社会历史使命的话，那么组稿则是精神文化生产由社会机制转换为个人行为的开端，是精神文化产品由宏观调控设计到某一个体质的实现的关键，②自然，这种个人行为也难免社会机制的约束在内。一般而言，组稿方式有三种：约稿、自投稿与推荐稿。由于自身特性的要求，翻译文学期刊的组稿以编辑部的主动约稿居多，这种方式能够最大限度地使译文符合刊物的办刊宗旨和出版要求。选题使得翻译文学期刊解决了"译什么"的问题，约稿则要考虑"由谁译"的问题，而"怎么译"的问题则是译者创造性活动的结果。给一部优秀的作品物色合适的译者，是对原文的负责，也是对译文品质的保证。决定一个译者是否合适不仅取决于其个人的学识修养、气质才情，还要看他能否按时交付稿件，如果时间过长，导致选题失去原有的时效性，那也不得不忍痛割爱了。

在新时期初期，翻译文学期刊的约稿对象主要是老一辈的文学家、翻译家，虽然并非为了所谓的名人效应，却也有使翻译文学期刊译介内容合法化的某种顾虑。当然更主要的是由于"文化大革命"的荒废，文学翻译

---

① 蒋广学：《编学原论》，南京：南京大学出版社1999年版，第65页。
② 向新阳：《编辑学概论》，第130页。

人才出现了明显的断裂,中年与青年译者极少的缘故。为了外国文学翻译事业,老一辈翻译家不顾自己并不健康的身体状况,大多欣然应允。而他们所表现出来的对自己文字严肃认真的态度,不仅使编辑人员深受教育,读者也不难从字里行间有所体会。后任《世界文学》主编的高莽在一篇回忆性文章中忆起了在刊物复刊之初向巴金邀稿的情形,在发出约稿信不久,就收到了巴金寄来的三万余字的译文——赫尔岑的《往事与深思》,并来信希望编辑部根据刊物的需要尽量删改,还要求在排出校样后寄给他过目。之后不久,巴金在给高莽的信中又提及:"还有一件事拜托:《世界文学》第2期上我那篇赫尔岑回忆的译文,我还想改几个字,希望能给我看一篇校样。请代我向编辑讲一声。"① 老一辈翻译家严谨的作风可见一斑。曾任《世界文学》编辑的邹荻帆也曾回忆起向萧乾约稿的事情,萧乾当时住在一个六七平方米的小房间里,里面只有一张单人硬板床和一张小学生用的双腿桌,有如"狭的笼"一般,进门之后,实在是仅有立锥之地,正是在这样艰苦的环境中,萧乾用流畅的白话译出了易卜生的诗剧《彼尔·金特》,后刊登在内部发行的第3期上。② 用自己的文章或译稿支持翻译文学期刊的老人还有很多,如冯至、何其芳、卞之琳、楼适夷、戈宝权、罗大冈、冯亦代等,他们重视传达原作的精神,对译文的态度极为严谨,可以说,这是保证新时期初期翻译文学期刊能为广大读者接受的最强有力的保障。之后的约稿工作大体是以某方面的专家学者为主要对象,也有部分作家,如《外国文艺》的"作家译坛"栏目中的相关篇章,应该说整个组稿工作给新时期的翻译文学期刊提供了优秀的、充足的稿源,译者与编者一起塑造着翻译文学期刊文本和翻译文学景观,也一起参与到本土文学与文化现代性的建构中来。

　　审稿是编辑过程中的另一个基本环节,"审稿的任务:一是对作者交来的书稿进行全面审读,作出基本评价,决定取舍;二是对准备采用的书稿提出修改意见,使初稿最大限度地优化。它的作用是'把关'和'增值'"。③ 就"增值"而言,是审稿编辑对文稿提出修改意见,使文稿更符

---

　　① 高莽:《百花盛开的季节——新时期〈世界文学〉杂志散记》,载靳大成主编《生机:新时期著名人文期刊素描》,北京:中国文联出版社2003年版,第65页。

　　② 参见邹荻帆《遗憾与感激》,载《世界文学》1993年第3期,第26—29页。

　　③ 庞家驹:《审读是编辑工作的灵魂》,载《中国编辑研究》编委会编《中国编辑研究:1999》,北京:人民教育出版社1999年版,第190页。

合出版的要求以及更加优化，编者与作者之间常有"一字师"的佳话就是指的这种情形。就"把关"而言，影响媒介内容的信息把关问题可以从五个不同的层面来分析，即：（1）个人层次；（2）媒介工作常规层次；（3）组织层次；（4）媒介外社会团体层次；（5）社会系统层次等。① 也就是说除编辑以外，其他各个方面的力量也对媒介内容进行着各种规范作用，并在一定程度上通过编辑人员体现出来。对翻译文学期刊而言，把关不仅是对译稿的艺术质量、学术质量进行的鉴别，也是对其政治思想性作出的判断。对译文质量的评价需要结合翻译理论和我国翻译界目前的实际水平来探讨，虽然也存在着"直译"和"意译"、"归化"与"异化"的争论，但"准确、通顺、统一"的标准却是译稿出版的最基本要求。② "准确"是指译文要符合原文的意义、精神、文体、风格等；"通顺"是指要符合语法、逻辑，明白易懂；"统一"则是要求文稿前后照应，从文字到体例符合各种规范。另外，在一定时期、一定意义上，译稿的政治思想性甚至超出了其艺术性与学术性而居于首要地位，有人曾经就"我国媒体编辑具体选择标准"作过一个小范围的调查，结果依次如下：（1）党性原则要求以及党的新闻工作者新闻宣传纪律；（2）各种与新闻报道相关的法律、法规与文件；（3）宣传主管部门的意见；（4）所在媒体领导的意见；（5）新闻价值与宣传价值；（6）本媒体的编辑方针与风格；（7）同行的选择情况比较；（8）其他。③ 虽然以上调查主要是针对新闻媒体的，但是一定程度上对翻译文学期刊也适用。

新时期初期，政治思想领域尚未完全解冻，关注作品的政治倾向性成了翻译文学期刊编辑审稿时的首要标准，即使是准备刊用的稿件，也要尽量使其在政治上"合法化"。如在复刊后内部发行的第1、2期上，《世界文学》译介了苏联鲍·瓦西里耶夫的中篇小说《这里的黎明静悄悄》，而当时与苏联的关系尚未改善，编辑部对苏联新出现的有影响的作品，既认为该给予介绍，但实在还不敢"冒天下之大不韪"，公然推荐"苏修"作品。应该说《这里的黎明静悄悄》是一部较为优秀的作品，描写了在反法西斯的战争中，苏联的女战士们为保

---

① 吴飞:《编辑学理论研究》，杭州:浙江大学出版社 2001 年版，第 34 页。
② 阙道隆主编:《实用编辑学》，北京:中国书籍出版社 1995 年版，第 358 页。
③ 吴飞:《编辑学理论研究》，第 37 页。

卫祖国,进行殊死战斗而壮烈牺牲的故事,并得到了我国大量读者的喜爱。但编辑为了避免政治上可能的批判,而要求译者写一篇"批评性"的文章,对其内容进行评价。应该说,在新时期初期的很长一段时间内,这种在译介后对作品内容进行政治上批判的做法是通行的、普遍的,也是审稿工作的政治标准的某种反映。

另外一个反证是《译林》在创刊号上译载《尼罗河上的惨案》所引发的风波。刊载《尼罗河上的惨案》一文的《译林》创刊号得到了大量读者的欢迎,初版20万册很快售完,立即又加印了20万册。但是几个月后的1980年4月,时任中国社会科学院外国文学研究所所长的冯至先生给中央书记处书记胡乔木写了一封信,矛头直指《译林》编辑部,信中指出,《尼罗河上的惨案》之类的通俗作品,既无益于社会主义文学的发展和繁荣,也无助于社会主义新人的培养,类似作品的翻译不仅造成了纸张的浪费,而且可能造成坏的影响,完全背离了左联的革命传统。在冯至先生看来,类似通俗作品的译介,"有失我国文化界的体面",反映了我国读书界在思想境界和趣味上的"倒退",自"五四"以来,我国的出版界还从来没有像现在这样"堕落"。① 批评话语极端尖锐,也极端政治化,对《译林》编辑部的指责可以说就是对其审稿时政治思想意识不强的责难。应该说,在《尼罗河上的惨案》被译载时,中国共产党的第十一届三中全会已经召开,思想解放潮流不断涌动,但是极左思潮仍然在一定程度上左右着一些人的思维方式和言说方式,所以才有了这样一场风波。风波的最终平息也与政治形势、意识形态的嬗变相关,党的十一届三中全会后,各方面正在努力拨乱反正,清算各个领域长期以来极左思潮的影响,能够以实事求是的态度来看待和处理问题,当然更直接的影响还是1979年底"中国文学艺术工作者第四次代表大会"的召开,邓小平在会议上的"祝辞"所传达的精神,这标志着文学从以前的政治附庸中解放出来,真正地走向了自主发展的道路。可见,文学的编辑与出版并不能完全脱离意识形态的影响,1983年中共中央、国务院《关于加强出版工作的决定》中称:"我国的出版事业,与资本主义国家的出版事业根本不同,是党领导的社会主义事业的一个组成部分,必须坚持为人民服务、为社会主义服务的根本方针,宣传马克思列宁主义、毛泽东思想,传播一切有益于经济和社会发展

---

① 参见孙会军、孙致礼《改革开放后我国外国文学翻译界的一场风波》,第165—166页。

的科学技术和文化知识，丰富人民的精神文化生活。"① 这一规定全面概括了我国编辑出版事业中审稿的政治思想原则是选择稿件、决定稿件取舍的基本标准。而 1989 年《关于整顿、清理书报刊和音像市场严厉打击犯罪活动的通知》同样强调了党对出版事业的领导。

翻译文学期刊文本通过选题、组稿、审稿以及校对、装帧设计等各个编辑工作环节得以形成，换言之，选题、组稿以及审稿等工作决定着翻译文学期刊文本最终得以形成的形式，并和以图书形式出版的外国文学译著一起塑造着新时期的翻译文学景观，也参与到新时期的文化建构中来。从传播学的角度而言，大众传播的效果之一可能是改变人们对真实的理解，或者更广一些，改变人们对世界的观点。一个人逐渐形成自己世界观的过程，可以被表述为对真实的社会建构。媒介构建着真实世界的图景，也构建着人们面对真实世界的方式。这种真实包括客观真实（由事实组成、存在于个人之外并被体验为客观世界的真实）、符号真实（对客观世界的任何形式的符号式表达，包括艺术、文学及媒介内容）和主观真实（由个人在客观真实和符号真实的基础上建构的真实）。② 翻译文学期刊以外国文学文本的译介形式为媒介内容，通过这样一种符号真实，构建着外国文学、世界文学的景观，帮助人们理解某些外国社会的客观真实，也构建着人们对外国社会客观真实的主观理解方式。换言之，翻译文学期刊帮助本土人们构建着异域文化的形象和身份，并通过构建人们对异域社会客观真实的主观理解方式，参与到本土的文化建构中来。在一定程度上，媒介构造的概念提供了一个新的范畴，以取代旧的研究媒介客观和偏见的范畴。③ 并没有完全的客观，也并非完全都是偏见，"构建"是一个相对而言中性的、事实的理解。翻译文学期刊并没有如实地反映了外国文学的真实景观，也不是以一种故意的偏见来对待某些作家或作品，只是通过选择（选题）、组织（组稿）、强调和排除（审稿）等方式构建着异域和本土的文化形象、文化身份。有时候，构建是由意识形态定义，然后被大众媒介选中，并加以传播的。如，新时期初期，西方现代派的作品就是以资本主

---

① 《关于加强出版工作的决定》（1983 年 6 月 6 日），参见宋原放主编《中国出版史料·现代部分》（第三卷）上册，济南：山东教育出版社 2000 年版，第 373 页。
② ［美］沃纳·赛佛林、小詹姆斯·坦卡德：《传播理论：起源、方法与应用》，郭镇之等译，北京：华夏出版社 2006 年版，第 310 页。
③ 同上书，第 312 页。

义是腐朽堕落的，而社会主义、共产主义是先进的意识形态理解来构建的。

从编辑学的角度而言，编辑也是一种文化缔构活动。① 正如王振铎所言："编辑活动是参与人类文化创造的社会活动。编辑活动的基础是文化生产，编辑活动的过程便是文化产品的生产过程，编辑活动的成果又是可以传播的文化成果，反过来说，文化生产正是通过人类的编辑活动而缔构为成果，构成文化系统，并进入社会传播网络的。"② 编辑活动对于文化创造、文化积累、文化传播及文化发展都有着重要的意义，其具体作用主要有以下四个方面：（1）整体构建作用；（2）选择优化作用；（3）传播积累作用；（4）枢纽中介作用。③ 具体对翻译文学期刊的编辑活动而言，通过对翻译文学景观的塑造，影响着本土文学的创作以及本土学术的走向，从而参与到本土文学、文化现代性建构中来的。选题对整个期刊翻译文学的生产起着总体规划作用，因而也在一定程度上规划着文化生产的某些方面，这也要求翻译文学期刊的编辑人员必须站在社会文化历史与现实的交汇点上，既要审视过去历史的积淀，又要把握未来的潮流，并始终把这两者与现实的文化背景、文化环境和文化取向结合起来，从而显示出总体构思对于历史的继承性、对于现实的构建性和对于未来的前瞻性；译者作为翻译文学的创造主体，对翻译文学景观的形成也有着重要的意义，翻译文学期刊的组稿工作通过对译者的选择也在一定程度上塑造着翻译文学的景观；作为把关的审稿，对稿件有着最终的决定权，往往体现为对翻译文学景观最直接的塑造。

应该说，翻译文学期刊对自身的这种文化建构与文化积累作用是颇具认识的，《世界文学》新时期复刊后的首任主编冯至曾指出，刊物负有使青年一代了解我国外国文学工作以往的历史，和使上了年纪的一代了解外国文学最新发展的责任。他主张除小说、诗歌外，刊物还应多介绍一些大作家的日记、书信，使读者能更真切地看到那些作为人的外国大作家的真面目。他还主张面向不同读者层次，做文化积累工作，说"这是功德无量的"。④《译林》编委许钧、郭宏安也持同样的见解，许钧曾说道："《译

---

① 吴飞：《编辑学理论研究》，第66页。
② 王振铎、司锡明：《编辑学通论》，开封：河南大学出版社1996年版，第91页。
③ 向新阳：《编辑学概论》，第74—91页。
④ 参见邹海仑《把刊物办得更好些——记〈世界文学〉编委会会议》，第298页。

林》不仅是一本杂志，也在为文学建设做贡献。"郭宏安也曾建议《译林》
"可以一期做个作家的专集，长期介绍就有文化积累价值"。① 事实上，不
但编辑活动本身具有文化积累的意义，编辑活动的对象也是文化积累的产
物，文化积累和文化储存是编辑工作的特性所在，也是人类文化建构所必
需的。正是对这种文化建构与文化积累使命的自觉担当，以《世界文学》、
《外国文艺》和《译林》为代表的翻译文学期刊才会在新时期初期就对西
方现代文学进行大胆的译介，也才会在市场经济的大潮中坚守自己的宗旨
与追求，更才会在新世纪提出译介"经典"的目标。总体说来，翻译文学
期刊在新时期的文化积累和文化建构中发挥着重要的作用，且不说新时期
译介数量的大量增加使得文化积累更加厚重，从新时期文学创作所受到西
方文学影响来看，翻译文学期刊的文化建构功能也可见一斑。而这也成为
本书第四章所需要探讨的主要问题。

第二节　"窗口"与"世界"：翻译文学
期刊上的栏目设置

　　栏目，也称专栏，"是对杂志上辟有专门篇幅刊登某类稿件的总
称"。② 在期刊（杂志）、栏目、文章的相互关系中，栏目具有较为特殊
的地位，"它既具有系统结构的作用，又具有系统要素的性质"。③ 对期
刊而言，不同的栏目共同构成了期刊系统，由此栏目具有系统要素的性
质，但事实上构成系统要素的应该是各篇文章；对文章而言，栏目又具
有将多篇文章以一定的共同特征结构成为一个整体的功能。栏目的这种
特殊地位使得它在编者的编选、作者的投稿和读者的阅读中发挥着积极
的引导作用，同时它也是作（译）者来稿、读者需要和编辑意图三者综
合作用的结果，也就是说编辑人员要依据办刊宗旨和编辑方针，再结合
作（译）者来稿以及读者需求而对期刊主体进行栏目的设置。栏目在期
刊系统中的特殊地位及其对编者、作者、读者的重要作用决定了栏目的

---

① 《〈译林〉第二届编委会第一次会议纪要》，载《译林》2001年第6期，第216—220页。
② 陈仁风：《现代杂志编辑学》，北京：中国人民大学出版社1995年版，第106页。
③ 徐柏容：《期刊的栏目构思》，载《编辑之友》2001年第6期，第25—27页。

意义:"栏目是办刊方针、宗旨的具体体现;栏目设置是确立编辑风格,塑造刊物特色的重要手段;栏目策划是树立编辑意识、作者意识、读者意识的重要方面。"①

鉴于栏目对期刊的重要意义,研究翻译文学期刊自然要对翻译文学期刊的栏目进行考察,当然,考察的方式并不是从上述的编者、译者或读者的角度进行的观照,而是从"栏目"出发,考察这些栏目是怎样将翻译文学期刊的办刊宗旨、编辑意图表征出来的?这些栏目是否能够圆满地完成这样的任务?具体而言,翻译文学期刊既然以"打开'窗口',了解世界"为宗旨,而栏目又可称之为期刊的"窗口",那么,我们需要关注的是翻译文学期刊开辟了怎样的窗口?为什么要开辟这样的窗口?通过这些窗口我们看到了怎样的世界?

表 2—1 　　　　　　1978—2008 年《世界文学》、《外国文艺》和
《译林》栏目统计表

	作品类	评论类	介绍、动态类	互动类	合计
《世界文学》	29	18	26	20	93
《外国文艺》	13	6	11	1	31
《译林》	19	22	47	8	96

《世界文学》、《外国文艺》和《译林》虽然都以介绍外国文学为主要任务,但由于具体办刊宗旨的细微差异,栏目形态不尽相同,都有一些各具特色的栏目,另外,期刊自身在栏目上也有一些历时变迁。诚然如此,我们还是可以将三家翻译文学期刊的栏目大体归结为四大板块:作品类、评论类、介绍和动态类、互动类。表 2—1 是对三家翻译文学期刊自创刊或复刊以来所有栏目的分类统计,从此表中我们不难看出三家翻译文学期刊的栏目设置的特色,《外国文艺》的栏目设置最为简洁,而《世界文学》的栏目设置较为均衡,《译林》较多地关注介绍、动态类栏目,这一类别栏目显得尤为丰富。以下是对翻译文学期刊的栏目从不同类别上所展开的讨论。

---

① 李建安:《科技期刊的栏目设置、命名及方法评价》,载《编辑学报》2000 年第 1 期,第 10—13 页。

一　翻译文学期刊的作品类栏目

作品类栏目是翻译文学期刊的主体,最大限度地承担着表征翻译文学期刊办刊宗旨、编辑意图的任务。从表 2—1 中不难看出,《世界文学》的这一类别的栏目设置最为多样,事实上,相较《译林》和《外国文艺》而言,《世界文学》涉及了更多的文学体裁与文学类别,比如说其关注得较多的民间故事、童话、寓言、纪实文学、古典文学等栏目就是其余两家甚少涉及的。

早期《世界文学》、《外国文艺》的作品类栏目划分较为笼统,这可以以创(复)刊号(均为 1978 年第 1 期)为例:《世界文学》的复刊号上的作品栏目①下涉及 "长篇小说选译"(《血海》)、"中篇小说"(《法官和他的刽子手》、《霍斯托密尔》等)、"短篇小说"(《蕨与火》、《同不朽者的谈话》等)、"诗歌"(《旅华诗草》)、"散文"(《我不能沉默》、《我的回忆》)以及相关的一些评论文章(《关于〈霍斯托密尔〉的创作经过》、《评〈斯巴达克思〉》等)等内容;《外国文艺》创刊号上的作品栏目②下也涉及有 "长篇小说选译"(《第二十二条军规》)、"短篇小说"(《川端康成短篇小说两篇》)、"诗歌"(《幸福》)、"戏剧"(《肮脏的手》)及 "论文"(《美国绘画七十年》、《1977 年欧洲文坛一瞥》)等内容。对于这些内容,两家刊物并没有进行细致的划分,甚至将评论类文章混入 "作品" 这个大板块中,而对于文学作品也只是以作家为线索,进行零散的结构,这种做法显得过于随意了,不仅导致栏目级差(指两个邻近栏目的差异程度)过大,结构单调,缺少变化,也使得读者很难从栏目中进行有针对性的查找与选择阅读。

《世界文学》从 1981 年第 1 期开始以体裁为类别对文学作品进行了栏目划分。而《外国文艺》只是以横线对不同体裁的作品进行分栏,并没有栏目标题,这种现象直至 1994 年第 1 期才有所改变,也是以体裁为类别对文学作品进行栏目划分。当然,除开这种通常的划分以外,两者都有一些重点的或是较具特色的文学栏目,如《世界文学》1991 年第 1 期上的

---

① 《世界文学》复刊号上除 "作品类" 栏目外,还有 "现代作家小传"、"世界文艺动态" 和 "补白" 等栏目。

② 《外国文艺》创刊号上除 "作品类" 栏目外,还有 "外国文艺新作"、"外国文艺资料"、"外国文艺动态" 等栏目。

作品类栏目就有"纪实文学"、"日本作家三岛由纪夫专辑"和"诗歌"等栏目,其中"日本作家三岛由纪夫专辑"属于本期的重点栏目,不仅刊载了作家的五篇短篇小说,也刊载了外国学者对作家的评介文章。《外国文艺》2002年第1期上与作品相关的栏目也有"2001年诺贝尔文学奖获得者作品选"、"小说"、"散文"、"诗歌"及"作家译坛"等5个。其中"小说"、"散文"与"诗歌"三个栏目相对较为通常,而"诺贝尔文学奖获得者作品选"是《外国文艺》对上一年诺贝尔文学奖获得者不同体裁作品做较为全面介绍的一个栏目,基本只出现在每年的第1期上;"作家译坛"则是邀请当代作家来翻译外国文学作品,这与翻译家翻译的作品呈现出迥然相异的风貌。这两者算是《外国文艺》的特色栏目了。

《译林》从创刊开始就有较强的栏目意识,在创刊号上(1979年第1期)设置有"长篇小说"、"中短篇小说"、"诗歌"、"电影文学剧本"、"外国作家介绍"、"外国文学评介"、"名词解释"等栏目。事实上从1979年至2008年的30年间,《译林》总共使用过90余个栏目,用得较多的大约有30个,每期出现的约为10个。具体对作品类栏目而言,《译林》总共用过20个栏目名称:"长篇小说"、"中篇小说"、"短篇小说"、"微型小说"、"电影文学剧本"、"喜剧剧本"、"电视剧本"、"电影脚本"、"广播剧"、"诗歌"、"散文"、"寓言"、"幽默小品"、"讽刺小品"、"游记"、"随笔"、"报告文学"、"纪实文学"、"名著选译"、"电影小说"等,由于一些栏目划分过细(如有关戏剧类作品的栏目)并考虑到期刊实际情况,使用频率较高的有"长篇小说"、"中篇小说"、"短篇小说"、"微型小说"、"戏剧"、"诗歌"、"散文"、"纪实文学"等8个栏目。

综上所述,通常而言,翻译文学期刊的作品类栏目大体可按体裁划分为"小说"、"诗歌"、"散文"、"戏剧"及"纪实文学"等,当然,翻译文学期刊作品类栏目也是共性与个性、普遍与特殊、重点与非重点的统一,由此在每期刊物上呈现出错落有致、异彩纷呈的势态。任何事物都需要区分主要矛盾与次要矛盾以及矛盾的主要方面与次要方面,对翻译文学期刊而言,作品类栏目是翻译文学期刊的主体,这个主体当中又有重点与非重点的区别。显然,《世界文学》、《外国文艺》的重点栏目是每期以"专辑"方式出现的栏目,专辑设置的方式比较多样,这可以以1991年的《世界文学》为例,这一年中,《世界文学》共设置了七个专栏:"日本作家三岛由纪夫专辑"、"法国当代文学专辑"、"墨西哥作家奥·帕斯及其作品"、

"阿根廷作家科塔萨尔专辑"、"苏联作家布尔加科夫作品专辑"、"法国《南方》诗人专辑"、"大洋洲文学专辑"。这种编排较有代表性,从类别来看,有作家专辑、国别专辑、区域专辑和流派专辑等;从涉及的区域来说,有日本、法国、苏联、墨西哥、阿根廷、大洋洲等。专辑区别于平常"小说"、"诗歌"、"戏剧"、"散文"等栏目,不仅在于其将某个作家(流派、区域)不同体裁的作品进行集中介绍,而且通常附有相关的评论文章(不仅有源语学者对其进行的评论,也有中国学者对其进行的研究),以期读者能对所介绍的作家有较为深入的了解。《世界文学》1991 年第 1 期在刊登日本作家三岛由纪夫的作品专辑时,不仅译载了他的五篇小说,而且刊载了美国学者罗·利夫顿(L. Lifton)和日本学者田中美代子对其的研究文章,在同期的"评论"栏目中,也刊登了我国学者唐月梅的研究论文《从美的困惑到危险的美与恶:论三岛由纪夫的审美意识》,另外,在"现代作家小传"栏目中也附上了作家的传记,在"世界文艺动态"栏目中也刊登了"日本国内外兴起新的'三岛由纪夫热'"的消息,并在封二上刊登了作家的两帧照片。这种立体的、全方位的介绍使得读者能够对作家的生平、创作、文学价值、文学史地位都能有较为深入的了解,从而能够更好地欣赏所译介的文学作品。

在作为《世界文学》和《外国文艺》每期重点栏目的这类"专辑"中,诺贝尔文学奖获得者作品专栏是其中较有特色的内容之一。事实上从创刊开始,诺贝尔文学奖获得者作品的译介工作就是两家刊物的重点所在,在每年的第 1 期或是第 2 期上,基本上都会以专栏形式出现对上一年诺贝尔文学奖获得者作品的译介。这自然与诺贝尔文学奖本身的权威性及其对世界文学的深刻影响相关,也与我国对诺贝尔文学奖由热望引发的各种情绪相关,不管这种情绪是正向的还是负向的,20 世纪 80 年代至今,"诺贝尔文学奖最终变成了中国文学的一个无可回避的参照"。[①] 翻译文学期刊以此作为译介的重点之一,让中国读者及时地读到最新诺贝尔文学奖获得者的作品是刊物办刊宗旨与办刊方针应有的题中之意,从另一方面说,翻译文学期刊对诺贝尔文学奖获得者作品的译介也渲染、增强了国人对诺贝尔文学奖的热望,这种热望背后是改革开放以来,"打开国门、走

---

① 张颐武:《宏愿与幽梦:诺贝尔文学奖与中国》,载《外国文学》1997 年第 5 期,第 10—11 页。

向世界",争取世界承认的某种国家—民族意识。透过翻译文学期刊对诺贝尔文学奖获得者作品译介的专栏,我们也可看出一些有意味的话题:其一,翻译文学期刊对诺贝尔文学奖获得者作品的译介基本上都是一种追踪式的、跟随式的,都是在颁奖之后进行及时的报道,并以最快的速度对其作品进行全方位的评介,如果当年的获得者是一个在国内比较陌生的作家,就足够让国内的众多编辑头痛了。因此当 2005 年度诺贝尔文学奖颁给了英国戏剧家品特(Harold Pinter)时,让国内众多媒体"松了一口气",因为品特不像前几年诺贝尔文学奖获得者那样让中国人陌生,在 80 年代大力介绍荒诞派戏剧时,品特就被介绍到中国来了。而 2006 年度诺贝尔文学奖颁给了土耳其作家奥尔罕·帕慕克(Orhan Pamuk),这是一个在国内从来没有作品译介的作家。如果说能够获得诺贝尔文学奖的作家在源语国都是有所成就、有所影响的话,那么这样的作家在获奖前没有任何作品在中国译介,就足以让以介绍现当代外国文学优秀作品为己任的翻译文学期刊感到尴尬了。诚然,这里面有着小语种翻译人员不足等问题,并且如果只是一位获奖者没有译介也不能说明问题,但在翻译文学期刊对现当代外国文学作品的译介已有近三十年的前提下,接二连三地出现此类情况却足以令人思考:翻译文学期刊对国外文学的介绍是否与国外文学发展的现状相一致?人们看到的外国文学景观是否只是坐井观天?翻译文学期刊怎样才能更好地对当代国外文学进行介绍?的确就此而言,翻译文学期刊要更具"前瞻性",还有很多事情要做。其二,翻译文学期刊对诺贝尔文学奖获得者作品的译介已经形成了某种惯习,唯一的例外是 2000 年华裔法籍作家高行健获得诺贝尔文学奖时,由于主流话语的抵制,《世界文学》和《外国文艺》不仅没有及时设置专栏对其作品进行介绍,而且在"世界文坛动态"和"外国文艺动态"栏目中也没有对其进行报道。由此不难看出,翻译文学期刊的选题不仅受到办刊宗旨的制约,也受到了社会、文化语境的影响。

对《译林》而言,每期的重点栏目是所译载的"长篇小说",这也是《译林》区别于《世界文学》和《外国文艺》的特色所在。"《译林》刊载的长篇小说都是最新的外国畅销书,都有极强的可读性",① 在这个论述中,对《译林》长篇小说的界定有三个关键词:"最新"、"畅销"和"可

---

① 《编后语》,载《译林》1998 年第 4 期,第 224 页。

读性"。对《译林》而言，"最新"是指"所有的长篇作品都是国外近一两年内面世的，有的作品根据外国作家刚完成的手稿译出的"。① 对"畅销"，《译林》的解释是："本刊所载文学作品，基本上都是具有较强可读性和较高口味，思想内容深刻，反映当代国外社会现实的外国最新畅销佳作。这样的作品，在国外文坛上划归通俗文学的范畴，是通俗文学中的精品，而在国内，广大读者，甚至包括一些作家，都认为本刊是一本严肃的高档次的文学期刊，这种认识上的差异出于国内外对严肃文学与通俗文学的划分方法不同：国外文坛基本上以作品是否着重于形式技巧方面的探索与创新而论，而在中国文坛似乎主要看创作题材和作家所关注的问题的严肃性。"② "可读性"被认为是《译林》的"生命线"，是脚踏实地地针对读者的兴趣，面向读者，面向市场。对于绝大多数中国读者而言，"文学的可读性即新颖生动、妙趣横生、引人入胜的故事，新的题材、新的人物形象、新的社会生活领域、新的思想价值观念、新的生活知识与方式、新的故事结构、新的表现手法和较高的格调与品位，自然涵盖于其中"。③ 应该说，《译林》的"长篇小说"栏目刊登了不少可称之为"畅销经典"的作品，如《天使的愤怒》、《克莱默夫妇》、《罗伯特家的风波》、《破碎的山河》、《狮身人面像》，等等，也因此得到了读者的认可，被认为是所有栏目中读者"最喜欢的栏目"。④ 另外，由于美国畅销书出版机制的相对完善，产生了一大批优秀的作品，因此，《译林》"长篇小说"栏目以美国作家的作品为主就不难理解，难能可贵的是，《译林》注重在不降低"可读性"的基础上实施多样性，也翻译了不少欧洲、亚洲国家的畅销小说。

《外国文艺》从 2001 年第 3 期到 2003 年第 3 期上设置了"作家译坛"栏目，邀请当代作家王安忆、王周生、须兰、王蒙、郜元宝等进行翻译。著译兼长，在"五四"那批作家中是一项传统，而对当代作家而言，却成为力所难及的事情。在经过 2007 年 3 月德国汉学家顾彬炮轰中国当代文学以及当代作家的外语水平之后，重新考量数年前《外国文艺》的"作家译坛"栏目，可以看出其具有极为重要的现实意义。作家翻译，不同于翻

---

① 《编后语》，载《译林》1998 年第 1 期，第 224 页。
② 《编后语》，载《译林》1998 年第 3 期，第 224 页。
③ 《可读性：期刊的生命线》，第 2 页。
④ 《深情、智慧、动力、希望：〈译林〉有奖读者调查情况综述》，载《译林》2002 年第 3 期，第 217—223 页。

译家的翻译,由于作家的深刻感悟力,他们通过翻译而对原作有着独特的体验与思考,这些反映在他们为译作写的"译者前言"中,他们将自己的感受娓娓道来,给人感觉他们的确是用心灵在阅读、在翻译。并且,在译文中,也几乎无处不有作家个性的印记,如女作家须兰在翻译加拿大女作家艾丽丝·芒罗(Alice Munro)的《柱梁结构》(Post and Beam)一文时,"莱昂内尔彼时在讲他母亲是如何去的","她说,她的意思不是,那个。是,死"。乃至"莱昂内尔瞧上去有点破"(seedy),"痛煞脱"(it was excruciating)等作家独特的带有调侃意味的翻译,就是须兰自身文字的印戳。应该说,作家的这种翻译实践对自身的文学创作和整个文学翻译事业都是极为有益的,而"作家译坛"栏目的开辟,"主旨就是鼓励、支持作家继承、发扬著译并作的传统,为他们提供实践的机会"。① 这种做法也得到了学界的支持,谢天振在选编《2001年度最佳翻译文学》时,就将王安忆、王周生的译作选入其中。②

　　总体而言,作为翻译文学期刊主体的作品类栏目以文学体裁为类别,重点突出、涉及面广,较好地传达了翻译文学期刊的办刊宗旨与方针,同时也对译载的作品进行了恰当的结构。这些栏目帮助读者打开了一扇了解现当代外国文学、外国社会的窗户,也为不同文化间人们的相互理解搭建了一座桥梁。当然,如果透过窗户看到的世界更大、景观更加优美、细节更加生动,对读者而言,则幸莫大焉,对编者则是提出了更高的希望和要求。

二　翻译文学期刊的评论类栏目

　　如果说翻译文学期刊的作品类栏目是以外国文学的普及、介绍为主,以吸引广大读者的阅读为主要目的,那么评论类栏目则以外国文学的提高为主要目的,让读者能够更好地理解与接受外国文学作品,并在外国文学知识上有所收获,有所积累。事实上,翻译文学的评论可分为两类:其一,对翻译的评论。这在学界已经有了较为深入的讨论,《世界文学》编辑部在1991年就协同中国翻译协会文艺翻译委员会、人民文学出版社、上海译文出版社和《中国翻译》杂志社,共同举办了"全国文学翻译评论

---

① 《柱梁结构·编者前言》,载《外国文艺》2001年第6期,第197—198页。
② 参见谢天振主编《2001年度最佳翻译文学》,沈阳:春风文艺出版社2002年版。

研讨会"，会议认为，文学翻译之所以需要评论，有如文艺创作之需要文艺批评一样，其目的是运用批评的武器对文学翻译施加积极的影响，以促进文学翻译事业的繁荣与发展。不能坏书没人批评，好书没人表扬。① 本书在第一章第三节论及相关的"翻译"栏目时，对此已有所探讨，因而在此不多加赘述。其二，对外国文学的评论。三家翻译文学期刊上此类评论文章众多，而且表现形式多样，涉及的论域也较为广泛。不仅有外国作家、学者写的评论文章，也有本国译家、学者的研究论文；不仅有对文学作品的细读赏析，也有对文学现象深入浅出的分析；不仅有横向介绍外国文坛最新状况的评介文章，也有纵向梳理外国文学发展脉络的论文。对这些评论内容进行结构就出现了翻译文学期刊上各具特色的评论栏目。如《外国文艺》上就有"文论"、"名家评名作"、"中国学者论外国文学"等栏目，前两者主要刊载外国文论作品，后者强调的是一种中国视角，以中国学者的眼光来评论外国文学作品。《世界文学》上也有"评论"、"世界文坛新事"、"世界文坛热点"、"书评"、"外国作家论文学"、"文学散论"、"中国作家谈外国文学"等栏目，这些栏目侧重点各有不同，共同承担着对外国文学的批评作用。《译林》上的评论类栏目有"外国文学评介"、"作品评介"、"外国文学之窗"、"外国文坛一瞥"、"文艺评论"、"外国作品评论"、"名家名作评论"、"本期作品评析"、"文学大奖点击"、"中外文学之间"等。除开辟这些专栏以外，还需注意在《世界文学》和《外国文艺》上以"译者前言"、"编者前言"形式刊载在作品前面的评论性文字，这些文字短则几百字，长则数千字，常常议论精当、切中精髓，且褒贬有度，对读者有很好的导读作用。

　　然而，对外国文学进行研究评论的还有一些专门的学术刊物，如《外国文学评论》、《外国文学研究》等。翻译文学期刊的文学评论怎样区别于这些学术刊物的研究文章呢？事实上，翻译文学期刊对自身评论栏目的定位就有过疑虑，这可以从《译林》上对文学作品进行评论的栏目名称变迁可见一斑，《译林》上相继出现过"作品评介"、"外国作品评论"和"本期作品评析"三个栏目名称，从"评介"到"评论"再到"评析"，不难看出翻译文学期刊对评论类栏目自身定位的踌躇。当然，这种区别是慢慢

---

　　① 寒青:《文学翻译需要评论:"全国文学翻译评论研讨会"纪实》，载《世界文学》1991年第6期，第288—293页。

摸索出来的，如《世界文学》就曾指出"加强文学评论始终是《世界文学》追求的目标。这就要求我刊发表的评论文章有别于专门的研究论文，文章更生动更具可读性"。①《译林》则指出评论类文章面对的不仅是中国作家和中国的外国文学研究者，同样也有普通读者，并由此要求这类文章也要具有"可读性"，也就是说要以"学术平民化的写作风格"来写这类评论文章。② 两家刊物的要求是一致的，那就是评论文章要写得生动活泼，要具有易于让普通读者接受的"可读性"。事实上，翻译文学期刊将研究性的"评论"文章改写成了印象式的"评介"文章，大部分此类文章并不具备太深的理论基础，也不是以某种鲜明的"问题意识"来切入文学作品或文学现象，而只是一种带有评论意味的"扫描"或"概览"。当然，其中并不缺乏一些优秀的论文，一些颇有见地的观点，人大复印资料和新华文摘就常在上面转载文章，据统计，从1995年到2006年，人大复印资料从《译林》上就转载了20篇文章，1998年一年就转载了6篇，这样的数量并不比一些专业的学术刊物少，由此可见《译林》乃至翻译文学期刊评论文章的水准。

单纯就翻译文学期刊而言，《世界文学》、《外国文艺》和《译林》上的这些评论栏目较好地满足了为数众多的普通读者的求知欲望，也的确对读者的欣赏水平有提高促进的作用。新时期初期，翻译文学期刊通过评论类栏目介绍并分析过黑色幽默、存在主义文学、荒诞派戏剧、魔幻现实主义小说等国外现当代重要的文学现象和流派，西方现代文学的表现手法对当时的普通读者而言是较为陌生的，通过评介文章的介绍、分析，使得读者对这些西方现代文学流派不再生疏，到现在已是耳熟能详了。可以说，这些评论文章和翻译的文学作品一起扩展并提升了读者的接受视野，从而也间接要求并促进着本土文学现代性的发展与提高。当然，这些评论文章也让学术界有所借鉴，或许，翻译文学期刊本身也没意识到这些评论栏目是怎样影响到外国文学研究领域的，事实上，这种评介方式在一定意义上促进了外国文学研究中"传记式研究"范式的形成，亦或说，它本身就是一种"传记式研究"，即"依据作家所在国或国外的参考书、作品、自传

---

① 《敞开心扉的交谈：读者调查问卷情况综述》，载《世界文学》2000年第3期，第304—307页。

② 《可读性：期刊的生命线》，第2页。

或传记、国外学者的评论材料或研究成果，按照作家的生平、时代、文学思潮、同时代文学创作或流派、主要作品的结构、主旨、意蕴和艺术手法等方式，将材料进行分类整理，意译转述为中文，在此基础上进行阐释，由此成为国内了解该作家的研究成果"① 的研究方式，这种方式对于与外国文学隔绝久有时日的新时期初期中国读者乃至学术界和创作界而言，它提供了一种"事实性知识"，对新时期的文学研究有着重要的指导与借鉴意义，另外，对新时期的译介工作也发挥着重要的作用。然则"事实"本身并不能决定理论的意义，② 并且，中国学者对外国文学的研究与其他国家学者的研究应当是同一层面上的学理性研究，而传记式研究对异域知识的再现式呈现并不能为世界范围内的此类学术研究领域提供一个中国视角，也由此中国的外国文学研究全然不能在国际学术争鸣中发出自己的声音。然则在 90 年代，学界也面临着文学批评日益理论化和空洞化的问题，晦涩的学院式论文如同一种思辨的折磨，种种陌生的术语让人摸不着头脑，这种论文成为某种小圈子的自说自话，既无法触动作家的写作，也无法介入读者的阅读。从此点出发，翻译文学期刊的评介性文章具有某种不可替代的功用，承担着对普通读者进行文学启蒙的重任。当然，对真正的学术研究而言，以上两种倾向都有某些问题，因而某种"问题式研究"应该成为外国文学研究、文学批评可供选择的研究范式。这在后文会有详细的论证，在此不多加叙述。

三　翻译文学期刊的介绍和动态类栏目

如果将翻译文学期刊的作品类栏目视为凸显在画面中心的前景，评论类栏目视为某种局部的特写，那么介绍和动态类栏目则可认为是画面的背景了。作为背景的风光不一定要分明，却也对整个画面起着某种渲染、说明的作用。这类栏目主要有对作家、作品起介绍作用的"现代作家小传"、"作家轶事"(《世界文学》)、"外国文艺资料"、"外国文艺新作介绍"(《外国文艺》) 和"外国作家介绍"、"历史传奇"、"名人轶事"、"文坛史话"、"外国新作信息"(《译林》) 等栏目，以及诸如回忆录、传记、作家书简等与作家生平相关的篇章。另外就是三家翻译文学期刊都设置的动态栏目，

① 王晓路:《事实·学理·洞察力：对外国文学传记式研究模式的质疑》，第 157 页。
② 同上书，第 160 页。

如"世界文艺动态"（《世界文学》）、"外国文艺动态"（《外国文艺》）、"世界文坛动态"（《译林》）。

　　介绍类栏目提供给了读者一种关于作家、作品的"背景知识"，不仅让读者了解到许多伟大作家的喜怒哀乐、嬉笑怒骂，也让读者感觉到与作家的距离缩短了，作家身上不再笼罩着一层神秘的光圈，而变得可亲可近，更主要的是帮助读者进一步了解作家的文学作品。《世界文学》1990年第5期刊载了加拿大作家莫利·卡拉汉（Morley Callaghan）回忆性篇章《在巴黎的那个夏天》，记录了他和海明威（Ernest Hemingway）交往中的一件往事，一个本来是平常的午后，两人之间的一场拳击使之变成一个"糟糕而可笑"的下午。海明威还样样要当冠军，在喝酒时面前叠了七个啤酒杯，这并不因为他能喝，他只不过要表明和他一起喝酒的卡拉汉无法赶上他而已。了解到海明威这种不肯失败，不愿服输的个性，使得读者更容易理解他的小说《老人与海》（*The Old Man and the Sea*）中老渔人的形象，"一个人可以被消灭，却不能被打败"，与其说是书中人物的性格写照，还不如说是海明威自身的宣言。因而，当老人最终拖着那条大鱼的空骨架出现在众人面前时，他根本不承认他已衰老无能，他要向人们证明他还有用，他是不可能被打败的。对读者而言，那个老渔夫正是海明威绝妙的自画像。①

　　《世界文学》、《外国文艺》和《译林》都设置了对外国文学、艺术领域发生的最新事件进行报导的"动态"栏目，只是各有侧重而已，《世界文学》、《外国文艺》关注的是整个外国文学、艺术领域，而《译林》关注的只是外国"文坛"。"动态"对外国文学领域的报导主要有以下几个方面：一是各国文学奖的颁奖消息，随着交流的深入，这类消息越来越为国内学界以及普通读者所关注，《译林》自2002年起特意开设了"外国文学大奖点击"的栏目。二是外国作家新作的出版消息，这类作家自然是已经为国内读者所熟悉的知名作家，主要是追踪报导，当然这类作品也是翻译文学期刊译介的最重要来源之一。三是国内作家作品在国外的译介消息，中国文学是世界文学的一个重要组成部分，对其在国外的译介动态自然应该有所关注。

---

　　① 沈喜阳：《回味无穷的"背景文学"：我看〈世界文学〉》，载《世界文学》1993年第5期，第292—295页。

翻译文学期刊的"动态"类栏目最大限度地体现了其所涉及的广度，在对其进行肯定的同时，我们也应该看到其存在的某些不足，如过于关注已经熟识的作家，而对尚未成名作家的关注不够；主要关注欧美等主要国家，而对其他一些小国的文学精品、文坛动态关注不够，是以当诺贝尔文学奖颁发给非欧美国家作家时，在国内出现了获奖之前既无其作品译介，也无相关报导的尴尬局面。当然，诺贝尔文学奖的评奖机制也受到了种种因素的制约，国内并不一定非要以此为参照系。但翻译文学期刊的宗旨既然是"打开'窗口'，了解世界"，这个窗口不妨越大越好，了解的世界也不妨越广越好。自然，这也只是一种期望，人们看待世界的方式、对世界的视域范围不可避免地要受到社会文化语境的制约，人们所看到的世界是经过文化心理机制过滤之后呈现出来的世界，进入人们的视野的是哪些作家、哪些作品都要受到具体的历史、社会、文化语境的制约。

从总体而言，翻译文学期刊的"动态"类栏目提供给了"文学交流史"第一手的资料，或者说，这些"动态"类栏目事实上构建了一部小型的文学交流史。透过"动态"类栏目，不仅可以看到哪些作家、作品进入了"我们"的视野范围以内，也可以与翻译文学期刊上的其他栏目结合，清楚地看到某种交流的轨迹。哥伦比亚作家马尔克斯在国内一直较受关注，如果以"翻译文学期刊上的马尔克斯"为主题进行考察，无疑是一个较为有趣的话题。事实上，马尔克斯的主要作品在三家翻译文学期刊上都得到了译介，自 1978 年以来，三家翻译文学期刊共译载其小说 14 篇（其中 3 篇为长篇）、散文 4 篇、论文 4 篇、回忆录 3 篇、传记 2 篇，另有评介文章、作家轶事等涉及马尔克斯的文章 10 余篇，动态消息 20 余条等。这些文章帮助我们勾勒或者说建构出一个较为清晰的马尔克斯形象，这种形象自然符合国内的某种需求。显然，国内对马尔克斯译介较多、关注较多与 20 世纪 80 年代国内的拉美文学热相关联，翻译文学期刊一方面迎合、参与了这种热潮，另一方面也可以说开创、引导了这种热潮，这从一个侧面反映出人们所看到的世界文学是经由文化过滤机制之后的对外国文学的一种折射。

四 翻译文学期刊的互动类栏目

翻译文学期刊第四类大的栏目是互动类栏目，对于翻译文学期刊而言，互动应该是原作者、译者、编者、译入语读者之间的多重互动，当然这种互动的核心是编者,不管是哪方面的交流,都需要经过编者这个中间环节。翻译文学期刊比较注意与原作者的交流,为了让国内读者能够对他们有所了解,《世界文学》组织编辑对23位外国当代著名作家进行了采访,以"外国作家答本刊问"的形式刊发在1988年第1期至1989年第2期的刊物上,这种交流对外国文学的译介工作是极为有利的,对译者、编者和读者而言都大有益处。与原作者的交流还有一种形式,在译介外国作家的作品时,刊物邀请作家以"致读者信"(中国读者,更具体一点是《世界文学》的读者)的方式所写的短文,这既是对读者的尊重,也是对自身刊物权威性的某种确证,当然也为外国作家和中国读者搭建了一座沟通的桥梁。与译者的交流在第一章第二节中已经有所论及,这里不重复论述。

事实上更为重要的是与读者的交流,通过与读者的交流,以获取读者对刊物的反馈信息,从而加强和完善自身的工作,以期继续赢得读者和拥有更多的读者。编者在编辑的过程中,总是预设着一个目标读者,隐含的目标读者是否与现实读者相一致,直接影响着刊物各方面的表现。编者怎样了解读者的感受呢?或者说编者与读者是怎样进行互动的呢?在翻译文学期刊上主要有四种形式:一是读者来信,这是最经常的一种形式,读者通过信件表达自己对刊物的意见,编者将这些意见进行编选,以"来信摘登"、"读者信箱"(《译林》)和"读者·译作者·编者"(《世界文学》)等栏目形式刊发在刊物上。在网络时代,编者与读者的交流方式更加多样化,翻译文学期刊都开设了电子邮箱,更加方便读者的来信,《译林》甚至开设了"博客"进一步加强编读往来。二是读者问卷调查,翻译文学期刊以问卷的形式就所关心的问题向读者提问,以便进一步把握读者的心态并完善自身的工作。《世界文学》在1989年第5期和2000年第3期、《译林》在2002年第3期上都刊载有问卷调查之后的"读者调查情况综述"。相比较读者来信的零散形式,这种方式更具针对性,更为集中,同时也具有某种统计学和受众研究的性质。第三种方式是读者征文,编辑部确立某个主题,在读者中进行征文活动,《世界文学》在1986年和1993年分别主办了"我所喜欢的外国作家"和"我看《世界文学》"的有奖征文,不仅普通读者热心参与,学术界(刘炳善等)和创作界(莫言、田中禾等)也都积极投身其中。第四种形式是与读者进行座谈,《世界文学》在1984年第6期、1998年第1期,《译林》在1987年第4期上都刊载了与读者进行座谈会的消息，这种面对面的形式更为直接也更为坦诚。

翻译文学期刊编者和读者的交流的方式是多样的，渠道也是畅通的。就双方交流的内容而言，主要有表达期望、指正错误和提出建议三种。读者对翻译文学期刊的办刊宗旨、办刊方针总体持肯定态度，对其"窗口"与"桥梁"作用给予了高度的评介，并对刊物的发展表达了热切的期望。如有读者就表示"《译林》以她23年的实践证明，她不愧为帮助读者了解世界、提高对外国文学作品欣赏水平的优秀'窗口'，是值得读者依赖的好朋友。我在这里祝《译林》永远常青，永远是各个时期广大读者的好朋友"。[1] 20世纪90年代以来，随着文学外部环境的变迁，文学在社会多元系统中的地位下降，读者对翻译文学期刊在纷攘的文化氛围中不媚外、不媚俗，坚持把优秀的外国文学作品介绍到中国来的做法给予了充分的肯定，"当前商品经济深入发展，报刊竞争日益激烈，但《世界文学》从未为了赚钱盈利而粗制滥造，或者为了迎合公众而降格以求。它矢志不移，为译介国外的文学精品和繁荣我国的文化事业不遗余力，正因为如此，它才能身为阳春白雪而和者不寡，始终得到外国文学界同行的支持和广大读者的喜爱"[2]，称颂其为"风中之旗"。[3] 《译林》也有读者认为"《译林》始终保持着隽永、清新的风格。正是这一点，让我一直追随着她。就像一个人要有气质，一本杂志也是要有气质的，这隽永、清新的风格正是她难得的气质。它使《译林》如一株兰草：沉静而幽远。希望《译林》将这种风格保持下去"。[4] 读者还指出了刊物不少翻译或是编校工作中的错误，《世界文学》1983年第5期"世界文坛动态"栏目中刊载过一条题为《卡夫卡藏书的发现》的消息，事隔不久，编辑部收到绍兴读者陈学忠的来信，指出这条消息译文错误颇多，因而失去了参考价值。[5] 读者还从自己的专业领域出发，对一些翻译的细节问题提出了批评，如某部队战士就指正过《译林》刊载在1981年第4期上《海巫号》一文中提到的"三十八

---

① 《深情、智慧、动力、希望：〈译林〉有奖读者调查情况综述》，第221页。
② 吴岳添：《百尺竿头，更进一步》，载《世界文学》1993年第6期，第269—271页。
③ 程巍：《我看〈世界文学〉：风中之旗》，载《世界文学》1993年第5期，第298—300页。
④ 《深情、智慧、动力、希望：〈译林〉有奖读者调查情况综述》，第221页。
⑤ 参见《我们的心愿：记〈世界文学〉读者译者座谈会》，载《世界文学》1984年第6期，第314—316页。

毫米手枪"应是 0.38 英寸手枪之误,① 也有仪表厂工人对《萤火河》
(《译林》1979 年第 1 期)中"地线"的说法表示了怀疑,并通过自己的
专业知识分析指出文中不应是"地线",而应是"天线".② 更有热心的读
者以满满 3 页纸对刊物出现的编校问题一一加以指正.③ 正是读者的这种
严格要求,造就了三家翻译文学期刊严谨的作风以及较高的品质.读者还
对翻译文学期刊的编辑工作提出了不少有建设性的意见:在作品方面,许
多《世界文学》的读者认为不仅要有名家名作,也要对一些还不太著名的
作家进行译介,在以主要篇幅译介欧美、现当代文学作品的同时,也需要
译介亚洲、非洲等地区小国的文学精品以及一些古典文学,特别是那些尚
属空白或由于各种原因迄今为止没有中译的作品;《译林》的读者也希望
《译林》能登一些名作家的代表作、经典之作,并对之加以评析.在栏目
设置方面,不少读者对以往一些较具特色的栏目印象深刻,如《世界文
学》的"中国作家谈外国文学"、"外国作家答本刊问"等,《译林》的
"翻译漫谈"等,希望刊物能在这些方面再做建树,不少读者期望有更多
的读者参与,建议刊物能开办诸如"读者点登"、"读者点评"等栏目.④
每一位读者的建议在翻译文学期刊编辑那里都得到了很好的对待,即使不
能完全体现在日后刊物的编辑工作中,也必然会在某种程度上成为翻译文
学期刊编辑工作中重要的参照因素.

　　从另一个角度而言,透过翻译文学期刊与读者的交流,也显示出了读
者多元的阅读趣味,或者说对文学现代性的某种多元需求.如有些读者主
张将《译林》办成如《小说月报》和《中篇小说选刊》那样"干脆利落的
纯阅读型刊物",取消诗歌、散文等其他文体的作品以及所有的评论类栏
目和动态类栏目.⑤ 然则也有些《译林》读者"总是先看'世界文坛动
态'一栏",⑥ 且少数学术研究味较浓的评论文章也被众多的读者列为最
喜欢的文章.⑦ 某些读者的意见只是从个人爱好出发的一种主观意愿,难

---

① 《读者谈〈译林〉》,载《译林》1982 年第 1 期,第 278—279 页.
② 《来信摘登》,载《译林》1980 年第 3 期,第 278—279 页.
③ 《读者来信(选编)》,载《译林》2005 年第 3 期,第 220—221 页.
④ 参见《深情、智慧、动力、希望:〈译林〉有奖读者调查情况综述》和《敞开心扉的交
谈:读者调查问卷情况综述》两文.
⑤ 《读者来信(选编)》,载《译林》2005 年第 4 期,第 219—221 页.
⑥ 《读者来信(选编)》,载《译林》2005 年第 3 期,第 220—221 页.
⑦ 参见《深情、智慧、动力、希望:〈译林〉有奖读者调查情况综述》,第 219 页.

免有偏激之处,但总是一种值得深思的阅读倾向。《世界文学》通过读者
问卷调查也发现,无论是小说、散文、诗歌、剧本还是各种门类的文学资
料,不管是大型的文学专辑、文学选译还是短小的随笔,近年来《世界文
学》翻译介绍的不同风格、流派和手法的主要作品,均在读者的喜好之
列。① 对同一部作品,读者见仁见智,都言之有据、言之成理。正是这种
不同意见的平等交流,形成了某种"公共空间",或言"公共领域(pub-
lic sphere)"。② 报刊等媒体作为公共领域机制化的重要平台和反映公共舆
论的重要载体,它的首要文化功能并不是提供给读者各式各样的"事实信
息",而是供应与选择性地建构"社会知识"、"社会影像",③ 更言之,建
构与维系一个井然有序而又意义无穷的文化世界。因而,读者作为观察
者,参与到一个各种力量相互竞逐的世界中来。对翻译文学期刊的读者而
言,通过与翻译文学期刊的各种互动,参与到国内的外国文学翻译事业中
来,也参与到新时期翻译现代性与文学现代性的建构中来。

第三节　翻译文学期刊的发行与消费

翻译文学期刊的编辑工作仅仅只是完成了期刊内在价值的塑造,要将
其转化成为社会效益与经济效益,发行就成了不可或缺的中间环节,并且
发行还反映着读者、市场对编辑工作的反馈情况。由此,对翻译文学期刊
发行与消费状况的考察成为关注文本旅行过程中其对当时文化建构影响的
一个有力的侧面:期刊发行数量一定程度上反映了翻译文学文本对本土文
学现代性建构的影响范围与广度,对翻译文学期刊消费群体的考察则大体

---

① 《敞开心扉的交谈:读者调查问卷情况综述》。

② "公共领域"是哈贝马斯(Jügen Habermas, 1929)一个具有特定历史内涵和理论规定
的概念,在广泛的传播和运用过程中,这一概念也被移用于其他历史语境,如分析晚清和现代中
国的报刊批评性功能和社团的形成及作用,这类论文主要有李欧梵《"批评空间"的开创:从
〈申报·自由谈〉谈起》和刘震《〈新青年〉与"公共空间":以〈新青年〉"通信"栏目为中心的
考察》等(载程光炜主编《大众媒介与中国当代文学》,北京:人民文学出版社 2005 年版)"为
了显示出中国与欧洲在社会结构方面的差异,以及在不同社会文化条件下报刊、社团等范畴的不
同作用,有些学者用'公共空间'的概念来替代'公共领域'这一具有特定内涵的概念来分析中
国问题。"(汪晖:《公共领域》,载《读书》1995 年第 6 期,第 131—134 页)

③ Stuart Hall, "Culture, the Media and 'ideological effect'", in James Curran, etal.,
eds., *Mass Communication and Society*. Beverly Hills, CA, Sage, 1979. pp. 340—341.

表明这种影响是由哪些人、通过怎样的途径而达到的。

由于国内相关的统计资料（中国出版年鉴、中国期刊年鉴等）并没有给出单个期刊发行量准确的历年统计数据，我们只能通过一些其他的途径大致推测出翻译文学期刊的发行量。以下是1978年至2000年间文学艺术类期刊的发行种数与总印数（发行量）的相关数据：

表2—2　　　　　1978—2000年文学艺术类期刊发行统计[①]

年份	种数（种）	总印数（万册）	年份	种数（种）	总印数（万册）	年份	种数（种）	总印数（万册）
1978	71	6981	1988	665	46064	1998	537	18989
1979	129	12209	1989	662	26217	1999	532	21112
1980	265	25348	1990	516	17620	2000	529	21141
1981	437	42595	1991	519	17441			
1982	451	38091	1992	553	19858			
1983	479	37592	1993	571	20587			
1984	510	40850	1994	567	20169			
1985	639	50940	1995	562	20331			
1986	676	42205	1996	539	18467			
1987	694	48413	1997	548	19145			

① 此表结合了《新中国出版五十年纪事》（刘杲、石峰主编：《新中国出版五十年纪事》，北京：新华出版社1999年版，第408—409页）和《中国期刊年鉴》（张伯海、田胜立主编：《中国出版年鉴2002年卷》，北京：中国大百科全书出版社2003年版，第12页）中的相关数据。

从表2—2不难看出,1978年至2000年期间,文学艺术类期刊的总印数大体经历了两次增长和一次下降的运动,1978年至1988年、1992年至2000年为增长时期,1989年至1991年为下降时期,增长时期相对较长,而下降则较为急剧。其中1978年至1981年为快速增长期,在这一时期内,文学艺术类期刊总印数从6981万册增加到42595万册,增长了510%。1980年出现了单年最大增幅,达到108%。总印数在1985年达到了峰值,为50940万册。1989年出现了单年最大降幅,总印数从1988年的46064万册降为26217万册,降幅为43%。翻译文学期刊发行量的变迁大体与此相似,据现任《世界文学》主编余中先回忆,《世界文学》在20世纪80年代初期,每期的发行量一度高达20余万份,现在的发行量稳定在1万多一些;另据现任《外国文艺》主编吴洪回忆,《外国文艺》在创刊之初,发行量也曾高达每期十几万册,目前的发行量已在1万册以内。① 相较而言,《译林》的发行量要明显好于《世界文学》和《外国文艺》,20余年来,其在国内众多文学类期刊中一直名列前茅,并且是全国百种重点社科类期刊中唯一的外国文学杂志,在1983年,其发行量就达到了每期近30万册,② 而在其他翻译文学期刊举步维艰、难以为继之时,《译林》的发行量也是稳中有升,1997年每期发行量9万份,1998年每期发行量近10万份。③

数据提供给了我们对文学现象直接而客观的理解,并且这些统计资料可以突出文学现象的主要方面,然而要对这些方面进行解释,要明了数据所蕴含的全部意义,我们还必须借助于另一种类型的客观资料,它来自于对那些限制着文学现象的"社会结构"和制约着文学现象的"技术手段"所作的研究,④ 这些社会结构和技术手段是:政治体制,文化制度,阶级,社会阶层和类别,职业,业余活动组织,文盲多寡程度,作家,书商和出版者的经济和法制地位,语言问题,出版史,等等。换言之,我们应该将数据放在当时具体的社会、文化语境中进行多方位、多角度的考察,

① 笔者曾去信就有关问题请教《世界文学》主编余中先先生和《外国文艺》主编吴洪先生,他们都一一做了详尽的回复,在此表示衷心的感谢。以上数据即引自他们的复信。
② 参见《本刊第二次扩大的编委会在苏州召开》,载《译林》1983年第3期,第270—272页。
③ 参见中国出版杂志社编《百刊风采:全国百种重点社科期刊巡礼》,北京:人民出版社2000年版,第186页。
④ [法]罗贝尔·埃斯卡尔皮:《文学社会学》,第28页。

以明白其全部的意义，也赋予各种客观考察的现象以全部意义。

在新时期初期，文学艺术类期刊甚至说整个文艺界迎来了迅速发展、迅速繁荣的时期，究其原因，主要是由于"文化大革命"中人们文化生活的贫瘠，在走向改革开放之后，人们心态上有了一种久经压抑之后的爆发，需要有迅速增长的各种文学、文化读物来满足人们的精神文化需求，正是由于这种原因，才有了从 1978 年到 1981 年文学艺术类期刊的迅速发展，诸如《人民文学》、《收获》等大型文学期刊动辄 100 余万册的发行量，也才有了人们在书店排队购买外国文学名著的盛况。当然，这种繁荣也有着政治上的原因，且不论十一届三中全会所确立的改革开放政策对整个社会生活的影响，也不论"满足人们日益增长的物质文化生活需要"成为社会主义初级阶段纲领性的方针，更直接的是，1979 年底"中国文学艺术工作者第四次代表大会"的召开，邓小平在会议上致"祝辞"，认为党对文艺工作的领导，不是发号施令，不是要求文学艺术从属于临时的、具体的、直接的政治任务，而是根据文学艺术的特征和发展规律，帮助文艺工作者获得条件来不断繁荣文学艺术事业，提高文学艺术水平。这标志着文学从以前的政治附庸中解放出来，真正地走向了自主发展的道路，也更为人民群众所喜闻乐见。而 1983 年 6 月中共中央、国务院《关于加强出版工作的决定》进一步推进了期刊的发展，因而在 1985 年，文学艺术类期刊的总印数达到了峰值——50940 万册。翻译文学期刊在这段时期也取得了长足的发展，仅截至 1980 年，全国各类的外国文学刊物已达 40 余种，① 剔除对外国文学进行研究的学术刊物，翻译文学期刊也从《世界文学》一家，迅速发展为 10 余家，② 并且翻译文学期刊发行量的峰值也大体出现在这一时期内。

1989 年至 1991 年，整个文学艺术类期刊的发行量跌入了谷底，1989 年 9 月，中共中央办公厅和国务院办公厅联合发出了《关于整顿、清理书报刊和音像市场严厉打击犯罪活动的通知》，针对前些年书报刊和音像市场所暴露的问题进行了严厉的批评，吹响了对出版界进行治理整顿的号角，这可以说是导致报刊发行量下滑的最直接的原因。当然，之所以导致这种整顿，整个出版界也有其不可推卸的内部缘由，以翻译文学期刊为

---

① 叶水夫:《外国文学学会会务工作报告》，第 13 页。
② 孟昭毅、李载道主编:《中国翻译文学史》，第 420 页。

例,事实上,20 世纪 80 年代中期以后,外国文学的译介工作处于一个比较严峻的时期:改革开放后,纷繁复杂的外国文艺作品与信息通过多种渠道大量涌进我国,这一方面固然丰富活跃了曾一度沉寂的我国文艺市场,但一时间也难免泥沙俱下,鱼龙混杂,比如翻译界和出版界的某些人热衷并出版西方文学中以暴力和性为题材的畅销书,甚至宣扬资产阶级自由化和有严重政治错误的图书、报刊也屡见不鲜。这得到了不少有识之士的批驳,《世界文学》、《外国文艺》和《译林》在此之中表现出了难能可贵的坚持与操守。

整个 20 世纪 90 年代,文学艺术类期刊的发行量停滞不前,市场经济带来的社会变革导致文学在整个社会系统中的地位下降,不少老牌文学期刊如《昆仑》、《漓江》、《小说》等的停刊让人感慨不已,而代表国家品牌和形象的《人民文学》在世纪末接受了最后的 10 万元经费之后,也被"断奶",彻底地进入了市场经济的大潮中。可以说,社会发展了,文学却"衰退"了。就笔者认为,导致这种衰落的一个较深层次的原因在于纯文学期刊传播过程中的诸多特征与当代受众接受心理形成的较大反差,更言之,是社会变化着,读者的接受心理、期待视野变化着,而文学和文学期刊却没能跟着变化。坚守原有的理念似乎是穷途末路,而面向读者的改革并非易事,更是对自身的一种挑战。然则,为了生存,不少文学期刊还是坚定地选择了"变脸",从纯文学期刊向综合性的文化刊物转变,其中,改变范围最大的当属《湖南文学》、《中华文学选刊》、《百花洲》和《天津文学》等。《湖南文学》由省级文学期刊改为文化时尚杂志《母语》;人民文学出版社主办的《中华文学选刊》改变了以往只刊登纯文学作品的做法,把视点更偏重于文学评论、作家新书和一些热点话题上;创办了 20 多年的大型文学刊物《百花洲》改为女性文学专刊;《天津文学》也改为面向年轻读者的《青春阅读》。然而,即使经过这样的改革,大多数文学期刊也经营惨淡、步履维艰,据 2002 年一次统计,我国现有 800 余种文学期刊,相比较我国的 13 亿人口而言,种数并不算多,但能自负盈亏,稍有盈利的不足百余种。[①] 另据鲁迅文学院提供的一项调查数据显示,在目前全国比较知名的 34 家文学期刊中,发行量在 1 万册以上的有 13 家,发行量 2000 册至 5000 册的有 12 家,其中发行量不足 1000 册的文学期刊

---

① 参见孙燕君等《期刊中国》,北京:中国社会科学出版社 2003 年版,第 363 页。

有 9 家。① 当然，我们也应该看到积极的一面，于 20 世纪 90 年代中期实施的由数量增长型向质量效益型转变的发展战略以来，包括文学艺术类期刊在内的我国期刊业已开始呈现出新的面貌。其内在的标志即是对"繁荣"的内涵认识有了深化，调整期刊结构，深化内部改革，推行精品战略，这些新举措都是基于观念上的深刻变革，并促使期刊出版工作步入更高的层次。而始自 1996 年的报刊业治散治滥工作在世纪末也取得了阶段性成果，通过兼停并转，全国共压缩正式期刊 443 种，占全国期刊总数的 5.4%。② 全国原有内部期刊一万余种，现已基本取消，"内部期刊"已经成为一个历史概念。治理的结果不仅控制了期刊总量的盲目增长，而且在一定的程度上优化了内部结构，强化了编辑人员的办刊意识，提高了期刊的总体质量。虽然不少翻译文学期刊在 90 年代停刊了，但是以《世界文学》、《外国文艺》和《译林》为代表的翻译文学期刊不仅生存下来，也得到了不少读者的喜爱，尤其是《译林》，不仅发行量在全国文学刊物中名列前茅，并且荣获了华东地区优秀期刊一等奖，江苏省社科类十佳期刊，全国百种重点社科类期刊等荣誉称号。

长期以来，由于我国出版业的体制原因，发行一直是制约我国整个期刊产业发展的一个"瓶颈"，许多杂志社只重视编辑环节而忽视发行环节，结果使读者意见得不到有效的反馈，期刊内容脱离读者生活，从而导致期刊发行量长期停滞不前，甚至逐步萎缩的局面。另外，外部发行渠道的单一与不通畅也是影响期刊发行的一个重要方面，一般而言，包括翻译文学期刊在内的现今我国绝大部分期刊的发行主要有以下三种方式：订阅、零售与赠阅，并且都以邮局的征订为主，这样的发行方式较为简单，也行之有效，为大多数期刊所认可。但是这种方式的缺点在于：在发行的过程中，期刊本身是处于被动的地位，它只能由读者进行选择，而无法了解和认识读者，因而也较难得到读者的信息和反馈，从而为期刊的发展和决策提供参考意见。并且，由于邮局的改革滞后于市场的需求，使得很多期刊开始意识到，仅仅依靠邮发是不够的，为了达到"有效发行"，他们或者完全摆脱邮发的方式，自己成立发行部，走自发的道路，或者采取其他发

---

① 参见周利荣《纯文学期刊：市场化中的尴尬》，载《中国出版》2006 年第 2 期，第 31—33 页。

② 参见高江波《1999：期刊出版述评》，载《出版广角》2000 年第 4 期，第 75—78 页。

行方式来完善邮发。自办发行的刊社往往先成立发行部，然后在省市征集代理商，利用二级渠道发行。目前二级渠道发行还很不规范，环节较多，各级批发商按照一定折扣将期刊批发给零售商，然后通过零售商到达读者的手中。这种方式可以使期刊和读者直接见面，提高了读者对期刊的认知能力，加强了读者对期刊的感性认识，对扩大发行量有较大帮助。不过，自办发行也有弊端。由于整体发行市场的不规范，以及专业发行人才的普遍匮乏，刊社很容易陷入铺货难、回款难、收集读者信息难等各个环节的泥潭中。显然，市场需要专业、独立的第三方发行机构。然而，就目前的情况来看，将发行完全交给第三方发行公司的刊社仍然占少数。纯粹只靠邮发或者自发的也不多，"邮发＋自发"成为期刊界的普遍共识，区别只在于主、辅的关系。另外，在信息社会，传统的期刊发行模式还可借助现代网络技术进行优化，使原有的批销方式、物流传输、结算等诸路径得到前所未有的改善，从而大大加快编、发、读三者之间的信息反馈速度，为期刊社实现"零距离发行"作出尝试。目前，如"中国期刊发行网"正在进行这样的尝试。利用网络，期刊还可以进行二次贩卖——除了纸版，期刊电子版也能二次发行，"龙源期刊网"目前已经拥有多种期刊电子版的发行代理权。对翻译文学期刊而言，《译林》在发行方面已经做出了卓有成效的探索，每期10余万份的发行量就是明证，这足以值得《世界文学》和《外国文艺》好好借鉴。

当然，发行量不应作为评判一个刊物优劣的唯一标准，尤其是承担着更多文化传播与传承责任的文学期刊。近些年，鼓吹文学期刊应立即融入市场的声音不绝于耳，其实，出版物大体可分为两类，一类是消费型的，一类是积累型的。消费型的刊物当然要追求经济效益的最大化，而积累型的，除了少数文摘刊物，一般经济效益都不理想。文学期刊的历史表明它是一种文学接力，既是传承与发展，也是创新与积累，在整个人类的文化史上有着重要的意义。因此也有不少人认为文学期刊不应步入市场，陈建功、贾平凹、张抗抗等知名作家联名呼吁"代表国家品牌和形象的文学报刊社应纳入公益性文化单位序列"。① 可见，文学期刊的话语功能表现为一个异常复杂的形态中，其当是"处于文化话语、政治话语和经济话语的

---

① 陈建功、贾平凹、张抗抗、黄济人、陈醉、王安忆、陈祖芬：《代表国家品牌和形象的文学报刊社应纳入公益性文化单位序列》，载《中国报业》2007年第4期，第12—13页。

空间之外,同时又兼具此三种话语形式之某些性质的中间话语形式"。①
其话语背后的语法规则,将比纯粹的经济话语远为复杂,经济话语的目的
在于经济效益的最大化,而文学期刊和翻译文学期刊应该保证文化效益、
政治效益和经济效益三者的同时最大化。这三者之间的张力,也就是三者
构成的三角形三条边和三个角之间的关系,构成了文学期刊功能实现过程
的基本框架,即文学期刊运行的制度,三者之中任何一种的扩张和萎缩,
都将导致整个三角形的变化,也即带来制度的改变。另外,我们还可以从
布尔迪厄意义上的权力场出发来考察文学期刊的话语功能,权力场是各种
因素和机制之间的力量关系空间,这些因素和机制的共同点是拥有在不同
场(尤其是经济场和文化场)中占据统治地位的必要资本。② 翻译文学期
刊自然应该在经济场、文化场和政治场的相互角力中来把握其自身的话语
功能,而其成功与否——虽然按照在严格意义上处于权力场(也处于经济
场)的暂时统治区域的外部等级化原则,也就是按照根据商业成功(比如
书、刊发行量,戏剧表演场次,等等)指数进行衡量的暂时成功或社会名
望标准,对"大众"熟知或认可的艺术家最有优势。《译林》就是以此为
办刊的方针,赢得了众多的读者——然而,这并不是唯一的标准,一部文
学史上较有名气的作品当初发行的数量可能远远不如当时的畅销小说。

不计利害的文学范畴对一切形式的经济主义构成了真正的挑战,这是
文学场在漫长而缓慢的自主化过程中逐渐形成的,文学场就像一个颠倒的
经济世界,③ 经济效益的利害关系在文学场中被理所当然地忽视,文学场
与经济场的某种对立似乎不难看出。但是经济场的变迁也会带来文学场的
变迁,在计划经济体制下,翻译文学期刊的政治效益和文化效益被置于首
要的地位,经济效益对办刊人员而言似乎完全不屑一顾,但正是在这样的
形势下,翻译文学期刊的发行量却达到一个令人惊讶的高度,按照埃斯卡
尔皮文学社会学的观点,这种经济体制似乎从"技术角度"解决了一种真
正的大众文学应来自一种大众特有的文化生活的问题,④ 作家被称之为
"人类灵魂的工程师",通过文化组织或自己的生活方式直接同人民大众进

---

① 谭运长、刘宁、沈崇照:《作为大众传播媒介的文学期刊编辑论》,第169页。
② [法]皮埃尔·布尔迪厄:《艺术的法则:文学场的生成和结构》,刘晖译,北京:中央
编译出版社2001年版,第263页。
③ 同上书,第264页。
④ [法]罗贝尔·埃斯卡尔皮:《文学社会学》,第115页。

行接触。另一方面，图书的广泛发行也在最大程度上得到了保证：发行网点遍布全国，图书可以送到工厂和农场，出版业受到限制的原因不是图书销量的问题，而是纸张缺乏的问题。可以说，文学期刊的基本资源都是由管理部门所配给的。大众传播效果的"枪弹论"观点和文艺学"文以载道"的观点与此密切相关，或者说互为补充。而在市场经济体制下，经济效益被置于最为首要的地位，政治效益与文化效益要以经济效益为基础。管理部门对文学期刊的控制和对市场的直接干预都大为减弱。发行成了整个出版活动中最为棘手的环节，全部的出版活动都要归结到发行上，发行可以说是整个出版活动的结局和成败所在。在这一制度下，文学期刊编辑和经营的目的在于供给市场，满足需求，文学期刊的经费和资源主要在市场交易中获得。无疑，支持这一制度的依据在于大众传播效果的"需求—动机满足论"和文艺学的审美需要满足论。就笔者而言，鉴于文学期刊的性质、任务和起到的作用，以及它在市场大潮中的尴尬地位，笔者支持将文学期刊和翻译文学期刊纳入国家公益性文化事业单位的序列中，国家每年仍给予一定的办刊经费，事实上，即使在经济发达地区，由政府扶持文学期刊的事情也并不少见，如香港政府对《香港文学》的扶持等。再考虑到我国现今经济总量的增长，每个省扶持一到两家文学期刊并非难事，而这对于我国的文化建构和文化积累却有着莫大的益处。

　　翻译文学期刊发行中的种种问题，尤其是不平衡现象，归根到底是与编辑、出版中的问题联系在一起的，从制度着手，将文学期刊和翻译文学期刊纳入国家公益性文化事业单位的做法也只是从技术上的某种补救方法，真正的解决方法——如果说有的话——只能从各个群体对文学的态度方面，也就是说从消费、阅读文学作品的读者方面去探寻，关注不同翻译文学期刊的不同消费群体，以及他们接受心理、期待视野，并将其与翻译文学期刊传播过程中的特征之间的反差结合起来分析。

　　读者不仅是期刊翻译文学文本意义的接受者，也是大众传播学意义上的受众。接受美学的观点认为，作者在文本中提供的意义，实际上为语言所遮蔽，读者在理解、阐释这些意义的时候，需要积极的和创造性的参与；另外，作者在文本中还留下了众多的空白点，需要在接受过程中为读者所填充与发掘。在传播学的意义上，读者的阅读活动是对编辑编码过程的解码，翻译文学期刊大众传播过程的受众，是处于传播过程终端的主体。因此，对翻译文学期刊的读者分析，要同时在文艺学和传播学的框架内进行。

有研究者把媒介受众分为四类①：一种称为虚拟受众，即存在于媒体操作者头脑中想象的受众群体。在编辑活动中，出版者首先想到的是这种可能的读者，并在收到的大量稿件中挑选出最能适合这种读者消费的稿件。这种对读者的考虑具有一种双重的并互相矛盾的特点：它一方面包含着要对这种可能的读者希望哪些作品，并将购买哪些作品，作出一种事实判断；另一方面，由于出版活动是在人类群体的道德审美体系内部展开的，因此，它要对读者大众"应该"爱好哪些作品，作出一种价值判断。② 第二种是显性受众，即媒体工作人员，如编辑、记者们经常直接打交道的那一部分受众，如评报员、读报员、监听（看）员，媒体活动的热心参与者们，编辑有时会以这些人作为受众的代理人。第三种是基本受众群体，这是媒体编辑最应重视的一类受众。第四种是潜在的受众群体，这是指因种种原因，目前尚不是某媒体的受众，但如争取可以成为该媒体受众的人，编辑应注意这些人的需求，力争吸收这部分人。

对基本受众群体进行的调查，经常关注的是读者的层次问题，这也是一个群体概念，但它又由组成群体的读者的个体素质来决定和划分。所谓个体素质，包括生理、心理、文化、政治素质，等等，它是一个人体质、性格、气质、能力、知识、品质等多方面的因素的综合。但在进行具体的读者层次划分的时候，往往采取比较简单的办法，着重从读者对象的年龄、文化程度和职业三个方面来考察。《译林》在 2002 年进行的一次读者调查也主要是从这三方面来着手的："《译林》读者的地域分布遍及全国所有省、市、自治区，包括香港、澳门和台湾，并远至世界许多国家。《译林》读者的年龄段分布较广且相对平均，其中以 21—30 岁年龄段的最多，占 28％，其余年龄段按比率依次为：51—60 岁占 19％，31—40 岁和41—50 岁各占 15％，60 岁以上占 12％，20 岁以下占 11％。就学历一项而言，绝大部分读者都有大学或大学以上学历并有中级职称，在读的大中学生和具有高学历、高级职称的读者也都占相当大的比率，另外还有许多大学学历以下但酷爱外国文学的热心读者。总的来看，《译林》读者的文

---

① 参见吴飞《编辑学理论研究》，第 318—319 页。
② ［法］罗贝尔·埃斯卡尔皮：《文学社会学》，第 77—78 页。

化层次还是比较高的。参加此次调查的读者从事的职业，可谓工、农、商、学、兵、政、党等各行各业无所不包，他们绝大部分生活在城市。读者的月收入以 1001—3000 元之间居多。月收入 5000 元以上的高收入者较少；与之相比，一些月收入在 500 元以下的在校学生、下岗或退休工人在其有限的，甚至很紧张的生活费中挤出钱来坚持订购《译林》，既令我们感动，更增加了我们办好《译林》的责任。"① 从中我们不难看出，《译林》的基本读者群体大体可以描述如下：各年龄阶段的、具有较高文化程度的、月收入在 1001—3000 元之间的城市人群。

这种基本读者群体的定位，有助于编辑工作有针对性地开展。当然这种基本读者群体的形成并非完全自发的，编辑总是设想了一种理想的读者，并希望刊物的基本读者能与此相符，一方面，编辑通过反馈的读者信息，尽可能地从读者的需求出发，提供他们感兴趣的、有意义的外国文学作品；另一方面，编辑还可通过期刊内容有意识地引导并培养自己的读者群体。可以说，了解读者，适应读者并不是目的，而是手段，真正的目的在于培养和创造读者。这应该包括两个方面的内容：一是扩大读者队伍；二是提高读者素质。由于读者层次的划分日趋细致和多样，仅仅从基本受众的基本兴趣出发来编辑期刊已经远远不够了，而应该跨越这一水平，重视和满足各个特殊层次读者的特殊兴趣和要求，使得刊物达到新的广度和深度的统一，也就是说要把潜在的受众群体吸收过来，满足更多人的需求。另外，刊物应该注意在向读者传播信息的同时，加强指导，使得读者能从刊物中有所收益，有所提高：首先，刊物应该坚持自己的办刊宗旨，不媚俗、不盲从。在一段时期内，出版界某些人热衷于引进外国通俗文学中色情、暴力的作品，一些读者也盲目跟从，而《译林》编辑部则坚持自己的办刊宗旨，译介一些有益的、健康的西方畅销作品，并以此来吸引读者，这也是《译林》杂志读者群体层次较高的一个原因。其次，翻译文学期刊也可通过相关的评论文章来帮助读者更深入地理解作品的内涵与意义。由于信息接收的不对称，编辑、文学评论家或是学者往往比普通读者掌握更多的背景知识，对作品往往也有更深入的理解，借以他们的评论文章，读者能见其自身所不能见，并在这样的过程中提高自己的阅读水平和

① 《深情、智慧、动力、希望：〈译林〉有奖读者调查情况综述》，载《译林》2002 年第 3 期，第 217—223 页。

欣赏水平。应该说《世界文学》、《外国文艺》和《译林》三家翻译文学期刊在这方面做得都很不错,前面已经对其评论类栏目做了较为深入的分析,这里不多加赘述。总之,从读者的要求出发,适应读者,吸引读者,最终培养并创造读者,这样才能在编者与读者之间形成良性的互动关系。

虽然发行量与《译林》相比较有较大的差距,但《世界文学》、《外国文艺》似乎得到了更多的专业人士,或者说内行人士的喜欢:如作家和学者等。不少作家表示自己常年订阅《世界文学》或《外国文艺》,① 另外,在《世界文学》的读者征文活动中,参与者相当一部分是本土的作家、诗人或是学者。不得不承认,这些读者与普通读者的确存在着较大的差异,这种差异或许来源于埃斯卡尔皮在《文学社会学》中论述图书发行时所区分的"文人"和"大众"的差异。② 按照埃斯卡尔皮的观点,"文人"这个类别来源于文学概念本身,"文人"从一开始就是一个闭关自守的社会等级,这个等级既不同于我们今天的一个阶级,也不同于一个社会阶层,甚至不同于一个社会职业集团。埃斯卡尔皮进一步认为,可以对"文人"下这样一个定义:这些人受过相当高的文化教育和美学教育,能够对文学作品作出个人的判断;他们有足够的阅读时间,有钱定期购买图书。当然,应当指出,上述定义只是说"文人"可能这样做,而不是说他们必须这样做,或者说他们真正这样做了:在"文人"中,对任何文学作品都不发表自己的见解、从来不读和不买的人为数也不少,但他们却都"有可能"照定义上所说的去做。事实上,"文人"集团也可称之为"文学阶层",所有"创造"出文学的人都是"文人",从作家到讲授文学史的教授,从出版者到文学评论家,所有参加文学活动的人都来自这个"文学阶层"。按照这样一种观点,所有参与翻译文学或者说翻译文学期刊生产的人共同构成了我们所要研究的翻译文学期刊的"文人集团",很明显,这群人包括:翻译家、翻译文学期刊的编辑者、在大学教授文学及翻译的学者、文学评论家以及阅读外国文学的本土作家等。事实上,所有"能够"参与到文学活动中的人都已经囊括进了这样一个圈子,因此,所有"文人"的文学现象,完全是在这群人的内部,③ 是在封闭的渠道中展开的。

---

① 参见叶辛《译文琐谈》,第35页。

② 参见［法］罗贝尔·埃斯卡尔皮《文学社会学》中第六章的相关内容。埃斯卡尔皮:《文学社会学》,前引书。

③ 文中着重号为笔者所加。

　　与"文人"相对的是"大众",埃斯卡尔皮认为"大众"是发行体系中的这样一些读者:他们所受的教育使他们能凭直觉对文学发生兴趣,但不能作出明确的和合乎理性的判断;他们的工作条件和生活条件使他们无法舒舒服服地或经常性地阅读文学作品;最后,他们的经济收入也不允许他们经常购买文学书籍。这些读者有时可以归入小资产阶级这一类别,但主要是一些职员、体力劳动者和农业劳动者。他们对文学作品的需求,无论在数量上、类型上,还是在质量上,都可以同文人渠道中的读者相媲美,但他们的需求始终是从外部得到满足的。他们本身没有任何办法把自己对文学作品的反应告诉对文学创作负有责任的人:作家或出版者,也就是说,他们无法参与具体的文学活动。

　　"文人"与"大众"的对立是明显的,但并不是不可通约的,甚至可以说是必须打破壁垒的。高格调的面向文人的文学作品的流通体现了一系列接连不断、互相限制的选择。一方面,出版者在作者的作品中所作的选择"创造"了文学,并限制了书商的选择范围,书商在决定经营哪些书时不仅确定了文学书籍的等级,也限制了读者可选择的范围。所有这些选择一方面通过书商甚至商业部门在读者中产生影响,另一方面通过评论员的评论和解释形成了某种"共识",从而又限制日后出版者对作品所作的选择。这种消极的互相影响使文学活动的参与者置身于一个越来越狭小的圈子中。另一方面,能适应社会(大众)需要的生产者的人员不足,发行者掌握着主动权,一种极大的又无法名状的需求虽没有表现出来,但却在消耗着大众文学作品,这些情况一方面导致文学形式失去活力,出现机械性的衰退,另一方面又导致大众在文化消费、文化自由方面的异化。如何保持两者之间的平衡,怎样既使"文人"文学健康发展,又能创立一种真正的大众文学,就必须拆除那些把"文人"和"大众"隔开的墙。埃斯卡尔皮谈到了四种冲破封锁的类型:传统商业手段、非正统的商业手段、出借图书和统制主义。值得注意的是第四种手段,埃斯卡尔皮事实上说的是计划经济体制下"文人"与"大众"的对立并不明显,因此书刊的发行可以冲破封锁取得不错的效果,但这种问题的解决仅仅只是"技术"层面。这也是在新时期初期,翻译文学期刊不用操心发行但发行量却颇大的原因,到了 20 世纪 90 年代之后,市场经济的大潮中,由于办刊宗旨的差异,《译林》与《世界文学》、《外国文艺》走上了不同的发展道路,《译林》得到了"大众"的喜爱,而《世界文学》和《外国文艺》更多的得到了"文人"的偏好。

对本土的文学现代性建构而言，"文人"与"大众"都是不应忽视的群体，虽然说某种多元现代性的分化使得这两类群体对文学现代性的需求差异发的扩大，但我们并不能把"文人"与"大众"视为全然对立的，而应将其都视为翻译文学和外国文学的积极接受者以及本土文学现代性的积极参与者，那么这两者就成了研究翻译现代性和翻译文学期刊受众的相互补充的两类群体，并且，他们对文学现代性的需求都应得到满足。随着文学在社会系统中的地位下降，与其办大家都不喜欢看的刊物，不如办部分人喜欢看的刊物，而且，当下的社会已由大众消费社会转变成为小众消费社会了，那么，《译林》不妨突出自己的特色，多译介些外国最新的畅销作品，即使《译林》的发行量不错，但相比而言也是小众（且不说整个社会的文学人口比率并不高，喜欢外国文学、翻译文学的更少，而喜欢外国畅销文学作品则少之又少）。《译林》能够很好地满足这些读者的需求，同时也为中外文学、文化交流以及新时期本土的文学现代性建构作出自己的一份贡献，则善莫大焉。而《世界文学》和《外国文艺》不妨针对性再强一点，尤其是《世界文学》，不妨突出自己的学术背景，静下心来，踏踏实实地做一些积累的工作，则更能彰显自身的价值。当然，也并不是说《译林》就没有"文人"的喜欢，事实上，《译林》向来就得到了钱锺书、戈宝权等老一辈学者、翻译家的敬重，而且也向来被认为是一份严肃文学的刊物，它只是相比较《世界文学》和《外国文艺》而言，更多地得到了"大众"的喜欢，而《世界文学》和《外国文艺》也有相当一批非内行人士喜爱，这种区分只是相对的。

对本书的文本旅行和文学现代性的建构而言，"文人"渠道中的本土作家和学者似乎更值得关注，这不仅是因为"大众"的意见相对较为零散，并且，他们也无法真正地进入翻译文学期刊生产的文学活动中来，他们的意见即使反馈过来，也并不如本土作家和学者的意见得到重视，他们更多的只是作为一种对象性的群体而存在。而接受了外国文学影响的本土作家和学者，不仅是新时期本土文学与文化现代性的直接建构者，并且通过他们的理解与阐释，也在一定意义上建构着异域文学与文化。从这点而言，他们对本书有着极为重要的研究价值，这也是本书第四章和第五章探讨翻译文学期刊对本土文学创作和学术研究的影响的原因所在。

第三章

翻译文学期刊与中国视野中的
世界文学景观

　　本章在整本书中起着承上启下的作用，它既是前两章发展的结果，也是对后两章进行考察的前提条件。经由翻译、编辑工作之后，翻译文学期刊文本得以形成，这些期刊文本的总和构成了翻译文学期刊的翻译文学景观，也形成了中国学人获得对文学现代性深刻了解的本土社会条件之一。第一节在统计学的基础上，从国别以及纵向发展两个角度对这种翻译文学景观进行考察，以其见出新时期翻译文学期刊的翻译文学景观以及隐藏在其中的翻译现代性的某些特点。另外，中国作家与读者主要是通过翻译文学了解外国文学、世界文学的。在中国的现、当代文学史上，尤其是当代，外国文学的直接影响，诸如中外作家的直接交往，或是中国作家因出国或留学而受到外国文学的熏陶，甚至直接阅读原文的读者，都还是少数。无论是歌德、拜伦、雪莱、巴尔扎克、福楼拜，或是普希金、果戈理、屠格涅夫、托尔斯泰，以及泰戈尔、川端康成、马尔克斯等，他们之所以能对中国文学产生巨大的影响，他们之所以能在广大中国读者的心目中占据重要的地位，主要的，而且在绝大多数情况下完全是由于他们作品的译本。也就是说翻译文学事实上规定着人们阅读的范围与阅读的方式，并营造了中国作家、中国读者视野中的外国文学与世界文学景观。再者，翻译文学是一种相对独立的文学作品的存在形式。翻译文学虽然来源于外国文学又在民族文学的语境中发挥作用，并同时具有两者的某些特点，它既是外国文学也是民族文学，与外国文学、民族文学之间是一种"亦此亦彼"的关系或者说"双重国籍"

的现象，但它并不属于外国文学或者民族文学，而是一个自主的场域。这种自主的翻译文学场域的获得也是本书接下来讨论翻译文学、翻译文学期刊对本土文学创作和本土文学研究的现代性互动影响的基础，一些问题放在自主场域的框架下探讨可能会有更清晰的认识。

第一节   翻译文学期刊的翻译文学景观

经由译家翻译和编者编辑之后形成的翻译文学期刊文本以其周期的快与相对的持续性、思想的新与阵容的相对集中性，以及信息的多并能容纳一定的学术深度，形成了新时期中国文坛的一道亮丽的风景，吸引了众多读者，包括新时期许多的作家、学者流连忘返，乐在其中。本节从统计数据出发，探寻翻译文学景观的具体面貌以及翻译现代性的某些特点。当然，本书的统计数据很难说完备无疑，更不能说完全准确无误，但笔者还是希望这些统计数据能够对读者和研究者有一定的参考价值，因为即使数据有小的修正，透过数字所显示的某些事实以及基于这些事实的发展态势分析是大体可以成立并相一致的。

一   总体概况

1978 年至 2008 年间，《世界文学》、《外国文艺》、《译林》三家翻译文学期刊共翻译作品 10334 篇（首），其中《世界文学》共译介 4892 篇（首），为最多；《译林》共译介 1929 篇（首），为最少；《外国文艺》共译介 3513 篇（首），居中。在版式、篇幅大体一致的情况下，《世界文学》比《外国文艺》多出了三分之一以上的篇章，可见，《世界文学》较为注重在更广的范围上向读者介绍更多的外国优秀文学作品，而《外国文艺》则相对而言较为集中。《译林》译介量较少的原因主要有两点，其一，《译林》在 1997 年以前均为季刊，之后才改为双月刊；其二，《译林》基本每期都会译介一篇长篇小说，较占篇幅，自然压缩了总的篇章数目。

表 3—1   1978—2008 年《世界文学》、《外国文艺》和
《译林》翻译作品统计①

	小说	诗歌	散文	戏剧	总计
《世界文学》	1343	2825	671	53	4892
《外国文艺》	1712	1544	209	48	3513
《译林》	1012	723	170	24	1929
总计	4067	5092	1050	125	10334

另外，从表 3—1 中也可看出，在译介作品的文学体裁上，三家翻译文学期刊都将重点放在了小说与诗歌上，自 1978 年至 2008 年，《世界文学》、《外国文艺》和《译林》共计翻译小说 4067 篇，占总篇目的 39.4%，同期，三家翻译文学期刊总计翻译诗歌 5092 首，占总篇目的 49.3%，考虑到诗歌的篇幅较为短小，小说在每期刊物上事实上占了总篇幅的 70% 以上。而散文总计只翻译了 1050 篇，占总篇目的 10.2%，戏剧则只有区区 125 篇，占总篇目的 1.2%。造成这种译介作品体裁不平衡的原因一方面与人们对文学体裁的传统理解相关，不管是中国还是外国，诗都被认为是文学的正宗，是最具文学性的文学样式，这从人们常以"诗学"来称呼"文学理论"可见一斑。另外，晚清以来，小说在中国文学中的地位日益上升，成为最为流行的文学体裁，在本土的文学现代性的发生发展中，小说这种体裁的重要性也是不言而喻的。由此，小说在新时期翻译文学期刊上的大量译介虽然与人们的阅读兴趣及刊物的大众传媒性质相关，相较其他体裁而言，小说似乎更具"可读性"，更能吸引读者，也更适合在杂志上刊发，但更多的还是因为小说在文学现代性建构过程中的重要作用的因素。

当然，三家刊物在自身翻译作品的体裁上也有差别：相较《外国文艺》和《译林》而言，诗歌在《世界文学》中得到了更多关注，总计译介 2825 首，占总篇目的 57.7%，远远多于小说的 1343 篇（占总篇目的 27.5%），而其他两家刊物译介的小说篇目都多于所译介的诗歌篇目，这与《世界文学》的读者大部分是作家、学者相关。再有，《译林》更关注

---

① 本书中相关的翻译篇目统计并未收入日记、书信及自传等作品。另外，为方便起见，带有文体实验性质的跨文体写作及民间故事、童话、寓言等纳入到了小说的统计中。

作品的"可读性"，基本每期一篇的最近西方畅销长篇小说的译介成为其吸引读者的有力法宝，从 1979 年到 2008 年，《译林》共译介小说 1012 篇，占总篇目的 52.5%，而同期诗歌只译介了 723 首，占总篇目的 37.5%，这种小说、诗歌的比率大体与《世界文学》相反，由此可见出两家翻译文学期刊办刊旨趣及对翻译现代性与文学现代性追求的差异。

二　国别考察

从三家翻译文学期刊翻译作品的来源国来看，1978 年至 2008 年期间，《世界文学》共译介了 101 个国家（或地区）的 4892 篇作品，覆盖面最广，《外国文艺》译介了 67 个国家（或地区）的 3513 篇作品，相对而言较为集中，《译林》在将主要精力集中于西方最新畅销长篇小说的基础上，共译介了 79 个国家（或地区）的 1929 篇作品，应该说难能可贵。新时期翻译文学期刊作品来源国的数量一定程度上反映了翻译文学期刊眼界所及的广度，也反映了某种对文学现代性多元的诉求与意识，但也要受到一些客观因素——如翻译人才——的限制，依靠着中国社会科学院这样的研究机构，《世界文学》相比《外国文艺》和《译林》而言，有着较多的便利条件，因此，在译介的广度上有较宽的拓展应是情理之中的事情。

表 3—2　　　　　　　 1978—2008 年《世界文学》、《外国文艺》和
《译林》作品来源国统计

刊物	《世界文学》	《外国文艺》	《译林》
作品来源国数目	101	67	79

表 3—3、3—4、3—5 分别列出了 1978（1979）年至 2008 年期间《世界文学》、《外国文艺》和《译林》主要的作品翻译来源国。从表中不难看出，位居前十的国家的翻译篇目占据了总翻译量的七成以上，在《世界文学》中，排名前十的国家的翻译篇目占据了总翻译量的 70.8%，《外国文艺》和《译林》更是高达了 74.7% 和 78.6%，而其他国家（或地区）只占翻译总量的 20% 到 30%，由此可见出翻译文学期刊作品来源的不平衡。另外，比较三家翻译文学期刊作品翻译来源排名第一和排名第十的国家所占比率的差距，《世界文学》为 9.6%，《外国文艺》为 15.6%，《译林》为 19.1%，可以看出在《译林》中，这种不平衡现象尤其严重，这

与《译林》更多的关注外国最新畅销小说的办刊宗旨相关，因为只有在美国，畅销书机制才较为完善，是以成为《译林》较多译介的对象。

表 3—3　　　　　　　1978—2008 年《世界文学》作品翻译的
主要来源国

排名	1	2	3	4	5	6	7	8	9	10
国家	法国	美国	日本	苏（俄）	英国	德国	加拿大	罗马尼亚	奥地利	波兰
篇数（篇）	609	567	529	406	345	297	204	198	168	140
比率（%）	12.5	11.6	10.8	8.3	7.1	6.1	4.2	4.0	3.4	2.9

表 3—4　　　　　　　1978—2008 年《外国文艺》作品翻译的
主要来源国

排名	1	2	3	4	5	6	7	8	9	10
国家	苏（俄）	美国	日本	法国	德国	英国	西班牙	意大利	智利	加拿大
篇数（篇）	623	514	440	251	223	215	109	88	87	73
比率（%）	17.7	14.6	12.5	7.1	6.4	6.1	3.1	2.5	2.5	2.1

表 3—5　　　　　　　1979—2008 年《译林》作品翻译的
主要来源国

排名	1	2	3	4	5	6	7	8	9	10
国家	美国	日本	苏（俄）	英国	德国	法国	叙利亚	加拿大	奥地利	韩国
篇数（篇）	406	329	229	158	113	100	65	40	38	36
比率（%）	21.0	17.1	11.9	8.2	5.9	5.2	3.4	2.1	2.0	1.9

在以上三表中，能够全部进入三家翻译文学期刊作品翻译主要来源国排名前十的有七个国家：美国、苏（俄）、英国、法国、德国、日本和加拿大。奥地利进入了两家刊物的前十排名。意大利、罗马尼亚、波兰、西班牙、智利、叙利亚和韩国分别进入了一家刊物的前十排名。这样一种排名构成了翻译文学期刊所营构的翻译文学景观和翻译现代性的最主要特点，以下尝试对这样一种特点进行分析，并试图对造成这种特点的原因进行探讨。

虽然排名先后次序有变化，对于进入三家刊物排名前十的七个国家而言,他们总共占据了六成左右的翻译篇目,是无可置疑的翻译现代性的主要对象。我们不难发现,这七个国家都是工业发达国家,都是全球经济、政治强国,都属于"富国俱乐部"的"八国集团"之列。考虑到俄罗斯在"八国集团"中的尴尬地位、日本的地缘政治因素,以及这两个国家的文学在中国译介的更深层次的意识形态因素,这里暂将其排除在外,先探讨西方国家对我国翻译文学景观塑造以及文学现代性建构的影响。

很明显,新时期翻译现代性的主要对象是西方现代性,也就是说我们的文学现代性建构主要是以西方现代性为导向的。在全球化的今天,西方国家以其强大的经济、政治实力主导着全球发展以及现代化的进程。詹姆逊(Fredric R. Jameson)认为,全球化存在着五个迥然不同的层面,这五个层面是:技术的、政治的、文化的、经济的、社会的,并基本上依照这个顺序展示。① 当然,对更多人的直观感觉而言,全球化首先是经济的全球化,并进而扩展到技术、政治、社会和文化领域的。对于文化全球化,詹姆逊写道:"许多人认为,全球化的真正核心问题是世界文化的标准化,地区流行的或传统的文化形式被逐出或沉默无语,从而使美国的电视、音乐、食品、服装和电影取而代之。"② 对其他国家的人们而言,对全球化的忧虑正是担心以美国为首的西方国家的生活方式、文化形态成为某种普世的标准,即以美国为标准的全球范围文化的趋同性。然则,全球化是不以人们意志为转移的客观存在,即使人们对其有着这样那样的怀疑,事实上,它正在超越民族、国家的藩篱,把世界各个角落越来越紧密地联系起来,使各国的经济技术联系更加密切,政治接触更加频繁,文化交流更加深入。因此,全球化既是机遇也是挑战。在这样的背景下,翻译作为跨文化交流的媒介和桥梁,其作用比以往任何时候都更加重要,也因此带来了全球市场上翻译的繁荣。借助于强大的经济、政治实力,西方国家的文化、文学也在全球范围中不断地迁移、旅行与传播,并对其他民族—国家的文化、文学实施着巨大的影响,据联合国教科文组织 Index Translationum(翻译索引)数据库的统计表明,从 1979 年到 2011 年,世界各国以各种语言翻译出版的书籍,包括文学、人文、历史、科学、艺

---

① ［美］詹姆逊:《现代性、后现代性和全球化》,王逢振主编:《詹姆逊文集》第 4 卷,北京:中国人民大学出版社 2004 年版,第 364 页。

② 同上书,第 366 页。

术等各种门类，十大源语语种为：译自英语的 1172019 种，法语的 212208 种，德语的 195721 种，俄语的 100964 种，意大利语的 64838 种，西班牙语的 51668 种，瑞典语的 34692 种，拉丁语的 19009 种，丹麦语的 18582 种，荷兰语 18343 种，① 我们不难看出，西方国家是书籍翻译的主要输出国，在全球翻译市场中处于主导地位。并且这样一个事实彰显了某种趋向跨国的可译性单一文化的内驱力，亦即语言的霸权，英语——由于后殖民和后冷战时期经济的市场必胜主义而呈强势——无疑是最大的胜利者。带有某种文化普世主义特点的文化全球化的黑暗面是一种遗传的、非政治化的翻译，强化了与英语作为普遍语言在全球性杀戮联手的翻译工作的重要性，是在倒塌后重新建立的、无情地致力于一种至高无上的语言的巴别塔。② 在以上三家翻译文学期刊的译介统计中，也可见出英语集团，美国、英国、加拿大和澳大利亚等国一起占据着中国翻译文学的相当一部分份额，可以说，英语在国际交往中逐渐控制了事态，并把过去那些可怕的竞争者（主要是各种欧洲语言，如法语、德语等）变成了角斗士，在国际市场上相互残杀，而少数族裔语言在青睐语言强权的全球市场上更是变得岌岌可危了，甚至有可能消亡的危险。中国自改革开放以来，加速了全球化和现代化的步伐，全球化和现代化的进程影响着中国社会生活的方方面面。新时期以来对西方文学的大规模译介，从外部而言，全球化和现代化进程中西方国家的强势因素对此有着重要的影响，但也与本土具体的社会历史文化语境密切相关。新时期初期的启蒙现代者借助当时人们对现代化的集体渴望，"将西方的资本主义叙述为一种中性的、可以以一系列技术参数加以量化的现代性指标，或理解为帕森斯所描述的市场经济、民主政治和个人主义三大特征，从而使这一具体语境中的历史诉求具有了超历史的普遍主义性质"。③ 显然，新时期学人在接受这种普世化的标准的同时，也隐含了这样一种意识：即中国的现代化必须以西方为目标乃至达到目标的途径。而对西方文学而言，也以内容和形式相剥离的方式，通过对

---

① 相关数据可在联合国教科文组织网站（http：//www. unesco. org/xtrans/bsstatexp. aspx? crit1L＝3&-nTyp＝min&-topN＝50&-lg＝0）中查询。

② ［美］艾米莉·阿普特：《全球市场上的翻译》，载陈永国主编《翻译与后现代性》，第267页。

③ 许纪霖、罗岗等：《启蒙的自我瓦解：1990年代以来中国思想文化界重大论争研究》，第9页。

内容进行归化，对形式进行异化的翻译策略，将西方的"文学现代性"等同为某种具有普遍效果的可资借鉴的艺术手法与技巧或者是对某种资本主义生活的批判，从而对中国的文学现代性产生影响。

　　新时期以来，在"文化大革命"中被视为"修正主义文学"的苏联当代文学，以前所未有的规模和气势进入了我国翻译文学的主流，直接促进了我国苏（俄）文学译介的繁荣。"战壕真实"派和"全景图"式的战争小说、"大声疾呼"和"悄声细语"的诗歌、生产题材与道德题材的戏剧，还有纪实文学等，都程度不同地受到了读者的关注与欢迎。过去在苏联受到冷遇、压制或批判的作家如叶赛宁、帕斯捷尔纳克、布尔加科夫、左琴科、普拉东诺夫等人的作品，在中国也受到了普遍的关注，应该说，苏联当代文学现代性的全貌在中国新时期逐渐清晰起来。事实上，自"五四"以来，苏（俄）文学一直是我国翻译文学的重头，据相关统计，1899—1916 年间，俄国文学共译介 21 种，位居第五；1917—1936 年间，苏（俄）文学共译介 425 种，占总数的 22.9%，位居第一；1937—1949 年间，苏（俄）文学共译介 723 种，占总数的 38.27%，位居第一；1950—1979 年间，苏（俄）文学共译介 362 种，占总数的 28.52%，位居第一。[①] 虽然上述统计是以图书译介为统计对象的，与本书对翻译文学期刊的译介篇目的统计不同，但所反映的趋势是大体一致的，因此，在这里还是将其与本书的统计做一番比较。新时期以来，苏（俄）文学的译介虽然没有前几个阶段所占的比率那么高，却也名列前茅，在《世界文学》中位居第四，约占总量的 8.3%，在《外国文艺》中位居第一，约占总量的 17.7%，在《译林》中位居第三，约占总量的 11.9%，若计算总体排名，苏（俄）文学的译介排在了美国、日本之后，位居第三。中国对苏（俄）文学的译介热情，作品本身的文学价值占了重要部分，但更主要的还是意识形态的隐性操控，十月革命的一声炮响，不仅给我们送来了马克思主义，也给我们送来了苏（俄）文学，在 1917 年以后，苏（俄）文学翻译的迅速升温更主要的出于中国革命发展的需求，也就是说出于意识形态的认同，长期以来，苏联一直被认为是中国革命的"导师"、"老大哥"，其所有的一切都是中国学习的对象，包括文学在内。新中国成立以后，虽然

---

　　① 参见王友贵《从数字出发看中外关系、中外文学关系里的翻译关系》，载《外国语》2006 年第 5 期，第 57—62 页。

两国关系有波折，但苏（俄）文学还是毫无异议地占据着翻译总量第一的位置。改革开放之后，虽然更多强调的是向经济发达国家学习，但两国意识形态的相近，以及两国关系的复苏、升温，苏（俄）文学的翻译还是得到了长足的发展，尤其是在新时期初期，思想领域还没有真正解冻，僵化模式依然盛行，在文学、文艺领域依然是以极左思潮为导向，为了使译介内容合法化，不致再遭受可能的政治迫害，译介苏（俄）文学成了承继前一时期文学现代性和意识形态的某种"安全"的通行作法，这也带来了苏（俄）文学译介在新时期初期的迅速繁荣。因此而言，苏（俄）文学在中国的译介除开文学自身的价值外，意识形态的隐性操纵也是一个非常重要的因素。

意识形态对翻译现代性和翻译文学景观塑造的隐性制控的另外一个佐证是日本文学在中国的译介。众所周知，日本文学曾一度成为中国翻译文学的最大输出国，也是中国大量转译域外文学最主要的中介国，但随之不断下滑，1899—1916 年间，日本文学共译介 80 种，排名第三；1917—1936 年间，共译介 140 种，占总量的 7.54%，排名第五；1937—1949 年间，共译介 60 种，占总量的 3.18%，排名第七；1950—1979 年间，共译介 14 种，占总量的 1.1%，排名第八，译介量尚在波兰、匈牙利、捷克等国之后。① 日本文学这种不断下滑，尤其是 1937 年之后更是急剧跌落的态势，其中原委，既非日本文学自身价值的下降，也非国人根本上失去了对日本文学的兴趣，而是由于两国之间的战争以及战争之后两国关系长期的敌视状态所致，在当时全民族抗战的国家叙述中，对日本的亲近动辄会以"汉奸"冠之，国家层面的敌视也导致了两国人民之间的冷漠与隔绝，两国之间的文化、文学交流颇难维系，并进而根本断绝。新时期以来，甚至可以追溯至两国关系正常化（1972 年）以来，两国之间关系隔绝的坚冰被打破，再加上改革开放之初，中国政府从日本引进的大量外资，使得两国之间的关系迅速升温，反映在文学交流领域，就是对日本文学译介的大量增加。在三家翻译文学期刊中，日本文学的译介得到了不约而同的重视，在《世界文学》中，日本文学共译介 529 篇，占总量的 10.8%，位居第三；在《外国文艺》中，共译介 440 篇，占总量的

---

① 参见王友贵《从数字出发看中外关系、中外文学关系里的翻译关系》，载《外国语》2006 年第 5 期，第 59 页。

12.5％，位居第三；在《译林》中，日本文学共译介 329 篇，占总量的 17.1％，位居第二；就总量而言，日本文学在中国的译介量排名第二，仅排在美国之后。不难看出，百年来，日本文学在中国译介态势的变迁，意识形态都是背后制控的无形之手。

奥地利并非经济、政治强国，也与意识形态的认同没多大关系，却在《世界文学》和《译林》两份排名中都进入了前十名，在《世界文学》中，共译介 168 篇，占总量的 3.4％，位居第九，在《译林》中，共译介 38 篇，占总量的 2.0％，同样位居第九。究其原因，主要有两点：其一，与奥地利文学本身的成就相关。且不论里尔克对西方现代诗歌的莫大影响以及卡夫卡在西方现代文学史中的地位，著名奥地利犹太裔作家茨威格（Stefan Zweig），当代知名剧作家、诗人、小说家汉德克（Peter Handke）和获得 2004 年诺贝尔文学奖的女作家耶利内克（Elfriede Jelinek）等也都是灿若明星的名字。其二，与中国新时期文学现代性自身发展的内在需求相关。西方现代派文学契合了新时期中国文学界要求突破单一观念与模式，进行艺术探索与创新的需要与渴望。而我们传统的写法似乎并不能很好地承担反映现代复杂生活的重任，因此有意识地学习西方现代文学的技巧成为我们发展本土文学，刷新传统手法的必由之路。以卡夫卡为代表的西方表现主义文学在新时期之初就被大量引进我国，《世界文学》在 1979 年第 1 期上刊登了卡夫卡的《变形记》，《译林》在 1980 年第 4 期上译介了他的《乡村医生》，《外国文艺》也在 1980 年第 2 期和 1983 年第 4 期上两次刊载了他的短篇小说，这也促使了国人对卡夫卡之外的其余奥地利作家的关注。卡夫卡的作品对新时期的中国作家而言，是"打开了另一个世界"的惊讶，代表了另外一种迥然不同的文学现代性，宗璞就指出，"我从他那里得到的是一种抽象的，或者说是原则性的影响。我吃惊于小说原来可以这样写，更明白文学是创造。何谓创造？即造出前所未有的世界，文学从你笔下开始。而其荒唐变幻，又是绝对的真实。在文革中，许多人不是一觉醒来，就变成牛鬼蛇神了吗？"[①] 她的小说《我是谁》写"文化大革命"期间人变成蛇的异化形态，显然是受到了卡夫卡《变形记》的影响，这种影响的名单还可开列很多，如蒋子丹、余华、格非、残雪等，当然，这种由影响产生的热望反过来又促进了对以卡夫卡为代表的奥地利文

---

① 宗璞：《独创性作家的魅力》，载《外国文学评论》1990 年第 1 期，第 116—117 页。

学、表现主义文学的翻译。

智利文学在《外国文艺》上共译介 87 篇（首），占总量的 2.5%，位居第九，是《外国文艺》上除苏（俄）、日本以外唯一进入前十名的非西方国家。这与新时期中国文坛的"拉美文学热"相关，所谓"拉美文学热"，是 20 世纪 80 年代初期通过对拉丁美洲"文学爆炸"作品的译介，我国一部分作家和读者对加西亚·马尔克斯、巴尔加斯·略萨、博尔赫斯等人的作品产生的浓厚兴趣。这种热潮的引发部分是对魔幻现实主义这种新颖的艺术表现形式加以借鉴的结果，更深层次的原因在于拉美文学提供了一条不同于西方文学的现代性发展道路，其将"拿来"的外国文学经验与本土文化传统相结合的文学现代性发展模式取得了巨大成功，而这种模式也契合了新时期中国文学谋求自身现代性发展的强烈愿望。① 在这种强烈愿望的作用下，拉丁美洲文学作品的译介在我国取得了令人瞩目的成绩，据粗略统计，从 1979 年到 1989 年间，我国共出版了 40 余部"文学爆炸"名家的长篇小说或小说集，报纸杂志上发表了 100 多篇中短篇小说，刊载了 200 多篇评介文章和报道。② 智利是这片大陆的文学大国之一，共有两位作家获得了诺贝尔文学奖。③ 以其作为整个拉美文学的代表而进入《外国文艺》译介量排名的前十之内，也正折射了我国新时期的拉美文学热潮。1998 年第 3 期，《外国文艺》与智利驻华使馆共同策划，以整期的篇幅对智利文学和文艺做了集中的介绍，以前虽也有过对某个国家、某个作家所做的专辑介绍，但占的篇幅并不多，以整期的篇幅集中介绍某个国家的文学状况仅此一例，这对所有喜欢拉美文学的读者、对所有关注拉美文化与文学的学者来说，都是一部重要的文献。这也为我国拉丁美洲文学的译介工作创造了一种新颖的形式，而这一新途径的开拓，标志着我国对拉美文学的译介工作已经发展到了新的水平、新的高度。

罗马尼亚文学在《世界文学》上共译介 198 篇（首），占总量的 4.0%，位居第八。而有一半以上的作品译自同一人——《世界文学》的

---

① 李陀：《要重视拉美文学的发展模式》，载《世界文学》1987 年第 1 期，第 282—287 页。

② 参见刘习良《对"拉美文学热"的反思》。

③ 1945 年，智利诗人加夫列拉·米斯特拉尔因"她那由强烈感情孕育而成的抒情诗，已经使得她的名字成为整个拉丁美洲世界渴求理想的象征"而获奖；1971 年，另一位诗人巴勃鲁·聂鲁达因其"诗歌具有自然力般的作用，复苏了一个大陆的命运与梦想"获奖，成为第二位获奖的智利作家。

编辑高兴之手。作为《世界文学》的编辑（后为副主编），因为自身的兴趣与学术视野，并通过他的倡导与亲身实践，在一定程度上影响刊物乃至整体翻译现代性的风貌，这是无可厚非的，在"五四"时期，鲁迅先生也以自己的实际行动影响了"被压迫民族"文学在当时的译介。我们应该重视这种编辑劳动过程中的编辑主体性，重视编者自身素质能力、知识结构和气质爱好等对精神文化生产与传播的影响。编辑主体性是编辑主体在编辑实践活动中产生和表现出来的本质属性，即编辑主体的自觉能动性、创造性和自主性。① 在编辑工作的选题、组稿、审稿、加工处理、校对、发行、信息反馈等诸环节上都体现了编辑的创造性劳动，都需要发挥编辑的主体意识，换言之，既然编辑主体的创造性、能动性以及个人素质、能力和爱好等都已经渗透到了编辑工作的诸环节中，正视这些因素是怎样影响刊物乃至整个翻译现代性的形态、风貌显得更为重要。当然，编辑的主体意识并不是编辑的主观臆断，自作主张，其也要受到诸如意识形态、社会语境等客观因素的制约，对罗马尼亚文学的译介虽然有编辑的大力提倡，也有承袭新中国成立之后意识形态对东欧文学颇具好感的传统，以及其本国文学的成就使然等原因。

对于表3—3、表3—4、表3—5中的其他国家，能够进入前十的排名自然也各有原因，如意大利、西班牙大体是因为其自身的政治、经济实力；波兰虽没有编辑的个人爱好的原因，却也由于其自身的文学价值，以及承袭新中国成立之后意识形态对东欧文学的好感而作为东欧文学的代表出现在了前十的排名之内；韩国的入选，也是新世纪以来，社会、文化领域"哈韩"思潮在翻译文学中的反映；叙利亚的入选比较偶然，在2004年《译林》第4期上，译介了叙利亚诗人阿杜尼斯的诗歌，多达47短章，而总共译介量只有64篇（首）。

对以上主要国家的文学译介，形成了新时期翻译现代性和翻译文学景观最主要的面貌特征，影响翻译文学景观形成的因素是多方面的，从上述事实中不难看出，除勒菲弗尔认为操纵文学翻译的三种基本力量：意识形态、诗学和赞助人之外，② 事实上，我们还可加入全球市场中语言霸权等

① 何菊玲：《编辑主体性再探》，载《陕西师范大学学报》（哲学社会科学版）2003年第1期，第116—122页。

② See André Lefevere, *Translation, Rewriting and the Manupulation of Literary Fame*.

因素，并且，这些因素以不同的方式与本土的文学现代性诉求纠缠在一起，使得新时期的翻译现代性呈现出极为复杂的形态。

三 纵向考察

此部分对翻译文学期刊进行纵向考察，力图历史地整理和透视新时期文化转型以来翻译现代性及翻译文学期刊译介状况的变迁，并将其与具体的社会文化历史语境结合起来，探寻翻译文学期刊译介旨趣转换的内在原因。在 1978 年至 2008 年的 31 年间，有两个较为明显也是较具意义的时间界限可以将其分为三个阶段，一是 1989 年，不仅因为它是 20 世纪 80 年代的终结，更因为当年的政治事件对中国社会、经济、政治诸方面的重要影响；一是 1999 年，作为 20 世纪的最后一年，1999 年处于一个临界状态之中，旧的世纪、旧的千年即将逝去，新的世纪、新的千年就在眼前，对国人而言，包括中国外国文学界和中国文化界，"21 世纪是属于中国的世纪"这种广为流传的预言或者宣言显然具有十分强烈的心理暗示与心理刺激功用。与此相适应的三个阶段分别是 1978—1989 年为第一阶段，1990—1999 年为第二阶段，2000—2008 年为第三阶段。如果说第一阶段或者说 80 年代的中国是"文化中国"，注重探讨文化意蕴，将文化的命运和中国的命运联系起来，进而将文化中国的命运和整个世界的最新发展联系在一起，那么第二阶段，也就是 90 年代，由于社会的转轨，则全面进入了"经济中国"的时代，[①] 或者换言之，20 世纪 80 年代是"精英文化"的时代，而 90 年代是"大众文化"的时代。进入 2000 年后，市场经济的成熟、全球化的深入，对人们的生活方式、思维方式产生了巨大的影响。从现代性的发展角度而言，如果说 80 年代的启蒙现代性是以整体上肯定西方现代性的"态度同一性"为前提的，而 90 年代以后的现代性，则因为现代性自身的紧张和冲突的结果，在现代性的目标上，设下了多向的路标。[②] 这种现代性诉求与时代文化语境的变迁自然使得翻译文学期刊在不同的历史时期呈现出不同的风貌，以下是对 1978—2008 年翻译文学期刊主要国家和地区文学译介量变迁的统计：

---

① 王岳川：《90 年代文化研究的方法与语境》，载《天津社会科学》1999 年第 4 期，第 80—86 页。

② 参见许纪霖、罗岗等《启蒙的自我瓦解：1990 年代以来中国思想文化界重大论争研究》总论部分，第 1—42 页。

表 3—6　　　　　　　1978—2008 年翻译文学期刊主要国家和
地区译介比率的变迁①

	美国	苏（俄）	英国	法国	德国	日本	加拿大	意大利	东欧	拉美	亚洲	非洲
1978—1989	13.4	13.8	7.2	7.8	7.0	8.6	2.4	3.7	4.6	5.2	4.9	2.8
1990—1999	13.0	9.5	4.6	10.3	5.8	15.6	4.8	1.2	6.1	7.7	4.2	1.1
2000—2008	16.7	13.6	9.1	6.6	5.6	12.8	1.8	0.3	7.6	4.8	9.0	0.8

（一）1978—1989:"打开窗口、了解世界"

"打开窗口、了解世界"是《译林》发刊词的标题，可以作为这一时期翻译文学期刊总的宗旨。曾主编《文化:中国与世界》②丛书的甘阳在 2005 年的一次访谈中，认为 80 年代有三大特征:一是经济改革不在当时知识界的讨论话题之中，而且不在人们的头脑里面，在知识界中没有人谈论经济改革的事;二是以人文科学为主;三是以西学为主，绝对是西学。③ 在抛弃了经济利益的因素，较为纯粹地以人文科学和西学为主的社会、文化语境中，翻译文学和翻译文学期刊足以取得长足的发展，并且能够真正地实践"打开窗口、了解世界"的办刊宗旨。在这一阶段的《世界文学》上，苏联（俄国）文学以 13.8% 的译介量位居第一，美国文学以 13.4% 的译介量排名第二，其他几个主要国家的译介量较为接近。值得注意的是亚洲、非洲、拉丁美洲文学的译介。当然在不同的翻译文学期刊中侧重点也各有不同，为了纪念鲁迅先生，继承他 30 年代创办老《译文》杂志的传统而创办的《世界文学》，也继承了他"发现"弱小民族、被压迫民族文学的做法，对亚洲、非洲许多小国家的文学进行了大量的译介，而这些国家的文学在 1989 年之后甚少有译介。拉美文学在这一阶段的《外国文艺》上得到了较多的译介，几乎涉及了所有拉美国家，并且译介

---

① 在本表的统计中，亚洲是指日本以外的其他亚洲国家;拉美包括了墨西哥、危地马拉、萨尔瓦多、尼加拉瓜、哥斯达黎加、洪都拉斯、巴拿马、古巴、多米尼加共和国、波多黎各、委内瑞拉、哥伦比亚、厄瓜多尔、秘鲁、玻利维亚、巴西、智利、巴拉圭、阿根廷和乌拉圭等国家;东欧是指匈牙利、波兰、捷克、斯洛伐克、罗马尼亚、保加利亚、南斯拉夫、塞尔维亚、克罗地亚、格鲁吉亚、立陶宛、斯洛文尼亚、白俄罗斯等国。

② 一般认为，20 世纪 80 年代影响较大的有三大丛书，一是甘阳主编的《文化:中国与世界》，一是金观涛等人主编的《走向未来》，再有就是汤一介等主编的《中国文化书院》。它们共同参与并构成了 80 年代"文化热"的大潮。

③ 查建英主编:《八十年代:访谈录》，北京:三联书店 2006 年版，第 196 页。

量高达 5.2%，高于同期的加拿大、意大利等国以及东欧、亚洲、非洲等地区。80 年代中期出现的"文化热"浪潮是一个复杂的文化运动，中西文化比较之所以成为这场运动的中心内容，不是因为真的对中西文化发生了认知上的兴趣，而是需要对它们做出价值上的评判，从而为现代化方案的重新设计提供文化上的合法性。也就是说，由于西方文化的大量涌入，出现了一个与本土文化完全不同的参照系，从而促进了对本土文化与外来文化进行评判与选择的困惑，可以说"文化热"当中的儒学复兴论、全盘西化论、西体中用论以及综合运用论等观点都是这种困惑的体现，虽然今天回想起来有颇多值得商榷的地方，但无疑 80 年代"文化热"的浪潮以及它的匆匆结束，已经成为中国历史意识的一部分，并且作为最新形成的思想传统和文化脉络，又强烈影响和制约着今天中国思想和文化的发展。在"文化热"与对"西学"译介的纠葛中，我们需要注意到，在"打开窗户"之后，难免有一些苍蝇、蚊子之类的飞进来，因此在 80 年代后期，翻译文学期刊不得不面临着诸如翻译作品中色情、暴力文学泛滥以及翻译质量下降的困境，而这些，也部分导致了 90 年代翻译文学期刊遭受的清理整顿以及发行量的逐步萎缩。

（二）1990—1999："风中之旗"

"风中之旗"是 1993 年《世界文学》创刊 40 周年读者征文中读者对《世界文学》的评介，[①] 这里，我们不妨将其视为对 90 年代翻译文学期刊生存状况的某种论断。随着市场经济的发展，90 年代的文化形态发生着某些变更，主流文化不再是 80 年代的大一统，自身也发生了适应市场化的转变，成为市场背景下多样化中的一个组成部分，这意味着意识形态及文化话语的构成方式由"硬"性转变为"软"性，加入到了文化的市场之中，试图在选择中依靠其自身的魅力获得新的发展；而以大众文化面貌出现的市场文化借以多种经济手段在市场中迅速提升自己的影响力，并以其消费性、娱乐性颠覆着精英文化的经典性、崇高性；相较而言，曾一度占据文化中心的知识分子文化，或者说精英文化、高雅文化则在 90 年代逐步走向边缘，各种思想性作品和高雅的文艺作品，其流传的范围往往只限于同行之中，或者说狭小的"文化圈"之中。在这种状况下，文学在社会

---

① 程巍：《我看〈世界文学〉：风中之旗》，载《世界文学》1993 年第 5 期，第 298—300 页。

多元系统中的地位下降，翻译文学期刊的发行量逐年萎缩，以"风中之旗"作为翻译文学期刊在这一阶段的一片"媚俗"中的坚守，颇具象征意义。当然，在这之中也不乏亮点，《译林》坚持对西方最近畅销小说的译介，吸引了颇多读者的关注，并从 1997 年开始由季刊改为双月刊，发行量也稳中有升，到 1998 年，已达 10 万册左右。由于 90 年代社会、文化语境的动荡建构，这一时期的翻译文学期刊译介并无太多热点，从表 3—6 中我们不难看出，在这一阶段，相比前一阶段译介比率上升的有法国、日本、加拿大、东欧、拉美等国家和地区，比率有所下降的有苏（俄）、英国、非洲等。日本文学的译介能够高居榜首，与这一时期较多地译介篇幅短小的和歌、俳句有较大关系。拉美文学以 7.7% 的译介量位居这一阶段的第五，达到峰值，这也可从《外国文艺》1998 年第 3 期以整期的篇幅刊发"智利文学专辑"见出些许端倪。苏（俄）文学从前一阶段的 13.8% 下降到 9.5%，跌幅较大，究其原因，大体在于苏联解体所带来的某种冲击以及前一阶段译介量甚大而出现的相对平静期。非洲文学从前一阶段的 2.8% 下降到这一阶段的 1.1%，一些在前一阶段有较多译介作品的非洲国家在这一阶段篇目寥寥无几。对亚洲文学而言，这一阶段的译介对象也从被压迫的弱小民族身上有所转移，更主要的集中在了韩国、以色列等新建立外交关系的国家身上，显示出这种译介旨趣的转移与此一阶段的社会、文化语境的关联颇深。

（三）2000—2008：走向小众的翻译文学期刊

经过了 80 年代的试探和探索，度过了改革开放初期的阶段，90 年代进入了一个全球化和市场化的"前期"，其文化已经具有了市场化和全球化的初步特性，乃是传统的计划经济为中心的文化系统正在经历转变的"过渡性"阶段，2000 年以后，这一过渡性阶段趋于完成。进入 21 世纪的文化显然已经具有了不同于 90 年代和 80 年代文化的新的特质和表征，一种"新世纪文化"形态已经隐然成形。① 在这样一种文化形态的形成过程中，全球化与网络发挥着重要的作用，进入 2000 年之后的全球化并非仅仅是发生在遥远的地方，与个人生活无关的"在那边"的东西，而是已经成了切切实实的"在这里"的现象，全球化的力量已经影响到了我们的

---

① 张颐武：《新美学、新大众——"新世纪文化"的形态》，载《文艺争鸣》2003 年第 5 期，第 7—8 页。

社区、我们的家庭，我们的个人生活因此不可避免地发生了改变。网络的发展为人们提供了新的交流方式与信息平台，网络业已成为人们生活的一部分，成为人们的生活方式之一。面对全球化与大众文化的巨大影响，某种"小"的风潮在 2003 年后逐渐进入了人们的视野，作为一种经济思想，我们可以将其追溯到"20/80 原则"、《小的是美好的》①、《第三次浪潮》②，以及"蓝海战略"、"长尾理论"等，在这些思想中，小众被赋予了极为重要的地位，被认为是未来市场的潜力所在。这种思想对翻译文学期刊的一大启示就是与其办大家都不喜欢看的刊物，不如办少部分人喜欢看的刊物，也就是说不再是面向广大的、不确定的受众进行大量的传播即大众化传播，而是根据受众的需求的差异性，面向特定的受众群体的某种特定需求，提供特定的信息与服务。信息传播不再是面向大众，而是找到直接针对目标客户的分众传媒，将信息准确地传达到目标客户群体中。由此，我们看到，《世界文学》在新世纪之初就力倡译介作品的"经典性"，而《译林》也一再强调其作品的"可读性"，正是强化自身读者认同的某种策略。

纵观这三个时期的作品译介，我们还可看出另外一些比较有趣的东西：其一，无论在哪个阶段，翻译现代性始终是以西方文学为主导的，美、英、德、法几个主要西方国家一直占据着重要的地位，而且有愈发集中的趋势，这种比率从第一阶段的 35.4%、第二阶段的 33.7%，跃升到第三阶段的 38.1%，而加拿大和意大利两国文学作品的译介也从第一阶段的 2.4%、3.7% 分别跌到了 1.8% 和 0.3%，这种变迁一定程度上也意味着随着对现代性理解的深入，人们关注的焦点也越来越趋向现代性的内部，毕竟美、英、德、法这几个国家是现代知识最为主要的生产地。其二，对东欧、拉美和亚洲等非西方地区文学的关注上升，在第三阶段，对东欧和亚洲文学的翻译甚至超过了对德国文学的翻译，这也昭示着某种多元现代性局面的深化。

通过以上的分析，我们可以看出翻译文学景观的某些最为基本的特征，并且认为影响翻译文学景观形成的原因是多方面的，包括意识形态、

---

① 〔英〕E.F. 舒马赫：《小的是美好的》，虞鸿钧、郑关林译，北京：商务印书馆 1984 年版。

② 〔美〕阿尔文·托夫勒：《第三次浪潮》，朱志火等译，北京：三联书店 1983 年版。

诗学、赞助人、语言霸权等因素，并且，这些因素以不同的方式与本土的文学现代性诉求纠缠在一起，使得新时期的翻译现代性呈现出极为复杂的形态，共同建构了中国学人获得对自身文学现代性深刻了解的本土社会条件，从而成为我们在接下来的章节中进行深入分析的现实基础。

第二节　新时期翻译文学期刊：中国
视野中的世界文学景观

　　墨西哥著名作家富恩提斯（Carlos Fuentes）在第一次遇见米兰·昆德拉（Milan Kundera）的时候，被问及了一个几乎不需要回答的问题："你读过卡夫卡吗？"富恩提斯自信地予以了肯定的回答，不仅因为他的确读过，还因为他必须读过。但是，富恩提斯的自信并没有打断昆德拉的质疑，"你是用什么语言读的？"昆德拉明知故问。这时候的富恩提斯略显尴尬了，因为这是一个几乎回答不了的问题，除了唯一的标准答案以外，其他的所有回答都不可避免地将回答者胁迫到无地自容的境况之中，这种境况炫耀了源语文学的高贵，将译本置于了从属或奴仆的位置，当然，这是一种古老的偏见与傲慢，昆德拉正是以此对富恩提斯表示了鄙夷："这么说，你没有读过卡夫卡。"这结论中的第二人称可以理解为复数，它将不懂德语的阅读者一网打尽，几乎网罗了所有的中国作家和读者。① 或许这也是德国汉学家顾彬"炮轰"中国当代作家不懂外语的真正原因所在。

　　中国作家与读者主要是通过翻译文学了解外国文学、世界文学的。在中国的现、当代文学史上，尤其是当代，外国文学的直接影响，诸如中外作家的直接交往，或是中国作家因出国或留学而受到外国文学的熏陶，或是因对外国文学的摹仿转而影响国内的文学创作的，那还是少数。无论是歌德、拜伦、雪莱，或是巴尔扎克、福楼拜、雨果，或是普希金、果戈理、屠格涅夫、托尔斯泰，他们之所以能对中国文学产生巨大的影响，他们之所以能在广大中国读者的心目中占据重要的地位，主要地，而且在绝大多数情况下完全是由于他们作品的译本。现代诗人辛笛在回顾自己的文学生涯时曾这样说："他（指鲁迅）的译品，从他和弟弟作人合译的《域

---

① 参见薛忆沩《谁读过卡夫卡？》，载《南方周末》2007年9月20日，D24版。

外小说集》起，也是大多都看了一遍。通过他们和郭沫若、沈雁冰等人的译文，我看了不少日本、旧俄以及东欧等国家的作品。"① 当代作家孙甘露也承认："无须讳言，包括我本人在内的许多人深受西方文学的影响，而这种影响主要是通过中文译本获得的。"② 翻译文学规定着人们阅读的范围与阅读的方式，事实上营造了中国作家、中国读者视野中的外国文学与世界文学景观，查明建曾指出："在 20 世纪大部分时间内，对大部分中国作家来说，世界文学语境实际上是根据中国的文学文化需要作了选择、剔除的一种自我选择的'中国化'的语境，即翻译文学营造的世界文学语境，它与自在状态的世界文学语境在广度上要狭小。"③ 而翻译文学期刊以其周期的快与相对的持续性、思想的新与阵容的相对集中性，以及信息的多并能容纳一定的学术深度，在这样一个对世界文学景观的建构过程中发挥着重要的作用。

　　这种现象不独在中国如此，在世界各国都很普遍。一个众所周知的事实是拜伦受到了歌德《浮士德》的巨大影响，但人们却往往忽略拜伦根本不懂德文，他是通过斯塔尔夫人对《浮士德》一剧中最主要的几幕的法文翻译以及对该剧的剧情简介了解《浮士德》的。普希金的情况也如此相仿，他对拜伦甚为推崇，但他却不懂英文，只是通过拜伦作品的法译本才领略到拜伦诗歌真谛的。时至今日，文学早已跨出了国界，越来越多的文学经典作品以译作的形式在世界各国存在、传播，并被认识、被阅读、被研究。正如埃斯卡尔皮《文学社会学》所指出的，翻译把作品置于一个完全没有料到的语言参照体系里，它赋予作品一个崭新的面貌，使之能与更广泛的读者进行一次崭新的文学交流，它不仅延长了作品的生命，而且又赋予了其第二次的生命。④ 反过来说，翻译对目的语文学有着重大的影响，翻译文学事实上建构着民族视野中的世界文学景观。那么，翻译文学何以成为，又怎样成为民族视野中事实上的"世界文学"景观呢？这里需要对"世界文学"概念的发生与发展做一个大致的追溯，并将其与"民族文学"或是"文学的民族性"概念进行对比，力图找到翻译文学、民族文学、世界文学三者之间内在的联系与区别。

　　① 辛笛：《我和外国文学》，载《中国比较文学》1985 年第 2 期，第 167—170 页。

　　② 孙甘露：《译与翻》，第 66 页。

　　③ 查明建：《从互文性角度重新审视 20 世纪中外文学关系：兼论影响研究》，第 41 页。

　　④ ［法］罗贝尔·埃斯卡尔皮：《文学社会学》，第 136 页。

　　文学的世界性,从启蒙时代就为人们所认识到了。伏尔泰在《论史诗》中曾指出:"难道没有为所有民族共同接受的关于鉴赏趣味的标准吗?毫无疑问,这样的准则是有很多的。自从文艺复兴以来(当时古代作家被公认为创作典范),荷马,德谟斯梯尼,维吉尔,西塞罗等在某种程度上已将所有的欧洲人联合起来置于他们的支配之下,并为所有各民族创造了一个统一的文艺共和国。"① 伏尔泰虽然论及的只是欧洲文学,其实启蒙思想家早已经超出了欧洲,对东方的哲学与文化产生了浓烈的兴趣,中国、印度、阿拉伯的文化当时已经传入欧洲,并受到高度赞赏与欢迎。由此,启蒙主义者相信文学世界性的可能性,相信人类终将建立一个"统一的文艺共和国"。

　　"世界文学"的概念是由歌德首先提出的,1827 年,歌德在谈论中国文学时说:"我愈来愈深信,诗是人类的共同财产。……我喜欢环视四周的外国民族情况,我也劝每个人都这么办。民族文学在现代算不了很大的一回事,世界文学的时代已快来临了。"② 之后不久,歌德又谈到"人们处处都可以听到和读到,人类在阔步前进,世界关系以及人的关系前景更为广阔。不管总体上这具有什么样的特性,而且研究和进一步界定这一整体也不是我的职务,但我仍然愿意从我这方面提醒我的朋友们注意,一种世界文学正在形成,我们德国人在其中可以扮演光荣的角色"。③ 歌德是针对当时有些诗人偏狭的民族主义文学观提出的,并且其所理解的中国"一切都比我们这里更明朗,更纯洁,也更合乎道德"难免有想象的成分,但并不影响这一观点的前瞻性,按照他的意思,世界文学应该排除狭隘的民族局限性的框架,把历史发展各阶段由各民族创造的最珍贵的东西都包含到世界文学中去。歌德对世界文学的阐述,是以"一个以全人类为同胞、以世界为祖国的胸怀博大的人道主义者,一个事实上的世界公民"的身份,寄期望于作为人类共同财产的诗歌(文学)去消除各个民族之间的隔阂,当然这"并不意味着要求各民族思想变得一致",而是"让不同的

---

　　① [法]伏尔泰:《论史诗》,载伍蠡甫主编《西方文论选》上卷,上海:上海译文出版社1988 年版,第 330 页。

　　② [德]爱克曼辑录:《歌德谈话录》,朱光潜译,北京:人民文学出版社 1978 年版,第113 页。

　　③ [德]歌德:《论文学艺术》,范大灿等译,上海:上海人民出版社 2005 年版,第378 页。

个人和不同的民族保持自己的特点"。① 也正如朱光潜所说："歌德对于世界文学的主张是辩证的：他一方面欢迎世界文学的到来，另一方面又强调各民族文学必须保存它的特点。……世界文学愈能吸收各民族文学的特点，它也就会愈丰富，不应为一般而牺牲特殊。"②

如果说歌德的"世界文学"概念尚是一个模糊的理念的话，马克思、恩格斯则对世界文学的形成与发展的原因作出了准确透彻的阐述，他们在1848 年发表的《共产党宣言》中指出："资产阶级，由于开拓了世界市场，使一切国家的生产和消费都成为世界性的了……过去那种地方的和民族的自给自足和闭关自守状态，被各民族的各方面的互相往来和各方面的互相依赖所代替了。各民族的精神产品成了公共的财产。民族的片面性和局限性日益成为不可能，于是由许多民族的和地方的文学形成了一个世界的文学。"③ 马克思、恩格斯的"世界文学"概念是在"世界历史"、"世界市场"、"世界贸易"、"世界经济"等基础上形成的，资本主义所要求自由贸易和世界市场打破了民族国家自给自足、闭关自守的藩篱，各民族在物质生产和精神文化等领域的相互往来和相互依赖大大加强，"世界文学"正是在这样一种大背景下得以形成和发展的，并与"世界历史"、"世界市场"、"世界贸易"、"世界经济"等概念相联系。在这里，马克思和恩格斯似乎将"世界文学"想象成是由无数的民族的和地方的文学而"形成"的一个新的共同体，其中原先的"片面性和局限性"、原先的"民族性"身份被克服，而拥有一个新的共同的"世界文学"身份。但正如柏拉威尔所说："《共产党宣言》并没有充分估计到对它所发觉的这种倾向的反抗：民族的对立和分歧并没有像生产和商业的逻辑似乎暗示的那样迅速而普遍地消灭。实际上马克思已开始认识到了这一点，并且在他的晚年，对于过低估计民族感情威力的所谓追随者，始终抱着敬而远之的态度。"④ 确实，马克思后来意识到了这点，在 1866 年，就嘲笑过那些把民族、国家视为早已"过时的偏见"的第一国际总委员会的法国代表。

比较文学的研究者对"世界文学"予以了推进，在"世界文学"的基

① 杨武能：《歌德与中国》，北京：三联书店1991 年版，第 77、81—83 页。
② 朱光潜：《西方美学史》，北京：人民文学出版社1979 年版，第 434—435 页。
③ 《马克思恩格斯选集》第一卷，北京：人民出版社1972 年版，第 254—255 页。
④ ［英］柏拉威尔：《马克思和世界文学》，梅绍武等译，北京：三联书店1980 年版，第194 页。

础上发展出"总体文学"①的概念，并将"世界文学"或"总体文学"视为比较文学的学科目标。法国学者保罗·梵·第根（P. Van Tieghem）将"国别文学"、"比较文学"与"总体文学"次第展开："国别文学"研究一国之内的文学现象，研究国家内部的文学问题；"比较文学"则关注国家之间的文学关系，是两种成分之间的二元关系，不管这两种成分是两部作品，还是两个作家，等等；而"总体文学"则阐释各国文学的共同发展的问题，是对许多国家文学所共有的事实的探讨。梵·第根明确指出："总体文学是与国别文学以及比较文学有别的。这是关于文学本身的美学上的或心理学上的研究，和文学之史的发展是无关的。'总体'文学史也不就是'世界'文学史。它只要站在一个相当宽大的国际的观点上，便可以研究那些最短的时期中的最有限制的命题。这是空间的伸展，又可以说是地理上的扩张——这是它的特点。"并由此认为"总体文学是比较文学的一种自然的展开和一种必要的补充"。② 梵·第根所提出的"总体文学"概念在比较文学界内部引起了争议，法国学者基亚（Marius—Fracois Guyard）指出："人们曾想——现在还有人想——把比较文学研究发展成一种'总体文学'，研究'为几种文学所共有的事实'（梵·第根语），不管这些事实之间存在着从属关系还是纯粹的巧合。为了纪念歌德创造了Weltliteratur（世界文学）这个词，人们也试图写出一部'世界文学'，目的是汇编'人们共同喜爱的作品大全'（A. 盖拉尔语）。1951年，这两种雄心壮志对大多数法国的比较文学研究人员来说似乎都是空想和无益的。"基亚等人觉得梵·第根将比较文学的范围拓展得太宽了，因为在他们看来，凡是不存在关系——人与作品的关系、著作与接受环境的关系、一个国家与一个旅行者的关系——的地方，也就是没有事实联系或影响的情况下，比较文学的领域就该停止了。美国学者雷迈克（Henry Remak）也对梵·第根的"总体文学"理论提出了质疑，认为把比较文学这个名称局限于两国之间的比较研究，而把涉及两国以上的研究留给总体文学，失

---

　　① 韦勒克和沃伦指出了"总体文学"的另外一层意义："它原是用来指诗学或者文学理论和原则。在近几十年里，梵·第根（P. Van Tieghem）想把它拿来表示一个与'比较文学'形成对照的特殊概念。"（［美］勒内·韦勒克、奥斯汀·沃伦：《文学理论》，刘象愚等译，南京：江苏教育出版社2005年版，第44页）这里主要就"总体文学"与"世界文学"的相似层面来使用"总体文学"的概念。

　　② ［法］保罗·梵·第根：《比较文学论》，戴望舒译，载干永昌等编选《比较文学研究译文集》，上海：上海译文出版社1985年版，第68—69页。

之武断和刻板了，他质问道："为什么理查逊和卢梭之间的比较算作比较文学，而理查逊、卢梭和歌德之间的比较却属于总体文学呢?"难道"'比较文学'这个名称不足以包括涉及无论多少国家文学的综合研究吗?"于是他主张尽可能避免使用"总体文学"的名称，而视不同的情况以"比较文学"、"世界文学"、"翻译文学"、"文学理论"、"文学结构"，甚至"文学"取代之。① 韦勒克（René Wellek）认为，把"比较文学"与"总体文学"区分开来的做法既无理论依据，又难以实现，并有将比较文学研究堕落成为只关注两国文学之间的"贸易交往"，只研究文学创作中的"鸡零狗碎"的东西的危险，② 为了避免这种危险，他认为"'比较文学'和'总体文学'不可避免地会合而为一"。③

　　法国学者和美国学者关于"世界文学"、"总体文学"和"比较文学"的论争，实际上是对比较文学学科定位与性质、方向与目标的学派争执，基亚等人以比较文学法国学派的事实影响为出发点，对"总体文学"和"世界文学"的实际上的否定也只是为了维护法国学派的实证研究方法；而韦勒克等人针对法国学派只注重事实影响，而忽视文本美学价值的问题，提倡"平行研究"的方法，将比较文学的学科重心从来源和影响、原因和结果的事实考据转向对文学本质、各民族文学共同规律的探寻。在"教堂山会议"近十年之后，在论争的双方都能心平气和地总结各自的得失之时，法国学者艾金伯勒（René Etiemble）和美国学者勃洛克（Haskell M. Block）作为双方总结的代表人物，我们似乎能够在他们身上找到更多的共同之处，"实在令人惊奇的是，艾金伯勒和勃洛克似乎都下结论，说总体文学这个名称使学者们得以解脱，去进行更深入的研究"。④ 艾金伯勒说道：

　　　　和让—玛丽·伽列一样，我相信，鉴于比较文学目前还处于童年时期，它还不能加入到歌德的"世界文学"或美国的"总体文学"当

① ［美］雷迈克：《比较文学的定义和功能》，金国嘉译，载干永昌等编选《比较文学研究译文集》，第221—223页。

② ［美］韦勒克：《比较文学的名称与性质》，黄源深译，载干永昌等编选《比较文学研究译文集》，第142—143页。

③ ［美］勒内·韦勒克、奥斯汀·沃伦：《文学理论》，第44页。

④ ［美］罗伯特·克莱门茨：《比较文学的渊源和定义》，黄源深译，载干永昌等编选《比较文学研究译文集》，第237页。

中去，事实上也不能加入到苏联的那个"世界文学"中去（我的苏联同行阿尼西莫夫最近告诉我说，莫斯科科学院正在编写一部"世界文学"史）。但我确信，它一定会将我们引向这种世界文学。我赞成雷内·韦勒克的意见：除非历史研究（法国和苏联学者有理由重视它）的根本目的是使我们最终能来谈论文学，甚至总体文学、美学、修辞学，否则，比较文学注定会长时期完成不了自己的使命。德·多尔（Guillermo de Torre）的疑虑是有充分理由的，他感到奇怪，在当今的所有学科中，跟歌德说"世界文学"时设想极相符合的那门学科怎么会不是比较文学呢。由于"总体文学"暗示出一般性，也就是近似的观念，这个提法让那些注重细枝末节的历史学者望而生畏；这一点是可以理解的。但当巴达庸反对这一提法时，谁又会对他这种相似的顾虑感到费解呢？他写道："比较不过是我们称之为比较文学的那门学科的方法之一，而这个名称是相当词不达意的。我常常私下里想，总体文学是个较好一些的提法，而我马上就意识到采用这个新名称会带来一些弊病，它会使人们只顾到一般原则，而不再去考虑那些活生生的作品之间的具体关系了。"①

艾金伯勒相信比较文学终将走向世界文学，并且相信比较文学实际上就是总体文学，虽然总体文学的提法也有种种弊端。勃洛克对艾金伯勒观点表示了支持："正当国别文学研究日益紧缩，人为地孤立于西方世界的重大思潮与表达形式之外的时候，比较文学观点曾把一种世界主义态度带给境内外的文学研究。"并且希望"赫福德的'国际文学'概念能被普遍接受，因为这个概念强调的与其说是一种学科的内容，不如说是一种前景。我不认为比较文学在本身之外还包含一种归它独有的、特殊的研究内容，因此我乐意认为，所有治文学的学者，只要他们的工作完成得好，都必然是比较文学家"。② 不难看出，两者似乎都有意回到歌德意义上的"世界文学"，即将"世界文学"、"总体文学"视为一种理想，而这种理想也成为比较文学的学科目标。

---

① ［法］艾金伯勒：《比较文学的目的，方法，规划》，戴耘译，载干永昌等编选《比较文学研究译文集》，第99—100页。

② ［美］勃洛克：《比较文学的新动向》，施康强译，载干永昌等编选《比较文学研究译文集》，第191、196页。

正是在这个意义上，我们需要回顾并强调比较文学学者洛里哀（Frédéric Loliée）、韦勒克等人对"世界文学"和"总体文学"的论述，这些论述和上面的观点共同论证了在比较文学研究框架下，"世界文学"和"总体文学"是如何成为这门学科远景目标的。法国比较文学家洛里哀指出："因各民族接触愈密的结果，向来各国所具的特性必将渐归消灭……一切文学上之民族的特质也都将成为历史上的东西了。总之，世界主义和国际主义将成为世界思想的生命，各民族将不复维持他们的传统。"① 韦勒克则指出："无论全球文学史这个概念会碰到什么困难，重要的是把文学看作一个整体，并且不考虑各民族语言上的差别，去探索文学的发生和发展。提出'比较文学'或者'总体文学'或者单单是'文学'的一个重要理由是因为自成一体的民族文学这个概念有明显的谬误。"② 洛里哀与韦勒克关于"世界文学"的观点在一定程度上都有忽视民族性的倾向，事实上随着异质文化了解渠道的扩大、文化交往的增多，并不必然导致文化、文学的融合，在今天，异质文化间的相互排斥、相互冲突现象还极为普遍，民族文化、民族性并未随着全球化的发展而消亡。在笔者看来，上述所有争论中，关于"世界文学"的概念最少具有三个层面的意义，③ 而在任何一个层面上，"世界文学"都是以"民族文学"为基础的，都是与具体的、历史的社会文化语境相联系的，而这也应该成为我们思考"世界文学"的一个逻辑起点。

"世界文学"第一层面的意义是指在宏观意义上全面地、综合地、整体地指称全球所有国家的文学。这个层面的"世界文学"是外延与内涵在量上的总体性集合，是一个被放大了的、总体的"大文学"概念，"似乎含有应该去研究从新西兰到冰岛的世界五大洲的文学这个意思"。④ 这个总体性集合的问题在于，它太过于庞大了：首先，任何语言天才也不可能掌握甚至精通包括汉语、英语、西班牙语、印第安语等在内的全世界所有语言；其次，即使他掌握了所有语言，也不可能阅读所有的作品。艾金伯勒曾经在1966年国际比较文学协会第四届年会上算过一笔账：假设人寿

---

① ［法］洛里哀：《比较文学史》，傅东华译，上海：上海书店1989年版，第352页。
② ［美］勒内·韦勒克、奥斯汀·沃伦：《文学理论》，第44页。
③ 这里参考了韦勒克和沃伦论及"世界文学"时的相关划分（［美］勒内·韦勒克、奥斯汀·沃伦：《文学理论》，第43—44页）。
④ ［美］勒内·韦勒克、奥斯汀·沃伦：《文学理论》，第43页。

命中有意识的时间是 50 年，也就是说 18262 天，即使一天能读完一本书（当然你不可能一天读完《约翰·克利斯朵夫》，也不可能一天读完《红楼梦》），那你穷其一生也只不过读了 18262 本书而已，相比较全世界的文学作品总量而然，18262 本书只不过是九牛一毛罢了。① 这个层面的"世界文学"也内在地含有写出一部全球文学史的愿望，即通过对许多国家的文学思潮、流派、运动、作家、作品的评述写出的一部世界文学史，但即使如韦勒克所言不去考虑各民族语言上的差别，以何种历史意识来写作这样一部文学史也是另外一个问题，历史意识也总是和具体的社会文化语境以及特定的意识形态相联系，不可能产生一部完全客观的世界文学史。

　　在第二种层面上，"世界文学"在外延与内涵上缩小至全人类文学史上获取世界性声誉的第一流、顶级作家的作品，亦即"伟大的"、"经典的"作品，如《神曲》、《哈姆雷特》、《浮士德》、《红楼梦》、《吉檀迦利》、《源氏物语》等，也可包括获得极高评价的当代作家的作品，如《尤利西斯》、《罪与罚》、《百年孤独》等。的确，这些经由时间而证明其伟大的作品感染着不同国度、不同民族的一代又一代的阅读者与研究者，它们的灿烂辉煌不仅属于哺育他们的民族和国家，也是属于全人类、全世界的共同文学遗产，因此这些作品是"世界文学"。雷迈克认为这个层面的"世界文学"是一个"切实可用"②的名称，但事实并非如此。即使布鲁姆等人坚持经典具有某种超越阶级、性别和种族的美学标准，但任何经典的形成都难免受到决策集团的社会地位及意识形态等因素的影响，还会因为社会、文化语境的变迁而对经典进行"修正"，并且这种"世界文学"难以克服某种"欧洲中心主义"，赛义德就曾指出："歌德的世界文学思想——一种在'伟大的书'和全部世界文学之间模糊的综合物观念——对于 20 世纪初的专业比较文学家来说是很重要的。但是，尽管如此，像我说的那样，就文学与文化的实际意义与意识形态而论，欧洲还是起到了领路的作用并且是兴趣所在。"③ 由于各种社会思潮的共同作用，20 世纪 90 年代以来，世界文学选集的范围发生了明显的变化，入选的作品大为扩大，收入了不少非西方的文学作品，一些女性作家的作品也被纳入其中，这表明世

---

① 参见张弘《比较文学的理论与实践》，上海：华东师范大学出版社 2004 年版，第 24 页。
② ［美］雷迈克：《比较文学的定义和功能》，第 223 页。
③ ［美］爱德华·W. 赛义德：《文化与帝国主义》，李琨译，北京：三联书店 2003 年版，第 59 页。

界文学领域的拓宽，也表明这个层面的"世界文学"所指事实上处于不断变化的动态过程当中，很难说是"切实可用"的。

　　"世界文学"第三层面的意义是指一种文学理想，是歌德所憧憬的"世界文学的时代已快来临"，"每个人都应该出力促使它早日来临"的充盈着乐观的普世主义的文学大同世界。韦勒克是这样理解歌德的世界文学理想的，"他用'世界文学'这个名称是期望有朝一日各国文学都将合而为一。这是一种要把各民族文学统一起来成为一个伟大的综合体的理想，而每个民族都将在这样一个全球性的大合奏中演奏自己的声部"。韦勒克同时也指出这只不过是一个非常遥远的理想，没有任何一个民族愿意放弃自己的个性，在今天，我们可能离这样一个理想更加遥远了，并且，事实可以证明，我们甚至不会认真地希望各个民族文学之间的差异消失。① 的确，今天的社会比起歌德时代来文化与文学的交流途径更为多样，也更为方便，经济发展的逻辑并没有理所当然地导致民族和国家的消亡，反而在全球化的今天，民族间的文化冲突反而愈演愈烈，成为当今世界"最普遍的、重要的和危险的冲突"。② 亨廷顿的这种看法虽然有将冲突扩大化乃至绝对化的嫌疑，然而，他无疑也揭示出了基于民族传统、心理、宗教的民族文化差异是当今社会普遍存在的事实，而文化冲突正是这种差异的极端表现。"世界文学"理想在这种文化冲突盛行的社会中不可能成为现实，人们不可能创造出某种跨越民族环境能够诉诸所有人的、具有普遍意义的作品，而只有某种"和而不同"的理念才是人类文学、人类文化的发展走向。

　　综上所述，在任何一个层面上，"世界文学"都不可能成为一个客观的、有效的和现实的存在。那么，我们怎样在民族文学或国别文学的基础上，在具体的、历史的社会、文化语境中来理解"世界文学"的概念呢？苏联学者的历史比较文艺学研究为我们提供了一条思路，苏联学者聂乌帕科耶娃在《美国比较文学的方法论及其与反动社会学和反动美学的联系》一文中对韦勒克的"总体文学"概念提出了批评，她认为在韦勒克的论述中，"世界文学过程中的实际的、民族性的具体内容以及每一民族对这一

---

① 〔美〕勒内·韦勒克、奥斯汀·沃伦：《文学理论》，第43页。
② 〔美〕塞缪尔·亨廷顿：《文明的冲突与世界秩序的重建》，周琪等译，北京：新华出版社2002年版，第7页。

过程所作的特有贡献已从研究者的视野中消失了。不只如此，通过独特的千差万别而又相互影响的民族形式所进行的艺术思维的发展，这一概念本身在上述这种观念里未予注意，这样，文学的全部历史就成了一处封闭性的运动，重复着同样一些思想、题材和形象，后者被看成在哲学上是'同义的'，或者是普遍通用的"。① 聂乌帕科耶娃对韦勒克的批评过于绝对化了，并且意识形态色彩也很浓重，韦勒克也曾撰文反驳说对他的批评都是基于"设想"，而这些设想都是与事实不相符的。② 但聂乌帕科耶娃无疑也提出了"世界文学"中一个非常重要的问题，即"非民族化"的问题，且不论上述法国学者洛里哀的论述，事实上在我们学界也有很多人持同样的看法，甚至可以说是一种流行的观点，这种观点将文学间的民族特色完全予以抹杀，将每一民族对于世界文学、艺术的独特贡献不加分辨地融合在了某种人为构造的全球文学之中，这种观点显然是与当下的事实不相符的，即使作为一种理想也是难以实现的，因此苏联学者日尔蒙斯基指出："对历史的发展，整个历史过程的（因而也是文学的）规律性和共同性的法则的马克思主义的理解，使得不仅是世界通史，而且还有世界文学史的真正历史的体系成为可能。这种体系应该依靠文学的比较研究，它既估计到文学发展的平行现象和由此引起的文学之间的合乎规律性的历史类比的相似，也考虑到由其制约的国际性的文学相互影响。"③ 日尔蒙斯基主张的是一种对文学进行历史比较研究的方法，并认为只有以此为基础，"世界文学"才成为可能，而比较文学是通达这种可能的桥梁与通途。苏联学者这种历史比较文艺学的方法似乎将"世界文学"置于了一个较为坚实的基础之上，却也因为某些意识形态的因素而对美国学者的见解抱有偏见。

詹姆逊给我们提供了另外一条思路，他认为歌德心目中的世界文学并不意味着创作某种具有普遍意义的作品，从而跨越民族环境去诉诸所有的人，而"指的是知识界网络本身，指的是思想、理论的相互关联的新的模式"，这种新的模式要求我们以一种新的更加理性的、实事求是的态度去

---

① ［苏联］聂乌帕科耶娃：《美国比较文学的方法论及其与反动社会学和反动美学的联系》，童宪刚译，载干永昌等编选《比较文学研究译文集》，第 337 页。

② ［美］韦勒克：《今日之比较文学》，黄源深译，载干永昌等编选《比较文学研究译文集》，第 166 页。

③ ［苏联］日尔蒙斯基：《对文学进行历史比较研究的可能》，倪蕊琴译，载干永昌等编选《比较文学研究译文集》，第 298—299 页。

面对异域的文化与文学，要求我们在了解异域文学或其他环境里发生的思想、审美事件时，也必须深入理解造成这些事件的环境本身，并不是把文化活动从它们各自的语境中孤立出来，投入到"绝对"的领域中去。这种新的模式也要求我们探索一些更加复杂的方式来处理我们的研究对象，并把这些对象在不同语境中的特定的价值、意义和特权预先考虑在我们的处理之中。或许正如歌德自己所说的：问题并不在于各民族都应按照一个方式去思想，而在于他们应该互相认识，互相了解；假如他们不肯互相喜爱，至少也要学会互相宽容。由此，詹姆逊认为"'世界文学'的含义是积极地介入和贯穿每一个民族语境，它意味着当我们同别国知识分子交谈时，本地知识分子和国外知识分子不过是不同的民族环境或民族文化之间的接触和交流的媒介"。① 詹姆逊的观点是极具启发意义的，也是切实可行的，并非只是一种理想或希望，但他也仅指精神生活领域。

更具体而言，"世界文学"是一种"流通模式"，一种"阅读模式"。② 一部作品要成为世界文学，需要经历两个程序，首先是要作为文学作品来阅读，其次是要流通到跨语言和跨文化的更大的语境中，也就是本书所说的"文本旅行"，只有在全世界流通、享有世界声誉的作品才可能成为"世界文学"。将"世界文学"视为一种流通模式，已经内在地考虑到了"世界文学"是对民族文学的全面折射，其本身也是在不同的文化中以不同的方式形成的，不应脱离具体的民族文学和具体的社会、文化语境来谈"世界文学"。"世界文学"还意味着一种阅读模式，世界文学作品来源于不同的国家和地区，有着不同的历史和文化背景，翻译为我们提供了阅读的可能，由此，我们可以理直气壮地回答："我读过卡夫卡。"当然，为了进行更为有效的阅读，读者应了解作品的源语文化语境，尽可能地避免将本国的文学价值标准强加于外国文学作品之上。由此可见，作为一种流通模式和阅读模式的"世界文学"代表了一种跨越时空界限的与世界各国文学进行交流的方式，它有助于我们进入异域作者所生活的世界并在作品中与他国文学、文化进行有效的沟通与交流。

我们还需注意到，不管在"世界文学"的流通模式还是阅读模式中，

---

① ［美］詹明信：《晚期资本主义的文化逻辑》，张旭东编，陈清侨等译，北京：三联书店2003年版，第47页。

② See David Damrosch, *What is World Literature*. Princeton：Princeton University Press. 2003. p. 281.

翻译都发挥着重要的作用，在流通模式下，翻译能使作品跨越多种界限，在尽可能多的人群中传播，这是使作品成为世界文学的有效途径，而世界文学正是从翻译中获益。在阅读模式下，可以说绝大多数人阅读的都是世界文学经典作品的译本，它让我们克服了自身语言的障碍，去接触广泛的世界各国、各民族的优秀文学成果。因此，我们可以说，世界经典文学作品的译本——也就是目的语的翻译文学成为事实上的民族视野下的世界文学景观。翻译文学的这种实体的"世界文学"性质要求世界文学研究应更多、更积极地将翻译问题纳入其研究的视野中来。J. 希利斯·米勒在《电信时代的"世界文学"》一文中就强调翻译问题是全球性的比较文学中的根本问题。[①] 而翻译文学期刊可以说是这种事实上的世界文学景观中最独特、最优美的部分，也是蕴含最丰富的部分，就如一种缩微景观，我们不难窥见、想象原本的世界文学全貌。

作为民族视野下的世界文学景观，翻译文学也常容易引起误解，即将翻译文学误认为就是外国文学或世界文学，不少图书馆的分类目录，往往给翻译文学作品冠以"外国文学"的标题，专门刊载翻译文学作品的刊物，也标以"外国文学"、"世界文学"的刊名，再有，在大学中文系开设的"外国文学"课程，事实上也是以翻译文学为主要教学内容的，在教学中却甚少涉及外国文学文本在中国的翻译问题。然则，"世界文学"、"外国文学"与"翻译文学"的区别也是明显的，并不难进行界定。反过来说，翻译文学既然建构了事实上的世界文学景观，在"比较文学与世界文学"这个二级学科的框架下，对于"世界文学"、"外国文学"的教学工作就应该有意识地加入世界文学经典作品在中国的翻译、传播、接受与影响等内容，即使不是作为重点，也应该有所涉及，这样有助于学生选择具体的译本进行阅读，也有助于学生理解世界文学经典作品现实的及永恒的价值。

作为中国视野下的世界文学景观，中国翻译文学及翻译文学期刊应该纳入到学界的研究视野当中来，可惜的是学界对此的关注不多，正是鉴于此，本书对《世界文学》、《外国文艺》和《译林》三家翻译文学期刊进行了考察，并试图在世界文学的总体框架下，以外国文学文本在中国的旅行

---

① 参见《J. 希利斯·米勒谈世界文学与比较文学》一文，载《外国文学评论》2001 年第 2 期，第 74 页。

为线索，通过具体的数据，阐释翻译文学期刊的重要意义与作用。

第三节　翻译文学自主场域的形成

以无数译作形式存在的文学作品的总称——翻译文学，长期以来处境尴尬：在源语国文学中，译作有如"嫁出去的女儿泼出去的水"，在娘家终究只是客人的身份；而在目的语国文学中，又因其与源语文学明显的关联而被视为"异域的种"，最多只能算是一个"养子"。这导致了学界对翻译文学归属问题的争论，翻译文学到底属于外国文学还是民族文学，亦或既非外国文学也非民族文学，学界至今未有定论。本书准备从外国文学文本在异域的旅行以及其对本土文学文化现代性建构的角度出发，重新思考这个问题：对认为翻译文学是外国文学的人来说，他们相信对于绝大多数人而言，正是通过翻译文学才了解外国文学的，翻译文学为我们建构了事实上的外国文学景观，如果它不是外国文学，又是什么？而对认为翻译文学是民族文学的人而言，则更看重翻译文学对本土文学、文化建构的参与，翻译文学已经成为影响本土文学、文化发展的重要因素，因而将其视为民族文学的一部分。而另外一部分人则注重翻译文学的中介性，认为外国文学与民族文学之间如果没有一个中介，两者之间便无法发生联系，而认为其既非外国文学，也非民族文学。

自1949年以来的很长一段时期，翻译文学都理所当然地被认为是外国文学，并且通过进入社会体制而强化了人们的这种认识，如不少图书馆的分类目录，往往给翻译文学作品冠以"外国文学"的标题，专门刊载翻译文学作品的刊物，却标以"外国文学"的刊名，再有，在大学中文系开设的翻译文学课程也名之为"外国文学"。这导致了翻译文学在中国学界的不被重视，也使得翻译家及翻译活动的地位与价值得不到应有的承认。诚然，翻译文学来源于外国文学，是源语文学"来世的生命"或"第二次生命"，两者之间有着客观的、不容否认的密切联系，并且翻译文学事实上构建着本土的外国文学景观，但"来世的生命"并非此生的生命，翻译文学也并非外国文学。首先，翻译活动是一种创造性的叛逆，有着译者主体的创造性价值在内，也就是说，翻译的种种努力，要让原作的意义内涵在译作中借以译入语表现出来，同时又要试图让原作的某些形式特征纳入译作的意义中去,这是一个复杂的、交错糅合的过程,必然会让译者主体的某些个体因素渗透其中,部分地消解原作的风貌,即译作相对原作而言有所失落、增添、错位甚至变形,因此,译作无法等同于原作,翻译文学无法等同于外国文学。其次,从文学文本的旅行过程来看,译作被抛入了一个与源语语境完全不同的异域文化、文学场域当中,它所面对的是完全不同的读者,因此有可能产生与源语语境完全不同的意义与价值,脱离了源语语境与相应的文化背景,翻译文学也就不再是纯粹的外国文学了。

　　将翻译文学等同于外国文学的观点随着时间的推移被越来越多的人认为是一种错误的认识,而将翻译文学视为国别文学或民族文学特殊组成部分的看法逐渐成为当下学界的主流。说到这种观点,就不能不提及谢天振先生,他早在1989年第6期的《上海文论》上就以《为"弃儿"找归宿——翻译在文学史中的地位》为题,撰文从翻译文学中译者的创造性叛逆和再创造的角度出发,提出了翻译文学并非外国文学的观点,应该说在此之前,国内学术界还从来没有把翻译文学的定义、范畴、归属等问题作为一个学术问题提出来讨论过,谢天振将翻译文学与外国文学区别开来,将其视为相对独立实体的观点有着先导的价值,并在随后得到了众多学界同仁的附和,但正如刘耘华所指出的,谢天振所觅的"文艺学派"新路向,打破了"语言学派"独霸天下的旧局面,其视翻译文学为有别于外国文学的相对独立的实体,赋予译者以创造性的品格("创造性叛逆"),主张对译作进行美学研究,在译界别开生面,的确很有启发意义。但若更进一步,认为翻译文学是民族文学的组成部分,实质上便已动摇了整个译论大厦的基础。① 在笔者看来,谢天振及其支持者更重视的是怎样将翻译文学与外国文学区别开来,而在翻译文学为什么是国别文学或民族文学的特殊组成部分上缺乏必要的逻辑论证,且看:

　　　　既然翻译文学是文学作品的一种独立的存在形式,既然它不是外国文学,那么它应该是民族文学或国别文学的一部分,对我们来说,翻译文学就是中国文学的一个组成部分,这完全是顺理成章的事。但是如此简单明了的推理却并没有为我们的学术界所广泛接受。②

----

① 刘耘华:《文化视域中的翻译文学研究》,第47页。
② 谢天振:《译介学》,第239页。

承认翻译文学是文学作品的一种独立存在的形式，又如前所述它不再属于外国文学范畴，那么不言而喻，它就应该属于民族文学或国别文学范畴。①

在谢天振等人看来，翻译文学既然不是外国文学，那它就"顺理成章"、"不言而喻"地属于国别文学或民族文学了，然则，这种"顺理成章"与"不言而喻"似乎并非他们所想的那样自然，他们的"顺理成章"与"不言而喻"只是在一种简单的二元思维下非此即彼的想当然罢了，而这种过于简单的思维方式并不符合辩证法，也已经为学界众人所抛弃。另外，谢天振提出的以译本作者即译者的国籍确定翻译文学归属的方法，事实上可能犯下了一个常识性的错误，因为国际上通行的著作权法明文规定，一部译作，并非译者独立拥有，而是原作者与译者共有。法律已经规定了译作的共有权，又怎能以译者的国籍来决定翻译文学的归属呢？再有，有论者提出以"文学的他国化"② 来进一步阐发把翻译文学纳入国别文学的原因的观点似乎也有待商榷，在笔者看来，如果说"文本旅行"的说法大体是指文学文本脱离源语语境而在异域的改写、变形这样一个客观过程的话，"文学他国化"的提法中已经从主观上做出了判断，也就是说此一提法已经内在地、先验地含有了翻译文学是国别文学或民族文学的论断，这样一种同义反复的论断根本不能作为论点的论据而存在。

正是由于将翻译文学视为民族文学或国别文学的特殊组成部分的观点在逻辑论证上的欠缺，引起了学界另外一部分人的质疑，这以刘耘华为代表。刘耘华并不同意将翻译文学定位在民族文学之中，并提出了四点理由，第一，译作本身所表现的思想内容、美学品格、价值取向、情感依归等均未被全然民族化；第二，这种观点无法妥善安排原作者的位置；第三，这种观点也不能妥善安排翻译家的位置；第四，从理论上说，这种观点是对翻译文学民族性特征的片面放大。③ 在笔者看来，这四点理由是比较具有针对性的。谢天振虽在《译介学》一书中对这四点做了回应，但他

①　余协斌：《澄清文学翻译和翻译文学中的几个概念》，载《外语与外语教学》2001 年第 2 期，第 52—54 页。

②　邹涛：《为什么翻译文学是中国文学》，载《中国比较文学》2004 年第 4 期，第 67—72 页。

③　刘耘华：《文化视域中的翻译文学研究》。

所依据的却依然只是以译作的作者——译者的国籍来判断翻译文学的归属，正如前文所论述的，这是一种常识性的错误，不足以对刘耘华所提出的问题构成反驳。刘耘华接着指出，如何给翻译文学定位只有根据翻译文学自身的性质及其所处的位置来决断，他认为，翻译文学是使民族文学和外国文学发生联系的中介，其中介性特征正是我们为翻译文学定位的基点，因此对它的考察和研究，必须置于两种文化语境之中，将它与外国文学、民族文学联系起来，探寻这三者之间在思想内蕴、美学品格、艺术形式等不同层面上的演变轨迹，并进一步发掘不同文化间互相关联赖以发生的内在机理机制。刘耘华的这种观点一定程度上得到了学界的响应，王雅刚指出"既然翻译文学就其根本而言是'混血'，没有必要一门心思强调自己是'纯种'；不如另立门户，翻译文学就是翻译文学，既非外国文学也非民族文学"。① 张友谊进一步指出，外国文学、翻译文学与民族文学三者之间并非鼎足而三的关系，而是一个不等边三角形的关系，其中，民族文学与外国文学之间的边最长，翻译文学与外国文学的边最短。② 张南峰则认为："对于全面的、历时的、动态的文学研究，把翻译文学纳入目标系统的国籍是有必要的。但是，我们不必因为这种考虑而完全抹去翻译文学的外国身份。笔者认为，在某些研究目的之下，我们可以把源文作者和译者视为译文的共同作者，同时把译文视为拥有双重国籍的作品。有些国家在不同程度上承认人的双重国籍。在文学研究的范畴里，我们更加有理由承认作品的双重国籍。"③ 这种观点一定程度上接近了事实的本质，却也有值得深入讨论的地方，这在后文会有详细论述。

　　事实上，对于后期争论的各家而言，有一个观点是能够达成共识的，即承认翻译文学相对独立的地位，承认翻译文学是一种相对独立的文学作品的存在形式，谢天振就指出："当我们从文学研究、从译介学的角度出发去接触文学翻译时，我们就应该看到它所具有的一个十分重要的意义，即：文学翻译还是文学创作的一种形式，也是文学作品的一种存在形式。

---

① 王雅刚：《谈译文风格和翻译文学归属的问题》，载《东北农业大学学报》（社会科学版）2004 年第 3 期，第 66—68 页。

② 张友谊：《试论翻译文学的归属问题》，载《天津外国语学院学报》2007 年第 1 期，第 21—23 页。

③ 张南峰：《从多元系统的观点看翻译文学的"国籍"》，载《外国语》2005 年第 5 期，第 54—60 页。

文学翻译和翻译文学正是从这个意义上取得了它的相对独立的艺术价值。"① 刘耘华也同意"我们的确应该给翻译文学一个相对独立的实体的地位，但对它的考察和研究，则必须置于两种文化语境之中，将它与外国文学、民族文学联系起来……"② 虽然从同一个出发点出发，两者得出的却是截然不同的结论，那么我们能否也以此为思考的起点，进一步认为翻译文学是一个相对独立的场域呢？因为光是一种相对独立的文学作品存在形式或是相对独立的地位还不够，不能够完全避免将其归属为其他的类别中，而如果翻译文学能够成为一个相对独立的场域，则其能够完全与外国文学、民族文学区别开来，真正取得自主的地位。

布尔迪厄认为，场域在很大的程度上，是通过其自己内在发展机制加以构建的，并因而具有一定程度的相对于外在环境的自主性。③ 也就是说，场域只有在能够按照自己内在的发展机制、发展要求进行发展时，才真正具有自主性。在这样一个阶段，自主的原则转化为场的逻辑固有的客观机制，且在很大程度上处于各种因素的配置和作用之中。④ 翻译文学能否成为一个自主的场域，我们需要考察的是翻译文学是否是通过其自身内在的发展机制加以构建的。在进行内部考察之前，我们还是先关注两个相关场域的状况，一是文学场，再有就是翻译场。新时期以来，文学逐步脱离了政治话语的制控，取得了相对自主的发展，虽然在 20 世纪 90 年代由于市场经济的影响，文学一度迷失在经济大潮中，但却并没有影响其相对自主的发展趋向。由于本土文学与翻译文学千丝万缕的联系，本土文学场域的这种发展状况一定程度上影响着翻译文学的生产、接受乃至独立场域的形成。可以说，本土文学场域的自主发展为翻译文学独立场域的形成营造了一个极为有利的语境。

以文学翻译和翻译文学为主要研究对象的独立的翻译学学科的发展对翻译文学自主场域的形成更具重要意义。诚然，无论是东方还是西方，学界对是否存在翻译学学科尚颇有争论。在西方，更多的人现在已逐渐接受把翻译学看成一门独立的学科，但"翻译学"到底何时成立？

---

① 谢天振：《译介学》，第 209 页。
② 刘耘华：《文化视域中的翻译文学研究》，第 49 页。
③ ［美］戴维·斯沃茨：《文化与权力：布尔迪厄的社会学》，陶东风译，上海：上海译文出版社 2006 年版，第 146 页。
④ ［法］皮埃尔·布迪厄：《艺术的法则：文学场的生成和结构》，第 142 页。

各人的意见不尽相同,翻译批评史学家根茨勒(Edwin Gentzler)具体地把1976年比利时洛文(Leuven)会议的召开看作翻译学学科成立的标志,但更多的人,如贝克(Mona Baker)等人认为,翻译学成为独立的学科(the discipline)只是20世纪90年代的事,作为学科成熟的标志,贝克认为一个重要的方面即是作为高校单独系科的翻译系或翻译专业在90年代得到了空前的发展,她引用了如下数据,在1960年,这样的学院只有49家,1980年发展到108家,而1994年则跃升到至少250家。其他论者还提及了诸如翻译专门杂志的诞生、翻译专业会议的不断召开、大型工具书的问世等标志,但成为高校本科、硕士和博士学位的专业确实是翻译学学术地位得到承认的最重要的标志。① 从自觉的学科意识来看,笔者赞同巴斯奈特和勒菲弗尔在评述翻译研究学科发展历程时所说的,西方到了"20世纪80年代,翻译研究已经成为一门独立学科",虽然巴斯奈特和勒菲弗尔作此宣示时,并未深入阐释他们到底是根据什么来断言翻译学学科地位是20世纪80年代得以确立的,但的确,在20世纪80年代,翻译研究(翻译学)是独立学科的理论意识,已经较为广泛地出现在理论家们的著述当中。② 如果说1959年雅可布森(Roman Jacobson)发表他的著名论文《翻译的语言观》可以看作现代翻译学开端的话,那么这一阶段的翻译研究可以称之为"语言学派"或"科学学派",特点是具有朦胧的学科意识,认为需要加强翻译学的理论研究,使之成为一门"科学",但并没有想到使翻译学成为一门独立的学科,而只是心甘情愿地让翻译研究成为语言学的分支。与之相反,霍姆斯(James Holmes)自1975年发表里程碑式的论文《翻译学的名称和性质》起,就把翻译学建成一门独立的学科为己任,在这篇论文中,他着重探讨的就是翻译学学科的名称、性质、范围等内容,同时第一次勾勒出了翻译学学科的结构框架。继霍姆斯之后,巴斯奈特和勒菲弗尔也为翻译学的发展作出了巨大的贡献,1978年,勒菲弗尔建议学术界将"translation studies"(翻译研究)作为翻译学科的正式名称,1980年,巴斯奈特出版了第一本以"翻译学"为书名的学术专著。可以说,

---

① 关于翻译学独立学科地位获得的论述参看了潘文国《当代西方的翻译学研究——兼谈"翻译学"的学科性问题》一文。载《中国翻译》2002年第1期,第31—34页。

② 谭载喜:《翻译学:作为独立学科的今天、昨天与明天》,载《中国翻译》2004年第3期,第31—32页。

"翻译学"在 20 世纪 80 年代已经深入到了西方学者的思维当中。对中国而言，2004 年上海外国语大学翻译学学位点的设立，标志着翻译学作为一门独立的学科，在中国内地的高等教育体制中获得了合法地位，也由理论家们争论的抽象话题转变成为有形可见的事实，从而在某种程度上对 20 世纪 80 年代后期以来国内多次出现的关于翻译学、翻译学学科地位的争论做了一个至少是阶段性的正面总结。事实上，我国翻译学的发展也同样有两个重要的标志，第一个标志是董秋斯在 1951 年发表的《论翻译理论的建议》一文，文中首次提出了发展我国"翻译学"的主张，虽然本来应该有所作为的我国翻译理论研究，由于国内种种非学术因素的影响，而在 1950 年至 1970 年的 20 余年间停滞不前，但董秋斯的文章却为唤醒我国的翻译"科学"意识，具有某种先导的作用。20 世纪 80 年代后期，在西方翻译学的影响下，再次有学者旗帜鲜明地呼吁建立翻译学，这以谭载喜发表于《中国翻译》1987 年第 3 期上的《必须建立翻译学》为代表，经过近二十年持续不断的关于"翻译学是科学还是技术、艺术"、"究竟有没有翻译学"以及"翻译学到底应不应该成为一门独立的学科"的争论，学界基本就翻译学应当具有独立的学科地位，并作为独立学科而加以发展达成了共识。正如谭载喜在 2001 年的一篇文章中所指出的，翻译学作为一门学科的地位已不容怀疑，即使对翻译学提出质疑的人实际上也并不反对翻译学，他们"似乎只是反对'翻译学'的名称，而不是'翻译学'的目的"。[①] 翻译学这种独立学科地位的获得以及相关理论的发展，不仅使得人们对文学翻译的过程有了更深刻的认识，也促使人们对翻译文学自身的定位、性质和发展进行进一步的思考。

在一个以内在分析为优先次第的自主性原则导引下，文学场、翻译场与翻译文学虽然关联颇深，但外部的影响总是要被转译为场域的内在逻辑，外部影响来源也总是要以场域的结构和动力作为中介，因此我们着重需要关注的还是翻译文学自身的逻辑发展与逻辑建构。在翻译学的框架下，虽也有翻译文学研究，确切地说是文学翻译研究，却只是附属于翻译学的理论框架，并不是独立的研究。文学翻译研究虽也牵涉到翻译文学的

---

① 谭载喜：《翻译学：新世纪的思索——从译学否定论的"梦"字诀说起》，载《外语与外语教学》2001 年第 1 期，第 45—52 页。

问题,① 但其强调的是文学翻译过程中的实践和操作,是一种"过程"研究,"翻译文学"强调翻译的结果——业已成为一种文学类型的翻译文学文本;再者,文学翻译的研究主要依托的是语言学,而翻译文学研究则大体属于文艺学,是一种跨文化的文艺学研究。简言之,正如许渊冲所说:"文学翻译不同于翻译文学,文学翻译的最高目标就是成为翻译文学。"②

　　自主发展的驱动力来自专家团体的兴起,"艺术家群体不仅仅是创造标新立异的生活方式即艺术家生活方式的实验室和进行艺术创作的基本空间。它的主要功能之一是自己构成了自己的市场,这个功能经常被忽略"。③ 翻译文学的自主发展也离不开翻译家、翻译理论家和翻译文学批评家(外国文学研究者)这些专家们的努力,他们逐步能够发展、传播并控制自己的特定的阶层文化。这样,场域发展出了自己的特定的机构化的、专业化的利益,随之产生的是重新译解、重新阐释外在要求的能力。这种能力是历史地、依据场域的类型而变化的。应该说,不少翻译家如傅雷、钱锺书、许渊冲等,都发表了不少有理论价值的观点和见解,这些观点和见解虽然大都处于"经验谈"的状态,基本上是片断的、感性化的、不系统的,但这些"经验谈"却逐步发展出翻译文学自身的"利益"诉求,推进了翻译文学场域的自主要求,是我们建立中国翻译文学本体理论的基础和出发点。我们要做的是,就是将这些经验加以阐发,加以提升,使之系统化,理论化,显示出它们在翻译文学本体理论构建中的独特作用和价值。"只有当构成某种文学或艺术指令的特定法则,既建立在从社会范围加以控制的环境的客观结构中,又建立在寓于这个环境的人的精神结构中,这个环境中的人从这方面来看,倾向于自然而然地接受处于它的功能的内在逻辑中的指令。"④ 因此,还有两个人值得一提,他们以自己开创性的工作推进了翻译文学自主场域的形成过程,使得更多的学界同仁自然而然地接受翻译文学这一概念。一是谢天振,虽然其将翻译文学归结为民族文学或是国别文学的特殊组成部分的观点有待商榷,但他是第一个明

---

① 张今的《文学翻译原理》是国内最早的较为全面地论述文学翻译原理的专著,郑海凌的《文学翻译学》提出了"文学翻译学"的概念,在文学翻译的理论概括上做出了可贵的努力。张今:《文学翻译原理》,开封:河南大学出版社1987年版;郑海凌:《文学翻译学》,郑州:文心出版社2000年版。

② 许渊冲:《文学翻译与翻译文学》,第277页。

③ 〔法〕皮埃尔·布迪厄:《艺术的法则:文学场的生成和结构》,刘晖译,第73页。

④ 同上书,第76页。

确界定"翻译文学"这一概念的，区分了"翻译文学"与"文学翻译"，也将"翻译文学"与"外国文学"区别开来，赋予了翻译文学相对独立的地位。另一位是写出了《翻译文学导论》①的王向远，这是第一本建构了翻译文学本体理论的专著，从总体上全面论述了翻译文学的性质特征，以中国翻译文学的文本为感性材料，以中国文学翻译家的体会、经验和理论主张等为基本资源，从文艺学的角度对中国翻译文学做出了全面阐释，为中国翻译文学建立了一个说明、诠释的系统，在下文会有详细的论述，这里不赘述。

我们还需注意到场域在逐步走向自主过程中的"双重拒绝"现象，"双重拒绝"可以简单表述如下：我憎恨 X，但我并非不憎恨 X 的对立面。"X"可以是一个作家，一种举止，一种运动，一个理论等。"双重拒绝在从政治到严格意义上的美学的所有生活领域都存在"，② 正是这种绝然的不从属于任何领域的拒绝在某种意义上赋予了场域以独立自主的形象。对翻译文学而言，"双重拒绝"首先是政治场与经济场，作为艺术场的翻译文学场域是一个颠倒的经济世界，"艺术家只有在经济地位上遭到失败，才能在象征地位上获胜（至少在短期内如此），反之亦然（至少从长远来看）"。③ 由此我们不难理解 20 世纪 90 年代，由于市场经济大潮的影响，翻译文学发行量极度萎缩的原因了。当然，作为一个颠倒的经济世界，也并非说翻译文学场域要按照政治场的原则行事，恰恰相反，对政治场的拒绝比经济场更甚。但是，翻译文学场域也不可能不受到经济场与政治场的影响，因此，只能说是"相对"自主的。翻译文学第二个"双重拒绝"的是外国文学与民族文学，它既不属于外国文学，也不属于民族文学。因此，谢天振在承认翻译文学相对自主的地位时，却又将其归属为民族文学或国别文学的特殊组成部分的做法是值得商榷的。但是，翻译文学来源于外国文学又在民族文学的语境中发挥作用，它同时具有两者的某些特点，这是它不属于两者的原因，但我们也可以说翻译文学既是外国文学也是民族文学，也就是说存在一种"亦此亦彼"的关系或者说"双重国籍"的现象，更具体或更准确的表述可能这样：翻译文学对民族文学、外

---

① 王向远：《翻译文学导论》，北京：北京师范大学出版社 2004 年版。
② ［法］皮埃尔·布迪厄：《艺术的法则：文学场的生成和结构》，第 95 页。
③ 同上书，第 99—100 页。

国文学而言，是一种"在中间的"（in-between）的关系，它处于两者之间且兼具两者的某些因素。

对翻译文学自身的逻辑发展与逻辑建构而言，既然要建立中国翻译文学的本体理论，就不能简单地将翻译文学置于一般的文学原理的框架结构中，翻译文学在许多方面具有不同于一般文学的特性，一般的文学原理只是翻译文学理论的一个重要参照，依据一般文学原理来作翻译文学的理论建构，并没有把翻译文学的独特性显示出来，翻译文学理论应该成为文学原理的一个补充和延伸，为文学理论提供新的独到的理论贡献。为此，翻译文学必须寻求安置自身理论大厦的基点，刘耘华认为这个基点就是翻译文学的中介性特征，"翻译文学正因为是中介性的，所以才是相对独立的。它的理论亦复如是。当我们把理论建构的落脚点放在其中介性特征之上时，我们发现，翻译文学是自有其形成的特点的；当我们再拿这些特点贯穿到译本整体当中时，结果又发现，对翻译文学的各个理论层面的研究完全可以具有自主的意义"。① 而王向远认为："翻译文学理论的核心问题，不是社会人生与作家作品的关系问题，而是作家作品与翻译家及其译作的关系问题。"并由此发展出"十论"，即概念论、特征论、功用论、发展论、方法论、方式论、原则标准论、审美理想论、鉴赏批评论和学术研究论。② "概念论"是翻译文学本体论之一，将翻译文学界定为"一个文学类型概念"，或称"文学形态学的概念"，廓清了"翻译文学"与"文学翻译"以及"翻译文学"与"外国文学"、"本土文学"之间的差别。"特征论"是翻译文学的本体论之二，从文学翻译与非文学翻译的异同，文学翻译家的从属性与主体性，翻译文学的"再创作"特征，原作风格与翻译家及其译作的风格的关系四个方面，论述了翻译文学的特征。"功用论"是翻译文学的价值论范畴，探讨不同时代、不同思想背景下人们对翻译文学功用价值的不同认识。"发展论"是中国翻译文学的纵向论，是对中国翻译文学历史演进历程及其规律的鸟瞰与概括。"方法论"区分了"窜译"、"逐字译"、"直译"、"意译"等范畴。"译作类型论"根据译本与原本的不同关系，将翻译文学的译本类型总结为四种，即"直接译"、"转译"、"首

---

① 刘耘华：《文化视域中的翻译文学研究》，第 49 页。

② 参见王向远《翻译文学的学术研究与理论建构——我怎样写〈翻译文学导论〉》一文，及其所著《翻译文学导论》前言部分。载《北京师范大学学报》（社会科学版）2004 年第 3 期，第 61—67 页；及其所著《翻译文学导论》，前言部分。

译"与"复译"。另外，对"原则标准论"、"审美理想论"、"鉴赏批评论"和"学术研究论"也都做了深入的阐释。总之，上述"十论"，从总论到分论，从范畴论到实践论，从横向论到纵向论，从过程论到结果（译作）论，从"怎样译"（方式与方法）到"译得如何"（审美境界），从翻译文学到翻译文学批评，再到翻译文学研究……经纬交织，层层推进，环环相扣，涉及了翻译文学的方方面面，为翻译文学系统的本体理论的建构做了一次全面的尝试探索，也为翻译文学自主场域的发展作出了重大推进。

至此，我们大体可以确认翻译文学场域的某种自主性。只有在翻译文学成为一个真正独立、自主场域的情况下，才有可能与外国文学、民族文学或国别文学区别开来。也正是在这种意义上，笔者才承认前述的第三种观点，承认翻译文学既不是外国文学也不是民族文学或国别文学，同时也既是外国文学也是民族文学，承认翻译文学的中介性，或媒介体系特征，"不管是词汇，还是风格手法、文本及体裁的片断或全部，翻译作品始终带有媒介体系的痕迹，无异于实现了本地与外来模式的一次嫁接"。① 我们也经常说翻译文学是窗户，透过窗户，我们才能从房间内看到外面的世界，窗户上面有玻璃，当光线从一种介质进入另一种介质时会发生折射现象，因此，我们从房间内看到的外面的世界和现实中外面的世界可能并不一致，而是会有位移、变形等情况的发生。文学文本经由翻译从一种文化旅行到另一种文化语境中时，也会发生类似的折射现象。翻译的中介作用就如窗户上的玻璃，没有窗户及玻璃，我们根本看不到外面的世界，但窗户和玻璃也给我们增添了苦恼，即使是最纯净的玻璃，也会有折射现象的发生，另外，玻璃上还有可能贴有色膜，而让我们似乎是戴着有色眼镜在看外面的世界，也有可能玻璃不平整，有些地方凹下去了，有些地方凸起来了，这样我们看到的外面的世界就会产生变形。具体的翻译就如具体的玻璃质地，总有好坏的差别。人们总是追求最忠实的翻译，就如人们总是追求最纯净的玻璃一样，但即使最忠实的翻译也会因为文化的过滤机制而导致失落与变形，就如即使最纯净的玻璃也会产生折射现象一样。正如我们不能说窗户和玻璃到底属于外面的世界还是里面的世界一样，它是房屋结构的一部分，正是它的存在才使我们区分开外面的世界和里面的世界。

---

① ［法］约瑟·朗贝尔：《翻译》，载［加拿大］马克·昂热诺等主编《问题与观点：20 世纪文学理论综论》，史忠义、田庆生译，天津：百花文艺出版社 2000 年版，第 200 页。

翻译文学在中介性的基础上建构起了自己独立、自主的场域,然则在布尔迪厄看来,自主的获得仅仅只是场域形成过程中三个阶段的第一阶段,在"双重结构的出现"和"象征财富的生产"之前。作为论述起点的自主场域的获得在布尔迪厄的整个理论架构中具有不言而喻的重要意义,在接下来关于如何建立文学作品的科学依据以及何为艺术的法则的论述中,场域的自主性都是布尔迪厄思考的逻辑基础。

事实上,将翻译文学视为民族文学的一部分很大程度上是基于"'翻译'不单是两种语言的交换,更是两种文化的交往,而且这种交往活动最终必须转换为一种文化的内部活动"[①] 这样一种认识,作为"一种文化的内部活动",翻译文学很容易被视为民族文学的一部分。然则这种"内部活动"在新时期的中国似乎也隐含着"引进外来话语使其贴合本土的需求,在此过程中建构'中国'的新的文化传统"的意思,孙歌将其理解为某种翻译的"单语"原则,[②] 认为其是为我所用地搬运内容到母语里来,而在某种"西方现代性代表了普遍真理"的观念驱使下,这种"引进"与"搬运"的现象在新时期并不鲜见,这也成为将翻译文学视为民族文学一部分的现实原因。而将翻译文学视为一个独立的场域则基于某种对翻译的更为宽泛、灵活乃至历史的理解:翻译并不是某种简单的语言层面的转化,也不是某种价值判断——譬如西方本源,中国派生,而是一个开放的领域,通过翻译创造出来的新的词汇、意义、论述和再现形式等,一方面塑造了中国的"现代性",正是在翻译的过程中,人们才建立起了关于传统与现代、世界与中国、西方与东方等种种想象,并由此开启了我们的现代性的大门;另一方面这一"翻译"和"创造"本身也是立足于本土经验的"现代性"之产物。简言之,翻译是在一个开放领域中的"跨语际实践"(Translingual Practice),[③] 这种"跨语际实践"与上述关于翻译文学是一个独立场域的论述是一致的,两者都凸显了"在中间的"(in-between)这种特质,并且,将文学现代性在翻译中的生成、发展与跨语际

---

① 许纪霖、罗岗等:《启蒙的自我瓦解:1990 年代以来中国思想文化界重大论争研究》,第332 页。

② 孙歌:《语言与翻译的政治·前言》,载许宝强、袁伟选编《语言与翻译的政治》,第29 页。

③ [美]刘禾:《语际书写——现代思想史写作批判纲要》,第 35 页;还可参见刘禾《跨语际实践——文学、民族文化与被译介的现代性(中国:1900—1937)》。

实践中的冲撞与挪用放在一个自主的、开放的场域中进行探讨，才有可能有更清晰的认识。另外，"场的概念有助于超越内部阅读和外部分析之间的对立，丝毫不会丧失传统上被认为是不可调和的两种方法的成果和要求"。① 也就是说，一个自主的翻译文学场域有助于我们在文学内部的美学分析与外部的社会分析，以及翻译内部的诗学分析与外部的政治分析之间寻求沟通，从而摒弃认识论上传统的二元对立，超越结构与历史的割裂。事实上，由于文学场和权力场或社会场在人类文化、社会生活整体上的某种程度的同源性，许多选择都是双重行为，既是内部的又是外部的，既是美学的又是政治的。布尔迪厄的这种将现象学的分析角度与结构性的分析角度结合成为一体化的社会研究方式，无疑使得我们的文学批评与文学研究（包括翻译文学批评与翻译文学研究）的视域得以大大拓宽。

翻译文学期刊对自主的翻译文学场域的获得也具有重要意义，首先，翻译文学期刊为翻译文学场域提供了具有实体意义的、切实可感的翻译文学文本，也提供了一个翻译文学得以公开出版的阵地，这些具有相同或相近宗旨的翻译文学期刊共同形成了专业性质的专门期刊群体，而这种专业期刊群体的存在本身就是对自主的翻译文学场域的有力支持；其次，翻译文学期刊为翻译文学场域内部的交流提供了一个开放的阵地，大家可以对翻译文学的相关问题各抒己见，回顾翻译文学期刊上相关翻译栏目对有关问题的讨论，足以证明其对自主翻译文学场域构建的影响。自主的翻译文学场域的获得也对翻译文学期刊有深刻的影响，其一，自主翻译文学场域的获得为翻译文学确立了一个来自内部的评判标准，并能够以此拒绝经济场或是政治场的权力渗透，从而成为翻译文学期刊的办刊指南，具体而言，即"经典性"与"可读性"原则，这在前文已经有了较为详细的论述；其二，对翻译文学期刊的研究而言，有些问题我们放在自主场域的框架下进行讨论，可能会有更清晰的认识，对本书而言，翻译文学自主、开放场域的获得，对后两章论述翻译文学及翻译文学期刊对中国本土文学创作及学术研究的现代性的影响而言，不仅意味着一个资以理解自身文学现代性的本土的社会条件的出现，同时也是思考的一个逻辑基础。

---

① ［法］皮埃尔·布迪厄：《艺术的法则：文学场的生成和结构》，第247页。

第四章

借鉴与创新:翻译文学期刊对
新时期文学创作的影响

一般而言,外国文学对新时期中国文学现代性的影响主要有三种途径:一是现代文学的间接影响,现代文学的萌芽、成长都与外国文学息息相关,新时期文学对现代文学的承继也就部分体现为这种外国文学的间接影响;二是翻译文学的影响,即新时期作家对汉译外国文学作品的阅读与借鉴;三是源语文学作品的影响,即直接通过阅读原文而产生的影响。考虑到各种现实的状况,在这三种途径中,翻译文学的影响最大。这可以从众多作家的回忆性文章中得到佐证,当代作家孙甘露曾说:"无须讳言,包括我本人在内的许多人深受西方文学的影响,而这种影响主要是通过中文译本获得的。"① 当代诗人杜运燮也承认:"总的说,我读的外国诗总数,恐怕还是译诗居多。"② 韩作荣更是坦白:"从原本意义而言,我没有读过一首属于他国语言的外国诗。我读过的只是译诗,我不知道,也怀疑这些汉语中的外国诗,是否真正的域外诗。"③

这种借由翻译文学而对新时期文学现代性的影响表现在文学自身的各个层面上,不管是文学的语言层面、文体层面还是观念层面,正如当代作家简宁所说:"翻译作品培植了我们的文学观念、原则、方法和趣味……我们的文学观念、原则、方法和趣味也常常跟随着它们在翻译作

① 孙甘露:《译与翻》,第 66 页。
② 杜运燮:《在外国诗影响下学写诗》,载《世界文学》1989 年第 6 期,第 255—259 页。
③ 韩作荣:《汉语中的外国诗》,载《世界文学》2001 年第 5 期,第 290—296 页。

品中的变迁而变迁,而通常还有一个相应的滞后期。"① 我们关于文体的实验来源于对翻译文学的借鉴,我们的文学观念,也几乎完全源于翻译文学的影响,如:浪漫主义、现实主义、自然主义,等等。当然语言层面的影响更为明显,莫言曾坦陈:"像我们这样一批不懂外语的作家,看了赵德明、赵振江、林一安等先生翻译的拉美作品,自己的小说语言也发生了变化,我们的语言是受到了拉美文学的影响,还是受了赵德明等先生的影响? 我毫不犹豫地回答,我的语言受了赵德明等先生的影响,而不是受了拉美作家的影响。"② 试举两例,"从前的时候,一位身穿黑色丝绸衣衫的地主……"(余华:《一个地主的死》)"敲门声吓跑了那条在浅水中正要吞我的钩的黑鱼……"(迟子建:《九朵蝴蝶花》)在以上两篇小说开头的句子中,状语与定语的用法就有着明显的"翻译腔"。

　　显然,翻译文学期刊在上述的相关影响中发挥着重要的作用,然而,单纯地从翻译文学期刊的角度出发来探讨有关影响的问题是难以论述清楚的,因此,本书的视界在这里必须有所扩展,在强调翻译文学期刊的同时,也需要将某些现象放在整个翻译文学的框架下进行考察。由此,下述(包括第五章)将翻译文学与翻译文学期刊的概念交错使用,并非本书论述对象或是概念的含混不清,而是一种必要与必然的扩展。新时期作家是翻译文学、翻译文学期刊非常特殊,也是非常重要的一类读者群体,因为他们的阅读在一定程度上影响了他们的创作,并进而影响着新时期文学现代性的整体面貌。对这样一类读者群体的考察成为本书应该关注的一个重点,而《世界文学》中的"中国作家谈外国文学"栏目给我们提供了考察外国文学对新时期中国作家创作产生事实影响的可靠依据,或者说新时期中国作家接受外国文学的第一手材料;并且也是考察文学现代性与翻译现代性,或者说当代作家对外国文学的接受与翻译文学期刊翻译两者之间互动的一个重要途径。对《百年孤独》在新时期中国的翻译、传播与影响的考察则是以个案研究的方式对其影响的轨迹进行的观照。

---

① 简宁:《我们路上的叔叔》,载《世界文学》1998 年第 3 期,第 285—295 页。
② 莫言:《翻译家功德无量》,载《世界文学》2002 年第 3 期,第 283—287 页。

第一节　翻译文学期刊与影响的焦虑

1987 年《世界文学》开辟了"中国作家谈外国文学"栏目，邀请我国有关作家、翻译家、评论家、编辑家等谈有关外国文学的一些问题，并给出了六个参考题：1. 请您向我刊读者推荐一两部（篇）最值得阅读的外国文学作品。如果可以的话，请再说明一下值得阅读的原因。2. 就您所读过的我国报刊上发表的外国文学作品，哪类有借鉴价值，哪类有不良影响？3. 您认为外国文学理论译介方面，有什么贡献？存在着什么问题？4. 您认为我国文学创作在当前的世界文学之林中，处于何等地位？5. 您对外国文学作品的译文有什么看法？6. 有关外国文学问题，您还有些什么看法和意见？[①]虽然这六个议题并不只是涉及外国文学作品，并且参与者也不仅仅只是中国作家，但无疑开创了一种栏目形态。随后，《世界文学》相继开办了"中国诗人谈外国诗"、"中国作家与外国文学"、"中国作家与世界文学"等栏目，到 1998 年，此种栏目逐渐固定下来，成为一个常设栏目。事实上，不管栏目的标题怎样变换，所涉及的两类主体是固定的：一个是中国作家，另外一个是外国文学，而两者之间的关系也成为栏目文章所表述的重点内容，有中国作家谈自身是如何受到外国文学影响的，还有中国作家对外国文学作品进行解读的……而这些文章也为我们提供了了解新时期中国作家如何接受外国文学，或者说外国文学如何影响新时期中国作家并进而影响本土文学现代性的第一手材料，通过对这些鲜活的第一手材料的考察，我们可以看出许多平常为人们所忽略的事实。

一　影响的偶然与必然

并不存在某种直线式的影响，一个中国作家和一个外国作家作品中"相似"的东西，绝非仅是文学史中常说的影响造成的，而是，用冯至的话来说，一种"因缘"。[②]中国作家谈外国作品，往往对他喜欢的作家、作品津津乐道，也常常既能谈出新意，又能说到点子上，上面这种"因

---

① 《中国作家谈外国文学之编者前言》，载《世界文学》1987 年第 1 期，第 274 页。

② 冯至：《我和十四行诗的因缘》，载《世界文学》1989 年第 1 期，第 281—287 页。

缘"也就显露出来了。听者和读者也能够从中获得一种妙不可言的乐趣，既理解了言说者的诗，又加深理解了所谈及的诗人的诗。对一个作家而言，读到一部喜欢的作品，并接受其影响，可能是偶然的，具有某种"因缘"或"机缘"，或者说具有某种"私密"的因素。刘心武在《边缘有光》一文中谈到了他喜爱陀思妥耶夫斯基《白夜》的"私密"的原因："每一个人，到头来还是尽早地归位于最合适的立脚点才好，在那站立得最坚实的地方，不管是怎样地'边缘'，以良善之心，独创之艺，是一定会耕而有获的，他觉得自己在比较边缘的地方，就反能更从容地抒发性灵。"并指出："这就说明，他的喜爱《白夜》，有很私密的因素，与任何一种批评模式，与文学史的角度，都基本无关，现在他公布出这一份私密，企盼着人们理解，这，毕竟也属于解读作品的一种方法，是吗?"①

很多作家是偶然阅读一部外国文学作品而走上文学之路的，在这里，外国文学的影响可以说是一种文学启蒙。作家宁肯曾追忆苏联作家谢苗·巴巴耶夫斯基的《人世间》对自己的影响，他以自己为原型，模仿《人世间》创作了一篇小说，得到了老师的好评，并从此进行文学创作，"一切都是神奇中发生的，我模仿了《人世间》是个奇迹，而我能读到《人世间》更是个奇迹。事实上我在读《人世间》之前以及后来的两年里，《人世间》是我阅读的惟一一部外国文学作品，而这一部作品就影响了我"。②杜运燮在回忆自己的创作经历时也说："反正就是在那么个时代，那么个地方，那么个校园，在那么影响下，开始学写诗，开始追求现实主义与现代主义的结合。对那些影响，最初不怎么自觉，后来越来越自觉地加以坚持。无论探索成败，成就大小，自己写作历史的足迹总算是这样走过来的。我至今还认为，有那样一个开始，是件幸事。"③外国文学事实上成了一个老师，一个引导作家文学之路、人生之路的导师，正如作家马永波所言："博尔赫斯是个你可以向其学习，又不致让人望而生畏的温和的老师。如果有足够的耐心，我们真的可以从他看似漫不经心的话语中了悟写作的秘密，乃至人生的秘密。"④

一个作家对另一个作家的喜爱有可能发生城池被攻克，堡垒被炸毁似

①　刘心武:《边缘有光》，载《世界文学》1995年第1期，第278—284页。
②　宁肯:《荒凉之上的圣殿》，载《世界文学》2004年第4期，第287—293页。
③　杜运燮:《在外国诗影响下学写诗》，第259页。
④　马永波:《我的博尔赫斯》，载《世界文学》2004年第2期，第280—288页。

的心灵震撼,这种震撼可能是灵魂中某种最深层次东西的苏醒,因而能够对这位作家的作品有着提高境界,深化思想的功用。池莉曾深情地回顾自己阅读纳博科夫的小说《洛丽塔》(*Lolita*)的情形:"那是一个冬天,如果不是一九八九年的冬天,就是一九九○年早春。我记不住准确的时间了。我记得的是时间以外的东西。夜晚,寒冷,台灯不太明亮,玻璃窗缝隙里的风像刀片一样尖利,楼上的人家,在临睡之前弄倒了一只椅子,隔着不厚的水泥预制板,正好砸在我的头上。就是在那样的一个夜里,通宵的阅读使我捧书的双手冻得冰凉冰凉。最后,这冰凉的双手没有地方取暖,我让它们捧住了我的脸,我的脸又热又红,这是因为阅读的震撼和激动。我阅读的是弗拉基米尔·纳博科夫的小说《洛丽塔》。"[①] 荆歌也曾谈及自己阅读《局外人》时的感受:"在闷热的雷雨之夜,读着加缪的《局外人》,我忘记了炎热,感觉不到汗水正在皮肤上纵横。屋子外头,乌云正在聚集,阳光收敛,起风了,第一滴雨点也终于从天而降,抵达窗外悬铃木的宽大的叶片上。紧接着风雨大作,暑气消散。而我却沉陷于加缪冷静的叙述中,对自然的瞬息变化浑然不觉。狂风将窗外的树摇得前俯后仰,一些街坊们家中的窗玻璃,所发出破碎的声音,伴随着震怒的雷声,以及裂破长空的闪电。对于这一切,我似乎成了一个局外人。当我终于从书本里走出来,抬起头来的时候,发现雨水早已经从我的门窗里涌了进来,地板上水像水银一样白得耀眼。但我一动不动,对于窗外的电闪雷鸣,对于屋子里地面上的积水,我无动于衷,我在扮演一个局外人的角色。"[②] 不难看出,两者在阅读时的震撼与激动是一致的,以至于都忘记了外界的环境,一个忘记了天气的寒冷,另一个则完全忘记了自然的瞬息变化,可见这种震撼是多么的强烈,能够使读者陶醉、入迷和疯狂,这无疑是小说的最高价值所在,对这样小说的阅读也无异于一场精神的洗礼。的确,"艺术上接受某种影响,跟生活中遇见一位好友,似乎都存在着机缘。……人生最珍惜这种因人而异、千载难逢的机缘,及时发现它,把握它,将使自己的眼界开阔,如登上一层楼"。[③]

在什么时候,看到一本什么书,产生什么样的影响,这一切从现象上

---

① 池莉:《最是妖娆醉人时》,载《世界文学》2000 年第 2 期,第 282—288 页。
② 荆歌:《一起走过的日子》,载《世界文学》2004 年第 3 期,第 287—293 页。
③ 蔡其矫:《在大师足下仰望》,载《世界文学》1989 年第 6 期,第 251—255 页。

看的确具有偶然性,但若仔细思索,在这种偶然性之后也有其必然性。这种必然性首先体现在阅读者与被阅读者之间精神、气质的相近,阅读的乐趣来源于心灵的契合,这也是喜爱的前提,正如赵玫所说:"对于一个外国作家的喜爱,我一直以为是以精神气质的相接近为前提的。接下来,便是你对他的感情方式、结构方式、表达方式、语言方式的认同和接受和喜爱。"① 郑敏也谈道:"40 多年前,当我第一次读到里尔克给青年诗人的信时,我就常常在苦恼时听到召唤。以后经过很多次的文化冲击,他仍然是我心灵接近的一位诗人。"② 在诗人的诗作中,我们不难见出诗人郑敏和诗人里尔克之间的某种精神上、创作上的相近。当诗人海子歌颂荷尔德林,"虽然只热爱风景,热爱景色,热爱冬天的朝霞和晚霞,但他所热爱的是景色中的灵魂,是风景中大生命的呼吸"时,③ 从他自己的诗句"面向大海,春暖花开"中,我们又何尝读不出来他也是这样一类诗人呢?

不同的作家因为自身秉性不同,所喜爱的对象也不同,比如说作家寒烟就因为"天生对苦难的亲合力,使我对茨维塔耶娃、曼德尔施塔姆们有一种血缘的亲近,阅读他们的作品,就好像在溯寻、辨认自己血脉的源头"。④ 而苇岸在论及自己创作的文体转变时也因为:"最终导致我从诗歌转向散文的,是梭罗的《瓦尔登湖》。当我初读这本举世无双的书时,我幸福地感到,我对它的喜爱超过了任何诗歌。导致这种写作文体转变的,看起来是偶然的——由于读到了一本书,实际蕴含了一种必然:我对梭罗的文字处理仿佛有一种血缘性的亲和和呼应。"⑤ 无论是溯寻自己"血脉的源头",还是一种"血缘性的亲和和呼应",可以说,从精神上来说,他们是同一个家族的,在家族内部,一些东西成为家族基因,代代相传。"对创作者来说,喜欢的作家,是真正的老师,喜欢的作品才能实实在在地给予创作影响。因为只有气质、感觉等内在是相通的,才会真正地喜欢,也才会得到真正的帮助,如把着手指导一般。"⑥

更深入、更广阔而言,这种必然还体现为一种全人类共通的"文学精

---

① 赵玫:《无形的渗入》,载《世界文学》1987 年第 4 期,第 302—305 页。

② 郑敏:《天外的召唤和深渊的探险》,载《世界文学》1989 年第 4 期,第 288—291 页。

③ 海子:《我热爱的诗人——荷尔德林》,载《世界文学》1989 年第 2 期,第 289—292 页。

④ 寒烟:《值得人活下去的成长》,载《世界文学》2000 年第 4 期,第 294—301 页。

⑤ 苇岸:《我与梭罗》,载《世界文学》1998 年第 5 期,第 283—290 页。

⑥ 储福金:《读两位日本作家》,载《世界文学》2000 年第 5 期,第 292—295 页。

神"，即由文学所体现出来的人成其为人的精神、气度，这也是文学中最根本的东西，是贯彻整个历史的、使诗成为"诗"的东西，可以说一部诗歌史，其实就是那种根本的、诗本身的东西在寻求它自身的显现、演化和发展的历史。正是这种"诗歌精神"的存在，才使诗歌于万变中保持着某种不变，也正是它的存在，才使不同民族、语言之间的诗歌交流和相互影响成为可能。"而一些外国诗人之所以使我喜爱，并引为可以坐下一同谈'道'者，正在于他们以各自的方式唤起和体现了这种诗歌精神。"① 或许正如叶延滨所说："我知道这些人类的优秀代表他们灵魂的星光始终悬在我的头上，在这个巨大的星座之中，我有自己所钟爱的星辰：惠特曼、聂鲁达、艾略特、加西亚·洛尔卡、埃利蒂斯、叶夫图申科、桑戈尔……他们在世界文坛的地位不一样，信仰差别也大，但我之所以在我的心宇将他们聚合在一起，是因为他们的作品有这样一个共同的特点：他们是有强烈民族意识的世界公民，在他们充满生命意识的诗篇中渗透了诗人的使命意识，因此，他们的歌吟显得深沉博大不可抗拒。"② 在作品中表现人生的意义及生命的意识，是不分种族、国别的创作者所共同面临的话题，不同的创作者以不同的答案丰富着我们世界的意义，就这样一个共同的话题，中国作家应该和外国作家展开"对话"，以自己的独特的回答展示中国作家的思考与思想。也正是在这种意义上，中外作家的"相遇"，或者说"因缘"才有着最为原本也是最为圆满的意义。

从作家个体的角度而言，在浩如烟海的外国文学作品中选择阅读某本书，并因阅读时的心境而对自己的精神产生震撼或者激荡，这的确纯属偶然。虽然也有着作家彼此之间的精神、气质等契合的必然因素，但另外一个必然的因素更加明显，也更加具有实际意义，那就是由于阅读者大都阅读的是翻译文学作品，他的选择范围必然要受到翻译的限制，翻译文学事实上规定着中国作家所接触的外国文学、世界文学范围，这种"偶然"因而也只是限定在了一个相当狭小的范围以内，并且，译者成了中外作家"相遇"的中介，一部作品翻译的好坏必然影响阅读的效果，正是在这个意义上，才有莫言所谓的"翻译家功德无量"。③

---

① 王家新：《同一个梦》，载《世界文学》1989年第1期，第287—291页。
② 叶延滨：《为心灵窃一份阳光》，载《世界文学》1989年第4期，第292—295页。
③ 莫言：《翻译家功德无量》，第283—287页。

二　影响与焦虑

作家与作家之间的影响并非一种思想、意象的简单传递,"诗的影响是一门玄妙深奥的学问。我们不能将其简单地还原为训诂考证学、思想发展史或者形象塑造术"。在布鲁姆看来,他更愿意称之为"诗的有意误读",而且"必须是对作为诗人的生命周期的研究"。① 另外,从作家对外国作品的阅读到其自身的创作,影响也需在某种复杂的心理、创作机制内进行运作,这使得事实上的联系更加扑朔迷离。作家林希就说过"我与外国文学,于赏析上距离很近,于写作上拉得很远,赏析上的亲近,使我能够用心灵去感觉外国文学作品的艺术魅力,写作上拉得很远,因为我要创造一道属于自己的风景线。我潜心写作几十年,可能没有人能说出我的写作和一位什么外国作家的作品相近,我自己更说不出我受了哪位外国作家的影响;但我可以说,没有外国文学作品对我的熏陶,我不可能有这样的写作心境,我也不可能有对于我来说是得心应手的表现手法。我没有存心戒备过外国作家和外国文学作品对我的影响,但我心中总有一道不可逾越的艺术防线,这道防线就是我自己从属于其中的母语大地。"② 对此有相似感觉的是陈敬容:"然而,谈到外国诗对我自己的诗创作产生过什么影响,尤其是哪一位外国诗人对我的影响较大,我自己还真不明白。与其说影响,不如说是一种感应或者默契吧——这里那里的,无迹可寻的。"③ 影响的这种事实上难以探寻,以及作家的此类心态也影响着学界的研究,陈思和就认为:在 20 世纪中外文学关系中,影响研究方法实际上是在证明无法证明的东西,它非但是不可靠的,简直是有害无益的,需要予以解构和颠覆。④ 陈思和不仅否认了影响研究的方法,也事实上否定了影响的事实存在。这一问题后面会有更为详细的论述,这里暂不赘言。

当然,更多的作家乐意承认这种影响。作家沈苇于 1996 年夏天开始

---

① 〔美〕哈罗德·布鲁姆:《影响的焦虑:一种诗歌理论》,徐文博译,南京:江苏教育出版社 2006 年版,第 8 页。

② 林希:《你在桥上看风景——我与外国文学》,载《世界文学》2001 年第 2 期,第 249—254 页。

③ 陈敬容:《这是那里的》,载《世界文学》1989 年第 3 期,第 272—275 页。

④ 有关陈思和的论述参见他的两篇论文:陈思和《20 世纪中外文学关系研究中的"世界性因素"的几点思考》,载《中国比较文学》2001 年第 1 期,第 8—39 页;及陈思和《我对 20 世纪中国文学的世界性因素的思考与探索》,载《中国比较文学》2006 年第 2 期,第 9—15 页。

写作《新柔巴依集》，模仿波斯古歌《柔巴依集》的古典调子，引进一定的当代性和明确的地域性，同时引进夏天的暴戾与温情：新疆夏日的阳光与阴影、飞扬的尘土、融化的雪水和植物的芳香等能代表典型的中亚特征。他在为《新柔巴依集》写的一篇创作笔谈《鹦鹉的舌头》中，坦承《新柔巴依集》是一组"仿作"，是一个"鹦鹉的舌头"。并对创造性的模仿做了一番辩护："一个写作者常会被'嫉妒的火焰'折磨：当遇到真正好的出色的作品，在拍案叫绝之余总会想，它为什么不是我的而偏偏出于他人之手？在这种倾慕、嫉妒和羞愧交杂的感情中，我们甚至愿意成为'鹦鹉的舌头'——是啊，如果模仿的是旷世天籁，是黄金圣乐，做一个'鹦鹉的舌头'又有什么不好？"① 李洱也承认自己曾经是博尔赫斯的忠实信徒，并模仿博尔赫斯写过一些小说。"虽然我后来的写作与博尔赫斯几乎没有更多的关系，但我还是乐于承认自己从博尔赫斯的小说里学到了一些基本的小说技巧。"② 博尔赫斯的确可能为初学写作者铺就一条光明大道，他那朴实而奇倔的写作风格，他那极强的属于小说的逻辑思维能力，都可以增加初学者对小说的认识，并使初学者的语言尽可能地简洁有力，故事尽可能地有条不紊。叶兆言更是以半是玩笑半是严肃的口吻说道："鲁迅谈到外国小说的影响，曾说过他每篇小说差不多都有母本。这种惊人的坦白，说明了第三世界小说家的真相，在如何观察和表现熟悉的生活场景方面，我们都有意无意地借助了已成功的外国小说经验。不是我们不想独创，实在是太阳底下已没什么新玩意。以西方的文学观点看待文学，这话听上去怪怪的，而且有丧自尊，其实当代小说就是这么回事。我们的小说概念，差不多都是西方给的，连鲁迅他老人家也虚心承认了，我们当小辈的就没必要再盲目托大。很显然，现代中国小说离开了外国小说，根本没办法深谈。"③

另外一个现象也值得注意，对承认影响者而言，似乎更多地将视点集中在了艺术形式的借鉴上，而不是内容或精神的认同与震撼，这与阅读与赏析过程中所表现出来的接受并不一致。这种反差颇值玩味。但这种对形式的借鉴却与翻译文学期刊对西方现代文学的译介策略一致，在第一章中

---

① 沈苇：《异域的教诲》，载《世界文学》2005年第2期，第276—287页。
② 李洱：《阅读与写作》，载《世界文学》2004年第5期，第296—306页。
③ 叶兆言：《横看成岭侧成峰》，载《世界文学》2003年第3期，第283—290页。

本书已经论述了翻译文学期刊对西方现代文学采取了内容上归化，形式上异化的译介策略，并分析了这样一种译介策略与当时的社会、文化语境相关，也与中国现代化进程中的某种影响颇为深远的"中学为体，西学为用"的观点相关。这种做法引发了另外一些作家的不同意见，王家新就说："一些人在谈到外国诗时，总是只提及'表现手法'和'技巧'的借鉴（甚至在论及起现实主义时只是把它和'自动写作法'等同起来并嗤之以鼻），我不知道这些人在回避些什么。我只知道所谓'表现手法'和'技巧'并不是一件可以和生命本身分离开来的外套，在独创性诗人那里，它只能是一种出自骨子里的东西，它即是生命自身的姿势和呼吸。如果我们在接触外国诗时不能够进入其内在的秘密，只是在那里模仿其'现代手法'，那只能将自己引上'伪诗'的歧路。"① 内容与形式难以完全分离，西方现代文学的表现手法首先是因为现代的生活内容需要用这样的现代手法来反映。中国当下的生活是现代性的吗？亦或是后现代的？用西方的现代艺术手法来反映我们当下的生活是否合适？这样一些问题仍然需要我们的进一步思考。

　　无论是欲说还休的否认也好，毫无顾忌的承认也罢，亦或是半遮半掩的认同，事实上都有一种"影响的焦虑"在内。"影响的焦虑"这一概念是由布鲁姆首先提出来的，原指文学传统对后辈作家的巨大影响，他所侧重的是纵向的承继关系。我们也可把这一概念的外延加以扩大，用以指某种横向的、共时的影响。新时期中国文学创作的焦虑情绪主要来自于这样一种外来文化对本土文化（传统文化）的冲击。由于中国现代文学自诞生之日起就因缺乏本土文化之根的依托而显得异常幼稚和孱弱，因此必然要向外国诗歌大口吮吸急需的营养。"这不是什么'应该不应该'的问题，而是'只能如此'的历史必然，是自身求生存的必要条件。"② 的确，中国现代文学从萌芽、生长直到演变成今天这个模样，外国文学借以翻译文学曾起过，现在也还起着巨大的催助作用，其就有如我们生活、成长过程中的"叔叔"，"给了我们粮食、衣服、玩具，甚至成熟的典范"。③ 也就是说，外国文学（翻译文学）给中国现、当代

---

① 王家新：《同一个梦》，载《世界文学》1989 年第 1 期，第 287—291 页。
② 树才：《内在的转化》，载《世界文学》1995 年第 6 期，第 261—268 页。
③ 简宁：《我们路上的叔叔》，第 285 页。

文学施加了强大的影响，在中国文学现代性的自主道路上，外国文学（翻译文学）是无法回避的巨大的阴影，如何走出这巨大的阴影呢？焦虑由此产生。

　　布鲁姆曾分析过面对焦虑时的六种态度，亦即六种"修正比"，法国学者蒂费纳·萨莫瓦约（Tiphaine Samoyault）更关注其间的五种："从这一焦虑中产生了五种态度。第一种态度是追随，即延续前人的作品，使它达到原文应该达到的目的；第二种态度是重新杜撰一段文字，使读者把作品看成一个新的整体；第三种态度是与模式的决裂；第四种态度是完全依赖自己可能拥有的想象的残余；最后，第五种态度是将视点颠倒过来，使前人的作品看上去反而出自自己的作品，用格诺的话说就是，让另一部作品反而成了'先行的抄袭'。"① 前面分析的面对影响的否认、承认或半遮半掩的态度是上述态度在中国具体的文化、社会语境下的分化与组合。可以说，正是这种焦虑的心态导致了某种对西方现代艺术手法短视的模仿，"学以致用"的深层文化心理也正契合了这种焦虑的情绪，所学的知识一定要有用，只有可用的，并且是立刻就可用的知识才值得学，这样的知识观、学习观很容易使中国人对任何知识采取一种"活学活用"的态度。② 而西方现代艺术手法作为"形而下者谓之器"的事物，不仅易学易用，也好学好用，遂成为一些急功近利之人的突破口，对西方现代生活进行表达的西方现代艺术手法于是被抽离开其产生的具体的原语文化语境而被中国作家加以借用，但因没有考虑到其的适用性问题而产生了一批拙劣的模仿之作。

　　这种焦虑不仅是抵制外来影响的焦虑，更深层次而言是整个民族重新"走向世界"的焦虑。鸦片战争以来的现代中国，由于强大而陌生的西方冲击，处于世界之"中心"的长久幻影由此破灭，紧随着的是仿佛被驱逐到世界"边缘"，甚至世界之外的彷徨；因而对几代国人而言，重要而紧迫的是重建自己的"中心"地位，亦即意味着从世界之"边缘"或"之外"走向或返回世界"中心"，这种重返中心的焦虑导致了"走向世界"这样一个明显违反地理学常识，却又符合中国文化现代性目标的概念流行

　　① ［法］蒂费纳·萨莫瓦约：《互文性研究》，邵炜译，天津：天津人民出版社 2003 年版，第 120—121 页。
　　② 李陀：《要重视拉美文学的发展模式》，载《世界文学》1987 年第 1 期，第 282—287 页。

开来,并且成为文化现代性战略需要的一个最常见的口号。① 与此相应的还有"世界文学","20 世纪中国文学中的世界性因素"等概念,作为一门学科或者一份期刊的"世界文学",在"走向世界"概念的影响下,自然而然是将本属于"世界"之中的中国排除在外了。

对于新时期中国文学创作的这种"影响的焦虑"而言,由于影响事实上的普遍存在,并且业已沿着不同的需求,在不同的阅读和写作心理中奔涌着。那么重要的不是对"影响"的横加非议,而是要看外国文学(翻译文学)给写作者们提供了哪些机遇和启示,激发了我们什么样的文学想象,给我们制造了怎样的文学可能性,并对此做出价值判断,也就是说对我们而言,重要的是要审视是什么影响了我们? 为什么影响? 是怎样影响的? 以及我们该如何应对这种影响? 并且,即便我们的文学现代性在各个层面上都受到了外来的影响,但也不能就此说明中国文学自身缺乏走向现代的创造力,正如王德威所言:"就算中国现代化处处受到西方影响,中国文学的现代化却不必完全是对外来刺激的回应。"② 这就要求我们积极寻求应对影响的策略。

三　应对影响的策略

在布鲁姆看来,面对影响的焦虑,也就是说后代诗人面对诗的伟大传统——他之前的所有强者诗人——这一咄咄逼人的父亲形象,两者的关系是对立的,亦或说对抗式的,传统企图压倒和毁灭新人,阻止其树立起自己的"强者诗人"的地位。而新人则试图用各种有意无意地对前人诗作的"误读",达到贬低和否定传统价值的目的,从而为自己作品的生存腾出空间。这构成了布鲁姆"对抗式批评"或"逆反式批评"(antithetical criticism)的核心。"'影响'乃是一个隐喻,暗示着一个关系矩阵,——意象关系、时间关系、精神关系、心理关系,它们在本质上归根结底是自卫性的。意义最为重大的一点(也是本书的中心点)是:影响的焦虑来自一种复杂的强烈误读行为,一种我名之为'诗的误释'的创造性解读。"③ 并

---

① 王一川:《与其"走向世界",何妨"走在世界"? ——有关一种现代文化无意识的思考》,载《世界文学》1998 年第 1 期,第 285—297 页。

② 〔美〕王德威:《被压抑的现代性——晚清小说新论》,第 25 页。

③ 〔美〕哈罗德·布鲁姆:《影响的焦虑:一种诗歌理论》之"再版前言:玷污的苦恼",第 14 页。

提出了六种"误读"前人的具体技巧,即六种"修正比"(revision ratio):克里纳门(Clinamen)、苔瑟拉(Tessera)、克诺西斯(Kenosis)、魔鬼化(Daemonization)、阿斯克西斯(Askesis)、阿波弗里达斯(Apophrades)。且不说术语本身的含义晦涩,由于外延的扩大,这些方法在多大程度上适用于我们现在的处境也是个值得商榷的问题。但这无疑也给我们提供了一条思路。对当代中国作家而言,如何应对或克服文学现代性过程中外来文学"影响的焦虑",有两点是值得借鉴的,并且是为多数作家所认同的:一是自主,二是独创。

　　所谓自主,是指中国当代作家在接受外国影响时,应该强调自己的主体性,正如邱华栋所说的:"被影响、甚至是模仿这些作家并不可怕,可怕的是你总是一个小爬虫,被这些大师的阴影给笼罩了。你在阅读的时候,必须要被这些作家激发出来一种任性的倔强,就是我要写得和你一样又不一样。拿来的时候,你的站位不能太低,要不然你永远都是一个复制品。"① 也就是说当代创作者应该脚踏实地立足于我们民族的土地、语言、情感基础上,写出我们这个时代、这片土地独特的情绪体验。不能"我们一开口,就说出别人的声音"。而这,也为大多数当代作家所共同接受,诗人大仙就指出:"作为以汉语为母语的中国人,我虽曾一度痴迷于拉丁语系诗歌,从那些卓越的翻译者笔下大量地读着艾吕雅、瓦雷里、拉福格、亨利·米肖、圣—琼·佩斯、聂鲁达、阿莱桑德雷、蒙塔莱的作品,但是'梁园虽好,不是久恋之乡',我必须完成我的纯粹是母语(汉语)的诗歌创作。"② 诗人刘湛秋译过俄国诗人普希金、勃洛克和叶赛宁的诗,在大学又是专修俄文的,俄罗斯的文学传统和基因肯定渗透到他的思想和感觉之中,但是诗人却真实地感受到他与俄罗斯诗歌之间存在着一种复杂的难以言传的情绪:"一方面,她以那种宁静的、如冬雪般透明的、真切自然表达方式吸引了我,她对外界和内心的语言感觉和我很接近;另一方面,我又总为她的忧郁和压抑而感到隔膜和难以服帖。"由此诗人坚信:"对于一个诗人来说,能赋予他诗歌生命的只能是他自己的土地和民族语言文化环境。因此,无论是地中海的阳光或莫斯科的白雪,都只能给我以某种感染;而构成我诗的灵感本身和语言色彩的只能是我深爱的中国的土

---

① 邱华栋:《小说的大陆气质》,载《世界文学》2004年第1期,第287—292页。
② 大仙:《寻找我们的指纹》,载《世界文学》1989年第4期,第295—298页。

地和中国的男女。"① "转益多师是吾师",博采众家之长对于提高我们自身的素质,确是大有益处的。而在这一切的无形的渗入中,我们所祈盼的无疑是建立一个我们自身的原则,即在独具个性(种族的,民族的)的创造中,显示出我们自己的健康和新鲜的生命力。②

这种"独具个性(种族的,民族的)的创造"就是我们要谈到的第二点:"独创"。自主与独创,这两者在应对影响的策略中相辅相成,难以分离。文学艺术是独特的个性的创造,一切优秀的文学作品和文学经典应该具有某种独创性,布鲁姆在《西方正典:伟大作家和不朽作品》一书中将"要么不可能完全被我们同化,要么有可能成为一种既定的习性而使我们熟视无睹"③的陌生性视为原创性的标志,并认为这是文学经典化的唯一因素。不管是面对传统的影响还是异域的影响,诗人都不能像时装爱好者那样追赶潮流,更不能像浮萍那样在不管是什么流派的浪潮里都随波逐流。没有诗歌独创性的自觉,"借鉴"就流于"模仿","拿来"也变成了"照搬"。很长一段时间,有相当一批这样无特色的作品流行于市,但它们有一个共同的"特色",与某些外国大师在汉语中的特色如出一辙,而非异曲同工。文学是人学,作家只有从自己对人生的体验和体悟中,来表现人类的欢乐和痛苦等根本的感受,这样才可能有真正的好作品出现。那些缺乏真正的个人痛苦的体验,而营造一点故事情节、模仿一些语调结构的作品,到底少了灵魂的颤动,难以留于读者的内心。由此"诗人必须有主见,有独立的风骨,有坚定的自我意识。然后,像树根摄取营养、绿叶进行光合作用那样,把外界的影响无形地化为自己有机体的一部分。诗人必须用自己的心去感受,用自己的眼睛去观察,用自己的艺术手腕去驾驭文字,写出前不同于古人,后不同于来者的诗句和诗篇。正像每一株树都有它独特的个性,每一片叶子都不同于其他的叶子一样,每一个诗人和他的每一首诗都应该是'独特'的。但是同时,他不可避免地必然曾经在某时某地受到过某种影响"。④ 任何的原创性都不可能是凭空产生的,都是在前人或异域的影响下,经由诗人创造性的自觉行动形成的。高尚认为诗人面对外来的影响,一直"要到成为自己的为止","成为自己的"不仅意味

① 刘湛秋:《徘徊于阳光和忧郁中间》,载《世界文学》1989 年第 3 期,第 279—281 页。
② 赵玫:《无形的渗入》,载《世界文学》1987 年第 4 期,第 302—305 页。
③ [美]哈罗德·布鲁姆:《西方正典:伟大作家和不朽作品》,第 3 页。
④ 吴钧陶:《外国诗影响浅谈》,载《世界文学》1989 年第 6 期,第 260—263 页。

着要发挥自己的主动性，更要发挥自己的创造性，"这意味着作为一个写作者，我们需要获得最佳的描述和在最高意义上的理解"。[①] 否则，我们永远只能是被影响者，永远只能是在接受影响而无力施以影响。正是在这种意义上，艾青才是可敬的，"他将他对外国诗人的理解，全部用在自己的创造上。在他之前，几乎没有一位诗人成功地把中国农村及农民如此鲜明地用新诗的意象感觉表现出来。他的双脚稳稳地站在民族与世界的交叉点上"。[②]

　　这种独创性的自觉的另外一层意义也在于抵制某种西方文学现代性的普遍原则。随着以西方中心主义为主导的全球化、现代化的发展，文学艺术中也出现了将西方文化艺术发展的历史经验视作具有普遍性的绝对价值的观点，我们对世界文学的参与程度越高，认同性越大，我们也越可能陷入这样一个陷阱中，将接受外国文学的影响视为不需反思的理所当然，而这意味着某种"我们一开口，就说出别人的声音"的失语，也意味着某种灵魂的集体贫乏。如何处理好世界艺术潮流与民族精神、现代性与民族性、普遍原则与自身道路之间的关系成为我们所面临的一个重要问题。因此，拉丁美洲文学的发展模式值得我们特别加以借鉴，拉丁美洲的文学家们经过几十年漫长而艰苦的努力，在自主的基础上，终于找到了一条摆脱现代性与民族性这种两难局面的出路：将"拿来"的外国文学经验与本地文化传统相结合，并且取得了令人瞩目的成绩，以致使那些在近二三百年中已经习惯于领导世界文学潮流的西方文学家不得不在拉美文学的"爆炸"面前折服。也使得我们在20世纪80年代出现了"拉美文学热"。另外一个可值参照的对象是我们的近邻日本，大江健三郎在获得诺贝尔文学奖时，有一些人认为他过多地接受了西方创作的方法，因此他的获奖不是亚洲的光荣而是亚洲的耻辱。事实上，大江健三郎的作品的确明显地接受了西方的一些创作方法，然而，却也同时运用了日本传统文学的想象力，民族性在文学中的体现同样明显。由此看来，似乎接受西方现代的创作手法来表现自己民族的思想内容成为所有非西方作家的必然出路，但对照拉美文学和日本文学，我们发现，当我们说某位作家是"意识流"、某位作家是"自然主义"的时候，我们忽视了最重要的一点，我们不是从独具特

---

① 高尚：《要到成为自己为止》，载《世界文学》2002年第2期，第278—287页。

② 雷抒雁：《诗，决不是徒然吟唱的》，载《世界文学》1989年第2期，第286—288页。

色的民族内容来谈的，我们只是就形式论形式。相比较拉美的"魔幻"气质，日本的"唯美"气质，我们的作品中似乎总少了某种独具特色的东西。并且，对于拉美和日本作家而言，对西方现代派的接受是一种潜移默化式的，渗透进生命意识中的，又不失却自己的种族的个性的接受，所有的西方表现手法也都是为了内容上的这种气质服务的，而并非只是为了借鉴而借鉴。中国当代作家只有立足本土、站稳脚跟、巩固自己的文化根基，才能不惧怕"混血"，自觉地、有选择地吸收外来文化艺术的影响。

中国作家对"自主"和"独创"的坚持，以及由此而落实到创作中的表现，充分说明了中国文学现代性进程并非只是对外来影响的消极反应，也并非仅仅只是折射出中西"贸易"关系的不平衡状态，而是充分体现了中国的作家与学人清醒地认识到中国的文学现代性与西方相比，自身完全能够产生出前所未见的意义，并且能够以新颖、独创的面目展现给世界。

第二节　从翻译现代性到文学现代性：
"中国作家谈外国文学"栏目

不可否认，本土文学现代性的发生与发展在很大程度上得益于翻译现代性，但文学现代性并不等于翻译现代性，从翻译现代性到文学现代性还有一个非常复杂的转变，而本土作家是完成这种转变的关键。《世界文学》中的"中国作家谈外国文学"栏目提供了中国新时期作家接受外国文学的第一手资料，这些栏目中的文章都涉及了哪些外国作家？又是哪些外国作家成为出现频率最高的名字呢？……对这些问题的统计大体可以看出新时期作家对外国文学接受的概貌，也可见出新时期文学现代性具体受到了哪些外来作家的影响。而将其与翻译文学期刊上所译介的作家，或者说与翻译现代性进行一番对比，我们还可看出另外一些比较有趣的话题。应该说明的是，外国文学作品哪些对新时期中国作家有较大的影响，哪些仅仅只是稍有涉猎，存在着一个度的差别，而这是在上述统计中难以体现出来的。对本书而言，对"中国作家谈外国文学"栏目中所涉及的外国作家的统计是以忽视这种"度"的差别为前提的，而认为所有提及的外国作家对新时期的中国作家都有着同样的影响程度。探讨从翻译现代性到文学现代性的复杂转变，事实上还是考察影响与接受的关系，即中国作家对外国文学的接受与作为外国文学借以施加影响的主要形式的翻译文学期刊之间的互动关系，而随着接受美学对传统影响研究的刷新，正如韦斯坦因所说："'影响'，应该用来指已经完成的文学作品之间的关系，而'接受'则可以指明更广大的研究范围，也就是说，它可以指明这些作品和它们的环境、氛围、读者、评论者、出版者及其周围情况的种种关系。因此，文学'接受'的研究指向了文学的社会学和文学的心理范畴。"① 也就是说接受者的主体性以及接受者所处的文化、社会语境越来越为学界所重视。再者，虽然某位中国作家对某位外国作家及作品的接受有着"私密"或"偶然"的因素，但在一个更为宽广的范围内，出现某种相近的接受思潮则与某些共同的文化情绪及具体的社会历史语境相关，而这才是本书关注的重点所在。

附录四是对《世界文学》中"中国作家谈外国文学"栏目所涉及的外国作家的统计，从这项统计中我们不难看出新时期中国作家对外国文学接受的一些特点。从国家和地区来看，新时期中国作家对外国作家、外国文学接受的主要来源是法国文学（215 人次）、美国文学（207 人次）、俄苏文学（201 人次）、英国文学（178 人次）和拉美文学（109 人次）。这与新时期翻译文学期刊的译介大体一致。②

五四时期，由于社会变革对文学的功利需求越来越迫切，因此，对俄苏文学的介绍也愈来愈多，到了 20 世纪 30 年代，进而成为译介与接受的重心，新中国成立之后，俄苏文学更是成为译介与接受的唯一中心，成为某种文学"单一现代性"的唯一借鉴。新时期以来，俄苏文学的译介虽然从整体上已经让位于西方文学（俄苏文学在新时期翻译文学期刊的译介中只排名第三，居于美国和日本之后），但依然保持着对中国作家的强势影响。苏联的社会主义文学精华，如高尔基（7 次）③、马雅可夫斯基（4 次）、肖洛霍夫（4 次）、奥斯特洛夫斯基（2 次）等人的作品，曾经对我国的文学创作产生过巨大的影响，甚至扮演着导师的角色。但是，苏联文学及其创作理论也带给了我们一些消极的影响，如"高大全"的人物形象，"正面人物—反面人物"的机械模式，等等，我国新时期的作家经过

---

① ［美］韦斯坦因：《比较文学与文学理论》，沈阳：辽宁人民出版社 1987 年版，第 47 页。
② 对新时期翻译文学期刊译介量的统计参见本书第三章第一节。
③ 作家名字后面括号中的内容是指该作家在"中国作家谈外国文学"栏目文章中所出现的次数。下同。相关统计参看本书附录四。

一段痛苦的反省，才逐步超越了这种模式，但这种超越也是在俄苏文学的影响下产生的，苏联文学本身业已实现了这种超越。邦达列夫（4 次）、艾特马托夫（2 次）、瓦西里耶夫（1 次）等人的作品给我们的作家以这样一种启迪：社会主义文学并不是与丰富的人性无缘，在社会主义制度下，也完全可以创造出思想境界很高，又富有人性深度的作品。在我们"改革文学"的厂长、经理形象中，就不难看出这种影响的存在，而在"伤痕文学"与"解冻文学"之间也不难看出在文学内涵、文学主题上的某种相似。而随着新时期文学反思的深入，苏联当代文学以其深厚的人道主义传统和深刻的反思精神吸引了新时期的中国作家，帕斯捷尔纳克（13 次）、索尔仁尼琴（7 次）、阿赫玛托娃（8 次）、茨维塔耶娃（5 次）等成为中国作家在 20 世纪 80 年代中后期新的接受重点。总之，对俄苏文学的接受虽然经历了种种变迁，但其能够居于新时期中国作家对外国文学接受的前列，主要原因有二：其一，影响与接受在时间上的相对滞后性，新时期中国文坛虽然存在新中国成立前、新中国成立后以及新时期之后走上文坛的老中青三代作家群体，但对这三类作家而言，他们所能够阅读到的外国文学作品（主要是翻译文学作品），由于以前很长一段时间的积淀，主要还是俄苏文学，并且即使是新时期以后走上文坛的作家，他们最先阅读的作品恐怕也还是以俄苏文学为主；其二，俄苏文学与中国文学自身发展的某些内在因素的契合，如相近的历史经历、相近的社会背景，等等，是导致对俄苏文学接受的另一重要原因。

新时期对西方文学的译介与接受逐渐超过了俄苏文学。就译介来说，欧美几个文学大国的译介量在新时期都位居前茅，且占据了总量的 40%以上；就接受而言，对法国文学、美国文学的接受也超过俄苏文学，其他如英国文学、德国文学也都居于新时期中国作家接受的前列，且远远超过其他的国家和地区。五四以来，文学翻译者从社会改革的功利出发，对译介对象的选择都具有明显的现实针对性，特别注意引入欧洲的资产阶级革命时期的鼓动个性解放的作品，后来一些革命作家更是为了给进行中的民族革命输入"军火"，着眼于介绍被压迫民族文学乃至"普罗文学"，与这种政治价值取向相适应，当时侧重于 18—19 世纪的批判现实主义作品也就不难理解了。新时期文学现代性的发展，是以西方现代性为主导的，于是不仅但丁（14 次）、莎士比亚（22 次）、歌德（20 次）、雨果（9 次）、巴尔扎克（13 次）等西方文学经典作家的经典著作重新成为新时期人们阅读与接受的热点，更重要的是西方现代派的一些重要流派及作家作品也得到了新时期中国作家的大力追捧。象征主义、表现主义、自然主义、荒诞派、黑色幽默、新小说等流派纷纭呈现、此起彼伏，让人目不暇接。在这种现代主义浪潮中，法国能够超越英国、德国、美国、意大利等国成为新时期中国作家接受最多的国家，这是因为巴黎很长一段时间是欧洲的文艺中心，法国不仅贡献给世界巴尔扎克、雨果、罗曼·罗兰（8 次）、波德莱尔（11 次）、普鲁斯特（7 次）、福楼拜（5 次）、左拉（3 次）、司汤达（6 次）、瓦雷里（4 次）、马拉美（4 次）、萨特（9 次）等著名作家，也是西方现代主义的重要发源地，众多现代主义流派都是从法国起源而后流传于整个欧洲的，如象征主义、达达主义、超现实主义、新小说，等等。《世界文学》、《外国文艺》和《译林》三家翻译文学期刊都以西方现代文学为译介的中心，因而在新时期中国作家对西方现代文学的接受过程中发挥着重要作用，许多作家常年订有《世界文学》或《外国文艺》，很多现代文学作品都是首先从翻译文学期刊上看到的，从而对自身的创作产生某些影响。

新时期文学翻译界的另外一个颇具特色的现象是"拉美文学热"的兴起，自 20 世纪 80 年代初期以来，短短几年时间内，拉丁美洲文学以爆炸的态势进入了中国文学的视野之中，一夜之间，加西亚·马尔克斯（21次）、博尔赫斯（23 次）、巴勃罗·聂鲁达（13 次）、巴尔加斯·略萨（8次）、奥·帕斯（5 次）等成为中国作家耳熟能详的名字。随着他们作品的陆续传入，随之出现了一批模仿之作，且不说莫言中篇小说《红高粱》的开头很容易让人想起《百年孤独》，一些西藏青年作家甚至扯起了中国的魔幻现实主义大旗，也出现了像扎西达娃《系在皮绳扣上的魂》这样较为优秀的作品。但这些模仿之作还是遭到了许多的非议，引发了某些尖刻的批评，有人就说，《红高粱》并没有什么独特的创造，只是"抄"人家的抄得不错罢了。事实上，就地理文化背景而言，西藏确实有与拉丁美洲的相似之处，这一点显然是被西藏作家充分考虑过的，也正是出于这种考虑才尝试着创作出具有某种"魔幻"特色的作品，这显然不能简单地归之为生硬的"照搬"或者"横移"。况且，从这些所谓的模仿之作来看，我们也不难看出作家的确还是在努力传达、描述、表征他们所体验或意识到的自身独特的历史和文化，和拉美作家作品的区别也是一目了然的。拉美作家对传统文化的反思也刺激了新时期一些作家对自身传统的反省，激发了他们"寻根"的热情,对具体的被中国传统文化所规定、所制约的中国人的特定文化心理以及"民族性"做了较为深刻的探讨,80 年代中后期思想界的"文化热"也显然与拉美文学的冲击有关。并且,更为主要的是,拉美文学给我们提供了一种第三世界国家文学发展的可资参照的模式,即将西方现代主义的文学经验与本土的文化传统相结合的发展道路,或许,这才是拉美文学受到中国作家推崇的真正原因。①

日本文学(68 人次)在新时期的译介与接受呈现出较大的反差。日本文学在新时期翻译文学期刊上的译介量排名第二(虽然也存在着日本和歌篇幅短小,在翻译文学期刊译介篇目较多等统计学上的原因),但新时期中国作家对日本文学的接受却远远落后于它的译介与研究,在《世界文学》"中国作家谈外国文学"栏目中,日本文学只提及了 68 人次,并且关注最多的川端康成也只有 12 次,其余作家大多只是略有涉及。五四时期,中国新文学发展的一个很重要的外部助力是日本文学,留学日本的作家众多,并且很多西方文学都是从日文译本转译过来的。随后由于两国战争的爆发,阻隔了两国文学之间的交流,虽有涓涓细流使两国文学关系不至完全中断,却在全民族抗战的政治话语中难以为继。新时期以来,国内对日本文学的译介大有一扫以前颓势的态势,并且对于两国文学关系的比较研究,较之中俄、中法、中英、中美文学关系等研究领域,是"研究实力最强、成果最多的领域",② 然则在创作领域的接受并没有像译介与研究那样繁荣,的确,比较起译介与研究而言,作家的接受更具主观色彩,长久以来的隔绝以及心灵的创伤和仇恨并非短时间内可以平复的,这可能是新时期中国作家对日本文学接受较少的主要原因。

从作家个体来看,新时期中国作家对外国文学的接受也有以下一些特点:首先,经典作家的影响依然强烈。莎士比亚、巴尔扎克、但丁、歌德、普希金(19 次)、列夫·托尔斯泰(21 次)等依然是中国作家接受的重点,占据着各国影响榜的前列。这些经典作家的经典作品具有恒久的艺术魅力,是文学作品的真正审美价值所在。正如布鲁姆所说:"一部文学作品能够赢得经典地位的原创性标志是某种陌生性,这种特性要么不可能

① 李陀:《要重视拉美文学的发展模式》,第 285 页。
② 乐黛云、王向远:《二十世纪中国人文学科学术研究史丛书:比较文学研究》,福州:福建人民出版社 2006 年版,第 278 页。

完全被我们同化，要么有可能成为一种既定的习性而使我们熟视无睹。"①
这是一种无法同化的原创性，是一种我们完全认同而不再视为异端的原创
性。正是这种原创性成为影响的起源或中心，同时也是抵制影响、克服焦
虑的必然策略。当人们初次阅读一部经典作品时，事实是在接触一个陌生
人，产生一种怪异的惊讶而不是种种期望的满足，"原来小说也可以这样
写"，这是马尔克斯在阅读卡夫卡的作品时的感慨，也是新时期大多数的
作家接受西方现代文学时产生的感觉。② 正是在这个意义上，经典作家的
经典作品得到了不同时代、不同国别阅读者与研究者的景仰，而永远地镌
刻于人类文学史的丰碑上。由此，他们的灿烂与辉煌不仅属于哺育他们的
民族与国家，也是属于全世界、全人类共同的文学遗产。新时期虽然以译
介西方现代文学为主，但经典作家的经典作品并没有如想象的那样退居幕
后，而是以其后世难以企及的审美价值高度，以其不可同化的原创性依然
成为新时期中国作家接受的重点。

　　虽然经典作家的影响依然强烈，但新时期中国作家对外国文学接受的
某种现代性倾向也越来越明显。与五四时期乃至新中国成立后对外国文学
的接受相比较，我们不难发现一些外国作家慢慢地从中国作家的视野中退
隐了，而另外一些作家则冉冉浮出水面。在新时期中国作家对俄苏文学的
接受中，普希金、托尔斯泰依然居于中心，高尔基、马雅可夫斯基、肖洛
霍夫等人只是老一辈的作家还有提及，中青年一代的作家更愿意谈论更具
现代意义的陀思妥耶夫斯基（11 次）、帕斯捷尔纳克、索尔仁尼琴、阿赫
玛托娃等人。在法国文学中，巴尔扎克的影响依然深远，但雨果、司汤
达、罗曼·罗兰等人也逐步被加缪（9 次）、萨特、玛格丽特·杜拉斯（9
次）、罗伯—格里耶（9 次）等现代派作家所取代。在英国文学中，莎士
比亚是经典的中心，但艾略特（24 次）、伍尔芙（9 次）等已经逐步向他
迈进，而雪莱（8 次）、柯尔律治（4 次）、华兹华斯（3 次）、狄更斯（2
次）等人已经隐退。美国文学同样如此，马克·吐温（3 次）、德莱塞（1
次）等已经让位于福克纳（18 次）、海明威（17 次），甚至于索尔·贝娄
（5 次）和海勒（4 次）。美国学者大卫·达姆罗什（David Damrosch）认
为世界文学经典已经从原来的双层结构演变成了三层结构，即由"超经

---

① ［美］哈罗德·布鲁姆：《西方正典：伟大作家和不朽作品》，第 3 页。
② 莫言：《翻译家功德无量》，第 285 页。

典"、"反经典"和"影子经典"组成的三层系统已逐步取代了原来"主流作家"和"非主流作家"的划分。① "超经典"或者说"经典的中心"为老牌的"主流作家"所占据,即上述的莎士比亚、但丁、歌德、巴尔扎克、托尔斯泰等人,近30年来,在对中国新时期作家的影响中,他们不仅神定气闲地守住了自己的领地,甚至有所拓展。"反经典"则由低一等的和有"反叛"声音的非通用语作家组成,也包括获得极高评价正在向中心运动的诸多现、当代作家的作品。比起"主流作家"们所积累的雄厚的文化资本,这些新经典望尘莫及。新经典并没有与"超经典"进行殊死的搏斗,而是相安无事,并为他们提供了新的活力。对新时期中国作家而言,扮演这种新经典、"反经典"角色的是西方现代派文学名著、拉美魔幻现实主义的代表作,亦即上面所谈到的陀思妥耶夫斯基、萨特、罗伯—格里耶、艾略特、乔伊斯、福克纳等人,还包括马尔克斯、博尔赫斯和卡夫卡、昆德拉等人。所谓"影子经典"是指那些不断退隐的"非主流作家",可能老一辈的作家对他们还有所知晓,但年轻一代的作家已经越来越少提及他们了,如高尔基、马克·吐温等。现代主义文学"新经典"的不断前进和"影子经典"的不断隐退构成了新时期中国作家对外国文学接受的基本轨迹,并且,西方现代主义文学在翻译文学期刊的译介与新时期中国作家的接受之间是良性互动的,是一个相互加强的过程。

再者,新时期中国作家对西方现代文学、现代作家的接受通常是以流派的方式进行的。如罗伯—格里耶、玛格丽特·杜拉斯、克洛德·西蒙(3次)等之于"新小说";加西亚·马尔克斯、巴勃罗·聂鲁达、米斯特拉尔(6次)等之于"魔幻现实主义"……伴随着这些流派或"主义"一齐到来的,除开具体的文学作品以外,还有一整套关于文学和人生的观念及态度。比如说,"新小说"认为传统小说的故事模式已不适用于现代的生活,它所提供的人物形象、典型环境以及情节模式都是一种"表象真实",而新小说则不再构思一个虚假的故事,而是对自我提问,对世界和人生的存在价值提出质疑,它关心的是人在现代社会中的生存处境。"新小说"的代表作《橡皮》([法]罗伯—格里耶著,最早译载于《外国文艺》1979年第2期上)表面上是一个扑朔迷离的侦探故事,实际上却通

---

① [美]大卫·达姆罗什:《后经典、超经典时代的世界文学》,汪小玲译,载《中国比较文学》2007年第1期,第1—13页。

过主人公瓦拉斯不断陷入现实和幻觉的双重迷宫来表现人的生存困惑。新小说并不仅仅是为了形式游戏，它产生的根源出于罗伯—格里耶所说的"我的哲理存在于小说形式的本身，是体现在小说的形式上"，即"新小说"企图通过"形式"来拯救绝望的人类。由此，这些流派的影响也可体现为两个方面：首先是对文学本体的认识和理念上；其次是对于人和他所处的这个世界的感受和理解上。中国新时期的"先锋小说"受"新小说"的影响巨大，从某种程度上说，"先锋小说"就是"新小说"的理论和实践的中国化，它不仅接受了新小说追求形式实验的一面，也接受了其质疑人生价值，表现人的生存处境的一面，但也由于中国社会的特殊语境，新潮的实验小说并不能得到完全的认同，到了20世纪90年代，又出现了新潮小说回到追求人物、情节的传统模式中。来自上述两个方面的影响，直接刺激着当时的中国文学从作家到作品发生了一次双重质变，对西方文学的现代主义流派、后现代主义流派的接受，刷新了我们既有的文学观念和对世界的体认与感觉，也启发我们的文学创作，可以说，如果没有这一外部刺激，不少中国作家将在很长一段时间内不知道如何写作，也不会定义"文学"。① 以流派形式的接受虽有将新时期外国现代文学的大量涌入迅速条理化、系统化的功能，却也造成了接受的简单化、模式化，远未呈现出西方现代文学内在的紧张性，也遮蔽了原有的深刻得多的异质性。例如，对"新小说"派，国外研究者存在着两种对立的评价，法国学者罗兰·巴特虽然支持"新小说"的写作实验，但他认为新小说这个流派根本就不存在，另外一位法国学者吕西安·戈德曼（Lucien Goldmann）也认为"新小说"作家之间的写作存在着巨大的差异，就连向来被视为新小说代表作家之一的娜塔丽·萨罗特一开始也认为不存在所谓的"新小说"派。而罗伯—格里耶则一直坚持"新小说"派的存在："50年代，我们一同起步时，有一种共同的想法，就是要用全新的形式，即接近于胡塞尔、海德格尔和柏格森的形式来反映社会关系。"② 新时期中国作家在接受西方思潮或流派时，不仅将对该流派的争执忽略了，也似乎自动地将流派中作家的巨大差异给忽视了，而将其视为一个整体来接受。这种并不全面的认识造

---

① 高尚：《要到成为自己为止》，第285页。
② 参见曾一果、施军《"新小说"在中国的传播与影响》，载《译林》2003年第6期，第187—192页。

成了理解上的偏差,当今天我们需要花费更多的时间来纠正这种偏差时,却也不得不为当初接受时的简单化扼腕叹息了。在笔者看来,这种简单化的倾向与当时的社会、文化语境下,混沌地、模糊地将西方思想当作一个"整体"① 接受的状况相关,但更深层还在于外国文学巨大的"影响的焦虑",在于想着迅速"走向世界"而匆忙拿来为我所用的焦灼与功利。

　　另外,新时期翻译文学期刊对获得诺贝尔文学奖作家的作品译介较多,但新时期作家对其的接受并不如想象的那样深广。诺贝尔文学奖自1901 年设立以来,直至 2008 年,在 108 年的时间内共颁奖 101 次,105位作家获奖(1914、1918、1935、1940—1943 年因两次世界大战无法评奖,1904、1907、1966、1974 年同时颁给两位作家)。在《世界文学》"中国作家谈外国文学"栏目中,共 305 次提及 24 个国家的 71 位诺贝尔获奖作家,尚有三分之一以上的获奖作家没有进入中国作家的接受视野之中,且平均每位作家只提及 4.3 次,数值不算太高。而其他一些没有获得诺贝尔文学奖的作家反而更易于在新时期的中国引发某种接受热潮,如博尔赫斯、卡夫卡(23 次)、昆德拉(6 次),等等。但还是应该承认,诺贝尔文学奖对新时期中国文学的影响是巨大的,它不仅给我们树立了一个有关"世界文学"的标准,也为我们提供了西方文学的经典范例,提供了西方文化的普遍性的话语基础,西方文学许多重要的部分就是通过对诺贝尔文学奖的介绍而被中国作家所了解的。这种接受的状况,似乎说明中国作家对诺贝尔文学奖的热望正被一种更有信心的对自身写作的关注与投入所替代,诺贝尔文学奖和西方文学现代性的意义不再是一个绝对的尺度,中国人开始有了一种更为平和的心态,这种心态使得我们的写作更注重与中国当下社会的联系,也更注重与当代中国读者的联系,人们开始领悟到,自己脚下的土地也正是世界的一部分,我们正"走在世界"而不是"走向世界",因此,对诺贝尔文学奖的宏愿与幽梦似乎已由过于急切的期望带来的失落,而因为日益增强的自信而化为一种新的可能。② 但理想与现实并不一致,中国文学并没有因为全球化的进程和中国经济的成长而进入一个新的文学的国际化浪潮中,于是才有了德国汉学家顾彬对中国当代文学

---

① 许纪霖、罗岗等:《启蒙的自我瓦解:1990 年代以来中国思想文化界重大论争研究》,第9 页。

② 张颐武:《宏愿与幽梦:诺贝尔文学奖与中国》,第 11 页。

的"炮轰":指责中国当代作家不懂外语,指责中国当代文学都是"垃圾";另外,视角的内化也并没有将自身的内部问题加以解决,"身体写作"依然盛行,"80后"的作家需要"招安"……再者,对诺贝尔奖作家接受的平和并不能说明新时期中国作家对外国文学接受的视野就有多宽广,正好相反,中国作家接受的视野是相当狭隘的,新时期对拉美文学虽然形成过接受热潮,但主要还是集中于少数几位作家身上,如加西亚·马尔克斯、巴尔加斯·略萨、聂鲁达等,而其他作家——在国外文坛上同样享有盛名,只是国内介绍颇少——就受到冷落,例如科塔萨尔、奥内蒂、乌斯拉尔·彼德里、贝内德蒂,等等。

从以上分析不难看出,总体说来,文学现代性与翻译现代性之间,或者说新时期中国作家对外国文学的接受与翻译文学期刊的译介之间存在着良好的互动。一方面,翻译文学作为事实上的世界文学景观,规定着中国作家接受的视野;另一方面,中国作家也以自己的接受兴趣影响着译界对外国文学的选择。也就是说,文学现代性与翻译现代性两者之间大体是一种正反馈的关系,即随着一个的加强,另一个也随之加强,如俄苏文学、欧美文学和拉美文学的译介与接受就处于这样一种正向互动中。当然,也有例外,如日本文学在新时期的译介与接受之间就存在着较大的反差。

无论是在哪种接受态势中,中国作家——翻译现代性的主要接受者、文学现代性最重要的实践者——的主体性都得到了某种程度的张扬。这种主体性的张扬与接受美学对接受者期待视野、空白点等的论述不同,由于这里讨论的接受者主要是新时期的作家群体,因此接受者的主体性更加强调接受者的自主选择与创作,以及接受者的创造性转化等。虽然可供选择的范围受到了翻译文学的制约,但是随着文学翻译事业的发展与积累,可供选择的作品还是相当多的,在这些众多的作品中选择什么来阅读,以及选择作品的哪些内容或哪些方面来接受,这些很大程度上取决于接受者自身的因素,理性和感性的因素。选择行为是理性与非理性的融合,新时期中国作家对外国文学接受的感性基础,与新时期中国作家的某种独特的情绪体验相关,具有某种程度"私密"性,但是从根本上来说,这种情感基础应该是发送者、接受者双方性情、气质等的契合,正如储福金所说:"对创作者来说,喜欢的作家,是真正的老师,喜欢的作品才能实实在在地给予创作影响。因为只有气质、感觉等内在是相通的，才会真正地喜欢，也才会得到真正的帮助，如把着手指导一般。"① 而这种接受的理性基础应该是基于感性体验上的理性分析：这本书对自己有什么启发，读了这本书有什么收益，以及有哪些可供自己借鉴的地方，等等。只有基于这两点之上，接受者才算真正地接受了某部作品。

接受者主体性的另外一层体现是接受者的创造性误读与转化。在布鲁姆看来，创造性的误读是后代诗人面对前辈经典诗人"影响的焦虑"时的一种有意行为，通过对前人诗作的有意"误读"，达到贬低和否定传统价值的目的，从而为自己作品的生存腾出空间。"强烈误读是第一位的：必须有一种深刻的误读行为，一种与文学作品共陷爱河的误读行为。每个人的误读方式都跟别人不一样，但几乎可以肯定的是一种模糊的读法——虽然其模糊性也许被遮盖着。"② 如果济慈对莎士比亚、弥尔顿和华兹华斯没有采用这种误读方法，我们今天就不可能读到济慈的那些颂诗、十四行诗等伟大作品；同样，没有对福克纳、马尔克斯等的有意误读，我们也不可能读到莫言的《红高粱》等作品，对莫言而言，福克纳和马尔克斯就像两座灼热的高炉，而他自己就是冰块，虽然在他的作品中有对外国文学借鉴的比较高级的"化"境，也有属于外部摹写的"不化"境，但这无疑都要求他逃离这两个高炉，去开辟自己的世界。"我如果不能去创造一个、开辟一个属于我自己的地区，我就永远不能具有自己的特色。我如果无法深入进我的只能供我生长的土壤，我的根就无法发达，蓬松。我如果继续迷恋长翅膀老头、坐床单升天之类鬼奇细节，我就死了。"③ 的确，对新时期中国作家而言，这种有意"误读"是通达某种创造性转化的必由之途，通过对外国文学经典作品的有意"误读"与创造性借鉴，立足于本民族的土壤之中，我们才能创造出属于我们自己的，独特的文学作品，并在这种独具个性的创造中，显示出我们自己对人生、对世界的独特感受，并以这种不可同化的独创性、原创性跻身世界文学经典之列，也为文学现代性提供可能的中国独特的视角。

---

① 储福金：《读两位日本作家》，前引文，第 293 页。
② ［美］哈罗德·布鲁姆：《影响的焦虑：一种诗歌理论》，前引书，第 14 页。
③ 莫言：《两座灼热的高炉》，前引文，第 299 页。

接受者的主体性发挥除了受到翻译文学所规定的世界文学范围的约束之外,还会受到自身性情等的影响,但更主要的是还要受到当时社会文化语境的制约。在新时期所引发的种种接受热潮,不管是"卡夫卡热"、"昆德拉热"还是"拉美文学热",都不是一两个中国作家的个体接受原因可以解释的,而是与当时具体的接受语境息息相关,当然,即使不讨论如此大规模的接受浪潮,在对某些具体作品的接受中,我们也不难发现某种群体的情绪,甚至某种社会、文化的因素。在《世界文学》的"中国作家谈外国文学"栏目中,有两篇文章:一是戴晴的《失败者的胜利——读茨威格〈异端的权利〉》[①]一文,另外就是刘烨园的《"吃"了十年的一本书》[②]一文,较为仔细地谈及了对茨威格《异端的权利》一书的接受。《异端的权利》一书为奥地利作家茨威格所作,描述了16世纪曾经饱受迫害的宗教改革家加尔文,是怎样"胜利导致滥用胜利"的,是如何刚刚上台,自身因思想不同而受到的迫害还未结痂,就立刻比曾经迫害自己的人更变本加厉地用监禁、流放、火刑等更残忍的手段来迫害另外的思想者的。对于才从某种高压的文化语境下走过来的中国人而言,很容易联想、影射到"文化大革命"的情形:"几乎每一章都像是针对中国的历史和现实而写,每一段都仿佛在加深中国知识人的耻辱与愧疚","如果一九六六年能读到此书,我、我们会投身文革么?或以反对的立场投身?"[③]当然,不仅如此,《异端的权利》并非中国式的影射,而是知识分子的科学精神与严肃态度,是知识分子的担当与勇气,考虑到此书完成于1938年,正是希特勒当上德国武装部队最高统帅,并吞并奥地利的时候,我们有理由对作家表示更高的敬意。书中的剖析与思考,不仅对中国、对前人、对历史,就是对人类、对今人、对后世,都有着发人深思的联想和启迪。诚然,这样一本书对中国而言是迟到了,但是没有如果,即使是晚到,也总比没到好。中国作家对此书的接受也表明了中国知识分子的责任与勇气,希望在更高的层次上以独立的品格对"文化大革命"进行反思,也正是全社会对"文化大革命"的反思,引发了新时期作家对《异端的权利》的接受,经历过那样的历史,又在如今这样的现实中,作为知识分子,许多同样的境

①　戴晴:《失败者的胜利——读茨威格〈异端的权利〉》,载《世界文学》1987年第3期,第289—292页。

②　刘烨园:《"吃"了十年的一本书》,载《世界文学》1999年第5期,第263—271页。

③　同上书,第264页。

遇,同样的感受,导致了同样的反思,接受于是顺理成章。

从翻译现代性到文学现代性,中国作家是这个转变过程中最重要的主体性因素,诚然,中国作家主体性的张扬受到种种主观和客观条件的制约,但也正是这种主体性的作用,彰显了我们的文学现代性并非只是对西方刺激的被动反应,而是有着自主发展的意愿与能力。

第三节　《百年孤独》在新时期中国的旅行

1999 年,《中华读书报》"国际文化"专刊组织了一次读者调查活动,评选"我心目中的 20 世纪文学",同年 9 月 15 日公布了调查结果。据编辑手记,参加投票的读者有半数以上把鲁迅的《阿 Q 正传》和加西亚·马尔克斯的《百年孤独》列为百部入选作品的第一席和第二席,《百年孤独》的席位超过了普鲁斯特的《追忆似水年华》和乔伊斯的《尤利西斯》。如果说本章第二节主要是从国家和地区以及作家个体来考察的新时期中国作家对外国文学的接受情况以及从翻译现代性到文学现代性的复杂过程的话,那么,在上述调查中,我们不难看出,如果从作品的角度来进行上述考察,《百年孤独》无疑是一个极具代表性的个案,对这样一部可以说是在 20 世纪对中国文学现代性最具影响的著作而言,考察其在新时期中国的译介、传播与影响,可以反映出我们的翻译现代性与文学现代性中某些极具启发意义与象征意义的细微之处。

一　《百年孤独》在新时期中国的译介与传播

翻译是外国文学文本在中国旅行的开始,它提供给了我们交流的可能。如果没有翻译,文学或理论就只是停留在发源地,无法扩散传播,产生影响。对新时期中国作家和学者而言,接受的基本上都是外国文学的中译本。《百年孤独》在中国最早的译介是在《世界文学》1982 年第 6 期上,这是为《世界文学》编辑部成员所津津乐道的一件事情:《世界文学》复刊后,1978 年从北京外国语学院借调来了西班牙语编辑林一安,他担任编辑后不久便推荐了《百年孤独》一书,当《世界文学》杂志正组织人力翻译并筹备发表时,就传来了马尔克斯获得该年度(1982 年)诺贝尔文学奖的消息。《世界文学》编辑部的成员后来在不同的场合屡次提及此事,以此证明刊物选题的前瞻性。① 《百年孤独》全书共二十章(原书各章并不编号,译载时按原书次序进行了编号),《世界文学》上共选译了六章:第一章、第四章、第六章、第十章、第十二章和第二十章,并将未选译的部分以内容提要的形式串联起来,使其前后贯通,给人以一个完整的印象。这六章由沈国正、黄锦炎、陈泉三人共同译出。随后,在1984年8月,上海译文出版社出版了第一个单行本,也是由黄锦炎等人合译的。同年9月,北京十月文艺出版社出版了著名翻译家高长荣的译本。至今,《百年孤独》总共出现过十几个不同的译本,但较为重要的除了这两个以外,就只有1993年由云南人民出版社出版的吴健恒的译本。其他很多译本从翻译到出版都较为粗糙。

在这三个重要译本中,黄锦炎等人的译本是其后重版最多的译本,也是在旧书交易市场价钱最高的译本,② 充分证明了读者对这一版本的认同与接受。作为老一辈翻译家,高长荣的译本"译文忠实,优美,富于情味"。③ 自有其价值所在。而吴健恒的译本相比较前两个译本而言,可视为一个"全译本",出版时编辑曾说明该译本"未做任何删节,因此可视为一个全译本。通过它,读者可窥见这部名著的全貌"。④ 两位西班牙语文学专家赵振江和赵德明也认为该译本最"忠实于原文"。⑤ 这个"全译本"与以前的译本相比,主要特色有二:其一,黄译和高译两个旧译本因囿于出版时的情势,将描写男女情爱的段落予以大量删节,但何处该删何处不删,二者的取舍并不一致,该怎么删节并没有一个统一的标准。事实上,这样的删节绝大部分是对原作的一种损害,马尔克斯对苏联翻译《百年孤独》时删除这样的段落就十分不满,吴译没有做任何的删节,保留了原著的全貌;其二,吴译将以前译本的错译予以更正,漏译予以补上,对译文可增色之处加以润色、修正,黄译与高译虽也十分严谨,但难免有些错漏,如原文中有这样一句话"Fa tierra es redonda",汉语中的所有翻译

---

① 参见高莽《新时期〈世界文学〉杂志散记》,载《世界文学》2003年第4期,第13—20页。

② 参见"孔夫子旧书网"(http://www.kongfuzi.com)上有关《百年孤独》一书的报价。

③ 〔哥伦比亚〕马尔克斯:《百年孤独》之"内容简介",高长荣译,北京:北京十月文艺出版社1984年版。

④ 〔哥伦比亚〕马尔克斯:《百年孤独》之"内容简介",吴健恒译,昆明:云南人民出版社1993年版。

⑤ 吴健恒:《我与〈百年孤独〉》,第284页。

几乎都译为"地球是圆的"，老布恩迪亚悟出"地"是"球"，是靠观察天体运行劳神苦思的结果，对我们而言，"地球"既然是"球"体，肯定是圆的，似乎不需要做这样累赘的解释。况且，"tierra"做"地球"解时，第一个字母应该大写，而小说中是小写，英译本将这句话译为"The earth is round"，"earth"做"地球"解时，第一个字母也应该大写，而英译本是小写，由此，吴译将其译为"大地是圆的"则更符合原书的语境了。的确，我们已有的知识，有时可能形成一种惯习，不知不觉中影响我们的翻译，如果不细读原文，详细体察其中的意义，就有可能导致某些看似可笑的误译了。因此，后来的译者有责任为前译改错补漏，不然新译就没有任何意义。虽然只有吴译可称之为全译本，但总体说来，三个译本在译文上各有千秋，都是在尽量符合原文以及考虑中国读者的前提下达到了不同读者眼里的经典程度。

　　然则，外国文学文本在异域的经典化过程是一个非常复杂的建构，从翻译本身而言，不管是否存在着删节，是否是全译本，以及究竟是以归化还是异化的策略进行翻译，伴随着翻译出现的肯定有意义的变形、失落以及文化误读与创造性阐释。这导致了外国文学文本需面临重新语境化和重新经典化的过程：外国文学文本要在异质文化传播中成为他国或者世界读者眼中的经典，面临着一种"二度确认"的历史过程，即外国文学经典在传播过程中，不但应当首先具有经典的广义特征，还应当在接受语言介质转换之外，成为一种"本土化"的经典。在这种本土化的过程中，正如前文所述，翻译文学成为事实上的外国文学、世界文学景观，因此，外国文学在异域的经典化过程很大程度上就是翻译文学的经典化过程，这意味着需要同时考察源语文本和译语文本的内部因素、外部因素以及中介因素等原因。

　　外国文学经典建构过程的内部因素首先是指文学文本本身的艺术价值与审美价值，是布鲁姆在《西方正典》中所强调的超阶级、性别和种族的美学标准。试想，一部完全没有艺术价值的作品，它所描绘的世界，所表现的情感，完全不能引起读者的阅读兴趣和心理共鸣，无法满足读者的期待，它怎么又能长久地居于文学经典地位呢？《百年孤独》被视为"继塞万提斯的《堂·吉诃德》之后最伟大的西班牙语作品"（聂鲁达语），并于1982年获得了诺贝尔文学奖，它的艺术价值自不待言，正如诺贝尔文学奖颁奖辞所称赞的，作者在《百年孤独》中"创造了一个独特的天地，那个由他虚构出来的小镇。从五十年代末，他的小说就把我们引进了这个奇特的地方。那里汇聚了不可思议的奇迹和最纯粹的现实生活。作者的想象力在驰骋翱翔：荒诞不经的传说、具体的村镇生活、比拟和影射、细腻的景物描写，都象新闻报导一样准确地再现出来。"当然，对翻译文学文本的经典化过程而言，这种艺术价值与美学标准不仅是指源语文本的，也是指译语文本的。一个粗制滥造的译本和一个精雕细琢的译本相比，所获得的命运肯定不同，《百年孤独》共有十几个译本，但真正获得读者认同的只有上述三个译本，而这三个各具特色的译本都较为准确流畅地传达了原作的艺术价值，也在最大程度上满足了不同层次的中国读者的经典化期望。外国文学经典建构过程的另一内部因素是指文本应该具有足够的阐释空间：其一，源语文本具有的可阐释空间是异域文化接受的基础，一个文本或理论流入不同的民族和互文的语境之后，就要受制于具体的政治、社会和文化因素，这些因素将决定文本或理论的跨界传播，也会成为其接受历史的标志。也就是说，只有与当时的社会、文化语境相适应的阐释话语才有可能被接受。其二，译语文本也应该具有某种阐释的张力。如果一部作品的思想意义较为狭小，可供挖掘的东西比较单一，那么即便一部长期被视为文学经典的作品，也可能因为社会、文化语境的历史变迁而被迫成为"影子经典"或退到经典之外。外国文学要成为目的语中的经典作品，翻译文本的这种可阐释的张力也必不可少。事实上，任何一种重译，都与当时的文化语境相关，也提供给了我们重新阐释的可能，在不足十年的间隔中，又出现的《百年孤独》的全译本，不仅证明了国内对其接受的渴求，也证明了《百年孤独》完全具有供不同时期人们多种阐释的空间。

　　翻译将源语文本带入了一个全然陌生的接受环境之中，原有支撑文学经典的外部价值系统被完全抽空，经由翻译之后的外国文学文本，亦即翻译文学文本需要接受译入语文学理论与批评观念以及具体的社会、文化语境等的重新考量，以确定其能否重新成为经典，这也构成了外国文学文本在异域经典化建构的外部因素。本土的文学观念，对什么是文学、文学的形式与内容等因素的理解，必然会影响人们在选择文学经典时的决断。新时期之后，现实主义的长期桎梏被打破，人们迫切希望向西方现代表现手法学习，原有的文学观念体系被刷新，西方各种文学理论的批评观念都被批评界所吸收，这样我们对西方现代派的作品才逐渐开放，自艾略特以下的各流派作家作品才为我们所认识，并承认其经典性。正是在这样的文学语境中，《百年孤独》被作为"魔幻现实主义"的代表作品以及诺贝尔获奖作品引入中国，迅速引发了接受热潮，并得以经典化。可见，文学观念的变更是文学经典建构的先导，对外国文学文本而言，它的翻译以及经典化过程同样促使了文学观念的变更，两者事实上是相互促进的作用。那么，在新时期的文学现代性想象中，《百年孤独》究竟是怎样被构建为现代性经典的呢？在笔者看来，相比较《百年孤独》的艺术价值而言，对新时期的文学现代性想象来说，更主要的还是它所代表的某种可资借鉴的文学现代性途径才使得其迅速被经典化的。拉丁美洲与新时期的中国面临着同样的"现代化"和"民族化"的困惑，这种源语文本产生的具体语境与异域接受语境的契合使得新时期中国作家的接受更加容易，而拉美文学将"拿来"的外国文学经验与本土的文化传统相结合所取得的惊人成果，无疑为处于"影响的焦虑"中的新时期中国文坛提供了一个可能的文学发展模式。在一个普遍焦虑的社会文化语境下，以《百年孤独》为代表的拉美文学的到来，因为上述文学、文化等因素的综合作用而得以广泛传播，形成"爆炸"效应，并迅速得以经典化。本土现代性的需求不仅决定着外国文学文本在新时期经典化的可能，事实上也决定着经典化的方式与途径。

从传播学的角度而言，作为中介因素的翻译者及出版者以及作为接受者的读者群体，也都参与了外国文学文本在异域的经典化过程。一位颇有盛名的翻译家翻译的作品更能得到读者的接受，一家严谨的出版社的名字也同样意味着文学作品的质量。可见，翻译家与出版社常常会起到与经典本身同样的作用，像傅雷、朱生豪、萧乾等名字往往与《约翰·克利斯朵夫》、《哈姆莱特》和《尤利西斯》等经典作品联系在一起，甚至他们的名字就成为翻译文学经典的代名词。而类似上海译文出版社、译林出版社等专业出版社的译本也往往更受读者、研究者的喜欢与信任，两家出版社分别创办了颇有影响的翻译文学期刊《外国文艺》和《译林》，这是见证它们出版质量的一个窗口，正是长期以来坚持严谨、高雅的翻译质量，两家出版社在读者心中树立了"译文（译林）出版，必属精品"的观念。《百年孤独》的三个译本都较为严谨，出版社也都极为规范，黄锦炎等人的译本在后来受到众多读者的追捧，并且是重版最多的版本，与上海译文出版社的专业形象是分不开的。在作家、作品和读者的三角关系中，读者并不是被动的因素，不是单纯的作出反应的环节，它本身就是一种创造历史的力量，文学作品的历史生命没有接受者的能动参与是不可想象的，文学文本经典的建构也是读者主动参与的结果，外部社会、文化资本的力量、文学观念的力量并不能以命令的方式强迫读者接受某个经典，它们必须与读者协商，得到读者的认同，文学经典才可能传播与流行开来。离开读者的阅读和再创造活动，无论意识形态和诗学观念如何强力推行，文学经典终究是无法成立和流行起来的。《百年孤独》最初两个译本的发行量颇为惊人，都达到了数十万册，可见读者对其的接受与认同。

文学文本在异域的经典化或者说翻译文学文本的经典化是文本的艺术品质、译入语的文化权力、文学观念和读者旨趣等多种因素合力的结果。对具体作品而言，也可能存在某一单一因素起到主要作用的情况，《百年孤独》在新时期的迅速经典化，最主要的因素还在于其将西方文学现代性与本土文化传统相结合的模式，这种模式很大程度上契合了新时期中国文学现代性要求自主的诉求，并提供了一条现实的且似乎完全可以通达的道路，由此，《百年孤独》在新时期迅速得以经典化，并引发了"拉美文学热"的接受浪潮。这也提示我们，本土文学现代性的发展要求是怎样建构新时期现代文学翻译经典的，本土的文学现代性将翻译文学作品中与自身诉求相一致的地方加以强调，使之经典化，并借助于经典化的力量，强化本土文学现代性在此一侧面的合理性与正当性。

二　新时期中国文坛对《百年孤独》的接受

任何一部经典作品都会产生广泛的影响与接受，应该说，《百年孤独》对新时期中国文坛的影响是巨大而深刻的，新时期中国文坛的许多创作都与其有着千丝万缕的联系。新时期中国作家对《百年孤独》的接受也是全方位的，无论是形式、手法还是内容、题材乃至观念、精神，我们都不难从新时期中国作家的创作中找出些许蛛丝马迹，当然，这种全方位的接受也是以对其所代表的文学现代性发展模式的接受为前提的。

形式、手法等表层的东西总是最容易引起人们注意的，也是最容易接受和模仿的。正如莫言所说："我认为，《百年孤独》这部标志着拉美文学高峰的巨著，具有骇世惊俗的艺术力量和思想力量。它最初使我震惊的是那些颠倒时空秩序，交叉生命世界，极度渲染夸张的艺术手法……"[①]

---

① 莫言：《两座灼热的高炉》，第298页。

《百年孤独》的开头:"许多年之后,面对行刑队,奥雷良诺·布恩迪亚上校将会回想起,他父亲带他去见识冰块的那个遥远的下午。"[1] 曾被称之为多年来最好的小说开头,其将过去、现在、将来的时间融为一体的叙述模式震撼了许多新时期的中国作家,也引发了不少的模仿,例如莫言中篇小说《红高粱》的开篇就很容易让人想起《百年孤独》,李锐《旧址》的第一句话也有较为明显的模仿痕迹,他是这样写的:"事后才有人想起来,1951 年公历 10 月 24 日,旧历九月廿四那天恰好是霜降。"李锐自己在论述《旧址》时曾说:"大家都知道,十几年前正是拉丁美洲的文学爆炸传到中国来的时候。马尔克斯的《百年孤独》正风靡中国内地。这部小说对新时期文学的影响可谓巨大深远……两眼对照,一眼就可看出我的那一句话是仿照马尔克斯的,这并非我一个人的刻意模仿,这是当时的流行腔。"[2] 作为魔幻现实主义的代表作,其"变现实为神奇而又不失其真"的艺术特点让长期以来固守传统现实主义手法的中国文坛为之耳目一新,对魔幻现实主义的接受与模仿使得那时的小说几乎普遍显现出一种"神秘化"的写作倾向:王安忆的《小鲍庄》中那七七四十九天的大雨,那侄儿和大姑不安分的情欲,明显是受到《百年孤独》的启迪。韩少功《爸爸爸》虚构了一个远离现代文明的荆楚蛮荒之地,在那个几乎与世隔绝的鸡头寨,人与自然存在交互感应的关系,鸡公岭成了鸡精吃尽了谷子,丙崽娘弄死一只蜘蛛遭到了报应,蛇见了妇女会动情……魔幻的因素随处可见。对一些西藏作家而言,西藏独特的历史,奇异的地貌,神秘的宗教习俗以及特有的伦理文化等都很适于魔幻现实主义的表现手法,写西藏的作品,如何能传达其形态神韵呢? 生活在西藏的藏汉族作家们苦恼了若干年,摸索了若干年,终于从拉丁美洲的"爆炸文学"——魔幻现实主义中悟到了一点点什么。马原在其西藏题材小说中,似乎在拼凑着几个支离破碎的神秘故事:观看天葬、探寻野人、顿珠与顿目的传奇、两个年轻画家与西藏女人的爱情……不可言说的神秘与某种暧昧给小说增添了一层魔幻色彩。扎西达娃在《系在皮绳扣上的魂》等作品中,他用不断旋转的车轮、记事的皮绳扣、供奉于洞中的活佛等一幅幅富有原始色彩与魔幻魅力

---

① [哥伦比亚]马尔克斯:《百年孤独》,黄锦炎等译,上海:上海译文出版社 1984 年版,第 1 页。

② 李锐:《春色何必看邻家:从长篇小说的文体变化浅谈当代汉语的主体性》,载李锐《网络时代的"方言"》,沈阳:春风文艺出版社 2002 年版,第 75 页。

的藏民生活图画,将神话与现实,宗教与民俗糅合在一起,描绘出藏民族遥远而神秘的生存世界以及似真似幻颇具魔幻的生活场景。当然,这些魔幻的因素只是表层,只是最初步的接受,它在多大程度上只是生硬的"照搬"或者"横移",多大程度上与小说表现的现实相契合,还有待更为深入的探讨。

马尔克斯在《百年孤独》中虚构了一个名叫马贡多的小镇,这是一个独特的天地,"汇聚了不可思议的奇迹和最纯粹的现实生活"。马尔克斯通过书写马贡多从建立到灭亡的历史,通过布恩蒂亚家庭七代人一百年的命运,反映出拉丁美洲百年兴衰的历史,并表达了对人类命运的反思。同福克纳的"帕斯拉帕塔法世系"一起,这种通过聚焦于一个特定的地点,反映整个社会、民族历史的小说创作模式,也对新时期中国作家有着较为深刻的影响:莫言关于高密东北乡自己祖辈生活秘史的讲述,贾平凹的"商州"系列,李杭育的"葛川江"系列,郑万隆表现大兴安岭的"异乡异闻"系列,都可看做是这种影响的产物。莫言的大多数小说都是写他的故乡山东高密县东北乡的,他的"红高粱家族"(包括《红高粱》、《高粱酒》、《高粱殡》、《狗道》、《奇死》等)明显受到了《百年孤独》的影响,他以虚拟家族回忆的形式把全部笔墨都用来描写土匪司令余占鳌组织的民间武装,以及发生在高密东北乡这个乡野世界中的各种野性故事。正如他自己所言:"福克纳对邮票大的故乡小镇,他的杰弗生镇,加西亚·马尔克斯之于马贡多镇,都是立足一点,深入核心,然后获得通向世界的证件,获得聆听宇宙音乐的耳朵……我如果不能去创造一个、开辟一个属于我自己的地区,我就永远不能具有自己的特色。"①"高密东北乡"就是他所创造、开辟的"属于我自己的地区",虽然这种开辟、创造的方式还是模仿别人的,但这片土地以及土地上的故事却是深具民族文化底蕴的,是真正属于自己的土壤。贾平凹的"商州系列"与莫言的作品一样,也是对自己家乡的书写,表现出渗透了作家复杂情感的地域性特色。作家以审美化的笔触,描述出一幅幅颇具商州地域特色又充满了神秘气息的自然景观:《小月前本》中的丹江河、荆紫关,被茂林修竹围绕的《鸡窝洼人家》旁的古塔小溪,《腊月·正月》里的四皓古墓,传达出对中国传统文化及

---

① 莫言:《两座灼热的高炉》,第 299 页。

生命意识的感悟。并且,作家透过商州的民俗风情,在现实与历史的交叉点上重新审视商州这片土地的地域文化形态。如《商州初录》中那些带有明显迷信色彩的看风水、祭白蛇、敬河神、算吉凶等仪式。可以说,他的小说在田园牧歌的情调中,揉进了浑厚的历史感和凝重的现实感。在"葛川江"系列小说中,李杭育以宏观与微观交叉切入、俯视与仰视穿插交织的叙事网,给我们展现了葛川江这片神秘地域中的鲜活和蛮野。蛮野和神秘不仅赋予葛川江奇特的品格与魅力,而且使葛川江流域的人们具有独特的性格与命运。葛川江人的生死情爱与这条江的桀骜不驯相互映衬,营造出江与人浑然一体的传奇效果。郑万隆的"异乡异闻"系列有着独特的地理环境和独特的文化氛围,"我出生在那地方——黑龙江边上,大山的折皱里,一个汉族淘金者和鄂伦春猎人杂居的山村。它对许多人来说就是边境,国与国相交接的极限;在历史上似乎也是文明的极限,那里曾经被称作'野蛮女真人使犬部'"。① 作家以一种独特的富有个性的审美感觉和叙述语言,描绘了一个神秘、僻远、蛮荒、险峻的山林世界,以及在这种远离现代文明的自然环境与人文环境中,人们的生与死、人性与非人性、欲望与机会、爱与仇、痛苦与期望以及来自自然的神秘力量,挖掘出人在历史生活积淀的深层结构上的心理素质。

上述小说都被人们称之为"寻根文学",因此,可以说,《百年孤独》一定程度上直接影响了新时期这样一种文学思潮的产生,拉美作家对传统文化的反思也刺激了新时期一些作家对自身传统的反省,激发了他们"寻根"的热情,对具体的被中国传统文化所规定、所制约的中国人的特定文化心理以及"民族性"做了较为深刻的探讨。正如李洁非所论述的:"'寻根文学'这种意念的生成,与不久前马尔克斯因《百年孤独》一举获得诺贝尔文学奖显然有着很密切的关系,这一事件,提供了一个'第三世界'文学文本打破西方文学垄断地位的榜样,亦即以民族的文化、民族的情绪、民族的技巧来创作民族的艺术作品这样一种榜样;实际上,还从来没有一位诺贝尔文学奖得主像马尔克斯这样在中国作家中引起过如此广泛、持久的关注,当时,可以说《百年孤独》几乎出现在每一个中国作家的书桌上,而在大大小小的文学聚会上发言者们口中屡屡会念叨着'马尔克

① 郑万隆:《我的根》,载孔范今、施战军《中国新时期文学思潮研究资料》上册,第210页。

斯'这四个字，他确实给八十年代中期的中国文坛带来了巨大震动和启示。"① 李洁非的论述也有不太恰当的地方，人们更多地认为，拉美文学是将西方现代主义的文学经验与本土的文化传统相结合才取得的丰硕成果，但是对《百年孤独》影响、刺激新时期"寻根文学"产生的论述却是恰当的。在当时流行的外国流派中，不管是"意识流"还是法国的"新小说"，都没有"魔幻现实主义"所发扬的古老的民族精魂符合与之同属非主流文化圈的中国作家的口味。当然，"寻根文学"的产生有着新时期文学发展的内在需求，从"伤痕文学"到"反思文学"，对"文化大革命"动乱岁月的反思肯定会深入下去，当人们从文化、传统层面去反思那一段既往岁月时，"寻根文学"于是应运而生。另外，在文学创作中提出强化"民族文化意识"和文学"寻根"，在一定程度上可以说是对于那种生硬模仿西方现代派文艺的主题与表现手法的创作倾向的反拨。这种反拨却是在借鉴以《百年孤独》为代表的拉美文学之后发展起来的，正是拉美作家将西方现代主义的文学经验与本土的文化传统相结合而取得的丰硕成果，刺激新时期中国作家对传统的关注与反思，在结构形态上，许多作家的作品却还是相当"洋气"的，这也是拉美文学的发展道路所规定的。事实上这两者并不矛盾，"'寻根'思潮的发生，似乎也包含着一种必然的价值取向。喧嚣一时的'现代派热'，在新时期文学发展中尽管是一个短暂的插曲，但毕竟完成了自我觉醒的第一步。由此发生的'寻找'意识可以看做'寻根'思潮的先声，从新时期文坛的'现代派热'到'寻根热'，是一部分中国作家自我意识逐渐深化的过程"。② 事实表明，尽管"寻根派"小说家大多从西方现代派那里进行过这样那样的借鉴，但他们并没有简单地袭用西方现代派作家的艺术思维方式，而是试图以注重主体超越的东方艺术精神去重新构建审美的逻辑关系，确立自己的艺术价值规范。上述"寻根"小说，尽管他们借鉴了包括"魔幻现实主义"在内的众多现代文学流派的表现手法，但他们所反映的是真真切切的中国现实，他们的根牢牢地立足于生养他们的土地上。

　　当然，《百年孤独》对新时期中国文学现代性的影响不止上面所提到

---

　　① 李洁非：《寻根文学：更新的开始（1984—1985）》，载孔范今、施战军主编《中国新时期文学思潮研究资料》上册，第291页。

　　② 李庆西：《寻根：回到事物本身》，载孔范今、施战军主编《中国新时期文学思潮研究资料》上册，第275页。

的作品、作家与思潮，事实上，从当时中国作家几乎人手一册的阅读情况来看，它的影响应该更加深远，这里不一一论述。但从社会层面来看，20世纪80年代中后期思想界的"文化热"也显然与以《百年孤独》为代表的拉美文学的冲击有关，《百年孤独》引发了我们在"现代化"与"全球化"的浪潮中对本土文化的反思与忧思，当时"文化热"中的各种议题，归根到底可归结于此。当然，文学的发展道路不一定适用于社会、文化的发展，但从文学领域到文化领域，《百年孤独》和拉美文学的影响在继续、在深化。

三　《百年孤独》在新时期中国的误读与变异

赛义德认为在"理论旅行"的第四阶段，"完全（或部分）地被容纳（或吸收）的观念因其在新时空中的新位置和新用法而受到一定程度的改造。"[①] 文学文本和理论一样，也往往要受到本土的社会、文化语境等的压力和影响，因此在翻译、移植以及适应新的语境的过程中不可避免地会发生一些变化。《百年孤独》在新时期中国引发了接受热潮，同样也产生了一些变异，存在着明显的误读。当然，一切接受都可以说是误读，并且，误读也可看做是中国学者抵制《百年孤独》的巨大影响，发挥自己自主创造的有意识的活动。这些误读表现在以下的方面，其一，中国作家、学者在解读、接受《百年孤独》等魔幻现实主义作品时，往往只对魔幻进行强调，却对现实的一面容易忽视，甚至直接简化成了"魔幻叙事"。[②] 现实在这里最少具有两个层面的含义，一是指拉丁美洲的现实状况，二是指作家的现实生活，两者在新时期中国的接受中都没有受到应有的重视。即使人云亦云地认为《百年孤独》的意义在于"通过马孔多的建立，发展直到毁灭的百年历程和布恩蒂亚家族七代人历尽沧桑的历史，真实地展示了拉丁美洲的百年兴衰。在马孔多这个小市镇时，凝聚了哥伦比亚和整个拉丁美洲的丰富的史实、社会现象、风俗习惯、文化传统以及民族特性"。[③] 这甚至成

---

① ［美］爱德华·W. 赛义德：《赛义德自选集》，谢少波、韩刚译，北京：中国社会科学出版社1999年版，第138—139页。

② 如彭文忠《〈百年孤独〉与中国新时期以来的文学魔幻叙事》，载《文史博览》2006年第1期，第14—16页。

③ 史锦秀：《从〈百年孤独〉看拉丁美洲的民族心理》，载《河北学刊》1995年第4期，第77—80页。

了我们接受的某种标准答案。但是在多大程度上我们真正深入接触、研究和理解了拉丁美洲丰富的史实、社会现象、风俗习惯,以及所有这些与《百年孤独》之间的关系呢?答案似乎不容乐观,更大程度上我们的研究只停留在殖民、独裁等概念化的表层现象中,缺少更为深入的探讨。况且,上述所谓的标准答案又在多大程度上与作者的原意相符呢,这又是一个问题。诚然,在接受诺贝尔文学奖的授奖仪式上,马尔克斯在其演说《拉丁美洲的孤独》中认为小说反映了拉丁美洲的现实,"我敢说,今年值得瑞典文学院注意的,正是拉美这种异乎寻常的现实,而不只是它的文学表现。这一现实不是写在纸上的,而是和我们生活在一起,它每时每刻都决定着我们每天发生的不可胜数的死亡,为我们提供了一个永不干涸,充满灾难和美好事物的源泉"。① 但他也在不止一个场合说过他写作《百年孤独》的初衷是"我要为我童年时代所经受的全部体验寻找一个完美无缺的文学归宿"。② 然则,包括中国很多研究者在内的评论家却总是期望在《百年孤独》中找到更加复杂的创作意图。这使得马尔克斯对评论家总带有尖刻的嘲讽口气,他认为:"评论家和小说家完全相反,他们在小说家的作品里找到不是他们能够找到的东西,而是乐意找到的东西","他们总是俨然摆出一副主教大人的臭架子,居然不怕冒大放厥词的危险,竟敢承担解释《百年孤独》一书之谜的全部责任。他们没想到,《百年孤独》这样一部小说,根本不是什么一本正经的作品,全书到处可以看出,影射着不少至亲好友,而这种影射,只有他们自己才能发现"。③ 并且指出评论家"他们忽视了这部作品极其明显的价值,即作者对其笔下所有不幸的人物的深切同情"。④ 即便马尔克斯本人曾经说过:没有本人的亲身经历作为基础,我可能连一个故事也写不出来。即便另一个拉美文学巨匠巴尔加斯·略萨在为马尔克斯所做的传记《加西亚·马尔克斯评传》⑤ 中,特别注意将其文学作品中的人

---

① [哥伦比亚]加西亚·马尔克斯:《诺贝尔奖的幽灵:马尔克斯散文精选》,朱景冬译,北京:中央编译出版社2001年版,第133页。

② [哥伦比亚]加西亚·马尔克斯、门多萨:《番石榴飘香》,林一安译,北京:三联书店1987年版,第103页。

③ 同上书,第104页。

④ 同上书,第113页。

⑤ [秘鲁]马·巴尔加斯·略萨:《加西亚·马尔克斯评传》(节译),林一安译,载《世界文学》1988年第4期,第5—79页。

物和情节与其"实际的现实"联系起来,但新时期中国研究者似乎对马尔克斯的现实生活及其创作的关系不感兴趣,这导致我们众多的研究似乎只是隔靴搔痒,难以有本质的、根本的认识。

在马尔克斯那里,魔幻与现实是紧密联系在一起的,"拉丁美洲的日常生活告诉我们,现实中充满了奇特的事物"。① 神话、魔幻事物、夸张手法这一切都来源于现实,现实处于一个更为重要的位置,对马尔克斯而言,"在我的小说里,没有任何一个字不是建立在现实的基础上的"。② 魔幻并不等于虚幻和玄幻,"《百年孤独》中有很多想象,但没有一行字是玄幻的"。③ "虚幻只是粉饰现实的一种工具。但是归根结底,创作的源泉永远是现实。而虚幻,或者说单纯的臆造,就象沃尔特·迪斯尼的东西一样,不以现实为依据,最令人厌恶。……虚幻和想象之间的区别,就跟口技演员手里操纵的木偶和真人一样。"④ 魔幻的新奇事物的确容易引起人的兴趣,新时期中国作家和学者在为长翅膀的老头、坐床单升天等鬼奇细节所惊讶时,却忽视了这些魔幻事物背后的现实生活。因此,在他们的接受中,他们作品中的魔幻因素多大程度上植根于他们自身的生活呢?新时期中国文坛将魔幻与现实相剥离的接受方式是有意还是无意的?这些问题都需要我们深入探讨。

另外,新时期中国的作家和学者一直是将包括《百年孤独》在内的拉美文学作为反抗西方中心的一种可资借鉴的模式加以接受的,几乎所有的中国研究者都同意这样一个论断:拉美文学的发展过程是从依附、模仿西方文学再回到民族文学的。李陀就认为拉美文学为世界提供了一个新的文学发展模式:"拉丁美洲的'文学爆炸'是一种反对或者反抗世界文学走向一体化的产物……不少拉美作家曾经长时间面向西方文学(主要是欧洲文学)学习,并长时间地效法现代主义而无突出成就,直到他们将'拿来'的外国文学经验与本地文化传统相结合才取得惊人的突破,这大约是无可怀疑的事实。"⑤ 可以说,令文学研究者最感兴趣的是拉美作家如何

① 〔哥伦比亚〕加西亚·马尔克斯、门多萨:《番石榴飘香》,第46页。
② 同上书,第48页。
③ 〔墨西哥〕埃娃·诺文德:《文人"炮轰"加夫列尔·加西亚·马尔克斯》,载《译林》2006年第5期,第199—202页。
④ 〔哥伦比亚〕加西亚·马尔克斯、门多萨:《番石榴飘香》,第39—40页。
⑤ 李陀:《要重视拉美文学的发展模式》,第284页。

对待西方文学影响以及如何借鉴西方文学的问题，"拉美成功的经验中最值得借鉴的是作家们处理借鉴问题的态度。"① 但中国学者所认为的拉美作家对西方文学的态度或者说拉美文学的发展历程并非"无可怀疑的事实"，拉美本土的批评家，如乌拉圭的安赫尔·拉马（Angel Rama）的观点与我们恰恰相反："拉丁美洲是西方传播文明现象的一部分"。② 拉美文学"爆炸"的成果只是使其回到了西方中心而已，而并非我们所认为的是以西方文学的对立面出现的。当然，拉美批评家的观点也不能奉之为权威。不管分歧怎样，有两点似乎是双方都可接受的：一是马尔克斯等拉美作家受到了欧美作家的影响；二是他们是拉美作家，而不会误认为是欧美作家。③ 面对同样的情况，得出的结论却各不相同，这一事实无疑可以证明任何接受都是误读，都与本土文化、文学的诉求相一致，中国作家、学者的接受是以本土文学现代性的发展为旨归的，拉美文学批评家的观点又何尝不是与其自身的文化现代性发展策略息息相关呢？

从《百年孤独》在新时期中国的旅行过程来看，其与本土的文学现代性之间有着复杂的纠葛，而以下几点是值得我们重视的：首先，外国文学对新时期中国文学现代性的影响是客观存在的。虽然文学影响与接受的表现形态以及这种影响与接受后面的更深层次的原因非常复杂，但文学交流与文学的相互影响是一种客观现象，这是我们难以否认的。中国新时期文学对《百年孤独》的接受，比较清晰地显示了中国文学现代性接受外国文学影响的基本规律，给研究者提供了一个很有意义的实例。其次，翻译将外国文学文本带入了一个完全陌生的接受语境，外国文学文本在异域的接受与经典化是文本的艺术品质，译入语的文化权力、文学观念和读者旨趣等多种因素合力的结果。第三，在对外国文学文本接受的过程中，误读与变形在所难免。外国文学经典虽然提供了巨大的阐释空间，但这种阐释大多只是某种有利于本土、个人接受的定向阐释，本土具体的社会、文化语境从根本上制约着人们对外国文学作品的接受。

① 吕芳：《新时期中国文学与拉美"爆炸"文学影响》，载《文学评论》1990 年第 6 期，第87—98 页。

② ［乌拉圭］安赫尔·拉马：《拉美小说作家的十个问题》，载陈光孚选编《拉丁美洲当代文学论评》，桂林：漓江出版社 1988 年版，第 3 页。

③ 刘蜀鄂、唐兵：《论中国新时期文学对〈百年孤独〉的接受》，载《湖北大学学报》（哲学社会科学版）1993 年第 3 期，第 105—110 页。

第五章

尴尬与反思:新时期翻译
文学期刊与文学研究

　　从文学创作到文学研究,本章可以说是第四章在逻辑上的必然延伸与展开。由于翻译文学成为事实上的外国文学和世界文学景观,以及本土文学创作面临着它影响阴影的巨大焦虑,翻译文学向我们的文学研究提出了一系列的问题与空前的挑战,它要求我们的理论必须对此做出回应。而过去二三百年间中西方之间的复杂交往,不仅要求我们将文学创作,也要求我们将文学理论与文学研究本身放到一个更大的全球格局下,在彼此文化的互动关系中进行考察,以见出其复杂的历史面貌。这种回应,作为一种历史的"学术行为"或"学科行为",因此具有了思想史的意义。按照教育部有关学科的设置,在中国语言文学这个一级学科下,设有中国古代文学、中国现当代文学、比较文学与世界文学、文艺学等二级学科。与翻译文学关系较为密切的有中国现当代文学、比较文学与世界文学、文艺学等学科,那么,在这些学科中,我们的理论与学术研究是怎样应对翻译文学所引发或提出的问题的呢? 这是本章关注的重点。换言之,本章是通过对新时期中国现当代文学、比较文学与世界文学、文艺学等学科回应翻译文学影响的某种"学术行为"或"学科行为"的考察,去检讨其在特定历史语境中的"历史作为"和"意识形态功能"。①

　　翻译文学和翻译文学期刊不仅使本土文学创作面临着巨大的"影响的焦虑",也将我们的文学研究引入了某种尴尬的境况当中:翻译文学对外

---

　　① ［美］刘禾:《语际书写——现代思想史写作批判纲要》,第6页。

国文学研究有着"议程设置"的功能，也使外国文学研究成为一种"二手研究"，翻译文学期刊在一定程度上影响了外国文学研究"传记式"范式的形成，这种研究范式在新时期初期外国文学大量进入之际具有重要意义，能够帮助人们了解该作家与作品，但随着研究的深入，这种研究方法已经明显不适应于现有的环境，外国文学研究必然从一种"传记式"的研究走向一种"问题式"的研究。在现当代文学研究中，由于本土创作深受外国文学、翻译文学的影响，如何在研究中体现、定位这种影响成为现当代文学研究的焦点之一，陈思和"二十世纪中国文学中的世界性因素"命题的提出，较为集中地反映了现当代文学研究对这一问题的尴尬态度。对文艺学研究而言，这种尴尬似乎更为明显，文艺学是对文艺现象进行的一种理论总结，既然现象中存在着如此众多的外来因素的影响，再加上本身用以说明外国文艺现象的外国文艺理论的大量译介，那么这些理论能否说明我们自身的文学现象呢？这是文艺学需要回答的问题。任何理论都有其所运用的具体语境，事实上我们面临的是一个西方文论在中国的重新语境化的问题，也是建构中国现代文论的问题。这一尴尬的处境反映了新时期的某种文学生态，也促使我们对这一现象进行深入的反思：为什么会有这样一种尴尬的处境？我们的文学研究怎样摆脱这一尴尬的处境？

第一节　议程设置与问题意识:翻译文学
对外国文学研究的影响

1997 年 6 月，国务院学位委员会和国家教育委员会联合颁布了新的《授予博士、硕士学位和培养研究生的学科、专业目录》，在"中国语言文学"一级学科下，将原有的"比较文学"与"世界文学"两个二级学科合并成为"比较文学与世界文学"这个新的学科。这种设置对教学与研究都提出了新的问题，由此引发了学界对以"世界文学"取代"外国文学"，并将"比较文学"与"世界文学"合并的种种疑问。由于翻译文学成为事实上的外国文学、世界文学景观，翻译文学与比较文学、外国文学、世界文学几个概念之间如何辨析，翻译文学在这样一门新的学科设置下处于什么地位，有着何种意义，也应该成为我们关注的问题之一。考虑到翻译文学与外国文学之间种种复杂的关联，以及这门学科所设立的宗旨，翻译文学、翻译文学期刊对外国文学研究的影响成为我们首先需要讨论的问题。

翻译文学、翻译文学期刊对外国文学研究最首要的影响是它提供给了中国的外国文学学者赖以研究的材料,即对于中国的外国文学研究者来说,大多数只是利用翻译文学来对外国文学进行研究的,或者是汇集其他人的研究成果、编写或译介材料。具体来说,对中文系的外国文学研究者而言,由于外语水平的欠缺,只能通过翻译文学和译介材料对外国文学进行研究;对外语系的外国文学研究者而言,却只是忙于对外国已有研究成果进行翻译、改写,少有自己独立的见解。一个本土学者,研究异域的文学或理论,要在第一手资料积累上取得出色的成果,明显受到了种种客观条件的制约,这并非说明异域的第一手研究没有可能,一个学者研究外国文学,能利用源语作品,作家的生平事迹,各个时期的研究成果,以及总体的社会、文化、历史和思想背景,再加上研究者本人的特定研究视角而做出来的研究,自然可以说是第一手研究。比如说海外汉学对中国文学研究就不乏一些真知灼见、宏论博识以及可备一说的论断。但总体看来,这种现象所占比率不大。由此,正如夏仲翼所言:“外国文学作为一个学科,从普遍的现象看,恐怕不得不承认它有第二手研究的特点。”① 显然,这种“二手研究”由于缺乏原创性,以及相针对的问题意识,对源语国来说未必有多大的价值,但对于推动本土的研究和教学,依然有着不可忽视的作用,所以虽说是第二手研究,但从有效性来看,也自有其价值和意义。但学界却存在一种更为严重的倾向,由于学术考核的量化机制,很多人专注于将外来的材料加以改编,成为自己的研究成果,这种第二手研究,甚至连第二手也称不上的研究在当今信息化的时代比以前更容易完成了,它的学术价值也更容易受到质疑。这或许也是导致我国的外国文学研究者难以和外国同行就同一问题进行深入探讨的真正原因。

这种“二手研究”一定程度上与外国文学研究领域的“传记式”研究范式相关。“传记式”研究范式的基本方法是“翻译—解释—归纳”法,即“依据作家所在国或国外的参考书、作品、自传或传记、国外学者的评论材料或研究成果,按照作家的生平、时代、文学思潮、同时代文学创作或流派、主要作品的结构、主旨、意蕴和艺术手法等方式,将材料进行分

---

① 刘茂生:《外国文学理论研究与课程建设的有关问题:夏仲翼教授访谈录》,载《外国文学研究》2005年第5期,第1—8页。

类整理，意译转述为中文，在此基础上进行阐释，由此成为国内了解该作家的研究成果"。① 这显然与"二手研究"的某些方面相一致。当然，在新时期初期，这种"传记式"研究范式还是具有一定效用的，对与外国文学隔绝久有时日的中国学术界与创作界而言，它提供给了我们对于外国文学的一种"事实性知识"，并且较好地满足了为数众多的普通读者的求知欲望，提高和促进了读者的欣赏水平与接受视野。翻译文学期刊一定程度上促进了这种"传记式"研究范式的形成，由于新时期翻译文学期刊译介的大量西方现代文学都是第一次在国内出现，为了便于读者的接受和理解，翻译文学期刊需要给读者提供诸如作家生平、创作背景、作品意义等这样一些事实性的知识。在翻译文学期刊上，这些知识常以译者前言、编者按或是相应的评论文章的形式出现，有些短小精悍，不过区区几百字，有些洋洋洒洒，下笔万言，但它们都有一个特点，就是并不以严谨的学术论文方式呈现，最多只能算是评述性的文章，它的目的是为了让读者对作品有所了解，而不是对作品的深入研究。显然，对于一个尚待探索和开发的研究领域而言，对事实性知识的渴求远远大于进行深入研究的需要，因此，我们的外国文学研究迅速地走向了对事实性知识的翻译、解释与归纳工作中，并至今仍耽搁于这种方式中。虽然对既有理论或成果的阐释与解读也是一项十分严肃的研究，但真要做到切实准确的理解或有真知灼见的阐释也不易，在学界当前较为浮躁的氛围中，即使是对国外既有成果的解释也显得过于想象与随意了，往往是自己并没有吃透或完全理解他人的观点，就匆匆"拿来"，稍加改写，成为自己的成果。这种"狼吞虎咽"、"消化不良"的"拿来"并没有对我们的学术研究有多大的推进，况且"事实"本身并不能决定理论的意义，从"事实"出发，探讨"现象"背后的规律与原因，才是我们的学术研究应有的指向。

翻译文学期刊除了对外国文学研究提供了研究材料外，事实上还具有一种"议程设置"（agenda setting）的功能，议程设置是传播学关于媒介效果与使用的一项研究，"媒介的议程设置功能就是指媒介的这样一种能力：通过反复播出某类新闻报道，强化该话题在公众心目中的重要程度"。② 翻译文学对外国文学研究的议程设置功能意指翻译文学不仅为外

---

① 王晓路：《事实·学理·洞察力：对外国文学传记式研究模式的质疑》，第157页。
② ［美］沃纳·赛佛林、小詹姆斯·坦卡德：《传播理论：起源、方法与应用》，第246页。

国文学研究提供了研究的材料与对象，事实上通过在刊物上翻译数量的多少和作品译介的频率，"人为"地制造出某些"浪潮"，给外国文学研究提供或规定了某些可以讨论的话题。比如说，三家翻译文学期刊通过对以马尔克斯为代表的拉美作家作品的频繁翻译，在我国译界与学界制造并深化了"拉美文学热"的浪潮，自 1978 年以来，三家翻译文学期刊在 16 年的17 期刊物上①共译载马尔克斯小说 14 篇（其中 3 篇为长篇）、散文 4 篇、论文 4 篇、回忆录 3 篇、传记 2 篇，另有评介文章、作家轶事等涉及马尔克斯的文章 10 余篇，动态消息 20 余条。如此众多的数量与如此频繁的频率，在新时期翻译文学期刊的译介中极属罕见，正是通过这种行为，强化了新时期读者与学者对马尔克斯及拉美文学的认识，并促使他们进行更深一层的研究。当然，并非所有翻译过来的文学与思想都能够成为中国外国文学研究和中国现代历史中的令人感兴趣的话题，西方文学与理论经由翻译过程而被置于中国的历史和思想语境时，其意义往往因为本土的文化语境而发生一些重要的变化，只有那些与本土生活息息相关的思想才能成为本土文化思想中的重要主题以及最具活力的因素，这也是汪晖所提出的翻译的"主题化过程"。② 正如在前文所分析的，马尔克斯与拉美文学之所以能在新时期中国引发热潮，在于它的发展模式契合了本土现代性的需求。

　　翻译的"主题化过程"要求将翻译文学、翻译文学期刊对外国文学研究"议程设置"中所提供或规定的话题引向深入，这就要求外国文学研究领域的研究者应该有这样一种意识：即中国学者的研究与其他国家学者的研究应当是同一层面上的学理性研究，而不是亦步亦趋的拾人牙慧。文学研究也需要和文学创作一样，我们应该发出自己的声音，而不是一开口就说出别人的话语，这种声音源于对外国文学文本的跨文化阐释，中国学者处于不同的文化区域和历史阶段，通过中国学者的研究应

---

　　① 《世界文学》在 1982 年第 6 期、1984 年第 5 期、1990 年第 2 期、1991 年第 1 期、2000年第 1 期，《外国文艺》在 1980 年第 3 期、1981 年第 6 期、1983 年第 2 期、1993 年第 3 期、1994 年第 6 期、1995 年第 3 期、1996 年第 6 期、1998 年第 5 期、2003 年第 2 期，《译林》在1999 年第 5 期、2003 年第 4 期、2004 年第 5 期上译载有马尔克斯的作品或相关文章。

　　② 汪晖在《人文话语与中国的现代性问题》一文中较早对翻译的"主题化过程"进行了讨论，并且强调："当我们把语言的翻译过程作为现代文化活动的主要特征时，现代文化就只能在文化间的交往行为中进行解释了。"汪晖：《人文话语与中国的现代性问题》，载陈清侨编《身份认同与文化意识》，香港：牛津大学出版社 1997 年版。

该可以透视出差异的缘由并能够提供一种中国的视角,从而推进整体的学术研究,激发理论想象的方式。这就需要我们超越那种平面的译介层面,在面对异域的文学文本和文学理论的迁移、旅行时,"以一种问题性看待材料、艺术手法、叙述策略、观念、传播、接受和翻译等相关过程和问题"。① 简言之,我们需要以一种具有本土立场的"问题意识"切入外国文学研究当中来。

问题意识包含问题和意识两个维度。问题来源于事物的矛盾,学术问题产生于特定学科和特定研究领域所遇到的实践与认识的矛盾,理论与事实的矛盾,理论内部的矛盾以及理论之间的矛盾,等等,简言之,来源于知识的空隙和逻辑的裂缝。意识则是指对这些问题的敏锐感和洞察力。对学术研究而言,问题的确立是首要的,它是研究的出发点,问题不清晰,界定不明确,也就失去了研究的前提和研究的指向,往往使学术研究未能达到有效的论证结果。不仅"问什么"是重要的,"如何问"也是重要的,因为问题的结论从逻辑追溯的角度来看就内在地包含于问题的提出方式之中了。学界对外国文学研究的问题意识早有论述,早在1995年,《外国文学评论》就指出:"所谓'问题',既是指研究与我们的文化建设有关的大问题,更指具体研究论文中应有明确的针对性。"② 在2000年,《外国文学评论》也指出:"所谓问题意识,首先就是这一研究本身的明确的针对性,如我们前面所说的,要提出实实在在的问题,不是'伪'问题。"③《外国文学研究》在2003年第3期上开设了"问题与学术"专栏,共刊发了7篇论文,从不同的视角出发,对外国文学研究中的问题意识进行了探讨。如杨恒达在《我国外国文学研究中的问题意识》一文中就指出,应提倡一种"个性化研究","对研究对象进行深入的探讨和对比分析,提出自己的问题"。④ 不难看出,在上述的探讨中,外国文学研究的"问题"或"问题意识"常被隐喻置换成为"针对性"、"创新之处"、"个性化"、"发前人之所未发"等论述,很难找到切实明晰、较具启发意义的论断,"在能指的无限转换中,问题意识的所指内涵在时间和空间上被遮蔽在意义的

---

① 王晓路:《事实·学理·洞察力:对外国文学传记式研究模式的质疑》,第161页。
② 《编者絮语》,载《外国文学评论》1995年第4期,第144页。
③ 《编后记》,载《外国文学评论》2000年第3期,第160页。
* ④ 杨恒达:《我国外国文学研究中的问题意识》,载《外国文学研究》2003年第3期,第9—10页。

延异和播散中"。①

与上述对外国文学研究问题意识的含糊与暧昧相反,王晓路教授在《事实·学理·洞察力:对外国文学传记式研究模式的质疑》一文中给出了一种可操作的外国文学领域的"问题式"研究方法:②

问题式研究模式

作家作品中所涉及的核心问题

——问题本身的意义与研究对象的确立

该作家研究领域中迄今对该问题的探讨范围、方式及缺陷

——问题的忽略、缺失及原因

该问题在相关领域中的呈现

——文本外部因素:生产、传播、接受、翻译、跨文化阐释

该问题在作品中的展开方式

——文本内部因素:艺术手法、叙述策略、互文性等

该问题研究对该领域的理论意义和借鉴意义

较之"传记式"研究,"问题式"研究范式在纵向和横向两个层面上均以核心问题展开,在方法上打破了"传记性"研究的平面论述,使中国学者可以集中关注某一作家在其作品中所反映出的某个基本问题,并为该研究领域提供一个中国视点,从而对整个题域有所推进,因此更有学理意义和理论价值。当然,对源语文学的研究者而言,也理应以一种"问题式"范式来对文学文本进行研究。因此,对于中国学界的外国文学研究而言,理应与其他国家学者的研究处于同一层面上,并就一些共同的问题发出自己的声音,即进行跨文化阐释。问题的开放性是进行跨文化阐释的前提。按照阐释学的观点,问题或提问乃是具有一般意义的文本和读者(研究者)特定的诠释学情境之间得以贯通的中介,是文本的新的意义得以诞生的通道,由此,问题就必须具有双重的开放性,一方面,问题的提出者

---

① 赵淳:《学理透视:西方文论引介中的"问题意识"范畴》,载《解放军外国语学院学报》2006年第3期,第92—96页。

② 王晓路:《事实·学理·洞察力:对外国文学传记式研究模式的质疑》,第161页。

对文本和他者的开放态度,伽达默尔在论及这种开放性时认为:"在人类行为中最重要的东西乃是真正把'你'作为'你'来经验,也就是说,不要忽视他的要求,并听取他对我们所说的东西。"① 另一方面,问题的开放性还指被提问东西的开放性,"被提问东西的开放性在于回答的不固定性。被提问东西必须是悬而未决的,才能有一种确定的和决定性的答复。以这种方式显露被提问东西的有问题性,构成了提问的意义。被问的东西必须被带到悬而未决的状态,以至正和反之间保持均衡。每一个问题必须途经这种使它成为开放的问题的悬而未决通道才完成其意义。每一个真正的问题都要求这种开放性"。② 因此,作为与源语文化研究者相异的他者,异域学者对文本的研究与回应——即便是完全相反的——也理应得到重视。

当然,问题的开放性并不意味着问题的无边性,提出问题不仅预设了问题的开放性,同时也预设了问题的限制性:问题总是具有由问题视域所划定的某种界限,这种界限是指问题的提出必须基于对提问者自身特殊的阐释学情境的反思,因为真正的理解必须将文本应用于每个理解者独特的阐释学情境,缺乏对自身阐释学环境的深刻反思,问题就会失去其意义的方向性与针对性。③ 文学文本是具体文化语境中文学书写者的精神表述和艺术编码,是一种由多种力量综合而成的文化产品,包含具体的语言指涉、文化传统和社会背景。当一个文本迁移、旅行到其他文化、民族时,除了表面的语言指涉、审美价值借以翻译得到传达外,语言背后具有丰富历史内涵和文化意义的文化符码、观念体系大多会随之进入异域文化中,虽然这些因素有时涉及了作为人类整体的共同本质或者表现了人类所共同关心的一些问题,但大多不能进行表层的直接迁移,而是在与本土的观念体系进行深层次的碰撞后,借以文化误读的方式得以曲折呈现。在这个过程中,翻译者和研究者的主体意识、文化立场显然是非常重要的,正是每个理解者独特的阐释学情境以及对自身阐释学环境的深刻反思造就了翻译者与研究者的主体意识、文化立场。正如赛义德所认为的:"迄今还没有

---

① [德]伽达默尔:《真理与方法》,洪汉鼎译,上海:上海译文出版社1999年版,第464页。

② 同上书,第466—467页。

③ 彭启福:《哲学诠释学中的"问题意识"》,载《安徽师范大学学报》2005年第4期,第424—428页。

人发明一种方法，能使学者脱离生活环境，脱离他（有意或无意）参与的某一阶级，某一信仰，某一社会立场的事实，或脱离作为某一社会的一个成员所从事的纯粹活动。"① 由此，一种本土立场在外国文学研究的问题意识中显得尤为重要，问题的提出、问题的选择、问题的对象以及问题的适用域具有相对性——此一范式，此一话语的问题不构成他一范式、他一话语的问题，我们不应只热衷讨论或是密切注视西方世界根据它们的文化现实提出的问题（毋庸讳言，有些问题的确是全球性的问题），不应只是移植、引进理论，却没有学会或没有完全学会如何向自己和向自己的现实提问。"问题的提出必须基于本土的现实……在提问的首要性中，问题的本土化、现实化、中国化更具有首要性。"② 这也是翻译的"主题化过程"所内在要求的。由此，翻译文学理应成为中国学界的外国文学研究者关注的问题之一，虽然，对研究外国文学文本而言，翻译文学文本只是第二手材料，但要考察外国文学文本在异域的旅行，其则成为活生生的第一手材料，并且是源语文化的研究者难以接触的。当然，这种对译本的研究，除了在中国古代文学研究中的版本学意义上进行外，还需要在具体的社会、文化语境中，考察在翻译中源语文本的哪些因素因为文化过滤机制而产生变形与失落，以及本土的社会、文化语境对翻译产生了什么影响等问题。

　　我们翻译、研究异域的文学和理论，其目的显然是为了本土的文学建构、理论建构和文化建构，因此，在外国文学研究中，我们应该"在迁移异文化文本时考虑汉语经验层面上的提升和回应，走向理论的建构"。③ 或者如王宁所说："既然我们今天所从事的是外国文学研究，或更确切地说，是西方文学研究，因此我们首先就有必要对西方学者在这些问题上已经取得的进展有所了解，然后能以我们自己所独具的中国学者的立场、观点、方法和理论视角，对这些已经取得的成果进行梳理、质疑乃至批判，最终提出我们自己的不同见解。"④

　　另外，在外国文学的本土研究视域中，翻译文学能否引入体制化的教

　　① ［美］爱德华·W.赛义德：《赛义德自选集》，第10页。

　　② 金元浦：《文艺学的问题意识与文化转向》，载《中国人民大学学报》2003年第6期，第96—104页。

　　③ 王晓路：《事实·学理·洞察力：对外国文学传记式研究模式的质疑》，第162页。

　　④ 王宁：《西方文学研究的"问题化"》，载《外国文学研究》2003年第3期，第1—2页。

学也是我们值得思考的一个问题，也就是说，在"比较文学与世界文学"的学科设置中，翻译文学也是应该予以考虑的因素。中国教育行政部门以"比较文学与世界文学"取代原有的"外国文学"，成为现行大学教育体制中位于中国语言文学学科下新的二级学科，这引发了学界的种种争议与探讨，《中国比较文学》、《外国文学研究》等刊物陆续发表了一系列的文章，就这一学科的性质与特点、"世界文学"和"比较文学"的关系、合并后带来的问题等展开了讨论，当然，大家的意见不尽一致，大体而言，可以归纳如下：

一是就"比较文学"与"世界文学"能否合并，或者说合并后怎样整合展开的讨论。有一些学者把"世界文学"和"比较文学"两个学科的合并，误解为前者对后者的"归顺"，或是后者对前者的"吞并"，即"1+1=1"的理解。不少比较文学学者认为这是比较文学的辉煌胜利：这种学科合并说明了高等教育主管部门对比较文学这一学科的重视，也使得对比较文学这门学科的种种怀疑得以消弭；并且，用中文来讲授其他语种的文学知识，本身就隐含了一种比较活动，比较文学替代外国文学似乎是顺理成章的事情；更有学者认为可不单独讲授外国文学史，而以"世界文学发展比较史"或"比较化的世界文学"等课程代替之。然则，合并并非替代，对于"比较文学"与"世界文学"两个各有其特点，又密切相关的专业，在高校的实际情况中，即中文系的本科教学中，外国文学史和比较文学基础（或概论、原理等），依然作为两门各自独立的课程开设。由此引发了对合并的另一种质疑，即两者不该合并，或者说合并后依然是"1+1=2"，陈惇就指出："比较文学与世界文学是两门各自独立的学科，它们虽然有着密切的联系，然而，它们在研究对象、研究领域、研究目的等各个方面都并不完全相同。"由此"这样的做法并不是一个理想的方案"，只是一个"权宜之计"。① 但是，"比较文学"与"世界文学"的合并虽然还有值得深入探讨的地方，但也并不能说只是一个"权宜之计"，而有自己的考虑，在笔者看来，这个举措可能期望着"比较文学"与"世界文学"研究者应有更高的追求，也就是说要追求"1+1=3"或是"1+1=X"的效果。两者合并为一个学科后，原有的两个学科一方面应继续

---

① 陈惇：《势在必行——中文系怎样开设比较文学课程》，载《中国比较文学》2000年第1期，第85—92页。

保持各自的专业特点，另一方面又相互靠拢，即"比较文学"更加强化世界文学、总体文学意识；"世界文学"或"外国文学"更加自觉地以比较文学的观念、视野与方法展开研究。"作为一个学科的'比较文学与世界文学'，其建设和发展的基本目标，是进一步深入研究各国文学，进一步清理中国文学和外国文学的相互关系，致力于探索文学发展的普遍规律，追求对于文学的总体认识。"① 由此产生了两个教学重点，② 一个重点是用比较法讲世界文学，即"比较化的世界文学"③ 或"比较世界文学史"④，不能把世界文学孤立地、分割地、就事论事地去讲授，而是要讲经典的巨大影响，要讲西方文学之间的相互借鉴，比如说，要讲"两希文学"对西方文学的深远影响，要讲古罗马文学及中世纪文学对西方文学承上启下的重要关系，要讲启蒙主义、浪漫主义在全欧范围的广泛流传，等等。另一个重点是讲授中外文学关系，即将外国文学同中国文学进行比较，清理两者之间相互影响的痕迹，如印度文学对中国古代文学的影响，中国古代文学对日本文学的影响，西方文学对中国现当代文学的影响，都是十分重大的题目。

二是在中文系或是"中国语言文学"学科中设置"比较文学与世界文学"及"外国文学"合理性的质疑。如有的学者就认为，中文系的外国文学教学应像外语系一样，以国别文学的形式来教授，并且中文系的外国文学教学任务应由外语系的教师来承担，学生也应该尽可能多的阅读源语作品。其理由是：文学具有不可译性，不通过原文，就不能分析和欣赏文学作品，外语系的教师精通某一语言以及该语言的文学，他们讲外国文学更地道，中文系的教师外语基本不行，或者只通一门外语，却要西方文学或者东方文学，甚至整个外国文学，都通讲下来，其教学质量和效果是值得怀疑的。⑤ 按照这种源语至上的逻辑，只有能够读莎士比亚的英文原作，

---

① 汪介之：《"世界文学"的命运与比较文学的前景》，载《外国文学研究》2004 年第 6 期，第 123—129 页。

② 李万钧：《对"比较文学和世界文学"新课的几点思考》，载《中国比较文学》2000 年第 1 期，第 93—97 页。

③ 昂智慧：《更新观念，迎接挑战：对"比较文学与世界文学"教学的思考》，载《中国比较文学》2000 年第 2 期，第 107—114 页。

④ 邓楠：《对学科名称和课程名称的思考》，载《中国比较文学》2001 年第 4 期，第 74—77 页。

⑤ 参见王向远《从"外国文学史"到"中国翻译文学史"：一门课程面临的挑战及其出路》，载《中国比较文学》2005 年第 2 期，第 70—83 页。

才有关于莎士比亚的发言权,只有能够直接读德文原作的,才有谈论和研究《浮士德》的资格,只有能读法文的,研究巴尔扎克才具有权威……这还仅仅只是一些主要语言,对于一些更小的语种,如阿拉伯语、孟加拉语,甚至古希腊语、古希伯来语,整个中国又有多少人懂呢?中国有如此强大的师资阵容去给如此众多的学生用古希腊语讲《荷马史诗》、用古希伯来语讲《旧约》吗?况且我们也不能要求学生去了解几十门语言。这种以语言或国别来切分外国文学史的做法也可能陷入到某种"只见树木,不见森林"的境况中,由国别(语种)文学专家来讲授各国文学史,那么那些跨越一国文学界限的文学现象由谁来讲述呢?由源语文学专家来讲授国别文学可能注定只是一种美好的设想。长期以来,中文系的"外国文学史"课程,所做的实际上是吸收和消化的工作,用中文讲外国文学,使得外国文学在中国的文化语境中受到过滤、得以转换、进行阐发,这一行为本身就是中外文学与文化的碰撞与融合,具有"比较文学"的性质,在中文系用中文讲授外国文学,与在外语系用外文来讲授外国文学,其宗旨和效果是根本不同的,也是不能相互取代的。"把外国文学放在中文系来讲授,其主要目的是开阔视野,丰富知识,使中国文学的评价和研究及其定性和定位有世界文学的参照。"① 重要的是使学生对外国文学的相关知识有所了解,并能以一种比较的视野来审视我们自身的文学。正是世界文学借以比较文学与本土全方位的联系成为它在中文系立足的依据,并最终获得了合法性。

从上述论述中我们不难看出,对世界文学学科的众多质疑之声有着程度不一的合理内涵和理论缺失,但它们却有一个共同的视域盲区:即对翻译文学的价值及其在文学发展、传播过程中作用的漠视。② 人类有史以来,各民族的经典作品汗牛充栋,如果绕开翻译,都要求人们去读原著,无疑是一种苛求,其结果是人们由于掌握的语言有限而无法接触到丰富多彩的文学世界。再者,无论是在历史上还是在当下的生活中,外国文学作品的传播主要依靠的是译本而不是原作,这是无可否认的事实。

---

① 参见王向远《从"外国文学史"到"中国翻译文学史":一门课程面临的挑战及其出路》,载《中国比较文学》2005年第2期,第72页。

② 王宏图:《世界文学的是是非非》,载《中国比较文学》2004年第1期,第27—30页。

正是出于对外国文学尴尬现状的考虑以及对学界漠视翻译文学的反拨，王向远提出了以"中国翻译文学史"来改造"外国文学史"或"世界文学史"课程的设想。① 在笔者看来，王向远的论述也存在某些问题，甚至是矫枉过正了。首先，其出发点还是将翻译文学视为民族文学的一部分，虽然，在表面上是完善"中国语言文学"学科内涵与外延，让其涵盖中国语言文学所有的知识领域，但却也与设置这门课程的本意相违背了，它既无法连接起源语文学与本土文学，也无法完成"比较文学与世界文学"学科合并所要求的整合与提升。并且容易引发其他的一些误解，这在本书论述翻译文学作为一个独立场域的时候已有详细的论说，这里不多加阐释。其次，以现今"中国翻译文学史"的体例，无法完成"外国文学史"的教学工作。以孟昭毅、李载道所主编的《中国翻译文学史》② 为例，全书以时间顺序分为四编，每一编下以译者或是语种为类，关注异域文学在中国翻译的过程和历史。这种体例说明翻译文学史不足以替代外国文学史或世界文学史：其一，对中国译界而言，具有自身历史发展规律的异域文学在中国的翻译中是以共时的、碎片的方式呈现的，而我们的翻译文学史关注的是我们自身对异域文学作品翻译、接受的历史，无法将外国文学自身发展的历史与内在逻辑体现出来；其二，我们的翻译文学史并没有对文本的细读分析，并没有对文本的文学价值与审美价值进行探讨，而这应该是外国文学史讲授的重点内容，如果文学课程只有平面的事实介绍，而没有震撼人心的作品阅读与欣赏，又何其称之为文学课程呢？

翻译文学虽然建构了我们事实上的外国文学景观，但并不意味着就必须以翻译文学来替代外国文学，只是从这个事实出发，在现有的外国文学史的教学框架下，进行某些变更：其一，可以有选择性地以双语进行教学，但主体的教学工作还是以中文来完成。当今的大学生主要以英语为第一外语，并且已经进行了多年的学习，具有一定的阅读、领会和表达的基础，也有较强的进一步提高的愿望，但是由于外语教学的某些局限性，学生虽然修习英文多年，但是除了自己所学的英文课本之外并没有接触多少有关专业的原文材料，实践证明，只要材料选择得当，学生完全可以在老师的指导下进行有效阅读且兴趣极大。因此可以鼓励学生在整个外国文学

---

① 王向远：《从"外国文学史"到"中国翻译文学史"：一门课程面临的挑战及其出路》。
② 孟昭毅、李载道：《中国翻译文学史》。

学习过程中，最少以原文阅读一部或是一篇小说，当然，所选择的小说最好具有可读性，如现实主义小说，并避免一些艰深难懂的题材，如《尤利西斯》等。另外，在教学中，还可以以英语来讲授一些诗歌，毕竟诗是最难翻译的，从形式而言，也只有在源语中我们才能解释清楚诗的相关韵律。鼓励学生在熟读之后进行翻译，然后与既有的译文进行对读，看看哪些诗味在翻译中传达出来了，哪些又丧失了，这足以让学生体会到翻译活动殊为不易，也对学生是一个提高的过程。

其二，原有的外国文学史经过多年的教学实践，证明还是比较有效的。不管是本土文学还是外国文学、翻译文学，文本都是首要的，在异域学习外国文学，对源语文本而言，事实上就是一个旅行、迁移的过程，从这种文本旅行的过程出发，笔者认为，可以加入两方面的内容，相比较原有的作家、作品分析而言，这两部分的内容可以不是很多，但最好能有所涉及。首先，是有关文本翻译的情况。比如说在讲授《尤利西斯》时，就要提及金隄的译本和萧乾、文洁若的译本，并比较两个译本的异同，如金隄的译本是以直译为主，而萧乾、文洁若的译本是以意译为主等情况；并且每一次的重译都意味着本土文化对源语文本的一次重新解读，也应该让学生对译介的本土文化语境有所了解。有些外国文学作品的译本众多，比如说《百年孤独》就总共有十几个译本，这种情况下，还要分辨优劣，帮助学生选择较好的译本来阅读。翻译是一种再创造，译者的个性气质、学识修养对翻译也有重要的影响，因此也有必要让学生对译者有所了解，例如在讲授《约翰·克利斯朵夫》时，可以有意识地提及译者傅雷在气质、性情上与作品的高度契合造就了这一翻译文学的经典。通过上述各种途径，翻译文学得以进入原有的外国文学的框架中，并且对原有的框架是一种有益的补充。其次，应该谈及中国对该文本的接受情况，也就是说它对中国文学的影响。中外文学关系是比较文学研究的基本目标之一，钱锺书就曾经说过："从历史上看，各国发展比较文学最先完成的工作之一，都是清理本国文学与外国文学的相互关系，研究本国作家与外国作家的相互影响。""要发展我们自己的比较文学研究，重要任务之一就是清理一下中国文学与外国文学的相互关系。"① 比如说，在讲授《百年孤独》时，莫

---

① 张隆溪：《钱钟书谈比较文学与"文学比较"》，载《中国比较文学年鉴（1986）》，北京：北京大学出版社 1987 年版，第 52—53 页。

言、李锐、王安忆、韩少功、扎西达娃等人对其的接受、误读与模仿就应该是讲授的内容之一。这种讲授方式经实践证明是卓有成效的，李万钧在谈及自己的教学体会时，说道："十多年来，我始终立足本土文学去讲外国文学、比较文学。由于讲外国文学取比较法，讲比较文学不尚空谈，故受到学生们（包括研究生）的热烈欢迎，他（她）们听课后最大的收获，就是既学到了外国文学，也学到了中国文学。"① 显然，上述方式将中国文学、翻译文学、外国文学和比较文学进行的有效的连接与融合，才是大受学生们欢迎的原因所在，也是在"比较文学与世界文学"新的课程设置中讲授"外国文学史"的一个可资借鉴的做法。

第二节　从翻译文学看"20世纪中国文学中的世界性因素"

外国文学借以翻译文学对 20 世纪中国文学的现代性产生了深刻的影响，"如果没有对外国文学的引进与借鉴，很难设想会有文学革命和由此开始的中国新文学史，即现在我们通称的中国现代文学史"。② 中国现、当代文学的产生与发展都离不开外国文学这个"他者"的刺激与启发作用，这在学界已为大多数人所接受。现在的问题是我们怎样研究这种"影响"？怎样去梳理近现代以来中国文学与外国文学、外国知识之间的复杂关系呢？在笔者看来，研究中外文学关系有以下几个切入的角度：一是从中国文学切入，即以中国文学的接受为基点，而对某一作家或文学作品的主题、题材、形象、情节、风格及艺术形式等异域来源的探究，往往是在起点不明确或不清楚之时，由终点出发去探求作为"出发点"的放送者，细密地考察一个作家或一部作品所曾吸取和改造的外来因素；二是以源语文学为切入点，即以文本旅行为框架，探讨文学文本在异域的翻译、传播与影响，以及在这个旅行过程中，文学文本因译入语具体的社会、文化语境等因素而产生的误读与变异；三是从比较文学或总体文学的角度来切入，比较文学研究两国或两国以上的文学交往，是跨越一国范围之外的文

---

① 李万钧：《对"比较文学和世界文学"新课的几点思考》，前引文。
② 贾植芳：《历史的背面——贾植芳自选集》，前引书，第 364 页。

学研究，相比较以上从单向角度进行的研究（虽然这不排斥从另外一个方向所进行的探讨），从比较文学角度的切入更彰显了两者之间的双向互动；四是将这一现象置于跨语言、跨文化的框架中进行研究，不仅仅采取传统的比较文学研究的方法，而是注意到现代中国文学与外国文学在复杂交往中相互建构。

由于从单向角度切入的某些无法回避的问题：如从中国文学角度的切入可能陷入某种对"渺茫"的、不可靠的来源的追寻；而从源语文学角度的切入也可能导致这样一种误解，即认为中国是在全方位接受西方，所有的东西都来自于西方，我们只是一种回应；以及比较文学学者在中外文学关系领域难以做出持续的有创见的研究，因此，陈思和提出了"20 世纪中国文学中的世界性因素"的命题来重新思考我们的中外文学关系研究。正如陈思和本人所言，他提出这一命题经过了相当长时间的酝酿和思考，他从 20 世纪 80 年代初起就一直在从事中外文学关系的研究，但经过多年的实践——编写资料，撰写文学史，却发觉"成效甚微，困惑益多"，他的困惑来源于 80 年代以来国内在 20 世纪中外文学关系研究领域的一个相当流行的做法，即"首先用大量实证材料考证中国知识分子接触了哪些思潮，读了哪些书，然后是作家如何接受传播者的影响，如何调整自己的选择，等等"，他觉得，通过这样的方法得出的结论"太没把握了"。他认为当 20 世纪中国文学进入一种世界性的文化格局时，原有的封闭形态被打破，代之以八面来风的外国文化思潮冲击，在一种"泛影响"的场境中，原先应付裕如的影响研究方法出现了问题，因为中外文学诸多的事实联系，一落实到具体的人和事，深究起来，总无法确认为言之凿凿的证据，如果信以为真，很可能误入歧途。在 20 世纪中外文学关系中，影响研究方法是在证明无法证明的东西，它非但不可靠，简直有害无益，"需要予以解构和颠覆"。"世界性因素"的提出，正是针对外国影响考证的不可靠性和"中国现当代文学是在外国文学的影响下发展起来的"虚拟观念。他的观点是："既然中国文学的发展已经被纳入世界格局，那它与世界的关系就不可能完全是被动接受，它已经成为世界体系的一个单元，在其自身的运动（其中也包含了世界的影响）中形成某些特有的审美意识，不管与外国文化的影响是否有直接关系，都是以自身的独特面貌加入世界文学行列，并丰富了世界文学的内容。"陈思和事实上是在确立中国文学的主体性与主体地位，中国文学并非是对外国文学的跟随与回应，由此，他认为:"中国与其他国家的文学在对等的地位上共同建构起'世界'文学的复杂模式。"① 诚如张哲俊所说,陈思和所提出的"20 世纪中国文学中的世界性因素"的命题不失为中外文学关系研究的"新途径、新思路"和"建设性的意识",② 但从有关探讨文章对这一命题的种种阐述和论证来看,这一命题的理论基础仍欠坚实、事实来源尚待考证,破得多而立得少,而且命题本身也有众多值得商榷的地方,也就是说陈思和的命题并没有很好地承担起在跨语言、跨文化的框架中对现代中国文学与外国文学的复杂交往进行理论解释的责任。

其一,关于影响研究。虽然陈思和强调说:"我一再说明'中国文学中的世界性因素'研究是针对 20 世纪中外文学关系研究的范畴提出来的,不是针对所谓'影响研究'的。"③ 但是他对影响研究和实证方法的批评还是引起了学界众多同仁的质疑,如张哲俊就指出:"比较文学研究的实证研究不是过时了,而是十分不够。"④ 查明建也认为今天的影响研究已经从法国学派的框架中摆脱出来,是容纳了接受美学与"创造性误读"等主体性的接受研究,已经将"世界性因素"的命题中的部分主体性的成分包含了进去。⑤ 陈建华更是对陈思和将人们认可的"中国现当代文学曾受到外国文学思潮的深刻影响"改换成谁都不会认可的"中国现当代文学都是在外国文学思潮影响下发展起来的",提出了明确的质疑,认为这"必然导致相关的批评文字失去应有的份量"。⑥ 笔者认为,在中外文学关系研究的范畴中,不应该排斥影响研究与实证研究,因此,学界对陈思和的质疑并非无的放矢,而是自有其针对性。当然,陈思和本身也并不讳言中国现当代文学研究受到了外国文学的影响,在《〈马桥词典〉:中国当代文学的世界性因素之一例》一文中,他指出:"韩少功的词典体小说不可能是从什么周易或者其它古代文献中获得创作灵感,他只能从外国小说中的

---

① 陈思和:《20 世纪中外文学关系研究中的"世界性因素"的几点思考》,前引文,第 16 页。

② 张哲俊:《比较文学的实证研究时代过去了吗?》,载《中国比较文学》2000 年第 4 期,第 38—45 页。

③ 陈思和:《20 世纪中外文学关系研究中的"世界性因素"的几点思考》,前引文,第 33 页。

④ 张哲俊:《比较文学的实证研究时代过去了吗?》,前引文,第 45 页。

⑤ 参见查明建《从互文性角度重新审视 20 世纪中外文学关系》,前引文。

⑥ 陈建华:《关于"20 世纪中国文学的世界性因素"命题的几点看法》,载《中国比较文学》2001 年第 3 期,第 49—52 页。

词条展开的叙事形式中受到影响和启发，最直接的证据是他参与翻译了米兰·昆德拉的小说。"① 他只是对学界某些过于绝对的说法提出了质疑："把一种研究思路扭转过来，就是那种认为中国是在全方位接受西方，所有的东西都来自西方，我们只是一种回应"，② 但正如陈建华所指出的，如果将命题的主要意义仅仅定位于此，似乎未能显示出它的超越前人的价值，况且，加上了"全方位"、"所有的"、"只是"这一类限定词以后的"研究思路"，也并非如今学界主流的"研究思路"。③ 在笔者看来，陈思和"20 世纪中国文学中的世界性因素"命题的提出，旨在确立中国文学与外国文学"对等"的主体地位，这种强大的主观意图似乎有意无意地把客观现实给遮蔽了，这才是其对传统的影响研究和实证研究进行"颠覆和解构"的最主要的原因所在。我们来看看"影响"与"影响研究"的客观现实。大多数中国作家似乎并不讳言自己受到外国文学的影响，这从《世界文学》"中国作家谈外国文学"可以见出些许端倪，高尚就对作家接受外来影响做了较为独到的论述：

在讨论不同根种的文学时，人们往往无视存在于"影响"这一词汇中的基本事实，首先，希望更多的人阅读自己的作品，并在某些方面施以影响，或得到肯定与赞赏，是绝大多数写作者深沉的心理内驱力之一。可以说，对"影响"的追求首先就深嵌于文学的第一实践之中，它是作家们的光荣与梦想。另一方面，在广泛的文学阅读中，也同样存在着对"影响"的期待，而写作者的阅读尤其如此（这也同样验证了为什么一个写作者同时也是别的写作者这一说法）。人们期待着在阅读中有所发现，有所收获，并出于各种各样的理由为己所用。此外，从客观上讲，一个作家及其作品，只有"被读"才有意义。他的所有价值只有通过"被读"才能体现出来，也才能得以实现，否则便什么也不是。而"被读"能否如期实现，其质量如何，决定因素便是在这一过程中所产生的"影响"（或曰"影响力"）。可见"影响"

---

① 陈思和：《〈马桥词典〉：中国当代文学的世界性因素之一例》，载《当代作家评论》1997年第 2 期，第 30—38 页。

② 参见《"20 世纪中国文学的世界性因素"讨论会纪要》，载《中国比较文学》2000 年第 2期，第 50—61 页。

③ 陈建华：《关于"20 世纪中国文学的世界性因素"命题的几点看法》，前引文，第 52 页。

事实上早已沿着不同的需求，在不同的阅读和写作心理中奔涌着。因此，重要的是要审视是什么影响了我们？为什么影响？是怎样影响的？该如何应对这种影响。①

如果说中国作家找到了如高尚所说的"要在成为自己为止"的面对影响的途径，中国学界在面对这种影响时，或者说在进行"影响研究"时，也并没有如陈思和那样认为"中国是在全方位接受西方，所有的东西都来自西方，我们只是一种回应"，自1980年以来，国内一些老专家和中青年学者也在不断探讨如何使20世纪中外文学关系研究健康而深入发展的问题，如范存忠关于文学关系研究中应有的理论深度的要求、朱光潜关于文学关系研究中的纵（本民族文化传统）横（外来文化的影响）结合之说、王富仁关于"对应点重合论"的观点以及温儒敏关于"要注意从世界文学角度考察中国现代文学现象"的见解，这些探讨的成果在这些年的相关研究中均有所体现，② 因此，陈思和提出"20世纪中国文学中的世界性因素"，质疑传统的影响研究和实证研究，指责"中国现当代文学都是在外国文学的影响下发展起来的"虚拟观念时，缺少必要的事实依据，甚至自己也在不知不觉间虚拟了事实。

　另外，关于影响研究，除了上文有关学者提到的接受美学对影响研究的刷新，以及布鲁姆以"创造性误读"来克服"影响的焦虑"的策略等对接受主体的强调，笔者还想补充一点，影响与接受研究也已经扩展到更为宽广的社会文化领域，正如韦斯坦因所指出的："'影响'，应该用来指已经完成的文学作品之间的关系，而'接受'则可以指明更广大的研究范围，也就是说，它可以指明这些作品和它们的环境、氛围、读者、评论者、出版者及其周围情况的种种关系。因此，文学'接受'的研究指向了文学的社会学和文学的心理范畴。"③ 赛义德在论及"理论旅行"时也认为，观念和理论从一种文化迁移、旅行到别的文化时，进入新环境的道路绝非畅通无阻，而是必然会牵涉到与始发点情况不同的再现与制度化的过程，一定的接纳与抵制条件使得被移植的理论或观念得以引进或容忍，并

---

① 高尚：《要到成为自己为止》，前引文，第280页。
② 参见陈建华《关于"20世纪中国文学的世界性因素"命题的几点看法》，前引文，第51页。
③ ［美］韦斯坦因：《比较文学与文学理论》，前引书，第47页。

且完全（或部分）地被接受的观念因其在新时空中的新位置和新用法而受到一定程度的改造。"这使得关于理论和观念的移植、转移、流通以及交换的所有说明变得复杂化了。"① 由此，在旅行的每一阶段，"情境"都是赛义德所强调的首要因素，也就是说，具体的社会、文化语境也成为"影响—接受"过程中需要探讨的重要问题。总之，笔者认为，作为针对文学关系研究的影响研究，似乎不是要还是不要，或过时、不过时的对立选择，而是如前国际比较文学学会会长迈纳所说："不必完全抛弃'影响'概念，重新确定它的定义之后，这个概念还可以继续发挥作用。"②

其二，关于"中国"与"世界"。从地理学的角度而言，中国属于世界，世界包含中国，但在新时期初期，"世界"具有特定的含义，在以"世界文学"为名的刊物、课程中，在"走向世界"的口号中，中国并不在"世界"之内，这样一个明显违背地理学常识的"世界"概念，在相当长的一段时间内竟能长盛不衰，并为相当一部分人所接受，这是什么原因呢？这又出于怎样复杂而微妙的文化心态呢？王一川认为：在鸦片战争以来的现代，中国由于强大而陌生的西方冲击，丧失了自己固有的"中心"地位，仿佛被逐出到"世界"的"边缘"，甚至到"世界"之外，因而重要而紧迫的是重建"中心"地位，而这也就等于说重返或走向"世界"。③汪晖认为中国与西方的关系是"一种时间性的空间关系"，即现代性程度有差别的中西关系，现代性理论以中性的理性化为特征，将空间上的时间并列的文化关系置换成时间上的普遍关系，中国的现代化被理解为与西方趋同的时间性赶超关系。④ 中国的文化转型也就意味着如何克服古老文化的惰性与弊端，融入世界性的西方现代文明浪潮之中。由此，"'走向世界'不是一个纯地理学口号，而是一个文化现代性口号，即它主要来自文化现代性的战略需要"。⑤ 于是"中心"与"世界"这两个在现代汉语里

---

① ［美］爱德华·W.赛义德：《理论旅行》，前引文，第138页。

② ［美］厄尔·迈纳：《跨文化比较研究》，载［加拿大］马克·昂热诺等主编《问题与观点：20世纪文学理论综论》，前引书，第209页。

③ 王一川：《与其"走向世界"，何妨"走在世界"？——有关一种现代文化无意识的思考》，前引文，第286页。

④ 汪晖：《韦伯与中国的现代性问题》，载汪晖《汪晖自选集》，桂林：广西师范大学出版社1997年版，第13页。

⑤ 王一川：《与其"走向世界"，何妨"走在世界"？——有关一种现代文化无意识的思考》，前引文，第286页。

颇为不同的概念，发生了替换，并被人们"自然而然"地接受了，在笔者看来，在"中国"与"世界"对立的背后，是中国人固有的文化无意识——"文化中心主义"心理在作祟，由此，"世界"的指向事实上就是处于发达或先进地位的"西方"。

但是，陈思和对"世界性因素"论述的内在逻辑构成更为复杂，他先是承认了"世界/中国"之间的对立关系，"中国在 20 世纪被纳入世界格局中，它的发展不能不受到世界性思潮的影响，在文学领域，世界文学思潮也同样成为中国的外部世界而不断刺激、影响中国文学的发展过程，形成了'世界/中国'（也即'影响者/接受者'）的二元对立的文化结构"。这里"影响者"与"接受者"之间还隐含着一种从属的关系，即陈思和所极力反对的那种认为"中国是在全方位接受西方，所有的东西都来自西方，我们只是一种回应"的影响关系，这可能才是陈思和所强调的重点。紧接着陈思和又指出"世界"应包含"中国"，"既然中国文学的发展已经被纳入世界格局，那它与世界的关系就不可能完全是被动接受，它已经成为世界体系的一个单元。在其自身的运动（其中也包含了世界的影响）中形成某些特有的审美意识，不管与外来文化的影响是否有直接关系，都是以自身的独特面貌加入世界文学行列，并丰富了世界文学的内容"。在这里，陈思和所指向的也不是"世界"对"中国"的包含，而是中国与其他国家的平等地位，"在后一种研究视角里，世界/中国的二元对立结构不再重要，中国与其他国家的文学在对等的地位上共同建构起'世界'文学的复杂模式"。① 在这里，陈思和"20 世纪中国文学中的世界性因素"命题借字面的"世界/中国"的关系（对立或"世界"应包含"中国"的关系），事实上是在说明中外文学之间的关系，影响研究所认同的那种中国文学都是受到外国文学的影响而发展起来的观点应予以"颠覆与解构"，中外文学之间应该是平等的，它们共同构成了"世界文学"。值得注意的是，陈思和用的是"对等"，而不是"平等"，"对等"事实上也包含着"对立"的意思，也就是说，在陈思和看来，为了达到中国文学与外国文学之间的平等主体关系，将两者对立起来是可行的，甚至是必要的。然则，陈思和"20 世纪中国文学中的世界性因素"命题借"对立"来说

———————

① 陈思和：《20 世纪中外文学关系研究中的"世界性因素"的几点思考》，前引文，第 16 页。

"从属"，借"包含"来说"平等"的做法实在是过于隐晦，也容易引起人们的误解（事实上已经引起了人们众多的误解），那么，陈思和为什么还要坚持使用这样一个命题呢？显然，陈思和不会同意将"20世纪中国文学中的世界性因素"改为"20世纪中国文学中的异域因素"，因为这样就坐实了中国文学受到了外国文学的影响；也不会同意将其改为"文学的世界性因素"，因为这样就失却了他所赖以立足的中国现当代文学的学科基点。虽则在笔者看来，后两者可能更为明晰，也更为有效。

陈思和对此也做了自己的一些阐释："何谓'世界性因素'，我觉得在考察20世纪中国文学现象时很难区别什么具有'世界性'，什么不具有'世界性'，因此本书研究的'世界性'不反映对象的品质，只反映讨论方法的视野"，"'20世纪中国文学中的世界性因素'的研究，研究对象虽然是以中国文学为主，但方法上则是强调了'世界性'"。并举例说明，"只有当研究者把研究视野扩大到世界的范围，比如探讨中国的浪漫主义与欧洲各国浪漫主义的关系或异同，中国女性意识在世界女权运动中的地位，等等，把话题置放在'浪漫主义'或者'女性主义'的世界背景下进行考察与比较研究，才可能构成'世界性因素'"。并不嫌繁琐，对"20世纪中国文学中的世界性因素"下了一个冗长的定义："在20世纪中外文学关系中，以中国文学史上可供置于世界文学背景下考察、比较、分析的因素为对象的研究，其方法上必然是跨越语言、国别和民族的比较研究。"①但殊不知，"视野"是方法的投影，而方法又是与品质紧密联系在一起的，对对象品质的了解是方法拟定的前提，而方法则是把握对象品质的手段，如果事先陌生于对象的品质，又如何开出"对症下药"的方子，到头来，岂不是无异于"盲人摸象"。②再者，陈思和上述的论述具有较为明显的学科局限，其始终以中国文学为出发点，试图从"中国文学"这样一种单向的维度出发，追求某种"世界性"的平等、互动的可能，然则这并不现实，在笔者看来，"20世纪中国文学中的世界性因素"的命题似乎只能彰显中国文学发展的特质，只从中国文学自身的立场来研究中国文学，似乎是将中外文学交往的整个事实基础给抽空了，或者说将双方之间的联系给

---

① 陈思和：《20世纪中外文学关系研究中的"世界性因素"的几点思考》，前引文，第16—17页。

② 吴锡民：《"世界性因素"的"误读"》，载《南京师大学报》（社会科学版）2004年第1期，第104—107页。

切断，将双方放在孤立的空间内谈双方的异同，以此达到双方主体性的各自呈现，中外文学关系研究只剩下与外国文学共时性的契合关系，由于缺失了外国文学文本旅行、迁移与变异的这一维度，就不能有效地解释中外文学关系中的普遍现象，也难以揭示中国文学现代性在西方的影响下如何择取、接受这一客观的、时代性的文学特点，因而，在研究方法上就显得"偏狭、不全面"，作为一种研究范畴和方法就"不具备普效性"。① 同样是以中国文化、文学为本位立场来思考中国现代文学，王德威的表述更加客观："就算中国现代化处处受到西方影响，中国文学的现代化却不必完全是对外来刺激的回应。"② 而范伯群、朱栋霖在《中外文学比较史1898—1949》中的表述也更具深意，更容易让人接受，他们指出，中国文化、文学的现代化，其根本动因在于自身，传统文化在现代的"创造性转化"，关键也在于民族文化主体的主导作用，也就是说，在外界的强刺激下，中国文化自身即具有自我否定、自我调适并引发更新、转换和超越的内在机制。"正是中国文化本身需变、思变，才引来西方文化作为参照系，在中西文化的碰撞、冲突、对话中寻找自我的文化生路。"③

另外，在陈思和的"20世纪中国文学中的世界性因素"命题中，似乎并没有过多地涉及翻译文学，他虽然也认为20世纪中外文学关系研究至少是由译介学和影响理论研究两部分组成，并指出译介学原则在这一领域的应用应包括对20世纪以来中国翻译活动的研究，对外来理论思潮流派的介绍、评价和研究，以及外国文学的评价与研究，等等，但也指出，译介学原则的资料研究成果，"仅能说明外国文学的译介状况，并不说明'关系'本身的状况"。④ 于是，关于翻译、翻译文学的研究就被后置成为背景知识，甚至而言，在"20世纪中国文学中的世界性因素"命题中并未明确涉及此一方面的内容。在笔者看来，翻译文学作为连接中外文学交流的重要中介，其在中外文学关系中的重要地位不应该就这样被抹杀，而应该得到更多的重视。事实上，翻译文学居于民族文学和外国文学之间，

---

① 查明建：《从互文性角度重新审视20世纪中外文学关系》，前引文，第40页。

② ［美］王德威：《被压抑的现代性——晚清小说新论》，前引书，第25页。

③ 范伯群、朱栋霖主编：《中外文学比较史1898—1949》，南京：江苏教育出版社1993年版，第46页。

④ 陈思和：《20世纪中外文学关系研究中的"世界性因素"的几点思考》，前引文，第11页。

并有效地连接起了两者，它是外国文学进入异域传播的载体，也是民族文学事实上所接受的外国文学、世界文学景观。并且，如果我们将翻译不是视为单纯语言层面的转换，而是视为一种文化交往，视为政治及意识形态斗争和利益冲突的场所，那么，它即使不是"关系"本身，通过对翻译文学、翻译行为的考察也可以见出中外文学关系中的众多问题。翻译总是选择自身所需要的东西，而排斥相异的东西，即进行"文化过滤"，新时期初期对西方现代派文学的译介就是如此，出于本土文化、文学的需要，而对现代派作品采取内容上归化，形式上异化的策略。这种强烈的期待视野和为我所用的心理往往会遮蔽外国文学作品的其他内涵，甚至根本上就是误读。不难看出，我们可以通过对翻译的考察，来见出中外文学关系中某些细节及其特殊意义。

如果将中国文学视为一个独立的主体，将外国文学视为另外一个独立的主体，那么这两个主体之间，或者说自我和他者之间存在四种可能的关系：从属、对立、平等、和而不同，并大体对应于以下四个汉字：从、北、比、化，这四个汉字从字形上看都是二"人"结构，只是人与人之间的处境和位置不同罢了，亦即自我和他者处于不同的关系状态之中，从词义上来看，它们分别指向了从属、对立、平等、和而不同的意义，由此，我们可以认为自我和他者之间也具有这四种不同的关系。在20世纪中外文学关系的研究中，将中国文学视为外国文学的从属，认为中国文学都是在外国文学的影响下产生的观点应该遭到摒弃，陈思和正是在对这样一种从属关系的批评中提出了"20世纪中国文学中的世界性因素"的命题；20世纪中外文学之间也并非一种截然对立的关系，并非要么东风压倒西风，要么西风压倒东风的你死我活的对抗关系，陈思和为了将20世纪中国文学从外国文学的附庸地位中解放出来，在其命题中一定程度上默许甚至是支持了这样一种对立关系；自我与他者之间的平等并列关系应该是中外文学关系研究的基点，这样一种平等主体地位的确立使得不同文化、不同文学之间的交流与对话成为可能，这也正是陈思和上述命题所致力追寻或达到的目标；但在今天这样一个众声喧哗、杂语丛生的全球化语境中，平等的主体地位并不应该成为我们追求的终极目的，异质文化间的文学应该是一种和而不同的"共在"，它们共同构成"世界文学"或文学总体，对话、理解、交流、互动应该成为这种和而不同指向的内在蕴含。

　　由此，某种"互文性"的视角①可能更适合当下的中外文学关系研究。互文性理论认为，任何一部作品里的符号都与未在作品里出现的其他符号相关联，因而任何文本都与别的文本互相交织，没有任何独立的文本，文本皆为"互文"（intertext）。互文性也有广义与狭义之分，狭义的定义以热奈特（Gerard Genette）为代表，他认为，互文性指一个文本与可论证存在于此文中的其他文本之间的关系；广义的定义以罗兰·巴特（Roland Barthes）和克里斯蒂娃（Julia Kristeva）为代表，他们认为，互文性指任何文本与赋予该文本意义的知识、代码和表意实践之总和的关系，而这些知识、代码和表意实践形成了一个潜力无限的网络。无论是狭义还是广义的互文性概念都能有效指涉 20 世纪中外文学复杂的关系。从狭义而言，互文性理论并不像传统的影响研究那样，仅仅把一个或多个中国文学文本与外国文学文本简单联系起来，而是将中外文学文本视为一个互相交织的网络；互文性理论也不像传统的渊源学那样，只把中国文本看成是外国文学文本直接影响的结果，而是把互文性当作文本得以产生的话语空间。从广义来看，互文性理论不仅注重文本形式之间的相互作用和影响，而且更注重文本内容形成的过程，注重研究那些"无法追溯来源的代码"，无处不在的文化传统的影响。也就是说，中外文学的互文关系的视角将影响、非影响的独创性因素、传统因素、作家个人的气质、才能等因素都囊括其中，力求切合文学创作与发展的实际，这就要求在尽量发掘、辨识、梳理中外文学间发生关系的第一手材料基础上，把作品的比较与产生作品的文化传统、社会背景、时代心理和作家的个人心理等因素综合起来加以考虑。显然，用互文性概念来替代狭隘、机械的传统的"影响"概念以及过于强调文本自主性的"20 世纪中国文学中的世界性因素"的概念，更能切合 20 世纪中国文学发展的实际，它在影响研究、"20 世纪中国文学中的世界性因素"以及平行研究之间建立起了一个有效的运作平台，通过对时代特征的把握，从宏观上探讨中外文化的影响和类似现象，具体到特定的作家，须持"了解之同情"态度，考察其文化修养、审美心理等因素，在世界文学语境下，阐释其作品中的"某种外来效果"或相似

---

　　① 从"互文性"的角度来思考 20 世纪中外文学关系研究是查明建在《从互文性角度重新审视 20 世纪中外文学关系》（查明建：《从互文性角度重新审视 20 世纪中外文学关系》，前引文）一文中提出来的，下面的相关论述参考了查明建的有关观点。

之处,通过这种宏微共参的方式以期比较全面地对文学现象进行阐释。

　　在笔者看来,某种内外互参的方式更应该受到重视,20 世纪中外文学关系内在地潜隐着接受外国文学,尤其是西方文学的影响,实现中国文学(文化)的现代化的过程,同时又是反抗殖民主义的侵略与控制,争取民族独立与统一的过程,这两种相互抵制的张力形成了一种合力,决定着20 世纪中国文学的形态和特质,也使得"影响"与"影响的焦虑"出现的情形格外复杂。以新时期意识流小说的创作为例,王蒙早期的意识流作品,或者称之为"拟意识流"作品,基本上与西方的意识流作品没有多少关联,完全可以看成是其独创的,因为《布礼》(载《当代》1979 年第 3期)、《夜的眼》(载《光明日报》1979 年 10 月 21 日)发表时,西方经典的意识流作品还没有译介过来,新时期初期翻译过来的意识流作品都是借鉴了意识流的创作手法的现实主义作品,对真正的意识流作品还处于理论评述阶段,并且,王蒙早在 20 世纪 40 年代就发表了具有"意识流"意味的习作,对此,王蒙自己的解释是:"并不是说我早在十二岁就无师自通地掌握了所谓'意识流',它倒是说明每个人的写作方法都有自己的内在依据。"① 向来被认为是"意识流"作家的范小青也提及了类似的情况:"我在七十年代末八十年代初刚开始写小说的时候,就有人说,哇,你是意识流。我吓了一跳,我不知道什么是意识流。在我写了至少四五篇被称作意识流的东西后,我还没有读过意识流。……我读了它们,又看了一些评价的文字,我仍然不是很明白什么是意识流,但是有一点我知道了,那就是:我的作品不是意识流。……这样一看,我与外国文学的关系,就倒置过来了,人家是先阅读,再收益,从而提升自己的境界,我呢,是先沾沾自喜地以为自己是意识流的孩子,再去寻找老祖宗,结果发现不对头,以为无师自通,实际上不是那回事。但这是一次意外的相逢,收获就是,我读了意识流作品。"② 当然,不能就此来说明范小青的作品中没有意识流的因素,只是说她的意识流与西方的意识流并不一样。在与西方意识流作品"意外的相逢"之后,范小青的作品,包括王蒙后来的作品,其影响源是多方面的,有西方意识流小说(主

---

　　① 王蒙:《读评论文章偶记》,载王蒙《文学的诱惑》,长沙:湖南文艺出版社 1987 年版,第 34—35 页。

　　② 范小青:《意外的相逢》,载《世界文学》2004 年第 6 期,第 276—281 页。

要是翻译文学），有同时期其他作家的类似作品，还有以新的眼光重新界定的鲁迅以及 30 年代新感觉派作家的作品，因此，把新时期的意识流说成是"东方化"或"横向移植"显得比较笼统，模糊了新时期意识流创作方法形成的复杂性，不能真正揭示其特质和意义。当然，内外互参之"内"不仅指作家自身的"内在依据"，也指各民族文化、文学自身发展的内在需求。因此，文学的相同或类似一方面可能出于社会和各民族文化发展的相同，另一方面则可能出于各民族之间的文化接触和文学接触，相应地应区分为：文学过程的类型学的类似和文学的联系及影响，两者相互作用，但不应该混为一谈。① 由此，对新时期意识流小说的创作，乃至对整个中国现当代文学而言，既有源于自身发展的类型学的类似，也有外来因素影响的成分在内，而翻译是内与外之间的中介，居于两者之间，又兼具两者。应该将这几者结合起来考察，才可能较为贴近事实的真相。

总之，从 20 世纪中国文学现代性的发展历史来看，任何时期，无论影响是显现还是隐身，也无论对外国文学是接受、利用还是抵制、消解，很难找到完全西方化的东西，总是以这种或那种方式在中国自身的语境中进行了整合、归化。并且，翻译文学有效地连接起了民族文学和外国文学，西方的文学现代性借以翻译对本土文学的现代性建构产生影响。因而，对中外文学关系研究而言，翻译具有重要意义，并将中外文学关系研究导向了某种"和而不同"或是"互文"的关系状况之中。

第三节　翻译、翻译文学与中国现代文论的建构

近代以来，在从传统走向现代的转变中，中国原有的文学样态也发生了深刻的变化，不管是语言、体裁、手法还是主题、内容等都包括在内。作为对文学现象进行总结和解释的文学理论怎样应对这种变化呢？换句话说，中国现代文论的建构需要怎样进行呢？并且，对中国现代文论话语的建构而言，不仅它所研究的对象受到了西方的影响，而且其自身也受到了

---

① 《苏联〈大百科全书〉论历史——比较文艺学》，载《比较文学研究资料》，北京：北京师范大学出版社 1986 年版，第 84—85 页。

西方理论的影响,也就是说,西方知识借以翻译,以一种更为复杂的方式出现在中国现代文论的建构以及文艺学的学科建设之中。作为对西方知识影响的回应,"失语症"与"重建中国文论话语"是在新时期的文艺学学科中引起较大反响的两个命题,这两个命题是曹顺庆在20世纪90年代中期所提出的,提出之后遂引发了学界的热烈讨论,围绕此一话题,学界众人陆续发表了一系列颇有见地的意见。笔者并不想参与到这场讨论当中,而是通过对这场讨论本身的探讨,或者说对"失语症"的提出以及争论这样一种"学术行为"、"学科行为"的讨论,透视本土文艺学学者是如何回应西方文学与理论借以翻译而对本土理论建构的事实影响的,以及这种回应中的话语实践与文化立场。

学界对"失语症"的探讨是多方面,大要言之,在对"失语"现象的认知及重建的必要性方面,论者多表认可,而在对"失语"内涵的确定,以及程度的判断与重建的途径上,则仁者见仁、智者见智,难以一致。对于一个命题而言,概念的明确与清晰是我们共同讨论的基点,根据赖大仁的总结,学界对"失语症"至少有三种不同的理解判断:

> 一是如曹顺庆等先生所理解的,中国当代文论在西方话语霸权面前丧失了自我话语权力,我们只会操用他人的言说而发不出自己的声音。二是如郭英德等先生所理解的,当今的文学理论批评话语过于"个人化"和"私语化",在多元化的批评语境中,虽是众声喧哗,热闹非凡,但彼此只顾操用个人话话自言自语,无法沟通,难以对话,或者说成为一种聋子的对话——彼此都不明白对方说什么,因而也就无法确定自己应该说什么,并且说了也白说。这样的"独语"状况,其实还是一种"失语"。三是如朱立元、蒋寅等先生所理解的,中国当代文论日益与现实生活脱节,与时代发展隔膜,无法面对当代的文学现实和文学经验发言,在很大程度上丧失了理论的发言权和解释能力,或者是变成无对象的言说,这又何尝不是一种"失语症"?①

正是这种对"失语"内涵缺乏明晰的界定,导致了学界对"失语"问题的

---

① 赖大仁:《中国文论话语重建:在传统与现代之间》,载《学术界》2007年第4期,第28—37页。

种种争论,如对"失语"程度判断的差异:到底是全部失语还是部分失语?以及重建途径的差异:到底是以古代文论为本根?还是以现当代文论为本根?亦或是某种综合创造论(即以古、今、中、外文论为本根)?① 既然"失语症"本身就有各种不同的情况或"病症",且程度的认定也不一致,学界当然就不能只开出一个"药方"了,而是以各自所见,根据各自的经验,开出自己认为能够救治中国当代文论发展现状的处方。

虽然学界众人对"失语"的理解各不相同,但对中国文论为何"失语",大家却有较为一致的看法,那就是西方文论话语冲击的结果。曹顺庆追溯了中国现当代文论的发展历程,认为:"长期以来,中国现当代文艺理论基本上借用西方的一整套话语,长期处于文论表达、沟通和解读的'失语'状态。自'五四''打倒孔家店'(传统文化)以来,中国传统文论就基本上被遗弃了,只在少数学者的案头作为'秦砖汉瓦'来研究,而参与现代文学大厦建构的,是五光十色的西方文论;建国后,我们又一头扑在俄苏文论的怀中,自新时期以来(1980年)以来,各种各样的新老西方文论纷纷涌入,在中国文坛大显身手,几乎令饥不择食的中国当代文坛'消化不良'。"并进而指出:"中国现当代文坛,为什么没有自己的理论,没有自己的声音?其基本原因在于我们患上了严重的失语症。我们根本没有一套自己特有的表达、沟通、解读的学术规则。我们一旦离开了西方文论话语,就几乎没办法说话,活生生一个学术'哑巴'。"② 蒋述卓也认为:"西文理论与话语的大量涌入反而造成了中国当代文学批评与理论的'失语',这正是当代批评界忽视中国古代文论传统的继承,不创造性地运用古代文论的理论、方法与术语的后果。"③ 童真也指出:"翻阅中国建国以来的文论著作,我们可以看到,80年代中期以前的文论都是前苏联文艺理论的拷贝,而80年代末至今的文论著作,除了关于'意境'的讲述外,可以说是西方文论的翻版。再看中国的文学批评,在80年代以前,我们只会使用社会—历史批评方法,80年代以后,批评方法林林总总,五光十色,凡西方出现的文学批评方法,都被运用于分析中国文学作

① 翁礼明在《重建中国文论话语述评》一文中将学界对重建中国文论话语的意见归纳为上述三种。见翁礼明《重建中国文论话语述评》,载《江汉论坛》2005年第9期,第113—116页。
② 曹顺庆:《文论失语症与文化病态》,载《文艺争鸣》1996年第2期,第50—58页。
③ 蒋述卓:《论当代文论与古代文论的融合》,载《文学评论》1997年第5期,第30—34页。

品,但在这中间,中国文论的影子却鲜少见到!"① 无需否认,中国现代文论在其曲折的形成和发展过程中的确受到了西方思想的巨大影响,无论是它的问题视域,还是它的研究方法以及话语范畴及言说方式,莫不如此。可以说,整个近代以来的文论都是在借鉴吸收外国文论(包括西方文论、俄苏文论和马克思主义文论等)的基础上转型发展起来的,并形成了中国现代文论的新传统。

在这样一个对西方文论话语的接受、移植与运用的过程中,翻译文学扮演着先导的角色,伴随着不同流派的西方现代文学的翻译,是关于文学的一整套理论建构与话语表述的引进,而中国现当代文学受西方文学的影响,不可避免地有着一些"世界性"的因素,要对这些"世界性"因素进行分析,显然,来自西方的理论话语更具解释的有效性。于是,这进而导致了西方文论的大量译介,无论是形式主义、新批评还是后殖民主义、女性主义批评都匆匆而来,又匆匆而过,各领风骚三五天。这些西方文论虽在一定程度上参与了中国现代文论的建构,但却也导致了一些负面效应,如中国现当代文论语言、语体层面的译体化就成为"失语症"的最显著的外在表现:文学理论批评的翻译体是 20 世纪中国文论的主流语体或标准语体,它包括话语层面的语词、语式、句法和句群的组织构造,包括作为批评、理论的文章体裁和这些理论背后的基本的思维方式。译体化是实现汉语西语化的具体样态,以致由于世纪性的长时间的实践性积累,在不断生成着作为理论批评的现代汉语,或者更准确地说,在现代汉语中不断生长着的整个理论批评语言,都已经全面地变更为"翻译体"。② 因而,理论界大多数人对西方文论名词术语的狂轰滥炸已经由开始的反感到后来的习以为常、无动于衷甚至无意识的"失语",我们的一大群文学批评家、大学教师甚至离开了"现实主义"、"浪漫主义"就无法谈论杜甫、李白了。

当然,中国现当代文论语言、语体层面的译体化仅仅只是"失语症"的最外在的表现,若深入而言,背后更为根本的变迁是现代西学的知识谱系对中国传统知识体系或本土知识系统的全面替换。肇始于"五四"前

---

① 童真:《西方文论中国化——可能性与现实性》,载《湘潭大学学报》(哲学社会科学版)2004 年第 3 期,第 50—54 页。
② 曹顺庆:《论文学批评中的汉语性》,载《求索》2001 年第 4 期,第 96—97 页。

后，持续近百年的中国文化的现代转型，"最重要的不是细节性思想、观念乃至语言方式的变化，而是中西知识谱系的整体性切换"。① 也就是说从一种"感悟型知识质态"整体切换为逻辑分析性的"理念知识形态"。中国传统文化从"知识形态"上说，主要是一种"感悟型知识"，一种与西方"理念知识"迥然不同的知识形态，它不像西方"理念知识"那样，在现代学科体系的逻辑构架中分门别类地展开，也不以科学理性为基础，不以逻辑实证为论证手段。对中国传统文论而言，自从提出"诗言志"的"开山纲领"以来，历经数千年的发展，已经形成了一套有着独特的理论视野、独特的术语范畴、独特的致知方式、独特的趣味标准和独特的表达方式的话语体系；尤其需要指出的是，作为这样一套话语体系的基础，我们还拥有自己独特的思维模式和生存方式，也就是有机性、整体性的"天人合一"的思维模式和衍生的物我相融的诗意生存方式。事实上关于中国传统文化的特殊性在许许多多的讨论中都已经有所论及，比如说中国哲学的概念是活动浑融的，而西方是明确固定的（梁漱溟），中国传统的思维方式是整体的、综合的（季羡林），等等。当然，从生活方式的层面来说，传统文化在这种现代转型中并未发生根本性的断裂，一个显而易见的事实是中国人的风俗习惯、思维特质和行为方式等仍然有着自己的特殊性，只是在"知识学"或者说"知识质态"的层面上，汉语文化才真正产生了根本性的断裂，而中国文论和诗学在这种"知识学"转型的大背景下，也不可避免地走向了"断裂"和"失语"。由于整个知识的背景、根基都是西方的，传统知识只有在被"翻译"为西学式分析性内涵的时候似乎才可以理解，"今天，我们关于诗学的大部分谈论在基本的知识质态和谱系背景上都是西学的。中国古代的文论、艺术理论，从术语、观念到体系结构，往往都要'翻译'成西学质态的知识，对我们才可以'理解'，才是'清楚明白'的"。② 但事实上传统知识的特质是难以"翻译"的，我们曾用形式/内容、表现/再现、个别/一般、思想性/艺术性等范畴去分析古代文论和文学作品，语言学转向之后，又用能指/所指、直陈/隐喻、逻辑意义/情感意义、表层意义/深层意义等去辨析中国古代文论的知识内涵，但

---

① 曹顺庆、吴兴明：《替换中的失落——从文化转型看古文论转换的学理背景》，载《文学评论》1999 年第 4 期，第 69—80 页。

② 曹顺庆：《从"失语症"、"话语重建"到"异质性"》，载《文艺研究》1999 年第 4 期，第 37—39 页。

总让人感觉有如隔靴搔痒,并且是让人越弄越糊涂了,如"风骨"到底是形式还是内容?到底是表现还是再现?亦或都是或都不是?同样,"味"既非逻辑意义,也非情感意义,既非隐喻,也非直陈。这种"翻译",传统诗学的特质内涵不是愈发清晰,反而是大大消解了。

关于"失语症"的表述还应置于近代以来关于"现代性"与"民族性"的论争中进行探讨。"失语症"是一种现代现象,或者说是对现代现象的一种描述与论断。随着资本主义的产生、发展和全球化过程,引发了政治、经济制度,社会、文化理论以及日常生活结构的根本转型,对西方而言,现代现象是事物和人的巨大变形,其程度之深远、影响之广泛,远甚于欧洲中古向近代的演化。而对中国来说,"现代现象是中国三千年来未有之大变局"。[①] 从根本而言,无论是欧美还是汉语知识界,百年来关注的实质性问题是"现代现象",百年来的学术思想为了辨识这个现象,动员了各种日益分化的知识力量,积累了前所未有的人文—社会理论的研究成果。然则,中国的现代化进程(主要是向西方的学习过程),同时又是反抗西方殖民主义的侵略与控制,争取民族独立与统一的过程,因此,中国对"现代性"的思考不可避免地会与"民族性"的问题相纠葛。"现代性"与"民族性"的张力一定程度上也是"他者"与"自我"的张力,"失语症"所表达的是对"自我"从属于"他者"——相对于西方强势文化与文论而言,中国文化与文论处于跟随、模仿的境况之中——的反拨,其基本的逻辑前提是,"在异己文化面前,处于文化对话中的'自我'或'主体'不能融于'他者'当中,不能没有自己的'身份'"。[②] 然则,"现代性"与"民族性"或者说"他者"与"自我"的张力也形成了一种合力,共同决定着对"现代现象"的反应,使得这种反应呈现极为复杂的面目,陶东风在《"后"学与民族主义的融构》[③] 一文中指出:"失语论"的迷误在于把"他者化"绝对化,而没认识到绝对的"他者化"是根本不可能的。并且认为:我们当然不能否定由于现代性起源于西方,随着现代性的扩展,非西方国家也都不同程度地经历着西方化,这在文化交往空前频

---

① 刘小枫:《现代性社会理论绪论——现代性与现代中国》,上海:上海三联书店 1998 年版,第 2 页。

② 支宇:《对近年关于"失语症"讨论的再讨论》,载《中外文化与文论》第 8 辑(2001 年 5 月),第 280—306 页。

③ 陶东风:《"后"学与民族主义的融构》,载《河北学刊》1999 年第 6 期,第 40—45 页。

繁的全球化时代尤其明显；但是非西方国家对于现代性接受的同时必然伴随对于西方现代性的重构与改造，而不可以是什么"全盘西化"。因此，认为中国的现代化就是西化，或断言中国的现代文论完全丧失了自己的话语，并不合乎事实。然则，用"鼓吹"或"反对"来界定这些反应同样过于简单了，正如曹顺庆和邹涛所指出的："'失语症'的提法是一个策略性的口号，因为我们痛感学术界缺乏学术创新，一味地追随西方话语，没有自己的理论话语，因而提出'失语症'以警醒学界。这就如同'五四'新文化运动时提出的'打倒孔家店'的口号，虽然有偏激之嫌，但不这样提，就没有'五四'新文化运动的蓬勃发展。"①

　　以上从话语层面、知识质态层面和现代现象层面对"失语症"的提出进行了辨析，应该说前两者内在地置于了"现代现象"的层面之中，一定意义上，"现代现象"才是百年来中国学界所关注的重点所在。然而中国的现代性进程内在地置身于以下两种冲突之中，"不仅是传统与现代之冲突，亦是中西之冲突"。② 或者说，"中国现代性话语的最为主要的特征之一，就是诉诸'中国/西方'、'传统/现代'的二元对立的语式来对中国问题进行分析"。③ 由此，对"重建中国文论话语"或者说中国现代文论的建构而言，以上两种冲突亦是其进行思考的前提——中国现代文论的建构必须内在地完成"古代文论的现代转换"与"西方文论的中国转换"。也就是说，对中国现代文论的建构而言，"古代文论的现代转换"与"西方文论的中国转换"犹如其之双翼，缺一不可。事实上，这种综合创造论在对"失语症"和"重建中国文论话语"的讨论中，作为一种思路和策略，得到了比较广泛的回应与支持，在学界也似乎达成了一定的共识。曹顺庆和李思屈就指出："所谓重建，就不是简单地回到新文化运动以前的传统话语体系中去，也不是简单地套用西方现代理论来解释中国的文学现象，而是要立足于中国人当代的现实生存样态，潜沉于中国五千年生生不息的文化内蕴，复兴中国民族精神，在坚实的民族文化地基上，吸纳古今中外人类文明的成果，融会中西，而

---

　　① 曹顺庆、邹涛：《从"失语症"到西方文论的中国化》，载《三峡大学学报》2005年第5期，第47—49页。

　　② 刘小枫：《现代性社会理论绪论——现代性与现代中国》，前引书，第2页。

　　③ 汪晖：《当代中国的思想状况与现代性问题》，载《天涯》1997年第5期，第133—150页。

自铸伟辞,从而建立起真正能够成为当代中国人生存状态和文学艺术现象的学术表达并能对其产生影响的、能有效运作的文学理论话语体系。"① 敏泽也指出:"举凡古今中外人类文明发展历史进程中一切有价值的成果,都在采纳,吸收的范围,古代的也好,现代的也好,中国的也好,西方的也好,都要以开放的胸襟、兼容的态度,根据建设有中国特色社会主义的实际需要,在传统文化的基础上,进行辩证综合的再创造。"并且认为:"立足于弘扬我们的民族精神或主体精神,放眼世界,广采博纳,审慎辨析,综合创造,这是我国新的美学和文论发展的唯一健康而科学的途径。"②

"古代文论的现代转换"是和文论"失语症"并行提出的,作为对"失语症"开出的"药方"之一,其本意在于倡导在对传统的继承与更新的基础上重建现代文论话语。此论一出即引起了学界的普遍关注和讨论,1996 年 10 月,在西安举办的"中国古代文论的现代转换"学术研讨会上,当代文论和古代文论两方面的学者对此进行了专题研讨,随后出版了专题论文集;《文学评论》也从 1997 年第 1 期起开辟"关于中国古代文论现代转化的讨论"专栏,对这一问题展开了长时间的学术探讨;其他刊物也纷纷发表文章参与讨论,十余年来这方面的讨论一直持续不衰。由于不同论者审视历史与观照现实的角度不同,所持守的学术理念也不同,因而对同一理论命题表述了各不相同的看法,这些看法应当说各有一定的启示意义。应该说大部分学者对"古代文论的现代转换"的命题持肯定或积极而又审慎的态度,并各自从不同的侧面,根据自己的理解来支持、论证、阐释并发展了这一理论命题,如张少康主张,以古代文论为母体,深入研究和发掘中国古代文论的内在精神和当代价值,经过一定的现代转化,从而建设当代文艺学,是当代文论发展的历史必由之路。③ 另外,董学文也认为"古代文论的现代转换"是一个"积极的建设性的"提法,"大力开掘那些富有合理性和进步性并孕

---

① 曹顺庆、李思屈:《再论重建中国文论话语》,载《文学评论》1997 年第 4 期,第 43—52 页。

② 敏泽:《综合创造与我国文化与美学及文论的未来走向问题》,载《文艺研究》1999 年第 3 期,第 60—72 页。

③ 张少康:《走历史发展必由之路——论以古代文论为母体建设当代文艺学》,载《文学评论》1997 年第 2 期,第 41—53 页。

含着当代意义的古代文论观念和范畴,进而进行再阐释和再创造,催其'活化',促成'新质',这是整个文学理论建设既走向'现代化'又葆其'民族特色'极重要的一环。毫无疑问,如果我们不更加创造性地吸收中国传统文论的精华,更加积极地借鉴先进观念和方法对其加以'转化',那么想建设在世界文艺学格局中占一席重要地位的崭新中国文学理论的历史任务就很难完成"。① 当然,也有人对"古代文论的现代转换"表示了怀疑,如王志耕就认为"特定的话语总是在特定的语境中存在的。在建立当代文论的时候,我们必须看到,中国文论的历史语境已经发生了根本的变化"。也就是说,中国古代文论生成、存活的语境已经变更甚至缺失,因而它只能作为一种背景的理论模式或研究对象存在,而难以直接运用于当代的文学批评和文学理论。当代文论话语的重建,只能说是以中华文化为母体和家园,而不可能回归古代文论。② 蒋寅进一步指出,每个时代的文学理论都是在特定的文学经验上产生的,是对既有文学经验的解释和抽象概括。当新的文学类型和文学经验出现,现有的文学理念丧失解释能力时,它的变革时期到来了,概念、术语、命题的发生、演化、淘汰过程都是顺应着文学创作的。因此,古代文论概念、命题及其中包含的理论内容,活着的自然活着,像"意象"等,不存在转换的问题;而死了也就死了,诸如"比兴"、"后妃之德",等等,想转换也转换不了。③

如果我们并不是将"古代文论的现代转换"视为"重建中国文论话语"的全部,而只是视为中国现代文论建构中的必不可少的一部分,那么,上述很多责难似乎也就并不成立了,而问题也由古代文论能不能转换,或需不需要转换更替为古代文论怎样完成现代转换,以期更好地参与到现代文论的建构中来。可喜的是,曹顺庆教授和他的博士生们已经开始了重建中国文论话语的探路性工作,"我们试图从传统文论的意义生成方式、话语表述方式等方面入手,发掘、复苏、激活传统文论话语系统,并立足于当代,在中西对话中重建当代文论话语。这些方法包括对传统文论话语的探寻、研究和整理,在中西文论对话中使其凸显与复苏,在广取博

---

① 董学文:《中国现代文学理论进程思考》,载《北京大学学报》1998年第2期,第214—220页。

② 王志耕:《"话语重建"与传统选择》,载《文学评论》1998年第4期,第85—96页。

③ 蒋寅:《如何面对古典诗学的遗产》,载《粤海风》2002年第1期,第8—11页。

收中重建,并在中外文学批评实践中检验其有效性和可操作性"。^① 也就是说,这种具体的途径与方法应当是:"首先进行传统话语的发掘整理,使中国传统话语的言说方式和文化精神得以彰明,然后使之在当代的对话运用中实现其现代化的转型,最后在广取博收中实现话语的重建。"^② 应该说,这种途径与方法是具有可操作性的,曹顺庆教授和他的博士生们以这种途径与方法已经作出了许多卓有成效的工作:完成了多篇对中国古代文论话语范畴进行梳理的博士论文,并发表了多篇研究论文,出版了多部研究专著。这种脚踏实地的治学方式与态度是值得学界认真加以思索并进行借鉴的。

　　自 2004 年以来,曹顺庆等人又集中撰文指出"西方文论的中国化"是"重建中国文论话语"的又一有效途径,"中国文论话语的重建无法仅仅靠接上中国古代文论来真正完成。还有一个必要的环节就是西方文论的中国化,这是我们继'古代文论的现代转换'之后所倡导的又一条重建中国文论话语的有效路径"。^③ 在此之前,学界已有不少学者对"西方文论的中国化"或者说"西方文论的中国转换"提出过自己的观点,如陈厚诚、王宁就认为:"西方当代批评中国化,就是将西方当代批评置于中国的文化语境来加以检验,其与中国的文学经验有共通性者则肯定之,吸收之;与我们的经验相悖而明显片面、谬误者则质疑之,扬弃之;对我国的文艺现象不能解释,陷于盲视者则补充之,发展之。通过这样的消化吸收、扬弃增殖的过程,将西方当代批评重构为我们中国自己的新的批评理论和方法。"^④ 张峰也指出:"在引进西方文论话语时坚持选择性摄入——消化吸收——创造的接受方式,把西方文论同中国及外国经典文本的解读结合起来,兼顾宏观与微观、求同与求异,着力在求异中实现突破与创造。"^⑤ 与上述论点相比,曹顺庆等人的观点意图指向更为明显,就是要力挽"失语症"之弊,并将"西方文论的中国化"纳入到"重建中国文论话语"的

---

　　① 曹顺庆:《"话语转换"的继续与重建中国文论话语》,载《文艺争鸣》1998 年第 3 期,第 5—6 页。

　　② 曹顺庆、李思屈:《再论重建中国文论话语》,前引文,第 45 页。

　　③ 曹顺庆、邹涛:《从"失语症"到西方文论的中国化》,前引文,第 47 页。

　　④ 陈厚诚、王宁:《西方当代文学批评在中国》,天津:百花文艺出版社 2000 年版,第 14 页。

　　⑤ 张峰:《试论西方现当代文学理论的"中国化"》,载《福建外语》2002 年第 1 期,第 60—65 页。

途径之中来，由此他们更为强调中国文论话语、中国学术规则的主导地位，正如他们所指出的："我们认为，西方文论话语需要与中国传统话语、中国独特的言说方式相结合，我们需要以中国的学术规则为主来创造性地吸收西方文论，并能切实有效于当代文学创作和批评的实践中，才能推动中国文论话语的发展，这样才能真正实现西方文论中国化，也只有这样，才能从根本上解决当代文论话语的'失语症'的文化困境。"① 在笔者看来，"西方文论的中国化"事实上也是一个"理论旅行"的问题，理论必然会随着文化交往和传播迁移到另一文化区域，在新的文化区域中翻译、接受、误读、理解以及创造性地运用，也就是说当这些观念和理论被接纳和吸收时，因为在新时空中的新位置，并且遇到的新条件，必然受到一定程度的改造，产生一定程度的变形，而在这个过程中，接受时具体的文化语境以及接受者（翻译者和研究者）的主体意识、文化立场显然极为重要。

对某一文化的文论话语而言，术语以其简明扼要、含义丰富的方式，成为这一文化的标志性缩影，也表征着此一文论话语最为鲜明的特色。各文化，尤其是中国、印度、阿拉伯和西方世界都有着自己独特的诗学体系，每种诗学体系在建立的过程中都运用或产生了一套特殊的范畴和术语。正如宇文所安所言："从许多方面看，一种文学思想传统是由一套词语即'术语'（terms）构成的，这些词语有它们自己的悠久历史、复杂的回响（resonances）和影响力。"② 在当今世界不同文化区域的频繁交往中，某一文化区域的词汇含义大致有两种发展方式：其一，在其自身文化发源地产生了词义扩延和词汇组合；其二，该词汇会随着文化交往和传播迁移到另一文化区域，在与新的文化区域中的翻译、误读、阐释以及创造性运用中，产生出该词汇词义的外部扩延。事实上，从国内学界的现状我们不难看出，我们相当多的论述都大量使用了一些舶来的术语或概念（这似乎也是"失语症"），即一些学术产品是在借用或沿用或转换西方词汇的基础上进行再生产的。但对这种术语的翻译与使用却也存在着不少的问题，自新时期以来，国内学界在文学理论、术语的译介和论述两方面的成果对于新观念的引入起到了巨大的推进作用，但不可否认的是，在这些译

---

① 曹顺庆、谭佳：《重建中国文论的又一有效途径：西方文论的中国化》，载《外国文学研究》2004 年第 5 期，第 120—127 页。

② ［美］宇文所安：《中国文论：英译与评论》，王柏华、陶庆梅译，上海：上海社会科学院出版社 2003 年版，第 2 页。

介中，依然有一些是盲目跟进式的译介，而缺乏系统、深入的相关性研究。人们对于某一理论、术语的译介，很多时候并没有深入到其具体的文本环境之中和具体的文化语境之中，也就是说并没有认清该理论、术语何以能够呈现又是何以成立的，以及又何以与原有理论、思想进行承接的；此外，学界也没有对一些已经译介并在国内使用多年的词汇在其发源地的持续扩展有足够的意识；同时，对这些理论、术语与中国的社会文化现状可以发生何种实质性的关联或有何种针对意义缺乏应有的独到意识。因而对这种外国词汇和概念本身的研究即成为研究的前提之一，对现阶段的"西方文论的中国化"或"西方文论的中国转换"而言，对西方文论术语的整理、梳理实是一项基础性的工作，王晓路教授等的《文化批评关键词研究》一书正是进行的这样一种基础性研究，他们对于进入到国内学术话语中的有关词汇及其概念的基本定义、内涵、旅行、扩延和发展，进行了认真的研究，加以了切实的理解和梳理，厘清了其指涉对象、范围和背后的思想轨迹，尤其是对术语在中国的文化语境中的误读与变异进行了难得的梳理。这一方式彰显了中国学人对中国的现状和学术发展的义不容辞的文化责任：对自身文化内部结构的清晰度以及这一结构面对外部张力和扩延的可能对接点，对国际学界在相关领域的发展所保持的特有关注、确切把握和应对方式。①

由于中国的现代性一定程度上是一种"植入"的现代性，这种"植入"的现代性极为深重地导致了移植知识系统与本土生活世界的紧张与疏离，也就是说中国现代文论很大程度并不是以中国现当代文学的创作实践为基础的，"百年来中国文论的最大失误之一，就是从既有的概念出发来分析、评价文学，而不是从文学作品本身出发得出有创建性的结论。"②或如朱立元所指出的："中国当代文论的问题或危机不在话语系统内部，不在所谓'失语'，而在同文艺发展现实语境的某些疏离或脱节，即在某种程度上与文艺发展现实不相适应。"③ 事实上文学理论和文学创作如孪

---

① 王晓路：《序论：词语背后的思想轨迹》，载王晓路等《文化批评关键词研究》，北京：北京大学出版社 2007 年版，第 5 页。

② 曾宪文：《走出失语——新世纪重建中国现代文论的几点思考》，载《文艺评论》2005 年第 2 期，第 9—12 页。

③ 朱立元：《走自己的路——对于迈向 21 世纪的中国文论建设问题的思考》，载《文学评论》2000 年第 3 期，第 5—14 页。

生兄弟，互相依存。一方面，文学理论产生于文学创作的土壤之中，另一方面，文学创作又在文学理论那里受到启发，但文学创作是根本，离开文学创作空谈理论，如无源之水。这就要求中国现代文论的建构必须立足于中国现当代文学创作的实践，必须具有现实有效性，必须对现代现象——现当代文学具有阐释说明的能力，这也才是现代文论话语建构的真正目的所在。从中国现当代文学的创作实践我们不难看出，一方面，外国文学借以翻译文学对现当代文学创作施加着它的影响，使得现当代文学创作有着某种"世界性"的因素；另一方面，如阿城的《棋王》等也具有某种鲜明的民族精神特质在内。由此，无论是西方的文论资源还是中国古代的文论资源都具有对中国的现代文学进行某种解释的可能，当然，这些资源都要完成某种转换，因为它们所针对的对象并非原有的语境中的对象了，也正是在这种意义上，我们倡导"古代文论的现代转换"和"西方文论的中国转换"。

总之，作为"学术行为"或"学科行为"的"失语症"及其论争过程，反映了新时期本土学者对西方知识借以翻译在本土产生的事实影响的某种回应，以及对于本土现代性的某种自主性、民族性的渴求。然而，在中国现代化的进程中，面对社会的超常规发展、社会文化现状的现象叠加，以及中国社会自身现代化发展过程中知识界对文化生成结构和现代性的反思等问题，我们必须动用文化的多重资源——不仅包括中国古代的知识系统，也包括西方的知识系统——对此进行解释，面对和借鉴多重资源的态度首先是倾听、了解和理解，对这些资源应该有思想的照明和洞悉其框架缺陷的意识，在此基础上，才有可能将其纳入到一种认知总体结构中把握其关键点，也才有可能进行具体的、有意义的对话并由此对学术有所推进。①

---

① 王晓路：《序论：词语背后的思想轨迹》，载王晓路等《文化批评关键词研究》，前引书，第2页。

结　语

　　自新时期以来，随着改革开放的深入，中国愈发融入了全球化的发展中。在这样一个全球化的时代，来自不同国家、不同民族的人们，带着不同的文化背景以各种各样的方式进行交流，信息的传递超出了人们的想象，而实现这种交流的最常用的手段无疑是语言。翻译从根本上说是将一种语言的意义转换到另一种语言，它已经成为信息交换和人际交流的主要手段。当然，这只是翻译的语言学层面的意义和作用，从更为宽泛的意义来说，翻译则是文化阐释和再现的主要手段，它有效地弥合了不同文化之间巨大的差异鸿沟，使得不同语言、不同文化之间的人们能够以一种"同情之理解"去进行沟通和对话。全球化同时带来了文化的趋同性和文化的多样性，一方面，是以美国为首的西方国家的生活方式、文化形态成为某种普世的标准，即以美国为标准的全球范围文化的趋同性；另一方面，借助全球市场中的翻译，我们能够与原本不熟悉、不理解的民族或文化进行交往、对话，这也确保了不同的文化可以共存。因而，全球化既是机遇也是挑战。对文学作品而言，全球化改变着文学的传播与生产方式，使得作为一种流通模式和阅读模式的"世界文学"愈发成为一种可能。虽然，借助于强大的经济、政治实力，西方国家的文学、文化在全球范围中不断地迁移、旅行与传播，并对其他民族—国家的文学、文化实施着巨大的影响，但同时也提供了一个"边缘"或"非主流"的优秀文学作品走向世界的可能，如卡夫卡、马尔克斯，等等。

　　对中国现代文学而言，其实就是一种"翻译的文学"，[①] 正是通过翻

---

① 王宁：《文化翻译与经典阐释》，北京：中华书局 2006 年版，第 62 页。

译大量的西方文学作品和文化理论思潮，中国文学现代性最终形成了自己的新的传统，或者说一种现代文学经典，这一经典不同于西方传统，也有别于中国固有的文学和文化传统，这种文学和文化传统的形成为其与中国古典文学和西方文学之间的对话提供了可能。外国文学借以翻译文学的形式对中国现当代文学的影响毋庸置疑，新时期是中国翻译文学的又一高峰时期，并且促使了翻译文学期刊的大量涌现，翻译文学期刊具有篇幅短小、形式灵活、论述集中、涉及面广等特点，因而在对外国文学的译介的时效性和综合性上具有明显的优势，新时期翻译的众多外国文学著作都是先以节译的形式在翻译文学期刊上发表，然后再出版单行本的，而许多中、短篇作品也是先刊发在翻译文学期刊上，然后再结集出版的。由此，翻译文学期刊在新时期"世界文学"（外国文学）景观的形成过程以及参与中国自身的文学、文化现代性建构过程中发挥着重要的作用，正如本书在上述章节所考察的那样，本书以外国文学文本在中国的旅行过程为经线，期望借此涵盖文学影响与接受的两端以及翻译、传播等中介系统，而以这个过程中外国文学文本与本土的文学、文化建构的关系为纬线，在这样一种多重辩证互动中对新时期翻译文学期刊进行全方位的观照。事实上，本书希望提请注意的是以下几点：其一，是对翻译文学期刊这样一种学界研究较少的对象的关注，学界迄今为止没有一篇以翻译文学期刊为视角对外国文学在中国的译介、传播、误读与接受等情况进行探讨的论文，本书的选题价值也主要在于此；其二，是对整个影响与接受过程的关注，而不是只研究输出与接入的两端，本书将翻译文学期刊置于一个动态的旅行过程中，关注其翻译、编辑、形成与影响的整个过程；其三，关注翻译文学期刊背后的文学生态，在思想史的框架下考察翻译文学、翻译文学期刊对中国文化现代性和中国文学现代性的建构，并且通过考察认为，西方文学借以翻译文学对中国的文学现代性产生了深刻的影响，但并不能就此说明中国的文学现代性只是对西方刺激的回应，其自身完全具有自主发展的愿望与能力。

任何对他者的观照事实上都是为了更好地反思自我，对翻译文学期刊这样一个沟通他者与自我的桥梁、媒介的关注，不仅是为了探讨媒介本身在沟通中西方文化之间的某些特性及功能，也是为了在参照中回归对自己的认识，既重新建构自己，又重新建构对方，是我们反省和重新认识自己，使自身文化获得更新的重要途径。这也是本书研究的现实基础。因而，我们对外国文学、翻译文学的研究不应该只是介绍，而应该直接进入双方文化对话和重建的主流。本土文化理论建构对于中国学界来说，隐含着一种"走向世界"的强烈愿望，这是在百年前，中国社会"猝然"遭遇西方现代性的历史嬗变中，面对西方文化这个庞然的他者时，就已经有了的"影响的焦虑"。然则，中国的现代化进程（主要是向西方的学习过程），同时又是反抗西方殖民主义的侵略与控制，争取民族独立与统一的过程，因此，中国对"现代性"的思考不可避免地会与"民族性"的问题相纠葛。"现代性"与"民族性"的张力一定程度上也是"他者"与"自我"的张力，"现代性"与"民族性"或者说"他者"与"自我"的张力也形成了一种合力，共同决定着对"现代现象"的反应，使得这种反应呈现出极为复杂的面目，新时期诸多的争论——比如说关于翻译文学归属和"失语症"的争论以及这些争论的复杂性——很大程度上都植根于此。总之，本书借以对外国文学文本在中国旅行，或者说翻译文学期刊的翻译、编辑、传播这样一个过程的考察，表达这样一种理论指向：文化建构——无论是文化理论的建构，还是文化身份的建构，都不是一种业已完成的"存在"（being）之物，而是一种处于动态过程之中的"形成"（becoming）之物，我们对文化建构之中的所有事物的考察，都必须与具体的话语实践，具体的文学、文化语境结合起来，才能比较完整和准确地揭示出其中的内涵。

附录一　1978—2008《世界文学》译作统计

年份	美国	加拿大	哥伦比亚	智利	墨西哥	阿根廷	乌拉圭	危地马拉	多米尼加
1978			1						
1979	9	2	1					1	
1980	18	2		5					
1981	26					8			
1982	5		1	23					
1983	14	17							
1984	15			1					
1985	24	3							
1986	22	1		7	3	1	1		
1987	18								
1988	9	19							
1989	6	6		2	2				
1990	4	13	1						
1991					2	5			
1992	2	12				4			
1993	16	1		2		1	4		
1994	11	37	4						1
1995	7	1		1		1	1		
1996	23	10		1					
1997	7	15			3				
1998	44	18		2	1				
1999	7	7							
2000	11	1	3			1			
2001	23	3							
2002	22			2		1			
2003	36	1							
2004	17				6				
2005	41								
2006	80	1		3					
2007	9	22							
2008	41	12							
合计	567	204	11	49	17	22	6	1	1

年份	委内瑞拉	圣卢西亚	马提尼克	尼加拉瓜	秘鲁	巴西	古巴	牙买加
1978					1			
1979								
1980					3			
1981						1		
1982								
1983	1							
1984								
1985							1	
1986						1		
1987					1			
1988								
1989						2		1
1990								
1991								
1992								
1993		15						
1994						1		
1995					6		1	
1996								
1997				3				
1998	1				3		1	
1999								
2000								
2001					3			
2002		16						
2003					10			
2004					1			
2005								
2006			2					
2007								
2008								
合计	2	31	2	3	28	5	3	1

续表

年份	特立尼达和多巴哥	哥斯达黎加	埃及	南非	莫桑比克	尼日利亚	坦桑尼亚
1978			1				
1979				1	1		11
1980							
1981			1		1	1	
1982							
1983							
1984							
1985	3		5	10			
1986		1	1			1	10
1987						3	
1988				2			
1989			2				
1990							
1991							
1992				4			
1993							
1994			2				
1995		1	1	1		1	
1996			1				
1997				3			
1998							
1999				2			
2000							
2001			1				
2002							
2003			5				
2004				6			
2005							
2006							
2007	1						
2008						1	
合计	4	2	20	29	2	7	21

续表

年份	象牙海岸	津巴布韦	乌干达	利比里亚	塞内加尔	安哥拉	埃塞俄比亚	马达加斯加
1978								
1979								
1980					2			
1981								
1982	1					1	1	1
1983								
1984			1					
1985								
1986	1							
1987								
1988		2						
1989								
1990								
1991								
1992			1					
1993								
1994								
1995								
1996								
1997								
1998								
1999								
2000								
2001								
2002								
2003				1				
2004								
2005								
2006								
2007								
2008								
合计	2	2	2	1	2	1	1	1

年份	马里	多哥	日本	越南	印度	朝鲜	韩国	黎巴嫩	新加坡
1978					11	1			
1979			6				15		1
1980			13		2	7		5	
1981			50		1	1			
1982	1		4		1	1			
1983			3		1				
1984			4		1		1		
1985			13						
1986		1	5		1		1		
1987			4		7				
1988			2					2	
1989									
1990			61						
1991			5						1
1992			29						
1993			67	1				4	
1994			23				4		4
1995			41		1				
1996			22						
1997			8		1				
1998			15		2				
1999			58		1				
2000			9		3				
2001			27		2				
2002			15				21		
2003			13						
2004					8		1		
2005			3						
2006			7						
2007			12						
2008			10				1		
合计	1	1	529	1	43	10	44	11	6

续表

年份	以色列	阿联酋	菲律宾	泰国	缅甸	巴基斯坦	斯里兰卡	巴勒斯坦	印尼
1978							1		
1979			2						
1980									
1981									
1982			1	1					
1983					3	2			
1984									
1985				3		5	3		
1986									
1987					1		1		
1988									3
1989				2					
1990									
1991									
1992					1				
1993									
1994	13								
1995		2							
1996									
1997				1					
1998						1			
1999	35			1					
2000						1			
2001	10								
2002	1								
2003	16								
2004									
2005									
2006				1					
2007	1							42	
2008								2	
合计	76	2	3	9	5	9	5	44	3

年份	叙利亚	尼泊尔	柬埔寨	科威特	波斯（古）	蒙古	巴林	伊朗	沙特
1978	1								
1979	1								
1980		4							
1981									
1982									
1983		4							
1984									
1985									
1986									
1987									
1988	1								
1989						1			
1990									
1991									
1992									
1993									
1994									
1995				1			1		
1996			1						
1997									
1998									
1999								1	
2000									
2001									
2002					1				
2003									
2004	4							2	
2005									
2006									1
2007								18	
2008								1	
合计	7	8	1	1	1	1	1	22	1

续表

年份	苏联\俄国	德国	法国	英国	意大利	西班牙	奥地利	爱尔兰	丹麦
1978	3	1	3	2	1				
1979	9	7	6	19	2		1		2
1980	6	7	13	7	3	8	5		
1981	4	1	33	7		3	10	1	2
1982	38	16	2	17					1
1983	13	9	10	5	1	2	2		
1984	21	1	15	20	6		1		
1985	5	4	27	5	3				11
1986	9	28	14	6	9	22	3	7	
1987	14	1	4	5	1			1	2
1988	9	4	19	11			11	10	
1989	7	4	24		6				
1990	22	14	16			16			
1991	10		113	6	7			6	
1992	2	10	12	20			8		25
1993	14	14	25	3	7		8	1	
1994	4	1	6	5			20	1	
1995	2	13	36	9	1		2		
1996	2	4	21	4			10	42	
1997	12	18	4	3			8		
1998	13	6	11	6		8	1		1
1999	10	20	18	19	2		3	13	
2000	2	21	29	23			13		
2001	56	11	15	14	3		10	2	
2002	4	12	36	9		9	12		6
2003	3	28	9	42			1	3	
2004	15		8	29			18		
2005	20	3	43	9			6		
2006	3	21	15	17	4	4	14		
2007	28	18	18	7		5			
2008	46		4	16		1	1		
合计	406	297	609	345	56	78	168	87	50

续表

年份	芬兰	瑞典	瑞士	挪威	冰岛	匈牙利	波兰	葡萄牙	乌克兰	希腊
1978			1							
1979	2	4				1				
1980						3	3			8
1981	1	2			1	1	6			
1982			2							1
1983		5						14		
1984		6					1	1		1
1985	1	5		1	1					
1986		1	5				3			1
1987	5	3								
1988							9	7		1
1989		6	1		7					
1990										
1991		2				4	4			
1992		1	1			3				
1993										
1994										
1995			1				1	9		
1996		2	1			1	6	6		3
1997						14	36	2		1
1998	2			1	1		11			
1999		1	17		3					2
2000			46				11	1		
2001			9							
2002							17			
2003		2				4	1			
2004			1			1	15			1
2005			1	5						
2006			6				15			
2007			8						7	
2008	7		1				1			1
合计	18	40	101	7	13	32	140	40	7	20

续表

年份	捷克斯洛伐克	土耳其	南斯拉夫	塞尔维亚	罗马尼亚	保加利亚	比利时
1978			2		1		
1979					6		
1980	1				1		
1981		2	1			1	2
1982			4			1	
1983							2
1984		2	2		7		
1985	6				9	1	2
1986			1				
1987		1	1			1	
1988							
1989					10		
1990							
1991	7				5		
1992					8		
1993	3						
1994			13				
1995					10		1
1996	6				4		23
1997	3						
1998	15				13		
1999	3				6		
2000					16		
2001					25		
2002	7				18		
2003	3				22		
2004				1	9	4	3
2005		4			26		
2006	2						1
2007		6			2		
2008		10					
合计	56	25	24	1	198	8	34

续表

年份	荷兰	格鲁吉亚	亚美尼亚	马耳他	立陶宛	古罗马	圣马力诺	直布罗陀	斯洛文尼亚
1978									
1979	1								
1980									
1981									
1982									
1983									
1984									
1985									
1986									
1987		10							
1988	13								
1989								1	
1990									
1991									
1992				4			3		
1993									
1994									
1995									
1996									
1997	5								
1998									
1999						4			
2000									1
2001						1			
2002									
2003									
2004									
2005									
2006					13				
2007									
2008			1						
合计	19	10	1	4	13	5	3	1	1

续表

年份	澳大利亚	新西兰	斐济	巴布拉新几内亚	汤加	库克群岛	西萨摩亚
1978							
1979	1						
1980	4	2					
1981							
1982	2	1					
1983							
1984							
1985	12	1					
1986	1						
1987							
1988							
1989							
1990							
1991	5						1
1992		8	1	1	1	1	
1993							
1994							
1995							
1996	33						
1997							
1998							
1999	2						
2000							
2001							
2002	1						
2003							
2004							
2005	1						
2006	1						
2007							
2008							
合计	63	12	1	1	1	1	1

附录二　1978—2008《外国文艺》译作统计

年份	美国	加拿大	哥伦比亚	智利	墨西哥	阿根廷	乌拉圭	危地马拉	秘鲁
1978	5								
1979	18					4			
1980	8		4						
1981	9		1	10					1
1982	9	4							
1983	29		1	1	3	5			2
1984	16	1							
1985	9	5	1						
1986	12					1	3		
1987	10								
1988	20	8	5	1	4	7	2	4	
1989	20			2					
1990	12	2	1	2	1				
1991	19	4			4				
1992	19	37		21			4		
1993	21	4	5						
1994	21		1	1	1	4			4
1995	44		5	2	2	3	12		2
1996	13	2	2		3	2	3		2
1997	22				2		6		2
1998	16			39	6				
1999	13		1						
2000	1	2	1		1	1	1	5	
2001	17	1							1
2002	16			1		2	9		
2003	7			4					
2004	5				5		1		5
2005	13	2		3					
2006	13	1							
2007	48		12		2	1	1	1	
2008	29				6				
合计	514	73	40	87	40	30	42	10	19

续表

年份	巴西	古巴	多米尼加	巴拉圭	厄瓜多尔	玻利维亚	委内瑞拉	波多黎各
1978								
1979								
1980								
1981								
1982								
1983		3						
1984	6							
1985								
1986								
1987	1	2	3					
1988				1				
1989								
1990								
1991	5	3			1			
1992	1				5	1		
1993	7						6	
1994		1		3				
1995		1		1	2			
1996					1			1
1997								
1998					15			
1999							1	
2000								
2001								
2002								
2003								
2004		1					1	
2005								
2006							5	
2007	1	2						
2008								
合计	21	13	3	5	24	1	13	1

年份	尼加拉瓜	洪都拉斯	哥斯达黎加	萨尔瓦多	西印度群岛	特立尼达和多巴哥	巴拿马
1978							
1979							
1980							
1981							
1982							
1983	4						
1984							
1985							
1986							
1987							
1988							
1989							
1990							1
1991							3
1992							
1993					10		
1994							
1995			1	1	1		
1996							
1997	7						
1998							
1999			1				
2000							
2001							
2002							
2003	11						
2004	1						
2005							
2006							
2007		1				1	1
2008							
合计	23	1	2	1	11	1	5

续表

年份	牙买加	澳大利亚	新西兰	汤加	埃及	南非	尼日利亚	日本	越南	印度
1978								3		
1979		2						5		
1980								9		3
1981		2			2			4		
1982								6		
1983		2	1		1			11		
1984								6		3
1985		6						5		
1986		10	5		2		3	3		
1987								17		1
1988	1							3		
1989					4	4		2		
1990		5	5					3		
1991			5					6		
1992		2				6				
1993		5						4		
1994								14		
1995								32		
1996								17		
1997								32		
1998								28		
1999								18		
2000								25		
2001								55		7
2002				3				36		
2003								7		
2004			7			4		9	1	
2005								18		
2006		11						45		
2007							1	6	5	
2008					2			11	1	
合计	1	45	23	3	9	16	4	440	7	14

续表

年份	韩国	黎巴嫩	新加坡	柬埔寨	以色列	阿联酋	苏联\俄国	德国
1978							1	1
1979		1					27	5
1980	5	6					15	10
1981							18	2
1982							24	5
1983		3					27	7
1984			1				28	7
1985							20	6
1986		1					10	18
1987							15	14
1988							18	17
1989							23	16
1990							11	22
1991							27	7
1992							9	2
1993	10						6	2
1994							14	2
1995							50	3
1996							14	
1997	2				1		3	5
1998	1						21	18
1999	2						60	2
2000	2						16	15
2001	1				1		41	6
2002	1						26	3
2003	2						15	1
2004	4						10	4
2005	3					1	19	9
2006	1				11		8	4
2007	1			2			4	1
2008	1						43	9
合计	36	11	1	2	13	1	623	223

续表

年份	法国	英国	意大利	西班牙	奥地利	爱尔兰	丹麦	芬兰	瑞典
1978	1	1	7	4					
1979	7		4			4			
1980	2	6	2		2	3	1		
1981	11	11	5					2	2
1982	13	8	5		2				3
1983	18	5	7		13			1	
1984	13	8	4	8	4			1	
1985	13	2	1				3		12
1986	17	1	21	1		2		7	4
1987	14	9	3		1	2			
1988	16	11	7						16
1989	9	1	6		5			4	1
1990	7	8		9	1		3	1	3
1991	6	4			7		1	2	
1992	10	4	1	4		4	2		
1993	13	7			1	4			
1994	23	9		1	3				
1995	10	12	10		1			3	
1996	14	6	4	6	1	12			
1997	4	3		6					
1998	3	6	1	3		2			
1999	2			17				8	
2000	12	25		19					
2001	2	12		26					
2002		6		5	5	2			
2003	1	2							
2004	6	7				2			
2005	4	9			7				
2006		13							
2007									
2008		19				5			
合计	251	215	88	109	53	42	10	29	41

续表

年份	瑞士	挪威	冰岛	比利时	葡萄牙	土耳其	希腊	摩尔达维亚
1978	1							
1979								
1980							4	
1981								
1982	23							
1983	3				2		2	
1984					2		1	
1985			3			1	4	
1986	8				1			
1987								
1988								
1989	4	2						
1990	1		2					
1991	1	3					8	
1992							1	
1993	1	1						
1994				23				
1995				3				1
1996								
1997	1							
1998								
1999	6				8			
2000								
2001								
2002								
2003								
2004								
2005								
2006						2		
2007						4		
2008								
合计	49	6	5	26	13	7	20	1

续表

年份	捷克斯洛伐克	匈牙利	波兰	塞尔维亚	克罗地亚	南斯拉夫	罗马尼亚	白俄罗斯
1978								
1979								
1980			1					
1981		2	9					
1982							1	
1983						1		
1984	3							
1985	1							
1986	1							
1987								
1988								
1989			7					
1990	12							
1991								
1992			5					
1993								
1994				1				1
1995								
1996								
1997			12	1				1
1998								2
1999								
2000	2		1					
2001	6		1		4			
2002			4					
2003	3	2	10					
2004								
2005								
2006				1				1
2007								
2008								
合计	28	4	50	3	4	1	1	5

附录三　1979—2008《译林》译作统计

年份	美国	加拿大	哥伦比亚	智利	墨西哥	阿根廷	乌拉圭	危地马拉	委内瑞拉
1979	8								
1980	15			1					
1981	12	1			1				
1982	7	2		1	1				
1983	8			2					
1984	4	1							
1985	8	1							
1986		1			1				
1987	15	1							
1988	5	1		2					
1989	14								
1990	15	4			1				
1991	12				1				
1992	17				2				
1993	24	1							
1994	14	2							
1995	13	1	1		1				
1996	18							1	
1997	16	3	1		1				3
1998	12	3			3				
1999	18	2	1		1				
2000	11	6		4			2		
2001	12				1				
2002	11	1		1					
2003	13		1	1	1				
2004	10	1	1	2	1				
2005	9								
2006	20	5							
2007	25	2				1			
2008	40	1							
合计	406	40	5	14	15	2	2	1	3

续表

年份	尼加拉瓜	秘鲁	巴西	古巴	巴拉圭	玻利维亚	特立尼达和多巴哥	牙买加
1979								
1980								
1981								
1982								
1983	2	1	1					
1984								
1985			1					
1986								
1987								
1988								
1989								
1990								
1991			1					
1992								
1993								
1994				1			1	1
1995						1		
1996								
1997		1		1				
1998			1					
1999								
2000		1		1	1			
2001								
2002								
2003								
2004								
2005			1					
2006								
2007			10					
2008								
合计	2	3	15	3	1	1	1	1

年份	埃及	南非	尼日利亚	乌干达	利比亚	突尼斯	坦桑尼亚	阿尔及利亚
1979								
1980	3						1	
1981								
1982	1							
1983	1							
1984								
1985								
1986								
1987								
1988								
1989	1							
1990								
1991								
1992								
1993					1			
1994	3			1				
1995	1							
1996	1		1		1			
1997	4	1			1			1
1998						1		
1999								
2000					1			
2001								
2002	1							
2003				1		1		
2004								
2005		1						
2006	1							
2007								
2008								
合计	17	2	1	2	4	2	1	1

续表

年份	日本	越南	印度	韩国	黎巴嫩	新加坡	以色列	菲律宾	泰国	缅甸
1979	2									
1980	8		3						1	
1981	12									
1982	5		1							
1983	6		5		1					
1984	12		1						1	
1985	8		1							
1986	11							1		
1987	10		1					1		
1988	11								1	
1989	9		1							
1990	11									
1991	8				5		3			
1992	5					1				
1993	9			1	1					
1994	3				2	1		1		
1995	22					1				
1996	7			1						
1997	8			7		1		2		
1998	9		2						2	
1999	14		1	1						
2000	21		2				1			1
2001	12		1	1			1			12
2002	13		1							
2003	9		2			1				
2004	19		1	2						
2005	24	1		3			1			1
2006	24		2	6						1
2007	10			6					1	
2008	7	1		8						
合计	329	2	25	36	9	5	6	5	6	15

续表

年份	巴基斯坦	斯里兰卡	印尼	叙利亚	伊朗	巴林	孟加拉国	乌兹别克	伊拉克
1979									
1980	1								
1981									
1982			1						
1983									
1984							1		
1985					2				
1986					2				
1987					1				
1988									
1989					2				
1990									
1991									
1992								1	
1993									
1994									
1995		1		1	1				1
1996		1			1				
1997							1		
1998				2					1
1999	1		2	12	1				
2000			2						
2001	1		2						
2002	1		1						
2003			1	1		1			3
2004			1	48					
2005			1	1					
2006			1						
2007			1						
2008									
合计	4	2	13	65	10	1	2	1	5

续表

年份	不丹	巴勒斯坦	约旦	尼泊尔	柬埔寨	哈萨克斯坦	塞浦路斯	苏联\俄国	德国
1979									
1980					1			3	5
1981								4	5
1982								2	4
1983								14	3
1984								4	1
1985								11	1
1986								3	1
1987								12	3
1988								6	2
1989								9	5
1990								3	4
1991								6	4
1992							1	1	8
1993									11
1994								3	5
1995								3	7
1996								4	2
1997								6	5
1998	1							9	4
1999	1							10	3
2000		1	1	1				9	11
2001								10	11
2002					1		1	14	
2003					1	5		11	4
2004							1	19	
2005								9	1
2006							1	23	2
2007								3	
2008								18	1
合计	2	1	1	1	3	5	4	229	113

续表

年份	法国	英国	意大利	西班牙	奥地利	爱尔兰	丹麦	芬兰	瑞典
1979	3	3							
1980	5	12	1	1	1	1			
1981	2	3			1				
1982	2	7			2				
1983	5	7		1	1			1	1
1984	3	7	2	3		1	1		
1985	4	2	2			1			
1986	5	4	2						
1987	9	6	1		5				
1988	3	7	2		1				
1989	3	3	1						
1990	3	3		1	2				
1991	3	1	3		1				
1992	6	2							
1993	1	2	2	2		1			
1994	1	6	2		1				
1995	5	2	5						
1996	4	4	1		3				
1997		7			2	1			
1998	4	6			1				
1999		3		1	5				
2000	1	6		1	1				2
2001	2	8		2	2			1	1
2002	9	9	1	2	5	1			1
2003	2	2	2	4		1			1
2004	1	8				1	1		
2005	2	14		2		4	1		
2006	7	2		2	2				
2007	4	1	2			1			1
2008	1	11		1	2				
合计	100	158	29	23	38	13	3	2	7

续表

年份	瑞士	挪威	冰岛	希腊	比利时	葡萄牙	苏格兰	土耳其	南斯拉夫	罗马尼亚
1979										6
1980	2								1	1
1981					1					1
1982										
1983								1		
1984		1								
1985								1		1
1986										
1987	1									
1988										
1989										
1990							1			
1991							1			
1992	1	1								
1993							1	1	1	
1994								1		3
1995					1				1	
1996								1		1
1997	1			1						
1998	1			1			7			
1999				1		1		1		
2000										
2001	1			1						
2002										
2003										
2004										
2005								1		
2006								1		
2007										3
2008	1							1		6
合计	8	2	1	3	2	1	10	9	3	22

年份	保加利亚	匈牙利	波兰	捷克斯洛伐克	乌克兰	澳大利亚	新西兰
1979							
1980		1				1	
1981	1				4		
1982		2					
1983		1					
1984	1			1		1	
1985							
1986	1		1				
1987							
1988						1	
1989			1			1	
1990						2	
1991			1			2	
1992	1				2	1	
1993	1					1	
1994						1	1
1995							
1996		1			1	1	1
1997				1			
1998						1	1
1999							1
2000						1	
2001							
2002							
2003							
2004				1		1	
2005							
2006					1	2	
2007						1	
2008						4	
合计	5	5	3	3	8	22	4

附录四 "中国作家谈外国文学"栏目中涉及的外国作家统计[*]

法国 （70人 215次）

巴尔扎克（13次）、波德莱尔（11次）、艾吕雅（9次）、加缪（9次）、萨特（9次）、玛格丽特·杜拉斯（9次）、罗伯-格里耶（9次）、雨果（9次）、罗曼·罗兰（8次）、普鲁斯特（7次）、兰波（7次）、司汤达（6次）、福楼拜（5次）、尤瑟纳尔（5次）、魏尔伦（5次）、瓦雷里（5次）、圣-琼·佩斯（4次）、马拉美（4次）、勒内·夏尔（4次）、亨利·米肖（4次）、（法国）、小仲马（4次）、弗朗索瓦斯·萨冈（3次）、左拉（3次）、克洛德·西蒙（3次）、彼埃尔·勒韦尔迪（3次）、莫泊桑（3次）、卢梭（3次）、玛丽·达里厄塞克（2次）、安德烈·布勒东（2次）、纪德（2次）、伏尔泰（2次）、阿拉贡（2次）、勒·克莱齐奥（2次）、弗萝兰丝·德莱（2次）、安东尼·圣埃克苏佩里（2次）、絮佩维埃尔、热内、萨德、阿维尔斯、贝阿吕、让-巴蒂斯特·克莱芒、马塞尔·埃梅、雅姆、普列维尔、博纳富瓦、都德、尤奈斯库、梅里美、大仲马、洛特雷阿蒙、让·齐奥诺、米歇尔·奥斯特、凯菲莱克、米尼克·诺盖、热奈、于连·格拉克、程抱一、路易·德福雷、索莱尔斯、托多罗夫、皮埃尔·让·儒弗、塞利纳、萨巴蒂埃、普鲁东、法朗士、莫里亚克、西蒙娜·薇依、查拉、拉福格、西蒙德·德·波伏瓦

美国（75 人 207 次）

福克纳（18 次）、海明威（17 次）、惠特曼（13 次）、庞德（11 次）、纳博科夫（7 次）、爱伦·坡（6 次）、史蒂文斯（5 次）、麦尔维尔（5 次）、索尔·贝娄（5 次）、布罗茨基（5 次）、海勒（4 次）、塞林格（4 次）、弗罗斯特（4 次）、艾伦·金斯伯格（4 次）、狄金森（4 次）、威廉斯（William Carlos Williams）（4 次）、马克·吐温（3 次）、约翰·契弗（3 次）、格特鲁德·斯坦因（3 次）、西尔维娅·普拉斯（3 次）、亨利·詹姆斯（3 次）、斯坦贝克（3 次）、托妮·莫里森（3 次）、辛格（3 次）、卡尔·桑德堡（3 次）、雷蒙德·卡弗（2 次）、罗伯特·布莱（2 次）、亨利·米勒（2 次）、霍桑（2 次）、拉尔夫·艾里森（2 次）、舍伍德·安德森（2 次）、萨洛扬（2 次）、巴塞尔姆（2 次）、梭罗（2 次）、苏珊·桑塔格（2 次）、玛格丽特·米歇尔（2 次）、杰克·伦敦（2 次）、马拉默德（2 次）、欧茨（2 次）、罗·洛厄尔、史奈特、奥尼尔、阿瑟·米勒、田纳西·威廉姆斯、艾里斯·沃克、塞金特（E. S. Sergeant）、西德尼·谢尔顿、蒂丝黛尔、爱默生、钱宁、阿历克谢·哈利、卡波蒂、库特·冯尼格特、查尔斯·西密克、伊丽莎白·毕肖普、W. S. 默温、加里·施奈德、霍普金斯、朗费罗、德莱塞、梅勒、道克托罗、丽莲·赫尔曼、帕索斯、菲茨杰拉德、马克·斯洛宁、奥尔逊、约翰·阿什贝利、杜波依斯、赖特、艾里森、鲍德温、谭恩美、汤亭亭、哈金

俄苏（56 人 201 次）

列夫·托尔斯泰（21 次）、普希金（19 次）、契诃夫（14 次）、帕斯捷尔纳克（13 次）、陀思妥耶夫斯基（11 次）、阿赫玛托娃（8 次）、莱蒙托夫（7 次）、索尔仁尼琴（7 次）、高尔基（7 次）、屠格涅夫（6 次）、叶赛宁（6 次）、巴乌斯托夫斯基（5 次）、茨维塔耶娃（5 次）、曼德尔施塔姆（5 次）、蒲宁（5 次）、马雅可夫斯基（4 次）、肖洛霍夫（4 次）、邦达列夫（4 次）、果戈理（3 次）、涅克拉索夫（3 次）、勃洛克（3 次）、柯切托夫（2 次）别林斯基（2 次）、艾特马托夫（2 次）、布尔加科夫（2 次）、奥斯特洛夫斯基（2 次）、米·普里什文（2 次）、叶夫图申科、苏尔柯夫、伊萨科夫斯基、什企巴乔夫、奥赫洛普可夫、日丹诺夫、阿·托尔斯泰、列昂诺夫、拉甫列尼约夫、罗柯托夫、卡达耶夫、瓦西里耶夫、帕乌斯托

夫斯基、沃兹涅先斯基、维索茨基、万比洛夫、普拉东诺夫、安年斯基、赫尔岑、法捷耶夫、鲍·谢尔古年科夫、沙米亚京、谢苗·巴巴耶夫斯基、马卡宁、格里戈罗维奇、巴别尔、伊里亚·爱伦堡、吉洪诺夫、古米廖夫

英国（64人 178次）

艾略特（24次）、莎士比亚（22次）、拜伦（11次）、伍尔芙（9次）、雪莱（8次）、W. H. 奥登（6次）、济慈（5次）、威廉·布莱克（4次）、康拉德（4次）、柯尔律治（4次）、毛姆（4次）、劳伦斯（4次）、华兹华斯（3次）、麦克尼斯（3次）、卡内蒂（3次）、王尔德（3次）、勃朗宁夫人（2次）、阿尔德斯·赫胥黎（2次）、塔特·休斯（2次）、曼斯菲尔德（2次）、E. M. 福斯特（2次）、艾米莉·勃朗特（2次）、希内（2次）、狄更斯（2次）、弥尔顿（2次）、司各特（2次）、约翰·邓恩（2次）、哈代（2次）、萧伯纳（2次）、维翰·韦恩、斯密斯、白英、彭斯、诺曼·麦凯格、S. 斯彭德、C. 戴－刘易斯、本·琼生、夏洛蒂·勃朗特、高尔斯华绥、柯南道尔、奈保尔、伊丽莎白·鲍恩、伊芙琳·沃、奥威尔、阿兰·德波顿、乔叟、笛福、托尔金、特罗洛普、简·奥斯汀、盖斯凯尔夫人、菲尔丁、休姆、斯本德、麦克尼斯、蒲柏、西蒙斯、拉什迪、戴维·洛奇、拉金、狄兰·托马斯、安·泰勒、斯泰因、兰姆

拉美（24人 109次）

博尔赫斯（23次）、加西亚·马尔克斯（21次）、巴勃罗·聂鲁达（13次）、马里奥·巴尔加斯·略萨（8次）、米斯特拉尔（6次）、奥·帕斯（5次）、胡安·鲁尔弗（5次）、阿斯图里亚斯（4次）、卡彭铁尔（3次）、科塔萨尔（3次）、伊莎贝尔·阿连德（3次）、富恩特斯（2次）、巴列霍（2次）、帕拉、阿莱格里亚、卡德纳尔、阿塔瓦尔帕·尤潘基、何塞·马蒂、费尔南多·德尔·帕索、贝内德蒂、加布里埃拉·因方特、亚马多、比奥伊·卡萨雷斯、吉马朗埃斯·罗萨

日本（47人 68次）

川端康成（12次）、谷崎润一郎（3次）、紫式部（3次）、大江健三郎（3次）、岛崎藤村（2次）、大冈信（2次）、芥川龙之介（2次）、清少

纳言（2次）、木岛始、佐藤春夫、横光利一、小林多喜二、尾崎红叶、幸田露伴、坪内逍遥、森鸥外、夏目漱石、田山花袋、井伏鳟二、太宰治、椎名麟三、山田咏美、茅野裕城、松浦理英子、中上纪、多和田叶子、高根泽纪子、奥野健男、原善、松浦英里子、小野妹子、松尾芭蕉、土井晚翠、高村光太郎、阪本越郎、新川和江、今辻和典、岩瀬正雄、木津川昭夫、山本十四尾、岛冈晨、原子朗、田口蓝迪、东山魁夷、德富芦花、三岛由纪夫、志贺直哉

德国（20人58次）

歌德（20次）、海涅（7次）、君特·格拉斯（4次）、荷尔德林（4次）、黑塞（3次）、帕特里克·聚斯金德（2次）、席勒（2次）、布莱希特（2次）、海因里希·伯尔（2次）、毕希纳、A. 西格斯、托马斯·曼、马丁·瓦尔泽、罗伯特·施耐德尔、本哈德·施林克、格林兄弟、蒙森、海泽、格吕菲乌斯、普拉滕

奥地利（4人44次）

卡夫卡（23次）、里尔克（14次）、茨威格（6次）、霍甫曼斯塔尔

意大利（13人35次）

但丁（14次）、卡尔维诺（9次）、蒙塔莱（2次）、夸西莫多、斯韦沃、I. 西洛内、皮兰德娄、昂贝托·埃柯、彼特拉克、达里奥·福、弗雷多·帕里塞、奥莉娅娜·法拉奇、黛莱达

爱尔兰（4人30次）

詹姆斯·乔伊斯（15次）、叶芝（10次）、谢默斯·希尼（3次）、贝克特（2次）

西班牙（15人24次）

塞万提斯（5次）、加西亚·洛尔卡（4次）、阿莱桑德雷（2次）、洛尔迦（2次）、古·阿·贝克尔、阿左林、巴罗哈、乌纳穆诺、希门涅斯、阿莱克桑德雷、费洛西奥、安娜·玛图物、奥夫、塞拉、阿尔维蒂

印度（7 人 15 次）

泰戈尔（9 次）、克里山钱达尔、安纳德、巴达查里雅、阿巴斯、迦梨陀娑、蚁蛭

希腊（5 人 15 次）

埃利蒂斯（9 次）、塞弗里斯（3 次）、卡瓦菲斯、莉莉·比塔、默涅劳斯·柳德米斯

加拿大（10 人 11 次）

玛格丽特·阿特伍德（2 次）、诺思普·弗莱、欧文·雷顿、加布里埃尔·鲁瓦、莫利·卡拉汉、玛格丽特·劳伦斯、莫德凯·里奇勒、罗伯逊·戴维斯、艾丽丝·门罗、玛维·加兰

捷克（4 人 9 次）

昆德拉（6 次）、哈韦尔、伊凡·克里玛、雅·哈谢克

匈牙利（3 人 7 次）

裴多菲（4 次）、凯尔泰斯·伊姆雷（2 次）、莫尔久瓦·久尔吉

波兰（5 人 7 次）

席姆博尔斯卡（申博尔斯卡）（2 次）、雷蒙特（2 次）、显克微支、切斯瓦什·米沃什、尤婉娜

瑞典（6 人 6 次）

托马斯·特郎斯特罗姆、海登斯塔姆、斯特林堡、卡尔费尔特、埃里克·卡尔费尔德、拉格洛夫

以色列（2 人 6 次）

奥兹（4 次）、耶胡达·阿米亥（2 次）

丹麦（2 人 5 次）
安徒生（5 次）

尼日利亚（2 人 5 次）
索因卡（4 次）、阿契贝

挪威（3 人 5 次）
易卜生（2 次）、温茜特（2 次）、汉姆生

比利时（2 人 4 次）
凡尔哈伦（3 次）、梅特林克

瑞士（4 人 4 次）
罗伯特·瓦尔泽、马克斯·弗里施、凯勒、彼得·比可塞尔

罗马尼亚（3 人 3 次）
齐奥朗、索雷斯库、布朗库西

圣卢西亚（1 人 3 次）
沃尔科特（3 次）

塞内加尔（1 人 2 次）
桑戈尔（2 次）

土耳其（1 人 2 次）
那齐姆·希克梅特（2 次）

澳大利亚（1 人 2 次）
怀特（2 次）

葡萄牙（2 人 2 次）
佩索亚、若泽·萨拉马戈

埃及（1人2次）

哈吉布·马哈福兹（2次）

保加利亚（1人1次）

H. 波特夫

南非（1人1次）

库切

马提尼克（1人1次）

艾梅·塞泽尔

新西兰（1人1次）

巴克斯特

黎巴嫩（1人1次）

纪伯伦

冰岛（1人1次）

拉克斯奈斯

芬兰（1人1次）

索德格朗

塞尔维亚（1人1次）

帕维奇

阿富汗（1人1次）

乌尔法特

参考文献

中文著作部分 *

〔美〕M. H. 艾布拉姆斯：《镜与灯：浪漫主义文论及批评传统》，郦稚牛等译，北京：北京大学出版社 2004 年版。

〔美〕马克·爱德蒙森：《文学对抗哲学：从柏拉图到德里达》，王柏华、马晓冬译，北京：中央编译出版社 2000 年版。

〔德〕爱克曼辑录：《歌德谈话录》，朱光潜译，北京：人民文学出版社 1978 年版。

〔法〕罗贝尔·埃斯卡尔皮：《文学社会学：罗·埃斯卡尔皮文论选》，于沛选编，杭州：浙江人民出版社 1987 年版。

〔法〕罗贝尔·埃斯卡尔皮：《文学社会学》，符锦勇译，杭州：浙江人民出版社 1988 年版。

〔美〕安乐哲讲演：《和而不同：比较哲学与中西会通》，温海明编，北京：北京大学出版社 2002 年版。

〔加拿大〕马克·昂热诺等主编：《问题与观点：20 世纪文学理论综论》，史忠义、田庆生译，天津：百花文艺出版社 2000 年版。

〔英〕彼得·奥斯本：《时间的政治：现代性与先锋》，王志宏译，北京：商务印书馆 2004 年版。

〔俄〕巴赫金：《文本、对话与人文》，白春仁等译，石家庄：河北教育出版社 1998 年版。

〔美〕罗兰·巴特：《S/Z》，屠友祥译，上海：上海人民出版社

---

* 中文参考文献均按照作者姓氏的拼音顺序排列。

2000 年版。

　　［美］丹尼尔·贝尔：《资本主义文化矛盾》，赵一凡、蒲隆、任晓晋译，北京：商务印书馆 2003 年版。

　　［德］彼得·毕尔格：《主体的退隐》，陈良梅、夏清译，南京：南京大学出版社 2004 年版。

　　边春光主编：《编辑实用百科全书》，北京：中国书籍出版社 1994 年版。

　　［英］柏拉威尔：《马克思和世界文学》，梅绍武等译，北京：三联书店 1980 年版。

　　［美］马克·波斯特：《信息方式：后结构主义与社会语境》，范静哗译，北京：商务印书馆 2000 年版。

　　［美］马克·波斯特：《第二媒介时代》，范静哗译，南京：南京大学出版社 2000 年版。

　　［英］奥利弗·博伊德-巴雷特、克里斯·纽博尔德编：《媒介研究的进路：经典文献读本》，汪凯、刘晓红译，北京：新华出版社 2004 年版。

　　［美］阿瑟·阿萨·伯杰：《通俗文化、媒介和日常生活中的叙事》，姚媛译，南京：南京大学出版社 2000 年版。

　　［法］皮埃尔·布迪厄：《艺术的法则：文学场的生成和结构》，刘晖译，北京：中央编译出版社 2001 年版。

　　［比］乔治·布莱：《批评意识》，郭宏安译，桂林：广西师范大学出版社 2002 年版。

　　［美］哈罗德·布鲁姆：《西方正典：伟大作家和不朽作品》，江宁康译，南京：译林出版社 2005 年版。

　　［美］哈罗德·布鲁姆：《影响的焦虑：一种诗歌理论》，徐文博译，南京：江苏教育出版社 2006 年版。

　　曹顺庆主编：《比较文学学》，成都：四川大学出版社 2005 年版。

　　曹顺庆主编：《比较文学教程》，北京：高等教育出版社 2006 年版。

　　常文昌主编：《中国新时期诗歌研究资料》，济南：山东文艺出版社 2006 年版。

　　陈光孚选编：《拉丁美洲当代文学论评》，桂林：漓江出版社 1988 年版。

陈建华：《二十世纪中俄文学关系》，上海：学林出版社 1998 年版。

陈国恩：《浪漫主义与 20 世纪中国文学》，合肥：安徽教育出版社 2000 年版。

陈平原、山口守编：《大众传媒与现代文学》，北京：新世界出版社 2003 年版。

陈仁风：《现代杂志编辑学》，北京：中国人民大学出版社 1995 年版。

陈晓明：《表意的焦虑：历史的祛魅与当代文学变革》，北京：中央编译出版社 2003 年版。

陈永国编：《翻译与后现代性》，北京：中国人民大学出版社 2005 年版。

程光炜主编：《大众媒介与中国现当代文学》，北京：人民文学出版社 2005 年版。

程金城主编：《中国新时期散文研究资料》，济南：山东文艺出版社 2006 年版。

程曼丽：《海外华文传媒研究》，北京：新华出版社 2001 年版。

［法］丹纳：《艺术哲学》，傅雷译，北京：人民文学出版社 1997 年版。

［法］雅克·德里达：《文学行动》，赵兴国等译，北京：中国社会科学出版社 1998 年版。

丁尔纲：《新时期文学思潮论》，北京：中国广播电视出版社 1990 年版。

端木义万主编：《美国传媒文化》，北京：北京大学出版社 2001 年版。

范伯群、朱栋霖主编：《中外文学比较史 1898—1949》，南京：江苏教育出版社 1993 年版。

方长安：《选择·接受·转化：晚清至 20 世纪 30 年代初中国文学流变与日本文学关系》，武汉：武汉大学出版社 2003 年版。

方梦之主编：《译学辞典》，上海：上海外语教育出版社 2004 年版。

［法］米歇尔·福柯：《疯癫与文明》，刘北成、杨远婴译，北京：三联书店 2003 年版。

［法］米歇尔·福柯：《知识考古学》，谢强、马月译，北京：三联

书店 2004 年版。

　　傅勇林:《文化范式:译学研究与比较文学》,成都:西南交通大学出版社 2000 年版。

　　甘阳主编:《八十年代文化意识》,上海:上海人民出版社 2006 年版。

　　干永昌等编选:《比较文学研究译文集》,上海:上海译文出版社 1985 年版。

　　高莽:《枯立木》,北京:东方出版社 2003 年版。

　　高莽:《心灵的交颤》,北京:中央编译出版社 2005 年版。

　　高行健:《现代小说技巧初探》,广州:花城出版社 1981 年版。

　　[德]歌德:《论文学艺术》,范大灿等译,上海:上海人民出版社 2005 年版。

　　葛校琴:《后现代语境下的译者主体性研究》,上海:上海译文出版社 2006 年版。

　　龚翰熊:《西方文学研究》,福州:福建人民出版社 2005 年版。

　　[法]吕西安·戈德曼:《文学社会学方法论》,段毅、牛宏宝译,北京:工人出版社 1989 年版。

　　郭延礼:《近代西学与中国文学》,南昌:百花洲文艺出版社 1999 年版。

　　[英]哈蒂姆、梅森:《话语与译者》,王文斌译,北京:外语教学与研究出版社 2005 年版。

　　韩子满:《文学翻译杂合研究》,上海:上海译文出版社 2005 年版。

　　[美]爱德华·赫尔曼、罗伯特·麦克切斯尼:《全球媒体:全球资本主义的新传教士》,甄春亮等译,天津:天津人民出版社 2001 年版。

　　[美]塞缪尔·亨廷顿:《文明的冲突与世界秩序的重建》,周琪等译,北京:新华出版社 2002 年版。

　　胡亚敏:《比较文学教程》,武汉:华中师范大学出版社 2005 年版。

　　黄子平、陈平原、钱理群:《二十世纪中国文学三人谈》,北京:人民文学出版社 1988 年版。

　　[美]约翰·R.霍尔、玛丽·乔·尼兹:《文化:社会学的视野》,周晓虹、徐彬译,北京:商务印书馆 2002 年版。

　　[英]斯图尔特·霍尔编:《表征:文化表象与意指实践》,徐亮、

陆兴华译，北京：商务印书馆 2003 年版。

〔英〕安东尼·吉登斯：《现代性与自我认同》，赵旭东、方文译，北京：三联书店 1998 年版。

〔英〕安东尼·吉登斯：《现代性的后果》，田禾译，南京：译林出版社 2000 年版。

〔英〕安东尼·吉登斯：《社会学》，赵旭东等译，北京：北京大学出版社 2003 年版。

贾植芳：《历史的背面——贾植芳自选集》，济南：山东教育出版社 1998 年版。

蒋广学：《编学原论》，南京：南京大学出版社 1999 年版。

蒋晓丽：《中国近代大众传媒与中国近代文学》，成都：巴蜀书社 2005 年版。

靳大成主编：《生机：新时期著名人文期刊素描》，北京：中国文联出版社 2003 年版。

金惠敏：《媒介的后果：文学终结点上的批判理论》，北京：人民出版社 2005 年版。

〔美〕道格拉斯·凯尔纳：《媒体文化：介于现代与后现代之间的文化研究、认同性与政治》，丁宁译，北京：商务印书馆 2004 年版。

孔范今、施战军主编：《中国新时期文学思潮研究资料》，济南：山东文艺出版社 2006 年版。

旷新年：《现代文学与现代性》，上海：上海远东出版社 1998 年版。

雷达：《中国新时期戏剧研究资料》，济南：山东文艺出版社 2006 年版。

李林展：《中国现代主义文学史论》，北京：中国书籍出版社 2003 年版。

李欧梵：《现代性的追求：李欧梵文化评论精选集》，北京：三联书店 2000 年版。

李欧梵：《中西文学的徊想》，南京：江苏教育出版社 2005 年版。

李世涛主编：《知识分子立场：自由主义之争与中国思想界的分化》，长春：时代文艺出版社 1999 年版。

刘杲、石峰主编：《新中国出版五十年纪事》，北京：新华出版社 1999 年版。

［美］刘禾:《语际书写——现代思想史写作批判纲要》,上海:上海三联书店1999年版。

［美］刘禾:《跨语际实践——文学、民族文化与被译介的现代性(中国:1900—1937)》,宋伟杰等译,北京:三联书店2002年版。

［美］刘若愚:《中国文学理论》,杜国清译,南京:江苏教育出版社2006年版。

刘小枫:《现代性社会理论绪论——现代性与现代中国》,上海:上海三联书店1998年版。

鲁迅:《鲁迅全集》,北京:人民文学出版社2005年版。

［美］吉尔伯特·罗兹曼主编:《中国的现代化》,陶骅等译,上海:上海人民出版社1989年版。

［美］詹姆斯·罗尔:《媒介·传播·文化:一个全球性的途径》,董洪川译,北京:商务印书馆2005年版。

［法］洛里哀:《比较文学史》,傅东华译,上海:上海书店1989年版。

罗选民、屠国元主编:《阐释与解构:翻译研究文集》,合肥:安徽文艺出版社2003年版。

罗选民主编:《外国文学翻译在中国》,合肥:安徽文艺出版社2003年版。

闾小波:《中国早期现代化中的传播媒介》,上海:上海三联书店1995年版。

［哥伦比亚］马尔克斯:《百年孤独》,高长荣译,北京:北京十月文艺出版社1984年版。

［哥伦比亚］马尔克斯:《百年孤独》,黄锦炎等译,上海:上海译文出版社1984年版。

［哥伦比亚］加西亚·马尔克斯、门多萨:《番石榴飘香》,林一安译,北京:三联书店1987年版。

［哥伦比亚］马尔克斯:《诺贝尔奖的幽灵:马尔克斯散文精选》,朱景冬译,北京:中央编译出版社2001年版。

［美］赫伯特·马尔库塞:《爱欲与文明:对弗洛依德思想的哲学探讨》,黄勇、薛民译,上海:上海译文出版社2005年版。

马克思、恩格斯:《马克思恩格斯选集》,北京:人民出版社1972

年版。

孟昭毅、李载道主编：《中国翻译文学史》，北京：北京大学出版社2005年版。

［美］厄尔·迈纳：《比较诗学》，王宇根、宋伟杰等译，北京：中央编译出版社1998年版。

［斯洛文尼亚］斯拉沃热·齐泽克等：《图绘意识形态》，方杰译，南京：南京大学出版社2002年版。

［日］清水道夫：《现代出版学》，沈洵澧、乐惟清译，北京：中国书籍出版社1991年版。

秦文华：《翻译研究的互文性视角》，上海：上海译文出版社2006年版。

阙道隆主编：《实用编辑学》，北京：中国书籍出版社1995年版。

［美］瑞恰兹：《文学批评原理》，杨自伍译，南昌：百花洲文艺出版社1992年版。

［法］蒂费纳·萨莫瓦约：《互文性研究》，邵炜译，天津：天津人民出版社2003年版。

［美］沃纳·赛佛林、小詹姆斯·坦卡德：《传播理论：起源、方法与应用》，郭镇之等译，北京：华夏出版社2006年版。

［美］爱德华·W.赛义德：《赛义德自选集》，谢少波、韩刚等译，北京：中国社会科学出版社1999年版。

［美］爱德华·W.萨义德：《文化与帝国主义》，李琨译，北京：三联书店2003年版。

上海译文出版社编：《作家谈译文》，上海：上海译文出版社1997年版。

邵燕君：《倾斜的文学场：当代文学生产机制的市场化转型》，南京：江苏人民出版社2003年版。

［美］史景迁：《追寻现代中国》，温洽溢译，台北：时报文化出版社2003年版。

［英］E.F.舒马赫：《小的是美好的》，虞鸿钧、郑关林译，北京：商务印书馆1984年版。

［英］约翰·斯道雷：《文化理论与通俗文化导论》，杨竹山等译，南京：南京大学出版社2001年版。

［美］戴维·斯沃茨：《文化与权力：布尔迪厄的社会学》，陶东风译，上海：上海译文出版社 2006 年版。

［美］罗兰·斯特龙伯格：《西方现代思想史》，赵北成、刘国新译，北京：中央编译出版社 2005 年版。

宋学智：《翻译文学经典的影响与接受：傅译〈约翰·克利斯朵夫〉研究》，上海：上海译文出版社 2006 年版。

宋原放主编：《中国出版史料·现代部分》，济南：山东教育出版社 2000 年版。

［美］爱德华·W. 苏贾：《后现代地理学：重申批判社会理论中的空间》，王文斌译，北京：商务印书馆 2004 年版。

孙景尧：《简明比较文学："自我"和"他者"的认知之道》，北京：中国青年出版社 2003 年版。

孙燕君等：《期刊中国》，北京：中国社会科学出版社 2003 年版。

孙艺风：《视角阐释文化——文学翻译和翻译理论》，北京：清华大学出版社 2004 年版。

谭运长、刘宁、沈崇照：《作为大众传播媒介的文学期刊编辑论》，天津：百花文艺出版社 1997 年版。

［美］阿尔文·托夫勒：《第三次浪潮》，朱志火等译，北京：三联书店 1983 年版。

王秉钦：《20 世纪中国翻译思想史》，天津：南开大学出版社 2004 年版。

［美］王德威：《被压抑的现代性——晚清小说新论》，宋伟杰译，北京：北京大学出版社 2005 年版。

汪晖：《汪晖自选集》，桂林：广西师范大学出版社 1997 年版。

汪晖：《现代中国思想的兴起》，北京：三联书店 2004 年版。

王宏志编：《翻译与创作——中国近代翻译小说论》，北京：北京大学出版社 2000 年版。

王建开：《五四以来英美文学作品译介史（1919—1949）》，上海：上海外语教育出版社 2003 年版。

王锦厚：《五四新文学与外国文学》，成都：四川大学出版社 1996 年版。

王蒙：《文学的诱惑》，长沙：湖南文艺出版社 1987 年版。

王宁:《比较文学与当代文化批评》,北京:人民文学出版社 2000 年版。

王宁:《文化翻译与经典阐释》,北京:中华书局 2006 年版。

王铁仙、王文英主编:《二十世纪中国社会科学:文学学卷》,上海:上海人民出版社 2005 年。

王晓路等:《文化批评关键词研究》,北京:北京大学出版社 2007 年版。

王向远:《东方各国文学在中国:译介与研究史述论》,南昌:江西教育出版社 2001 年版。

王向远:《翻译文学导论》,北京:北京师范大学出版社 2004 年版。

王向远、陈言:《20 世纪中国文学翻译之争》,南昌:百花洲文艺出版社 2006 年版。

王振铎、司锡明:《编辑学通论》,开封:河南大学出版社 1996 年版。

王一川:《中国现代性体验的发生》,北京:北京师范大学出版社 2001 年版。

〔美〕勒内·韦勒克、奥斯汀·沃伦:《文学理论》,刘象愚等译,南京:江苏教育出版社 2005 年版。

〔美〕韦斯坦因:《比较文学与文学理论》,沈阳:辽宁人民出版社 1987 年版。

吴飞:《编辑学理论研究》,杭州:浙江大学出版社 2001 年版。

吴晓东:《象征主义与中国现代文学》,合肥:安徽教育出版社 2000 年版。

吴炫:《中国当代文学批判》,上海:学林出版社 2001 年版。

吴义勤主编:《中国新时期小说研究资料》,济南:山东文艺出版社 2006 年版。

吴友富主编:《外语与文化研究》,上海:上海外语教育出版社 2001 年版。

〔德〕阿尔方斯·西尔伯曼:《文学社会学引论》,魏育青、于汛译,合肥:安徽文艺出版社 1988 年版。

〔美〕夏志清:《中国现代小说史》,刘绍铭等译,香港:香港中文大学出版社 2001 年版。

向新阳：《编辑学概论》，武汉：武汉大学出版社 1995 年版。

谢天振主编：《2001 年度最佳翻译文学》，沈阳：春风文艺出版社 2002 年版。

谢天振：《译介学》，上海：上海外语教育出版社 2003 年版。

谢天振主编：《翻译的理论建构与文化透视》，上海：上海外语教育出版社 2003 年版。

许宝强、袁伟选编：《语言与翻译的政治》，北京：中央编译出版社 2001 年版。

许纪霖等：《启蒙的自我瓦解：1990 年代以来中国思想文化界重大论争研究》，长春：吉林出版集团有限责任公司 2007 年版。

许钧：《译事探索与译学反思》，北京：外语教学与研究出版社 2002 年版。

徐其超：《在比较视角中：中国当代文学影响研究》，成都：四川大学出版社 1992 年版。

徐行言、程金城：《表现主义与 20 世纪中国文学》，合肥：安徽教育出版社 2000 年版。

许渊冲：《文学与翻译》，北京：北京大学出版社 2003 年版。

杨联芬：《晚清至五四：中国文学现代性的发生》，北京：北京大学出版社 2003 年版。

杨武能：《歌德与中国》，北京：三联书店 1991 年版。

［美］叶维廉：《寻求跨中西文化的共同文学规律》，温儒敏、李细尧编，北京：北京大学出版社 1987 年版。

［美］叶维廉：《中国诗学》，北京：人民文学出版社 2006 年版。

［美］宇文所安：《中国文论：英译与评论》，王柏华、陶庆梅译，上海：上海社会科学院出版社 2003 年版。

于友先：《现代出版产业发展论》，苏州：苏州大学出版社 2003 年版。

俞兆平：《现代性与五四文学思潮》，厦门：厦门大学出版社 2002 年版。

乐黛云、王宁主编：《西方文艺思潮与二十世纪中国文学》，北京：中国社会科学出版社 1990 年版。

乐黛云、王向远：《二十世纪中国人文学科学术研究史丛书：比较文学研究》，福州：福建人民出版社 2006 年版。

　　〔英〕特里·伊格尔顿：《现象学，阐释学，接受理论：当代西方文艺理论》，王逢振译，南京：江苏教育出版社 2006 年版。

　　查明建、谢天振：《中国 20 世纪外国文学翻译史》，武汉：湖北教育出版社 2007 年版。

　　查建英主编：《八十年代：访谈录》，北京：三联书店 2006 年版。

　　〔美〕詹明信：《晚期资本主义的文化逻辑》，陈清侨等译，北京：三联书店 2003 年版。

　　〔美〕詹姆逊：《詹姆逊文集·第一卷·新马克思主义》，王逢振主编，北京：中国人民大学出版社 2004 年版。

　　〔美〕詹姆逊：《詹姆逊文集·第二卷·批评理论和叙事阐释》，王逢振主编，北京：中国人民大学出版社 2004 年版。

　　〔美〕詹姆逊：《詹姆逊文集·第三卷·文化研究和政治意识》，王逢振主编，北京：中国人民大学出版社 2004 年版。

　　〔美〕詹姆逊：《詹姆逊文集·第四卷·现代性、后现代性和全球化》，王逢振主编，北京：中国人民大学出版社 2004 年版。

　　张邦卫：《媒介诗学：传媒视野下的文学与文学理论》，北京：社会科学文献出版社 2006 年版。

　　张伯海、田胜立主编：《中国出版年鉴》，北京：中国大百科全书出版社 2003 年版。

　　张弘：《比较文学的理论与实践》，上海：华东师范大学出版社 2004 年版。

　　张今：《文学翻译原理》，开封：河南大学出版社 1987 年版。

　　张景超：《滞重的跋涉：新时期文学批评透视》，哈尔滨：黑龙江教育出版社 2002 年版。

　　张俊才：《叩问现代的消息——中国近代文学专题研究》，北京：中国社会科学出版社 2006 年版。

　　张隆溪选编：《比较文学译文集》，北京：北京大学出版社 1982 年版。

　　张隆溪：《中西文化研究十论》，上海：复旦大学出版社 2005 年版。

　　张隆溪：《同工异曲：跨文化阅读的启示》，南京：江苏教育出版社 2006 年版。

张隆溪:《道与逻各斯:东西方文学阐释学》,南京:江苏教育出版社 2006 年版。

张韧:《新时期文学现象》,北京:文化艺术出版社 1998 年版。

张颐武主编:《现代性中国》,开封:河南大学出版社 2005 年版。

张永清主编:《新时期文学思潮》,北京:中国人民大学出版社 2003 年版。

张志常主编:《现代出版学》,苏州:苏州大学出版社 2003 年版。

张志忠:《九十年代的文学地图》,太原:山西教育出版社 1999 年版。

[韩] 赵恒瑾:《中国新文学的现代性追求》,上海:学林出版社 2006 年版。

赵稀方:《翻译与新时期话语实践》,北京:中国社会科学出版社 2003 年版。

赵稀方:《二十世纪中国翻译文学史·新时期卷》,天津:百花文艺出版社 2009 年版。

赵一凡等主编:《西方文论关键词》,北京:外语教学与研究出版社 2006 年版。

郑海凌:《文学翻译学》,郑州:文心出版社 2000 年版。

郑鲁南编:《一本书和一个世界》,北京:昆仑出版社 2005 年版。

周发祥:《西方文论与中国文学》,南京:江苏教育出版社 2000 年版。

朱德发:《世界化视野中的现代中国文学》,济南:山东教育出版社 2003 年版。

朱光潜:《西方美学史》,北京:人民文学出版社 1979 年版。

朱耀伟:《当代西方批评论述的中国图像》,北京:中国人民大学出版社 2006 年版。

庄锡华:《二十世纪的中国文艺理论》,上海:上海三联书店 2000 年版。

邹振环:《20 世纪上海翻译出版与文化变迁》,南宁:广西教育出版社 2001 年版。

中文论文部分 *

昂智慧：《更新观念，迎接挑战：对"比较文学与世界文学"教学的思考》，载《中国比较文学》2000 年第 2 期。

曹顺庆：《文论失语症与文化病态》，载《文艺争鸣》1996 年第 2 期。

曹顺庆、李思屈：《再论重建中国文论话语》，载《文学评论》1997 年第 4 期。

曹顺庆、吴兴明：《替换中的失落——从文化转型看古文论转换的学理背景》，载《文学评论》1999 年第 4 期。

曹顺庆：《论文学批评中的汉语性》，载《求索》2001 年第 4 期。

曹顺庆、谭佳：《重建中国文论的又一有效途径：西方文论的中国化》，载《外国文学研究》2004 年第 5 期。

曹顺庆、邹涛：《从"失语症"到西方文论的中国化》，载《三峡大学学报》2005 年第 5 期。

曹顺庆、李卫涛：《比较文学学科中的文学变异学研究》，载《复旦学报》2006 年第 1 期。

陈惇：《势在必行——中文系怎样开设比较文学课程》，载《中国比较文学》2000 年第 1 期。

陈建功、贾平凹、张抗抗、黄济人、陈醉、王安忆、陈祖芬：《代表国家品牌和形象的文学报刊社应纳入公益性文化单位序列》，载《中国报业》2007 年第 4 期。

陈建华：《关于"20 世纪中国文学的世界性因素"命题的几点看法》，载《中国比较文学》2001 年第 3 期。

陈思和：《〈马桥词典〉：中国当代文学的世界性因素之一例》，载《当代作家评论》1997 年第 2 期。

陈思和：《20 世纪中外文学关系研究中的"世界性因素"的几点思考》，载《中国比较文学》2001 年第 1 期。

---

* 本书所引用三家翻译文学期刊上的相关文章分别来自于《世界文学》1978 年第 1 期至 2008 年第 6 期、《外国文艺》1978 年第 1 期至 2008 年第 6 期、《译林》1979 年第 1 期至 2008 年第 6 期，在参考文献中不再详细列出。

陈思和:《我对 20 世纪中国文学的世界性因素的思考与探索》,载《中国比较文学》2006 年第 2 期。

程光炜:《怎样对"新时期文学"做历史定位？——重返八十年代文学史之一》,载《当代作家评论》2005 年第 3 期。

[美] 大卫·达姆罗什:《后经典、超经典时代的世界文学》,汪小玲译,载《中国比较文学》2007 年第 1 期。

邓楠:《对学科名称和课程名称的思考》,载《中国比较文学》2001 年第 4 期。

董丽敏:《翻译现代性:在悬置与聚焦之间》,载《文艺争鸣》2006 年第 3 期。

董丽敏:《翻译现代性:剔除、强化与妥协》,载《学术月刊》2006 年第 6 期。

董学文:《中国现代文学理论进程思考》,载《北京大学学报》1998 年第 2 期。

方长安:《建国后 17 年译介外国文学的现代性特征》,载《学术研究》2003 年第 1 期。

冯骥才:《中国需要"现代派"》,载《上海文学》1982 年第 8 期。

傅雷:《论翻译书》,载《读书》1979 年第 3 期。

高江波:《1999:期刊出版述评》,载《出版广角》2000 年第 4 期。

高玉:《翻译文学:西方文学对中国现代文学影响关系中的中介性》,载《中国现代文学研究丛刊》2002 年第 4 期。

郭建中:《翻译中的文化因素:异化与归化》,载《外国语》1998 年第 2 期。

郭建中:《中国翻译界十年 (1987—1997):回顾与展望》,载《外国语》1999 年第 6 期。

何菊玲:《编辑主体性再探》,载《陕西师范大学学报》(哲学社会科学版) 2003 年第 1 期。

金元浦:《文艺学的问题意识与文化转向》,载《中国人民大学学报》2003 年第 6 期。

蒋岱:《对比较文学与世界文学学科合并的点滴思考:兼与陈惇先生商榷》,载《中国比较文学》2000 年第 4 期。

蒋述卓:《论当代文论与古代文论的融合》,载《文学评论》1997

年第 5 期。

　　蒋寅：《如何面对古典诗学的遗产》，载《粤海风》2002 年第 1 期。

　　康艳：《温故现代性语境下的新时期文学思潮》，载《辽宁大学学报》2007 年第 5 期。

　　赖大仁：《中国文论话语重建：在传统与现代之间》，载《学术界》2007 年第 4 期。

　　李建安：《科技期刊的栏目设置、命名及方法评价》，载《编辑学报》2000 年第 1 期。

　　李陀：《"现代小说"不等于"现代派"》，载《上海文学》1982 年第 8 期。

　　李万钧：《对"比较文学和世界文学"新课的几点思考》，载《中国比较文学》2000 年第 1 期。

　　刘茂生：《外国文学理论研究与课程建设的有关问题：夏仲翼教授访谈录》，载《外国文学研究》2005 年第 5 期。

　　刘蜀鄂、唐兵：《论中国新时期文学对〈百年孤独〉的接受》，载《湖北大学学报》（哲学社会科学版）1993 年第 3 期。

　　刘心武：《需要冷静地思考》，载《上海文学》1982 年第 8 期。

　　刘耘华：《文化视域中的翻译文学研究》，载《外国语》1997 年第 2 期。

　　柳鸣九：《现当代资产阶级文学评价的几个问题》，载《外国文学研究》1979 年第 1、2 期。

　　鲁西：《20 世纪中国与西方诗歌的互动与发展》，载《广西民族学院学报》2003 年第 4 期。

　　罗新璋：《释"译作"》，载《中国翻译》1995 年第 2 期。

　　吕芳：《新时期中国文学与拉美"爆炸"文学影响》，载《文学评论》1990 年第 6 期。

　　敏泽：《综合创造与我国文化与美学及文论的未来走向的问题》，载《文艺研究》1999 年第 3 期。

　　潘文国：《当代西方的翻译学研究——兼谈"翻译学"的学科性问题》，载《中国翻译》2002 年第 1 期。

　　庞朴：《文化结构与近代中国》，载《中国社会科学》1986 年第 5 期。

彭启福:《哲学诠释学中的"问题意识"》,载《安徽师范大学学报》2005 年第 4 期。

彭文忠:《〈百年孤独〉与中国新时期以来的文学魔幻叙事》,载《文史博览》2006 年第 1 期。

邵宁宁:《关于现代文学杂志研究的方法论思考》,载《甘肃社会科学》2006 年第 3 期。

佘协斌:《澄清文学翻译和翻译文学中的几个概念》,载《外语与外语教学》2001 年第 2 期。

史锦秀:《从〈百年孤独〉看拉丁美洲的民族心理》,载《河北学刊》1995 年第 4 期。

宋达:《现代性观念在中国的建构过程与翻译关系》,载《外语学刊》2006 年第 2 期。

孙会军、孙致礼:《改革开放后我国外国文学翻译界的一场风波》,载《中国比较文学》2006 年第 2 期。

孙艺风:《翻译研究与文化身份》,欧阳之英译,载《广东外语外贸大学学报》2007 年第 2 期。

谭载喜:《翻译学:新世纪的思索——从译学否定论的"梦"字诀说起》,载《外语与外语教学》2001 年第 1 期。

谭载喜:《翻译学:作为独立学科的今天、昨天与明天》,载《中国翻译》2004 年第 3 期。

陶东风:《"后"学与民族主义的融构》,载《河北学刊》1999 年第 6 期。

田德蓓:《论译者的身份》,载《中国翻译》2000 年第 6 期。

童庆炳:《文学经典建构诸因素及其关系》,载《北京大学学报》2005 年第 5 期。

童真:《西方文论中国化——可能性与现实性》,载《湘潭大学学报》(哲学社会科学版)2004 年第 3 期。

翁礼明:《重建中国文论话语述评》,载《江汉论坛》2005 年第 9 期。

王东风:《翻译文学的文化地位与译者的文化态度》,载《中国翻译》2000 年第 4 期。

王东风:《归化与异化:矛与盾的交锋?》,载《中国翻译》2002 年第 5 期。

王宏图：《世界文学的是是非非》，载《中国比较文学》2004 年第 1 期。

王宁：《西方文学研究的"问题化"》，载《外国文学研究》2003 年第 3 期。

王向远：《翻译文学的学术研究与理论建构——我怎样写〈翻译文学导论〉》，载《北京师范大学学报》（社会科学版）2004 年第 3 期。

王向远：《从"外国文学史"到"中国翻译文学史"：一门课程面临的挑战及其出路》，载《中国比较文学》2005 年第 2 期。

王晓路：《事实·学理·洞察力：对外国文学传记式模式的质疑》，载《外国文学研究》2005 年第 3 期。

王雅刚：《谈译文风格和翻译文学归属的问题》，载《东北农业大学学报》（社会科学版）2004 年第 3 期。

王岳川：《90 年代文化研究的方法与语境》，载《天津社会科学》1999 年第 4 期。

汪晖：《文化冲突、理性观念、文化心理与现代中国文学研究》，载《福建论坛》1987 年第 1 期。

汪晖：《我们如何成为"现代的"》，载《中国现代文学研究丛刊》1996 年第 1 期。

汪晖：《当代中国的思想状况与现代性问题》，载《天涯》1997 年第 5 期。

汪晖：《关于现代性问题答问》，载《天涯》1999 年第 1 期。

汪介之：《"世界文学"的命运与比较文学的前景》，载《外国文学研究》2004 年第 6 期。

王志耕：《"话语重建"与传统选择》，载《文学评论》1998 年第 4 期。

吴俊：《组稿：文学书写的无形之手——以〈人民文学〉（1949—1966）为中心的考察》，载《华东师范大学学报》2006 年第 3 期。

吴锡民：《"世界性因素"的"误读"》，载《南京师大学报》（社会科学版）2004 年第 1 期。

吴兴明：《"理论旅行"与"变异学"：对一个研究领域的立场或视角的考察》，载《江汉论坛》2006 年第 7 期。

吴秀明、张锦：《海外中国现代文学研究对新时期以来内地学界的影响》，载《社会科学战线》2007 年第 6 期。

夏仲翼：《谈现代派艺术形式和技巧的借鉴》，载《文艺报》1984 年第 6 期。

辛笛：《我和外国文学》，载《中国比较文学》1985 年第 2 期。

徐来：《在女性的名义下"重写"：女性主义翻译理论对译者主体性研究的意义》，载《中国翻译》2004 年第 4 期。

徐柏容：《期刊的栏目构思》，载《编辑之友》2001 年第 6 期。

许子东：《现代主义与中国新时期文学》，载《文学评论》1989 年第 4 期。

薛忆沩：《谁读过卡夫卡?》，载《南方周末》2007 年 9 月 20 日，D24 版。

杨恒达：《我国外国文学研究中的问题意识》，载《外国文学研究》2003 年第 3 期。

姚文放：《文学性：百年文学理论的现代性追求》，载《社会科学辑刊》2007 年第 3 期。

叶水夫：《外国文学学会会务工作报告》，载《外国文学研究》1981 年第 1 期。

余光中：《作者·学者·译者：为"外国文学中译国际研讨会"而作》，载《外国文学研究》1995 年第 1 期。

袁可嘉：《我所认识的西方现代派文学》，载《光明日报》1982 年 12 月 30 日。

袁可嘉：《西方现代主义文学在中国》，载《文学评论》1992 年第 4 期。

查明建：《从互文性角度重新审视 20 世纪中外文学关系：兼论影响研究》，载《中国比较文学》2000 年第 2 期。

查明建、田雨：《论译者主体性：从译者文化地位的边缘化谈起》，载《中国翻译》2003 年第 1 期。

张德明：《翻译文学与中国现代文学现代性》，载《人文杂志》2004 年第 2 期。

张峰：《试论西方现当代文学理论的"中国化"》，载《福建外语》2002 年第 1 期。

张南峰：《从多元系统的观点看翻译文学的"国籍"》，载《外国语》

2005 年第 5 期。

张少康：《走历史发展必由之路——论以古代文论为母体建设当代文艺学》，载《文学评论》1997 年第 2 期。

张颐武：《宏愿与幽梦：诺贝尔文学奖与中国》，载《外国文学》1997年第 5 期。

张颐武：《新美学、新大众——"新世纪文化"的形态》，载《文艺争鸣》2003 年第 5 期。

张友谊：《试论翻译文学的归属问题》，载《天津外国语学院学报》2007 年第 1 期。

张哲俊：《比较文学的实证研究时代过去了吗?》，载《中国比较文学》2000 年第 4 期。

赵淳：《学理透视：西方文论引介中的"问题意识"范畴》，载《解放军外国语学院学报》2006 年第 3 期。

曾宪文：《走出失语——新世纪重建中国现代文论的几点思考》，载《文艺评论》2005 年第 2 期。

支宇：《对近年关于"失语症"讨论的再讨论》，载《中外文化与文论》第 8 辑（2001 年 5 月）。

周利荣：《纯文学期刊：市场化中的尴尬》，载《中国出版》2006 年第 2 期。

朱国华：《文学"经典化"的可能性》，载《文艺理论研究》2006 年第 6 期。

朱立元：《怎样看待八十年代的"西学热"》，载《文史哲》1996 年第 1 期。

朱立元：《走自己的路——对于迈向 21 世纪的中国文论建设问题的思考》，载《文学评论》2000 年第 3 期。

［以色列］伊塔马·埃文－佐哈尔：《多元系统论》，张南峰译，载《中国翻译》2002 年第 4 期。

邹涛：《为什么翻译文学是中国文学》，载《中国比较文学》2004 年第 4 期。

学位论文

曹怀明：《大众媒体与文学传播：20 世纪 90 年代以来中国文学的传

播学阐释》，博士学位论文，山东师范大学，2004 年。

费小平：《翻译的政治——翻译研究与文化研究》，博士学位论文，四川大学，2004 年。

韩敏：《〈收获〉的九十年代》，博士学位论文，四川大学，2004 年。

吉崇敏：《〈文学季刊〉与 1930 年代文学》，博士学位论文，吉林大学，2006 年。

江腊生：《后现代主义与中国 20 世纪 90 年代小说》，博士学位论文，苏州大学，2006 年。

李明德：《当代中国文化语境中的文学期刊研究》，博士学位论文，兰州大学，2006 年。

刘晓丽：《1939—1945 年东北地区文学期刊研究》，博士学位论文，华东师范大学，2005 年。

王鹏飞：《"孤岛"时期文学期刊研究》，博士学位论文，华东师范大学，2006 年。

张国庆：《"垮掉的一代"与中国当代文学》，博士学位论文，武汉大学，2005 年。

张莉：《卡夫卡与 20 世纪后期中国小说》，博士学位论文，苏州大学，2006 年。

赵淳：《话语实践与文化立场——西方文论引介研究：1993—2004》，博士学位论文，四川大学，2006 年。

周海波：《现代传媒视野中的中国现代文学》，博士学位论文，山东师范大学，2004 年。

朱宾忠：《福克纳与莫言比较研究》，博士学位论文，武汉大学，2005 年。

英文部分 *

Abrams，M. H. *A Glossary of Literary Terms*. 北京：外语教学与研究出版社 2004 年版。

Baran，Stanley J. *Introduction to Mass Communication：Media Literacy and Culture*. Third Edition. New York：The McGraw-Hill Compa-

---

* 英文参考文献均按照作者姓氏的字母顺序排列。

nies. 2004.

Bassnett, Susan and André Lefevere. *Constructing Cultures*：*Essays on Literary Translation*. 上海：上海外语教育出版社 2005 年版。

Bignell, Jonathan. *Postmodern Media Culture*. 北京：北京大学出版社 2006 年版。

Culler, Jonathan. On Deconstruction：*Theory and Criticism after Structuralism*. 北京：外语教学与研究出版社 2004 年版。

Damrosch, David. *What is World Literature*. Princeton：Princeton University Press. 2003.

Darian-Smith, Kate and Liz Gunner and Sarah Nuttall. Eds. *Text, Theory, Space*：*Land, Literature and History in South Africa and Australia*. London and New York：Routledge. 1996.

Eagleton, Terry. *Literary Theory*：*An Introduction*. 北京：外语教学与研究出版社 2004 年版。

Evan-Zohar, Itamar. "The Position of Translated Literature within the Literature Polysysterm", in *Literature and Translation*. J. S. Holmes, J. Lambert and R. Van Den Broeck eds. Leuven：ACCO, 1978.

Hall, Stuart. "Culture, the Media and 'ideological effect'", in James Curran, etal., eds., *Mass Communication and Society*. Beverly Hills, CA, Sage, 1979.

Hall, Stuart. "Culture Identity and Diaspora", Cf. Williams, Partrick and Chrisman, Laura ed. *Colonial Discourse and Post-colonial Theory*：*A Reader*. New York：Columbia University Press. 1994.

Hartsock, John C. *A History of American Literature Journalism*：*The Emergence of a Modern Narrative Form*. Amherst：University of Massachusetts Press. 2000.

Lefevere, André, ed. *Translation/ History/ Culture*：*A Sourcebook*. 上海：上海外语教育出版社 2005 年版。

Newmark, Peter. *Approachs to Translation*. Oxford：Pergamon Press, 1981.

Nida, Eugene A. *Language and Culture*：*Contexts in Translating*. 上海：上海外语教育出版社 2006 年版。

Nida，Eugene A. and Charles R. Taber. *The Theory and Practice of Translation*. 上海：上海外语教育出版社 2004 年版。

Said，Edward W. "Traveling Theory"，in *The World*，*the Text and the Critic*. Cambridge：Harvard University Press，1983.

Said，Edward W. "Traveling Theory Reconsidered"，in *Reflections on Exile and Other Essays*. Cambridge，Mass.：Harvard University Press，2000.

王晓路、石坚、肖薇编著:《当代西方文化批评读本》，成都：四川大学出版社 2004 年版。

Zhang Xudong. *Chinses Modernism in the Era of Reforms*. Durham and London：Duke Uninversity Press，1997.

后 记

　　本书是作者主持的湖南省哲学社会科学基金项目（11YBA135）之成果，也是对博士论文的补充和修改。

　　回首读博三年，虽然学业压力巨大，但能埋首学术空间，既紧张又充实，实为人生中一段难得的经历。在这期间，导师、家人和同学给予我大力的支持和鼓励，没有他们的帮助，要完成博士学业是不可想象的。

　　在此，谨向我的导师王晓路教授致以诚挚的谢意，在为人与为学方面，导师都教诲我良多，学生愿终生以此为训，笃行不殆。学生顿首，再次感谢老师对学生的关心爱护。

　　感谢我的硕士导师邹建军先生，先生不仅引领我走向学术之路，在毕业之后，先生也一如既往，从论文的写作到发表，先生都给予了极好的建议与无私的帮助。在此，唯有向先生致以诚挚的谢意，并祝先生一切安好。

　　感谢《世界文学》的主编余中先先生和《外国文艺》的主编吴洪先生，笔者曾冒昧地去信请教相关问题，他们都进行了详细的回复并给予了热情帮助，在此表示衷心的感谢。

　　感谢中国社会科学出版社的罗莉女士，她的细致工作使本书增色不少。

　　感谢我的家人，一直以来，他们的关心与鼓励都是支持我完成学业和进行学术研究的最大动力。

　　感谢中国社会科学出版社的罗莉编辑，正是她的细致工作，使本书增色不少。

李卫华

2011 年 3 月